David Malouf: Verspieltes Land

Roman

Deutsch von Erhard Schüttpelz

dtv

Deutscher Taschenbuch Verlag

Von David Malouf
ist im Deutschen Taschenbuch Verlag erschienen:
Die Große Welt (11905)

Ungekürzte Ausgabe
Februar 1996
Deutscher Taschenbuch Verlag GmbH & Co. KG,
München

Titel der englischen Originalausgabe:
‹Harland's Half Acre›
(Chatto & Windus · The Hogarth Press, London)

Umschlaggestaltung: Stefan Schöll
Gesamtherstellung: C. H. Beck'sche Buchdruckerei,
Nördlingen
Printed in Germany · ISBN 3-423-12136-x

Das Buch

«An Samstagabenden ging ihr Vater jetzt zum Tanz. Er nahm ein Bad in dem runden Wasserkessel vor dem Kamin, bügelte ein Hemd – gewöhnlich blieben alle ihre Hemden ungebügelt, und Frank oder Jim besorgten das Waschen –, reinigte ein paar alte Tanzschuhe, kämmte sich sorgfältig vor dem Spiegel über dem Waschbecken und schritt pfeifend von dannen.» Queensland, Australien. Hier wächst der junge Frank Harland heran, auf den versprengten Resten des Familienbesitzes, zwischen Kühen und Pfützen, den Geschichten seines Vaters Clem und den Sorgen um die Milchtransporte. Er entdeckt das Zeichnen, wird Schildermaler im nächsten Provinznest, schließlich ein Künstler, der sich durchsetzt und Anerkennung findet. Besessen von der Idee, das einst verspielte Land zurückzukaufen, findet er die Geheimnisse der Kindheit wieder.

Der Autor

David Malouf wurde am 20. März 1934 in Brisbane, Australien, geboren, studierte an der University of Queensland, wo er anschließend als Dozent arbeitete. Von 1959 bis 1969 lebte er in England, danach unterrichtete er englische Literatur an der Sydney University. Von 1978 bis 1987 lebte er abwechselnd in Australien und Italien, seither nur noch in Sydney. Malouf veröffentlichte u. a.: ‹Johnno› (1975), ‹Das Wolfskind› (1978, dt. 1987), ‹Die Große Welt› (1990, dt. 1991), Romane.

Killarney

I

Wie so vieles in Australien ist auch dieser Ort nach einem auf der anderen Seite der Erdkugel benannt, den seine Entdecker zu ehren gedachten und nach dem sie ein gebührliches Heimweh empfanden – und wie so vieles besitzt auch Killarney keine Ähnlichkeit mit seinem irischen Vorbild.

Es ist ein üppiges Land, aber von der grünen, subtropischen Spielart, mit Sägemühlen in aufgewühlten Koppeln, den spitzen Dächern der Schindelhäuser vor einer Silhouette aus niedrigen Hügeln, Bunyah- und Hoopkiefern und schottischen Fichten von abstoßender Schwärze. Blechdächer leuchten aus einem Morgen voller Stümpfe. Eiserne Windmühlenräder schwirren. Wohin man sieht, blitzt in den feuchten Monaten Wasser auf. Das sind die sogenannten Seen. Mit einem Mal steigt das Wasser an den Zäunen und verwandelt die Weiden für einige Zeit in eine Kette aus unkrautverstopften Tümpeln – Reste eines Binnenmeeres, das eines der großen Flußnetze des Kontinents speist. Es verdunstet schnell und ist nicht immer gleich am Boden zu erkennen, aber zieht zu allen Zeiten des Jahres eine Vielzahl Wasservögel an und war auffällig genug, um zur Zeit der eingeborenen Völker einen entsprechend poetischen Namen zu tragen, doch niemand hat sich die Mühe gemacht, ihn zu behalten.

Die Harlands werden mit der Geschichte großgezogen, wie sie dieses Land gewannen und wieder verloren, ihr Land.

Zuerst der Überlandtreck von irgendwo hinter Tamworth in ein unbesiedeltes Gebiet, das die drei Brüder unmittelbar so an die Heimat erinnerte (also an einen Ort, den ihre Augen nie erblickt, dessen Seen und Grün ihre Vorstellungen aber in aller Ursprünglichkeit bewahrt hatten), daß es ihnen wie eine Rückkehr und Rückgewinnung schien, als sie aus einer Schlucht heraustraten und das Land im Dunst zu ihren Füßen sahen. «Killarney», atmeten sie auf und waren da.

Die Besitznahme war einfach. Ein blutiges Scharmützel begründete des weißen Mannes Macht, und bald darauf bestätigte sie des weißen Mannes Recht und Gesetz. Spätere Begebenheiten, auch weniger glorreiche, werden noch heute mit irischem Stolz und der ganzen Überschwenglichkeit jener verrückten Tage weitererzählt. Innerhalb einer Generation verschwendeten die Harlands das meiste von dem, was sie besaßen, und waren gezwungen, anderer Leute Tagelöhner zu werden; oder, wie der junge Clem Harland, sich den Lebensunterhalt aus den Flicken eines vormals fürstlichen Besitzes zusammenzuklauben.

Er war ein verträumter, frischer, redseliger Junge und auf harte Arbeit nicht scharf. Seine Mutter hatte ihn verzogen, ein Internat in Toowoomba ihn halbgebildet, und geerbt hatte er zwölf Morgen, in direkter Linie von dem ältesten der Brüder Harland, Jack. Er heiratete schon früh eine mehrere Jahre ältere Frau, die Tochter eines Tuchhändlers aus Harrisville, ein Mädchen, dessen leidenschaftliches und unpassend hitziges Temperament die ewig sturen Männer der Gegend abschreckte – nicht aber Clem.

Wenn sie zusammen im Bett lagen, in dem einzigen, sauberen, ärmlichen Raum des Hauses, den das Mondlicht mit den Schatten der Stuhlrücken füllte, hatten sie Zeit zum Reden. Während sie die Stühle mit Gestalten bevölkerte, deren Namen sie nicht – oder noch nicht – kannte, malte er ihr seine jungenhaften Ideen von dem Leben aus, das sie zusammen führen würden.

Er hatte viele Ideen, alle nebelhaft und wirklichkeitsfremd. Sie wartete darauf, daß er aus ihnen herauswuchs. Darauf, daß Woche für Woche sieben Tage Melken, Füttern, und Stallausspritzen, das Vieh auf die Weide treiben und die Kannen voll schäumender würziger Milch, die er auf die Bank nahe der Straße niederstellte, daß all dies seine Einfälle nach und nach verzehren würde. Seine Träume zogen sie an, doch ihr eigenes Leben beruhte auf dem, was sie anfassen konnte. Im Augenblick konnte sie nichts tun, als ihm über die Zeit sinnloser Sehnsüchte hinwegzuhelfen, im Glauben, daß die ewig gleiche Routine ihn genauer und zäher machen würde, bis auch er endlich bei den Dingen der Gegenwart zu Hause wäre.

Sie lag oft wach und spürte in der Dunkelheit das Gewicht seines Armes, während sie dem Wechsel seiner Atemzüge lauschte, der langsamen, geheimnisvollen Kraft seines Lebens. Manchmal, wenn er weg war und sie ein Hemd aufhob, das sie auf dem Waschbrett scheuern wollte, wurde sie von seiner heißen Nähe überwältigt, oder sie wog in ihrer Hand die kleine Mundharmonika, auf der er nach dem Abendessen spielte, und setzte sie an ihre Lippen.

Sie suchte keine eigenen Melodien. Die Berührung von Holz und Metall genügte ihr, und das Echo seines Atems. Dann gab es noch ihre Stühle und die Rosenbüsche, die sie aus der Wildnis hierher verpflanzen wollte, die Eier, die sie kniend suchen mußte, wenn sie den Hühnern bis zu ihren Brutplätzen im Gras folgte, der Stapel von Blechkisten auf dem obersten Regal des Küchenschranks, ihr satingefüttertes Nähkörbchen mit Stopfei und Fingerhut und die Steppdecke, die seinen wie ihren Schlaf beschützte.

Die hatte sie selbst gemacht, als sie auf das Ende ihrer

faden Jungfernjahre wartete, aus einigen alten Kattuntischdecken und einer Garnitur grüner Samtvorhänge aus dem Wohnzimmer ihrer Mutter, und wenn sie nur die Zeit dazu hätte, würde sie auch aus Clem etwas machen. Sie war fest entschlossen. Hatte sie sich nicht mit Erfolg dagegen gewehrt, sitzenzubleiben oder einzusehen, daß ihrem Gespür für die Welt und für all das, was man sehen und anfassen kann, nichts im Leben entsprach.

Sie wollte nicht einsehen, daß das Reden Clem als Wirklichkeit schon genügte. Es war für ihn das, was für andere Harlands das Trinken gewesen war, oder die Viehzucht oder der Landbesitz. Er selbst entstand aus dem, was er redete. Die Welt entstand aus dem, was er redete. Seine wolkigen Gedankenspiele, die seltsamen Fragen, die er sich stellte, die Geschichten über Erlebnisse, die ihm an dem und dem Ort und zu der und der Zeit zugestoßen waren, waren sein Leib und seine Seele. Denn sie rührten an das, was ihn vor allem anderen bewegte, das Geheimnis *seiner selbst.* «Hör zu», so fing er dann an, mit vor Aufregung gedämpfter Stimme, «es gab da eine Zeit – ich war sechzehn oder siebzehn, ungefähr das Alter – auf jeden Fall noch ein richtiger Junge –, du weißt schon, man spürt diesen Drang zu allem möglichen. Zu allem, ich meine nicht nur Frauen», und dann grinste er scheu und schaute weg, besonders in Gegenwart einer Frau, die er bezaubern wollte. «Jedenfalls, ich komm von einem Tanz zurück, barfuß, meine Stiefel über der Schulter – Stiefel trug ich damals nicht oft, abgesehen beim Tanzen –, und als ich bei Mackays vorbei bin – du kennst den Platz, da ist der alte Pfefferbaum, genau wo die Straße eine Kurve macht – naja, ich war schon ein bißchen müde, vom Tanzen und allem, und vom Gequatsche mit den Jungs draußen, und da dachte ich, ich seh da doch was. Da war so 'ne Masse auf der Pferdekoppel, ein einziges Geschiebe im Mondlicht, der

Mondschein spielte richtig mit, und was sehe ich plötzlich – wenn nicht dieses eine Mädchen? Mitten unter den Pferden, und sie rollte so über die Rücken der Pferde hinüber wie eine Akrobatin. Sie war natürlich nackt.» Er schluckte. Sein Adamsapfel sprang hoch und runter, und seine Augen über den gebräunten Wangen waren aufgerissen. «Weiß war sie, vom Mondlicht, und nackt wie eine Nixe, die durch die Wellen schlüpft. Da sprang ich in den Baum, um einen besseren Blick zu bekommen. Doch im Moment, wo ich nicht mehr hingucke, ist sie verschwunden.» Die Enttäuschung traf ihn, als wäre sie eben erst geschehen. Er schüttelte den Kopf. «Ich blieb sitzen, schaute und wartete, um sie noch einmal zu Gesicht zu bekommen, und dabei muß ich wohl eingeduselt sein, denn als nächstes kriegte ich mit, daß es hell war, ein herrlicher Sonnenaufgang wie Schinken mit Speck, und ich merkte, wie hungrig ich war. Ich ließ mich runter, ganz sachte für den Fall, daß mich jemand sah, und dachte, ich hätte sie nicht alle.»

Er brach ab, grinste, sein Adamsapfel ging rauf und runter. Alle seine Geschichten gingen ungefähr so. Vielsagend. Folgenlos. «Nun», erkundigte er sich dann nach einer Pause, «was hältst du davon?» Aber die wahre Frage lautete: «Was hältst du von *mir*?» Er war über sich selbst so tief erstaunt, daß er seine Geschichten in der Hoffnung erzählte, einer seiner Zuhörer würde in ihnen einen Sinn erkennen, der ihm helfen könnte, seine eigene unklare und schattenhafte Person klar umrissen zu sehen.

Seine Frau fand diese Geschichten deprimierend.

«Clem», beklagte sie sich, «das ist alles Quatsch.»

«Wirklich, Liebling?»

Es brachte ihn gar nicht aus der Fassung. Seine Augen waren klar, rund, hell vor Aufmerksamkeit. Ergeben wartete er darauf, daß sie ihn mit ihren Zweifeln erhellte.

«Auf jeden Fall hast du sie mir schon mal erzählt.»

«Hab ich das?»

«Ja, hast du, und da war sie *anders.*»

Und dann drehte sie sich in dem massigen Bett von ihm weg. Sie hatten jetzt schon ein Kind neben sich, gerade achtzehn Monate, dem feuchte Blasen von den Lippen platzten, und sie erwartete das nächste.

«Maggie? Mag? Du bist mir doch nicht böse, oder?»

Er streckte seine Hand aus, um sie zu trösten oder zu beruhigen oder um einer Spur seiner aufregenden Geschichte zu folgen, die hierhin führte, zu ihrem eigentlichen Gegenstand. Am heftigsten erregte ihn das in seiner Erzählung beschworene Bild eines früheren Selbst, barfuß, die Stiefel über der Schulter, und dieses leidenschaftliche Verlangen in Gestalt eines nackten Mädchens im Mondlicht, inmitten von Pferden – eine Nixe in den Wellen eines Meeres, das er noch nie gesehen hatte. Als sie sich erweichen ließ und sich zu ihm drehte, hatte er seinen Beweis. Es war alles Wirklichkeit.

«Oh, Clem Harland, du bist unmöglich», stöhnte sie. «Was soll ich bloß mit dir anfangen?»

Er lachte leise und schien ihr recht zu geben, doch er war über sich selbst ganz entzückt.

Es gab hier keine Wölfe, außer in den Geschichten, die man aus der anderen Hälfte der Welt mitgebracht hatte, doch sie dachte sich die Nacht als einen grauen Wolf, der hinter dem Hause umherschlich, und die Sterne als seine Zähne. Sie beide waren Kinder, und sie das stärkere, jedes hielt das andere fest, gegen die Finsternis.

Das zweite Kind war wieder ein Junge. Sie nannten ihn Frank, nach ihrem Vater, so wie sie das erste Jim genannt hatten, nach seinem. Sechs Monate später, mit den zwei kleinen Jungen auf dem Hals, war er Witwer. Er war dreiundzwanzig.

Es kam alles so plötzlich. Er konnte es nicht glauben. Die ersten Tage war er stumm vor Trauer. Er stolperte durch das leere Haus, die Kinder auf seinem Arm, oder er saß auf dem Bett, während sie schliefen, wie ein älteres Kind, das allein aufwacht und nicht zu weinen wagt, ganz starr vor Angst. Oft riß er die Kinder an sich, so daß auch sie aufwachten und schrien. Dann war er damit beschäftigt, sie zu trösten. Manchmal, auch nachts, ging er nach draußen, um sich den Rosenbüschen zu stellen.

Der Dorn einer Rose war es gewesen. Blutvergiftung. So plötzlich. Er konnte es nicht glauben.

Er hing an seinen Jungen, sorgte für sie, so gut es ging, lehnte jede Hilfe ab. Er hatte eine weibliche Seite, und die Pflege der Kinder, sie zu baden und zu wickeln, sie zu füttern und im Auf- und Abgehen zu wiegen, zu spüren, wie sie sich an ihm rieben und stießen, während seine Lippen Säuglingslaute murmelten – das bereitete ihm eine Freude, die er nur ungern zugegeben hätte. Die Farm ließ er laufen.

Aber die Kühe verkamen, wenn sie nicht gemolken wurden, also mußte er sich auch um sie kümmern, um das Futter und das Abfüllen und Abstellen der Kannen – jeden Morgen und jeden Nachmittag die gleichen Kannen mit der Tagesmilch, die hin- und herschwappte, wenn er ihr Gewicht hochstemmte und zur Straße brachte, dreimal hin und zurück. Er ging in dieser Routine auf.

Er sah ein, daß diese Dinge Vorrang hatten, trotz allem. Sie standen fest, sie verlangten Ergebenheit. Er nahm die Arbeit, wie sie war, und ließ seinen Kummer von ihr verzehren. Die zwei kleinen Jungen, die ihm ewig auf den Fersen folgten, an seiner Hose fummelten und vor sich hin brabbelten, waren ihm eine Freude, aber auch eine Last. Sie waren zusammen ein seltsamer Anblick, der Vater, der noch vor kurzem selber ein Junge gewesen war, und die zwei verwilderten Kinder. Frauen tat er leid. Sie rissen die Kinder voller Euphorie in ihre Arme, mit Schreien und Liebkosungen und allen Angeboten einer mütterlichen Zuneigung, die auch den jungen Vater mit einschloß, und nach einigen Monaten Probezeit heiratete er von ihnen die dritte.

Zu diesem Zeitpunkt war Jim, der ältere Junge, fünf und etwas; er konnte alleine zurechtkommen. Aber mit Frank würde es nun, da seine neue Frau schwanger war, schwierig werden, und obwohl er nie daran gedacht hatte, als er mit den beiden Kindern alleine zurechtkommen mußte, war Clem jetzt – nachdem er sich viele Nächte geschämt und Vorwürfe gemacht hatte – dazu bereit, das jüngere Kind fortzuschicken. Er hatte eine Schwester, die mehrere Jahre älter als er und mit einem Obstfarmer verheiratet war, in der Nähe von Stanthorpe am Glen Alpin. Sie hatten gerade einen Sohn in Frankreich verloren. Für ein Jahr oder zwei würde sie sich um Frank kümmern, ihn hegen und pflegen. Der Junge hätte es gut, und Clem nahm sich vor, alle paar Wochen hinüberzureiten, um ihn zu sehen.

2

Frank Harland wuchs nur mit einer vagen Erinnerung an sein anderes Zuhause auf.

Woran er sich erinnerte, war die Empfindung einer besonderen Wärme, und draußen, da war ein leuchtendes Grün und ein weites Blau, in das sie ab und zu eingetaucht waren. Auf der Farm seines Onkels gab es nur ein verschlammtes Stauwehr und Reihen wohlgeordneter Bäume, mit knotigen Zweigen, deren rötlich überhauchte Schwellungen zuerst zu Blumen und dann zu Früchten wurden – so rund und durchleuchtet, daß sie aussahen, als wären sie gar nicht gewachsen, sondern als Schmuck unter die Blätter gehängt worden.

Der Boden zwischen den Bäumen war uneben, zu einem harten Grau verbacken. Er zerbröckelte in seiner Faust. Die Erde, die er gekannt hatte, war schwarz. Wo das Land nicht eingezäunt und bepflanzt worden war, gab es nur dürre Böschungen im Wechsel mit runden Felsen von graubrauner Farbe. Sie brachen aus der Erde hervor und kippten um, oder sie verstreuten sich über den Hang wie Rieseneier, die den Hügel hinabrollen. Wie als Witz balancierte manchmal ein großer Felsen einen kleineren auf seinem Kopf. Man konnte spüren, daß es eine Zeit gegeben hatte, in der dieser Ort nicht so still gewesen war wie jetzt. Frank rührte sich nicht und stellte sich vor, wie all diese großen Steine sich hoben, wie sie umherrollten und unten im Dunkel zerbarsten.

Es war kälter hier, es gab Frost. Im Winter schwamm

morgens auf dem Trog draußen im Hof oft eine Eisschicht so dünn wie Glas, und einmal, als ein Wasserrohr der Sprenger ein Loch hatte, erschien aus ihm eine Kristallblüte und wuchs jeden Tag weiter, bis sie eine Blume mit riesigen Blütenblättern und einem fußdicken Stengel war.

Das Haus seiner Tante hatte sieben Räume statt bloß einem. Dort war ein Kamin, für den er Holz hereintrug, eine Standuhr, ein Zwilling von der im Vaterhaus, und ein Grammophon, das seinem Vetter Ned gehört hatte. Man erlaubte ihm, durch Kurbeln Musik erschallen zu lassen. Sie brachte seine Tante zum Weinen. Die Standuhr, letztes Relikt einer verschwundenen Größe, betrachtete er oft und zerbrach sich darüber den Kopf.

Bald war sie zu seinem Lieblingsgegenstand geworden, und, während er älter wurde, zur Quelle einer andauernden Träumerei. Seine Tante lehrte ihn, die Zeit von ihr abzulesen, und nachts hörte er gerne dem Schlag der halben und der ganzen Stunden zu; er erinnerte ihn daran, wie er denselben Klang im Bett seines Vaters gehört hatte, einen Klang, der noch immer dort wäre, zur selben Zeit. Es war nicht dieselbe Uhr wie die andere, das hatte er verstanden, aber es war dieselbe Zeit.

Die Zwillingsuhren an ihren jeweiligen Orten – die seiner Tante auf einem Tisch im Flur, die seines Vaters auf einem Regal zwischen Mausekot, abgebrannten Streichhölzern und braunen Apfelkernen – wurden die Pole seiner Welt. Oft mußte er an die beiden denken.

In seinem anderen Haus hatte er bei seinem Vater und bei Jim geschlafen. Hier hatte er sein eigenes Bett, in Neds Zimmer, er verlor sich in ihm.

In den ersten Nächten, als er in einem unbekannten Dunkel erwachte, spürte er Panik. Wenn er seine Hand nach Jim oder seinem Vater ausstreckte, griff er nichts als ein Bettuch;

obwohl es natürlich viel beängstigender gewesen wäre, auf den Körper des Vetters zu stoßen, den er nie gekannt hatte und der am anderen Ende der Welt gestorben war, dessen Hemden aber vollzählig geflickt und gebügelt im Schrank an der Wand hingen und dessen Geist in so vielem hier spukte. Insbesondere in einer Galeone aus polierten Streichhölzern, die auf dem Tisch an seinem Bett stand, und der blauen Kelpiehündin Max, die immer am Tor auf Neds vertrautes Pfeifen wartete. Und im Gedächtnis seiner Tante Else.

Einige Male, wenn sie hereinkam, um ihn aufzuwecken, sah er, wie überrascht sie war, ihn hier zu finden – klein und mit sandfarbenen Haaren –, als hätte er sich heimlich in das Bett seines Vetters gestohlen.

Es dauerte eine lange Zeit, bis er sich an die leeren Hemden im Schrank und das einsame Bett gewöhnt hatte.

Das Haus selbst schien ebenfalls groß und einsam. Seine Tante mochte gefegte Räume, doch sie bereiteten ihr auch Sorgen. Es gab keine Nähe. Es gab auch keine Kühe. Nur Bäume, die sich das ganze Jahr lang verwandelten, von Blütenstaub nährten und nicht umherstreiften, wohingegen die Kühe zu Hause atmeten und fortwanderten, um dann wie träge Wolken aus dem Gras wieder zu erscheinen. Sie fraßen Futter und Salzlecke, und die kleinsten, die Kälbchen, fraßen einem aus der Hand. Ihre Zungen waren rauh und warm, ihre Nüstern feucht, und ihr Atem roch süßlich. Man konnte sich zwischen sie stellen, dort war es zwar voll Scheiße, aber warm, und der beißende Geruch, den er niemals vergaß, war der Geruch der Welt, aus der er kam. Er glaubte ihn an seinem Vater zu riechen, wenn er einmal im Monat auf Besuch kam; aber vielleicht war es einfach nur die Wärme, deren Empfindung in ihm den alten Kuhstallgeruch wachrief, wenn sein Vater ihn hochhob und im Mantel umhertrug.

Er kannte zwei Welten. Sie sahen verschieden aus, sie rochen verschieden, sie besaßen verschiedene Arten Wärme und Kälte. Die eine war die ursprüngliche, sie war der Ort, von dem er herkam. Die andere war die, in der er war.

Seine Tante Else war eine gütige, strenge, ordentliche Frau, die aus irgendeinem Grunde mit seinem Vater nicht einverstanden war. Das hieß, daß sie allem, was er sagte, mit verschlossenem Gesichtsausdruck und zu einem Strich verkniffenem Mund zuhörte. Onkel Jack sagte, sein Vater rede zuviel. «Schmuh» nannte er das.

Man hielt im Haus seiner Tante nicht viel vom Reden, daher wuchs er schweigsam auf und lernte, seine Gedanken für sich zu behalten.

Er ging zur Schule und half nachmittags und in den Ferien seinem Onkel auf dem Hof. Da war eine hübsche, wohlgepflegte Obstplantage; sein Onkel nahm es mit ihrer Bestellung so genau wie seine Tante mit dem Haus. Wenn die Früchte reif waren und die Pflücker kamen, lief Frank mit Anweisungen zwischen der Küche und der Pflückerbaracke hin und her, die letztere ein ziemlich lärmiger Ort, wo jeder in Shorts und Unterhemden herumstand. Er half dabei, Teller dorthin zu tragen, wo sie unter Bäumen an provisorischen Tischen aßen, zählte Kisten, während sie bepackt und zugenagelt wurden, und sah zu, wie sie in den Lastwagen verstaut wurden. Abends zeigte ihm sein Onkel Fred, wie man mit Streichhölzern bastelt. Er war ein Mann mit großen Händen, die von der Arbeit hart und rissig waren, aber er war unendlich feinfühlig, wenn es darum ging, mit ihnen die kleinen Balken zu rollen, und voller Phantasie in der Erfindung von Schlössern und Palisaden. Sie arbeiteten am Küchentisch, während Tante Else bügelte, und bauten zusammen eine Hütte, ein offenes Boot mit Rudern und eine Brücke, die sich hob, um Schiffe durchzulassen.

Frank war gar nicht so interessiert – er tat es seinem Onkel zuliebe –, und die Galeone, die Ned angefertigt hatte, als er gerade dreizehn war, schien ihm trotz seines Alters mangelnde Geschicklichkeit vorzuwerfen. Das Zeichnen war ihm lieber.

Onkel Fred zeigte ihm zuerst, wie man das Bild eines Pferdes mit hoch trabenden Hufen und einen Karren mit einem steifen kleinen Fahrer zeichnete, und bald wußte er von selbst, wie er ein lebendigeres Bild machen konnte. Sein Pferd hatte mehr Feuer; die Augen, die Nüstern, die Mähne waren detaillierter. Danach kopierte er Abbildungen aus der Zeitung, Automobile mit geschwungenen Kotflügeln und verspeichten Rädern, Häuser aus den Anzeigen der Grundstücksmakler, mit wundervollen Bäumen und Wolken. Obwohl seine Hände im Vergleich zu denen seines Onkels so klein waren, für die Streichhölzer waren sie zu ungeschickt, aber mit einem Bleistift fühlten sie sich sicher. Er liebte die Genauigkeit, die man braucht, um Detail für Detail und mit feinen Strichen die professionelle Kunst der Zeitungsanzeigen wiederzuerschaffen, und er freute sich, wenn ihn seine Tante beschuldigte, durchgepaust zu haben.

«Aber das mußt *du* getan haben», beharrte sie. «Gib's zu, Frank, du hast durchgepaust? Es ist doch Unsinn, wegen so einer *Kleinigkeit* zu schwindeln.»

Sein Vater erzählte ihm etwas über neue Brüder, und von Jim, der einmal bei ihm übernachtete, als er auf dem Weg zu einem Feriencamp am Meer für Kinder aus dem Busch war, hörte er etwas über seine Stiefmutter Sally.

«Sie ist 'n Ordnung», gab Jim zu. «Nur 'n bissn draufgängerisch. Sie guckt dich nicht einfach schief an, gibt's dir sofort mit der Haarbürste, nachher tut's ihr dann leid, und sie kocht einen Pudding mit Goldsirup, denn den hab ich am allerliebsten.» Er grinste breit. «Sie ist'n Ordnung. Hat drei kleine Kinder auf'm Hals.»

Die Frage, woran er sich von ihrer wirklichen Mutter erinnerte, schien ihn in Verlegenheit zu bringen, er wußte nichts zu sagen. Vielleicht, weil er Sally nie kennengelernt hatte, dachte sich Jim, war für Frank die Stelle ihrer Mutter im Haus immer noch leer. Sie war es nicht. Sally füllte sie mit ihrem aufbrausenden Temperament, ihrem Gerufe und ihrem Gefluche über alles und jeden, ihrem herumklappernden Geschirr, ihrem ewigen Beschäftigtsein mit Windeln in der Wanne und den Babies, die ständig an ihrer Brust hingen oder unterm Tisch an deinen Hosen zerrten.

Sally war nur halb erwachsen. Über einer Wange hatte sie eine Narbe, wo ein Kiesel sie erwischt hatte, als sie im Schulhof spielte. Sie lief barfuß. Und einmal, als sie alles und alle satt hatte, war sie zu Jims Überraschung den Stamm einer Kiefer im Hof hinaufgeklettert und weigerte sich herunterzukommen. Sie war einfach bis zur Spitze weitergeklettert, wo sie auf den federnden Zweigen schaukelte und herausschrie, was sie alles sehen konnte. Sein Vater kam gerade aus dem Kuhstall und mußte zuerst lachen, bat sie dann aber flehentlich, herunterzukommen. Doch Sally wollte diesen Augenblick erhabener Ausgelassenheit und stolzer Freiheit nicht einfach abbrechen und sagte ihm, er solle sich verpissen. Man mußte sie wie eine Katze herunterschmeicheln.

Als sie endlich unten war, immer noch ziemlich beleidigt, waren ihre Beine ganz zerkratzt und blutig verschrammt, und sein Vater hatte sie am Abend ganz sanft in warmem Wasser mit Solyptol gebadet.

Was ihn an all dem so bezauberte, hätte Jim nicht sagen können. Er hätte zugeben müssen, daß auch er an Sally hing und selbst ihre Schläge und Schelten ohne weiteres hinnahm, genauso wie die Kitzelüberfälle, die ein quietschendes Bündel aus ihm machten. Sie waren die Wirkungen einer weiblichen Wirklichkeit, ohne die er nicht hätte leben wollen. Sally war Mutter und Frau genug, um ihre wirkliche Mutter zu ersetzen. Er fand Franks Versuch, dieses schattenhafte Wesen mit all seinen Rechten wiederzubeleben, beunruhigend.

Aber für Frank hatte die Frage einen ganz anderen Sinn gehabt. Er war über die Gedächtnislücke seines Bruders nicht erstaunt.

Je mehr er darüber nachdachte, desto mehr schien es ihm, daß er überhaupt keine Mutter gehabt hatte, sondern aus einem Teil seines Vaters geboren worden war, aus dem, was an ihm weiblich war. Nicht aus seiner Sanftheit oder Hingabe, sondern ganz einfach der Kraft, die so voll belebender Wärme war, daß sie unweigerlich etwas zur Welt bringen mußte.

Er hatte begonnen, sich selbst in einer einzigartigen Beziehung zu seinem Vater zu sehen, einer unaussprechlichen, und nahm an, daß er ihn aus diesem Grunde, aus einer Art Ablenkungstaktik heraus, fortgeschickt hatte. Sie teilten ein Geheimnis, vielleicht sogar ein Verbrechen. Wie sonst sollte man die Scheu erklären, die sein Vater in seiner Gegenwart zeigte, und von der er annahm, daß sie der Ehrfurcht entsprach, dem Gefühl, in der Nähe einer heiligen Kraft und Herrlichkeit zu sein, das er empfand, wenn er – dem Einfluß seiner Tante, ihrem skeptischen Blick und ihrem Haus entzogen –, in die Falten des väterlichen Mantels geborgen, nach draußen zum Hang getragen wurde. Dort saßen sie miteinander auf einem runden Felsen und schauten über die Landschaft, ihre Überschwemmungen und Umwälzungen, hin nach dem üppigen grünen Tal, das Killarney war. Ihre Gemeinschaft war vollkommen. Sein Vater trug dann oft eine Leidensmiene, als ob ihr Zusammensein auf diese Art für kurze Zeit Gefühle des Schmerzes und nicht nur der

Liebe hervorriefe, so, als wären diese Gefühle unlösbar miteinander verknüpft oder gar das gleiche Gefühl in zweierlei Gestalt; wie die zwei Kräfte, die männliche und die weibliche, aus denen sein Vater ihn zum Leben gebracht hatte, in einem Prozeß, der keinen Namen hatte und anderen Gesetzen unterstand als der, den er an Tieren beobachtet und aus den nackten Tatsachen des Schulhofes erschlossen hatte.

Atem – das war das Heilige. Auch die Bibel sagte es. Daher die überdeutliche Stille und der leergefegte Raum im vollkommen weltlichen Haus seiner Tante, und die Rede seines Vaters andererseits, der endlose Fluß der Worte aus den Liebkosungen des Atems, der – so sagte sich Frank – das Medium der Schöpfung selbst sein mußte. Nur aus einer großen Blase, die aus dem Atem und dem Mund seines Vaters hervorsprudelte, und ihrer körperlichen Gestalt konnte er entstanden sein.

Wie sein Vater von seiner Jugend in Killarney redete und die Bruchstücke der Familiengeschichte, aus der er so gerne erzählte, alles vermischt mit Mythen, Legenden, Witzen, Fakten, Fabeln – dies erklärte zur vollen Zufriedenheit des Jungen und überzeugender als alles, was er in der Kirche oder Schule gelernt hatte, was er war und woher er kam und ließ die Vision eines Killarney entstehen, von dem er ganz genau wußte, wie es aussehen würde, wenn er wieder dort wäre.

Jeder Grashalm und jeder Busch, die vielen Wasserlöcher und ihre Namen, die kleinen runden Hügel und die Farmhäuser, die Sägemühlen und Scheunen, alles war ihm vollkommen vertraut. Killarney war der wirklichste Ort, den er kannte. Und er war für ihn ganz und gar aus dem Mund seines Vaters entstanden.

3

All dies war für den Jungen Teil eines Geheimnisses und blieb es auch. Andacht und Schweigen hüteten es.

Währenddessen füllte das übliche Schulleben fünf Tage seiner Woche, Hofarbeit die anderen, und er lebte mit den bruchstückhaften Auskünften, die seine Tante, eine verschlossene und einsame Frau, ihm etwa an einem stürmischen Nachmittag erteilte – nachdem im Haus alle Spiegel wegen der Blitze verhängt und alle Messer versteckt worden waren und während sie im Wettstreit mit dem Regen, der auf das Dach trommelte, mit angezogenen Knien Erbsen in eine Schüssel pladdern ließ. Nur ein anständiges Gewitter konnte aus Tante Else Worte herausschütteln.

«Als ich und dein Vater jung waren», erzählte sie, «waren wir sehr arm. Sogar noch ärmer als dein Vater jetzt ist.»

Ihr Stirnrunzeln verriet, daß sie sich schon nach zwanzig Silben darüber ärgerte, zuviel gesagt zu haben.

«Er war jünger als ich, dein Vater. Zwölf Jahre. Und er konnte einen faszinieren. Damit kam er immer durch. Bei jedem, meine Mutter eingeschlossen. Aber nicht bei mir.» Sie betrachtete einen Moment die Erbsen, wie sie nebeneinander in der durchsichtigen Schale lagen, und gab ihnen mit dem Daumen einen Stoß. Sie rasselten. «Ich glaube, er wird sein ganzes Leben lang damit durchkommen. Ich dachte eigentlich, die Leute werden ihn durchschauen. Auf lange Sicht kommt die Wahrheit raus. Aber von wegen. Damals faszinierte er die Leute, weil er nur ein Junge war. Jetzt fasziniert er sie mit dem gleichen Trick, weil er keiner mehr ist. Die Leute lernen nie dazu. Er sucht immer nach Leuten, die ihn mögen, dazu kann er jeden gebrauchen. Der wird sich nie ändern.»

Er erkannte hierin eine Art Geständnis oder Beschwerde. Es war vielleicht schon alles, was er von den Ansichten seiner Tante erfahren würde, nicht nur über seinen Vater, sondern auch über das Leben als Ganzes. Vielleicht sollte dies als Warnung dienen. Insofern es eine Warnung vor seinem Vater war, konnte er sie nicht akzeptieren.

Er war erst elf.

Später, wenn er in seiner Erinnerung den Ablauf der Ereignisse zu rekonstruieren versuchte, legte er diese Unterhaltung in die Mitte eines Unwetters, dessen Anfang er von der Spitze einer Granitklippe beobachtet hatte. Dann wäre das Gespräch unmittelbar der Ankündigung gefolgt, daß er das Haus seiner Tante verlassen werde, um zurückzukehren. Aber er war sich der Sache nie sicher. Unwetter kamen in diesem Teil des Landes häufig vor, und vielleicht hatte er in seiner Erinnerung dieses letzte Gewitter einfach deshalb zum schlimmsten von allen gemacht, um zwei Leidenschaften zusammenzubringen – die eine rücksichtslos ausbrechend, die andere sorgsam zurückgehalten –, und so die Worte seiner Tante auf den Vorabend seiner Abfahrt verlegt.

Er hatte das Unwetter heraufziehen sehen und mit bloßen Füßen und Knien einen Aussichtspunkt erklommen, der viel höher als die Farm und in einer Stille lag, die ihm, als er den Gipfel erreichte, unübertrefflich schien.

Die Vögel waren still. Sie hielten sich versteckt. Nur noch ein Hühnerhabicht, hoch oben, segelte und schwirrte, stand dann still in der Luft, als hätte ihn eine unsichtbare Hand angehalten. Die Blätter rings um ihn leuchteten vor Ruhe. Sie schienen jede Wirklichkeit verlassen zu haben, in der

Regen und Wind an sie rühren konnten. Sie waren durchscheinend, man konnte hindurchschauen.

Es war das Licht. Auch die Granitauswüchse und gewaltigen Steineier schienen anders. Man konnte sehen, wie ihre Risse und Verwerfungen in die Erde zurückmündeten. Das Licht war in den Dingen. Er dachte an das Glasfenster der St.-Michaels-Kirche, wenn zur Zeit der Abendandacht all die Farben und Herrlichkeiten der Figuren, die über einer Masse aus Dunkelheit schwebten, für die draußen Stehenden zu sehen waren – für Tiere oder Landstreicher oder gewöhnliche Passanten – und ihre Linien und Formen für sie eine Helligkeit und Klarheit besaßen, die der knieenden Gemeinde vorenthalten blieb.

Es war, als sei er auf die andere Seite der Dinge gelangt. Die Art seines Sehens hatte sich geändert. Jeder Baum entstand nun aus der Erde wie ein für sich neu geschaffener Gegenstand; war nicht ein Pfirsichbaum in einer Reihe, sondern dieser eine Baum und kein anderer. Alle Bäume in der Plantage schienen vollkommen für sich und voneinander abgelöst, und auch ihre Schatten zeigten je einzigartige Gestalten, die sie auf den schrägen Boden warfen, auf die groben Erdklumpen, jeder von ihnen goldbraun und von innen erleuchtet und so wirklich, daß es einem vorkam, als wären sie einem direkt an den Kopf geworfen.

Am Horizont baute sich im Südwesten eine große Wolkensäule auf und verbreitete sich so schnell, als hätte man die Zeit beschleunigt. Unsichtbare Stimmgabeln waren dort. In ihr taumelte es. Spiralen wirbelten und irrlichterten, blau, purpur, schwarz. Die Säule wölbte sich und wankte auf ihn zu.

Was diese Wolke anstellte, veränderte das Licht so seltsam.

Er besah seine Hand. Selbst sie war anders. Nie zuvor hatte sie diese Gestalt oder Farbe gehabt.

War er verantwortlich? Hatte er dieser Wolke zum Dasein verholfen, hatte er selbst, durch eine Wunsch- oder Wirkkraft, an die er nur halb glauben konnte, das Ereignis geschaffen, das ihn fortbringen sollte?

Atemlos warf er einen letzten Blick zurück, den er als sein endgültiges Bild dieses Ortes behielt – darum war er so hoch hinaufgeklettert –, und indem er die geschmeidige Krümmung des Felsens hinabglitt, lief er mit der Wolke um die Wette. Er beaufsichtigte die schwankende Kraft aus Volumen und Geschwindigkeit, er sah sie sich drehen, seinem Willen gefügig, quer über den Himmel auf dem Weg zur Stadt: eine unermeßliche Säule aus Wasser, Tonnen über Tonnen, in der Schwebe, alles, was ihr Schatten berührte, wirbelte sie herum und verdunkelte es, aber erfaßte es auch in einem neuen, von innen kommenden Licht.

Er lief schnell.

Der alte Mr. König, den er gern hatte und nie wieder sehen würde, war draußen bei seinen Bienenstöcken, wie Ned Kelly, der Buschklepper, von einem Gazehelm geschützt. Seine Hände führten einige rasche Beschwörungsgesten aus. Die Bienenkörbe waren ein leuchtendes Blau. Man konnte sehen, wie die Bienen als kleine Sturmwolken tanzten und Mr. König sie dirigierte.

Die O'Deas waren bei den Wäscheleinen, unter Zurufen zogen sie die Tücher herab: Mrs. O'Dea mit dem Wäschekorb, die beiden dünnen Mädchen, Francie und Rena, und sogar Leo, der sich geschämt hätte, bei so was erwischt zu werden. Leo war sein bester Freund in der Schule. Oder war es gewesen.

«Das wird ein Knaller!» rief ihm Jake Shoals zu und stand einen Augenblick still, auf der Mitte eines Hangs, der mit Maschinenteilen und -teilchen übersät war, wo Automotoren, das Fahrerhaus eines Lastwagens, aufgestapelte Zylinder und die Rippen einer auseinandergenommenen Mähmaschine herumlagen. Seine Frau Milly – beide waren ihre nächsten Nachbarn – trieb die Hühner in ihren Stall, dessen rostige Blutröte im neuen Licht fast weh tat.

Oben auf dem Dach des Hauses hatte sich ein Stück Wellblech losgelöst und begann zu flattern. Jake Shoals war nie dazu gekommen, es festzunageln – er war stets mit seinen Maschinen zu beschäftigt gewesen, dem einzigen, was jetzt am Boden verankert blieb, als das Gras sich auf einmal flachlegte und den Hügel hinaufwallte und dürre Blätter, Zweige und Federn aufstiegen und herumwirbelten. Er lief, so schnell er konnte. Sein Atem hielt durch, er hatte kein Seitenstechen, und die Wolke wuchs und wuchs.

Seine Tante Else hatte schreckliche Angst vor Donner und wollte im Hause allein sein. Es gab noch genug zu tun, genügend Fenster zu verriegeln. Und während eines Unwetters sperrte sie den Krach von draußen gerne mit Reden aus. Während seines Laufs war ihm deutlich bewußt, daß er keines dieser Dinge wiedersehen würde, daß dies der Abschied von ihnen und von einer ganzen Phase seines Lebens war. Er hatte nicht erwartet, daß dies im Laufen geschehen müßte oder daß er sie dabei auch zum ersten Mal zu sehen bekam.

Milly Shoals drehte sich um und winkte ihm zu. Ihr leuchtendes altes Kleid war von der Farbe weicher Butter, und die Hühner, die hochsprangen und mit den Flügeln flatterten, ein staubiger Haufen, der vor ihr flüchtete. Sie stürzten übereinander und trampelten aufeinander und waren von engelhaftem Weiß.

Er wendete und lief die lange Auffahrt hinauf, lief immer noch unter der Wolke.

Die ersten einzelnen Tropfen kamen, so groß klatschten sie nieder.

Als er am nächsten Morgen fortging, war seine Tante ganz aufgelöst und hätte gerne seinetwegen geweint, doch sie erlaubte es sich nicht. Er hatte sie gern und wußte nicht, was er sagen sollte. Sie hatte ebenso gewußt, daß sein Vater ihn eines Tages zurückholen würde, und hatte sich gegen einen zweiten Kummer dadurch versichert, daß sie sich ihm nie ganz öffnete. «Sei ein guter Junge», das war alles, was sie jetzt sagte. Sie umarmte ihn kurz und verschränkte dann die Arme über ihrer flachen Brust.

Sein Onkel, der einfacher war und sich nicht schützen mußte, sagte statt dessen: «Wir werden dich vermissen, Kerl. Werd' gar nicht wissen, was ich ohne dich tun soll. Es ist, als würde man Ned noch einmal verlieren.»

Er nahm sich vor, ihnen eines Tages zu sagen, was er für sie empfand, den beiden stillen Leuten, die ihn so lange versorgt hatten. Oder es ihnen zu zeigen. Aber im Augenblick war er zu erfüllt vom Jubel in seiner eigenen Brust. Sein Vater übernahm das Reden.

«Nein, nein, Clem», beteuerte sein Onkel kopfschüttelnd, «es ist nicht nötig. Wir haben ja nur getan, was jeder tun würde, wofür sonst ist 'ne Familie da?» Seine Tante verzog den Mund zu einem Strich. Sie hatte einen verfrühten Weihnachtskuchen mit Stechpalmenblättern und Verzierungen gebacken und eine Dose rotweißes Kokosnußeis gemacht.

Niemand konnte den Triumph erahnen, den dieses Geschehen für ihn bedeutete, ihn, der all das bewirkt hatte. Er ging zu seinem Vater zurück, zu seiner wirklichen Familie und an seinen einzigen *Ort*. Killarney. Die Frau seines Vaters, jene Sally, war an der Spanischen Grippe gestorben, und sein Vater hatte entschieden, daß sie wieder zusammen sein sollten. Sein Wille zur Rückkehr war stärker gewesen als der Überlebenswille der Frau.

«Er braucht ein billiges Kindermädchen», hatte er seine Tante im Bett flüstern gehört, als der Brief ankam.

«Pscht! Der Junge könnte das mitkriegen! Es hat keinen Sinn, jetzt noch Theater zu machen –»

«Es ist immer dasselbe. Er denkt an niemanden als an sich. Das Ganze ist so rücksichtslos!»

So flüsterten sie bei geöffneter Tür, und er stand barfuß am Waschbecken, weil er im Schlafanzug gekommen war, um was zu trinken. Jetzt konnte er es nicht wagen. Das Schlucken und das plötzliche Rauschen des Wassers hätten ihn verraten. Also blieb er stehen und lauschte, wie sie über sein Leben tuschelten, lächelte in sich hinein, da sein Schicksal trotz allem in seinen eigenen Händen lag, und spürte mit vollem Bewußtsein – so wie er die Kälte spürte, die aus den Fliesen emporkroch und seine Zähne zum Klappern brachte –, welch einen Wendepunkt in seinem Leben dies bedeutete, in eine neue, für ihn bestimmte Richtung.

4

Das Haus, in das er wieder zurückzog, war in jeder Hinsicht verschieden von dem, das er die letzten acht Jahre über gekannt hatte. Es war ihm sofort vertraut, nicht als ein Ort mit bestimmten Wänden oder Gegenständen, sondern durch seine Wärme und Nähe, an denen sein Körper gehangen und die er in den leergefegten Räumen im Haus seiner Tante und in seinem Einzelbett so schmerzlich vermißt hatte. Es war ein großer Raum mit zwei Betten: einem Doppelbett, in dem sein Vater und Jim schliefen, zu denen er unter die flickengemusterte Steppdecke zurückkehrte, und einem anderen für die kleineren Kinder, die sieben, vier und drei Jahre alt waren und alle einen benommenen, dunkeläugigen Gesichtsausdruck hatten, von dem er annahm, daß er von ihrer Mutter herrührte, und dünnes, strohfarbenes Haar. Sie waren sich alle drei ähnlich, aber aus einer anderen Familie – und hätten ebensogut von einem anderen Planeten stammen können. Sie hielten zusammen, hatten Geheimzeichen und sogar eine eigene Sprache, die allein aus einem vokalischen Singsang bestand. Wie Welpen lagen sie, gemeinsam atmend und sich wärmend, dicht beieinander in ihrem Bett, das zu dem anderen in einem rechten Winkel stand, und murmelten unter sich geheime Silben, ein einziges Knäuel aus Armen und Beinen und fast nicht zu unterscheidenden Blondschöpfen. Sie waren das seltsamste überhaupt denkbare Bindeglied zwischen ihm und der alten, doch verwandelten Welt, in die er zurückgekehrt war.

Halbbrüder. Dieser Begriff hatte für ihn etwas Magisches,

besonders da er sie nehmen mußte, wie sie waren. Er starrte oft auf das einzige Photo ihrer Mutter, die mehr wie ein frecher Junge aussah, und führte die Eigenarten auf ihr Ebenbild zurück, dieses stupsnasige, dunkeläugige blonde Wesen, das ein neuer Teil seines Lebens war. Er fühlte sich vor ihnen schuldig, und auch das bestärkte ihn in seiner leidenschaftlichen Zuneigung: er hatte, durch die Kraft seines Wünschens, ihre Mutter aus dem Haus getrieben. Obwohl ohne Reue, wurde er von Schuld verzehrt.

Doch die körperliche Nähe im Bett seines Vaters entschädigte für jeden Schauder, der auf seiner Seele liegen mochte. Und die drei kleinen Jungen verziehen in ihrer Unschuld alles, freuten sich, einen neuen Erwachsenen im Haus zu haben, den sie belästigen und beeindrucken konnten, und insbesondere einen, dem man noch so viel zu zeigen und zu erzählen hatte, das sie bereits kannten: etwa wie viele Löffel in Vaters Morgenkanne kamen, das halbe Dutzend Orte, an denen ein Teebeutel verschüttgehen konnte, und in welcher der aufgestapelten Kisten man Zimt oder Reis oder Sago finden konnte (denn wer auch immer hier zuerst eine Art Ordnung geschaffen hatte, an die abgenutzten und unlesbaren Aufschriften hatte er sich nicht gehalten); wie man die Kernseife zum Waschen flockig machte, wo man die Butter vor Ameisen aufbewahrte und Brot vor den ewig herumschnüffelnden Mäusepelzen, und hundert andere Details, die diesen schlichten Haushalt betrafen.

Und dann war da die warme Stickluft und der volle, tierisch-erdhafte Geruch des Kuhstalls, den er nie vergessen hatte und den er freudig auskundschaftete. Die tägliche Routine nahm ihn wieder auf, Grundlage des väterlichen Lebens und Quelle des vorherrschenden Geruches, der bei allen Besuchen des Vaters mit erschienen war, um den Jungen an das andere Leben zu erinnern, das sie hier führten –

unter Tieren statt unter Bäumen –, und dessen Erinnerung verblieb, um ihn mit Heimweh und einem leidenschaftlichen Verlangen zu quälen. Er wühlte sich in ihn. Er eignete sich ihn an.

Die Arbeit jedoch war härter als die auf einer Obstfarm. Sie verlangte einen anderen Tageslauf und andere Muskeln. Er und Jim standen mit ihrem Vater auf, kurz vor fünf, und alle drei besorgten das Melken; er manchmal im Halbschlaf, den Kopf gegen ein rauhes Fell gelehnt, während nur die Finger der geregelten, traumgleichen Routinearbeit nachgingen. Später halfen sie an der Zentrifuge, und während ihr Vater die Kannen hinausschleppte und Tröge ausspritzte, bereitete Jim das Frühstück – unsere Puftaloons – in einer großen schwarzen Pfanne, die das Haus mit Fettgeruch erfüllte. Jeden Tag trug sie im Verein mit Holzrauch und Harzgeruch zur Verdunkelung der Wände und Dachbalken bei – und zu einer klebrigen Feuchte aller Dinge; wo man etwas berührte, blieben Fingerabdrücke. (Die von Frank wurden bald über allen anderen verzeichnet wie die Kerbe, die seine Größe, mit Namen und Datum versehen, auf dem Türpfosten markierte; aber sie erschien wie von nirgendwo, vier Fuß drei Zoll, wohingegen alle anderen sich miteinander mischten, indem sie ihr altes Selbst oder einander hinter sich ließen, und durch Monate und Jahre zurückzuverfolgen waren, Jahre, denen er nachbrütete und nachtrauerte.)

Die Kleinen waren dann schon auf, er zog sie an, während der Siebenjährige den Tisch deckte und Sirup, Marmelade und das Stück einer Honigwabe zurechtlegte.

Er hieß Clyde, die anderen waren Tam, kurz für Tamworth, und Pearsall. Sogar ihre Namen waren von einem anderen Schlag als sein eigener und der Jims, gehörten zu einer anderen Familie.

Dann liefen er, Jim und Clyde drei Meilen zu einer

abgelegenen Zwergschule, die in einer Weide inmitten leuchtender Kieselsteine lag. Clyde machte ohne die anderen wenig her. Er hatte nichts zu sagen, und sein Haar war zu blaß. Jellybean, eine alte Kelpiehündin, die einen Wurf halbwüchsiger Welpen hatte, watschelte mit hinaus und setzte sich in den Schatten der Bank, auf der die Milchkannen warteten, um ihnen nachzublicken, bis sie außer Sicht waren.

Nach der Schule trieben er und Jim die Kühe zum zweiten Melken hinein, nachher saßen sie am Küchentisch und machten ihre Hausarbeiten, während die Jüngeren auf ihren Knien turnten und vor sich hin brabbelten. Ihre Nasen mußten geputzt oder ihre Hosenträger aufgeknöpft werden, damit sie nach draußen zum Klo rennen konnten; ein paar Minuten später wurde einer von ihnen, meistens Frank, nach draußen gerufen, um einen Hintern abzuwischen.

Tam und Pearsall schienen zu glauben, daß Frank ihre Mutter ersetze. Sie kamen für alles, was sie wollten, zu ihm und zupften immer an seinem Ärmel, flüsterten ihm ins Ohr oder versuchten, sich bei ihm einzukuscheln. Sein Füller konnte ohne Schwierigkeiten eine Schönschreibaufgabe für ihn erledigen, während ihm Pearsall mit einer feuchten Zunge an seinem Ohr «wichtige Sachen sagte». Pearsall, dachte er, ähnelte jetzt schon seinem Vater. Genau wie der erzählte er Geschichten – viele von ihnen erfunden – über Dinge, die ihm passiert waren, und war nur zufrieden, wenn er sich unter deinem Hemd vergraben konnte, dir im Nakken schnüffelte oder die Wärme unter deinem Kragen aufsog.

Es war eine behagliche Welt, und in ihrer eigenen unordentlichen Art war sie recht ordentlich und sicher. Frank sah nichts lieber, als wenn auf dem Öltuch ihre sechs Plätze gedeckt waren, unter der Lampe, die er nur auffüllen konnte, wenn er auf einen Stuhl geklettert war. Alle sechs saßen da mit dem Essen vor sich, und nachher, immer noch auf ihren Plätzen, schlug sein Vater einen seiner bloßen Füße unter (so saß er gerne) und spielte leise auf seiner Mundharmonika oder erzählte eine von seinen Geschichten.

In dieser geschlossenen Welt, so empfand der Junge, gab es Dauer. Nur wenn sie zusammen zur kleinen Bezirksstadt fuhren, um Vorräte einzukaufen oder nach neuen Hosen, Shorts oder Pullovern zu schauen, erkannte er in den Gesichtern der Leute, an denen sie vorbeimarschierten, einen Blick, der in ihnen etwas Hinterwäldlerisches sah. Auch aus ihren Stimmen, wenn sie seinen Vater ansprachen, hörte er einen Unterton von Belustigung und leichtem Spott heraus.

«Hey Clem! Was iss'n aus dem Zaun geworden?» fragte einer etwa, als hätte es mit dem nur schiefgehen können (was auch stimmte, aber das war Pech), und irgendein blöder Angeber fing an zu kichern. Sein Vater nahm alles von seiner gutmütigen Seite, aber bugsierte sie doch bald woanders hin.

«Wie wär's mit Eis», lockte er sie, «von der alten Mrs. French? Kokosnuß und Himbeer, was haltet ihr davon, eh?»

Mit Frauen fiel es ihm leichter, seinem Vater. Frank sah es und wunderte sich, dann wunderte er sich weniger. Frauen waren gut zu ihnen, immer. Sie kriegten bei French Gerstenzucker gratis, den sie nach dem Eis mitnehmen durften, und bei Wilsons oft genug eine Orange oder eine Stange Zuckerrohr zum Teilen. Aber nur, wenn May Wilson im Geschäft war, die in der Schulklasse seines Vaters gewesen war.

«Wir kommen gut über die Runden, nich'?» sagte sein Vater, wenn er ihnen mit ihren Einkäufen und den Geschenken voranschritt. «Geht's dir auch gut, Pearse?»

Aber diese Ausflüge in die Stadt waren selten, und Frank

war froh darüber. Ihm gefiel der Gedanke, daß sie nicht dazugehörten, daß sie nur sich selbst hatten. Wenn sie nach dem Abendessen zusammenblieben, wenn jeder fettige Teller weggebracht und abgeschabt, die Mundharmonika in ihre Schachtel zurückgesteckt worden war, fing ihr Vater mit einer seiner Geschichten an. Seine träumerische Art und Weise und die leise und resonante Stimme brachte sie, einen nach dem anderen, zum Einschlafen.

Die Kleinen waren fast sofort hinüber, dann Jim, der nie eine Geschichte zu Ende hören konnte. Geradesitzend und mit offenen Augen begann er zu kippen und zu schwanken. Seine Augenlider fielen, flatterten, fielen zu; dann plötzlich öffneten sie sich mit einem Ruck und einem wilden Blick, als wäre er meilenweit weg gewesen, von wo er hätte sein sollen. Dann gab auch er auf. Seinen Kopf auf einen mageren Arm gestützt, versank er in Schlaf.

Frank hörte zu und zeichnete. Während sein Vater Romane ausspönn, bewegte er seine Hand über die Seiten eines kleinen Notizbuchs, fing zu seiner Zufriedenheit die Rundung von Tams Wange ein, dort, wo sie auf seinen Vorderarm drückte, oder den Winkel, den Jims Kopf beschrieb. Wie auf ein Kissen aus Luft zurückgelehnt, stellte er den bloßen Hals und, unter dem feinen und leicht gekrümmten Kinn, die Wölbung des Adamsapfels zur Schau. Den Mund halb offen, die Augen nur noch ein Schimmer unter Lidern, ein Dutzend Striche und Schatten für das braune Pony – das war Jim beim Dösen, Jim, wie er von sich abgelöst und in einige Entfernung gerückt und für einen Augenblick auf ergreifende Weise verwundbar schien und näher, schutzloser, als wenn er wach war.

Frank zeichnete und erforschte zeichnend die Unterschiede und die seltsamen Ähnlichkeiten zwischen ihnen allen, die ihn anzogen und bewegten, während die Schwingungen der

Stimme seines Vaters, ein melodiöser Singsang, ihren Zauber auf ihn übertrugen. Er erging sich in dieser Stimme, und das war leicht, weil die Stimme nicht mehr an die kleine Gruppe unter der Lampe gerichtet war (und darum machte es auch nichts, daß vier von ihnen bereits schliefen), sondern sie sich wie Franks Vor-sich-hin-Malen in ihrer eigenen Richtung bewegte. Man konnte ihr folgen oder nicht folgen, ganz wie man wollte.

«Einmal», erzählte sie, «sah ich ein Gespenst – du weißt schon, oben bei unserer alten Farm. Eine Dame in einem gelben Kleid, sehr schön, aber mit einem traurigen Blick. Sie spazierte in dem hohen Gras hin und her, als wäre es noch ein gemähter Rasen – ich meine, sie spazierte einfach durch das Gras, als ob sie gar nichts daran hinderte, mitsamt dem langen Rock, geradeso als liefe sie durch Wasser – oder nicht einmal das. Ich saß auf der Kante von dem, was einmal die Veranda gewesen war. Saß nur so da und dachte, ich sollte reingehen, es wurde langsam dunkel. Und sie guckte weiter zu dem Haus hin, als hätte sie die Erwartung, daß da jemand rauskommt. Als ob das Haus noch da wäre, nichts als feste Wände – du weißt, Schindeln und Glas in den Fenstern, so wie es gewesen sein muß –, als ob sie gerade vor Aufregung oder Ärger aus dem Haus gerannt wäre oder so oder in der Hoffnung, daß ein Mann ihr folgte, und sie hatte nicht mitbekommen, daß Jahre vergangen waren und nur noch eine Ruine übrig war.

Es war verrückt, ich kann's nicht anders sagen. Sie schien gar kein Gespenst zu sein. Das war das Seltsame. Ich meine, ich *spürte* gar nicht, daß sie ein Gespenst war, so wirklich war sie. Das Gelb ihres Kleids, und ihre Schuhe mit dem Staub darauf, wo sie doch auf eine freie Stelle getreten war. Und ihre Schultern. Man konnte fühlen, daß sie sie hängen ließ. Das war ihre Traurigkeit. Und sie schaute so stechend hinter sich, wenn sie sich umdrehte, daß du ganz genau wußtest, daß für sie das Haus noch genau so da war wie früher. Da fühlte *ich* mich geradezu wie ein Gespenst. Ich meine, ich saß genau da, wo das Verandageländer durchgegangen war, und das machte mir genausowenig wie ihr das lange Gras. Glaubst du, es gibt Gespenster aus der Zukunft wie aus der Vergangenheit?

Es muß eine Zeit gegeben haben, weißt du, wo alles geordnet und geregelt war, das Leben von denen da oben. Wohlhabende Leute mit aristokratischen Beziehungen, Silber auf dem Tisch, große Vasen und Marmorstatuen und all das. Und in meiner Zeit war alles verschwunden, und ich schuftete auf ein paar Morgen von dem, was noch übrig war, sieben Tage die Woche Melken und immer hundemüde und nie einen Pfennig, um sich mal was leisten zu können, und auch keine große Ahnung von gar nichts, außer ein paar lateinischen Verben, die sie mir in Toowoomba beigebracht haben, und *Algebra*! Die Aussichten waren gerade so, daß man sich den Hals durchschneiden konnte.

Und vielleicht habe ich das gerade gemacht, dachte ich, und darauf starrt sie so hin. Ein Kerl, der sein Rasiermesser genommen und eine Schüssel vor sich hingestellt hat, und dann der Schnitt. Keine Ahnung.

Na ja, ich hab's nicht getan, natürlich. Statt dessen habe ich deine Mutter geheiratet. Ich weiß nicht, warum ich dachte, daß das was helfen würde. Es machte alles nur schlimmer. Ich war einfach nicht der Richtige, um von der Milch zu leben, das ist die ganze Wahrheit, aber was anderes hatte man mir nicht beigebracht, so war es nun mal. Ich schaute mir oft die Bilder von meiner Großmutter an, ganz in Seide – und das bei diesem Klima! – mit Perlen aufgedonnert und was dazugehört – Gott weiß, wo das alles geblieben ist –, und dann dachte ich an das Leben, das wir führen mußten. Ich um vier hoch, die Kühe melken, deine Mutter am Waschbrett Kleider schrubben, und nicht mal 'n anständiges Klo im Haus oder überhaupt irgendwas unterm Dach oder auf dem Fußboden. Das Leben ist hart, wenn du ganz unten bist. Einmal –» Und seine Klagen, Grübeleien oder die seltsam-erstaunlichen Augenblicke führten bald zu einer anderen Geschichte, noch wundersamer und unstimmiger als die erste.

Diese Geschichten, aus seinem Leben gesponnen, aus dem Landleben und der Vergangenheit seiner Familie, setzten sich in der Phantasie des Jungen fest, und während seine Hand von den Köpfen seiner schlafenden Brüder zu freieren Landschaften aus Wolken und Gras überging, beantworteten sie alle Fragen, die er ihnen stellte: wie es kam, daß er Frank Harland und wie er in diese Welt geraten war – an welchem Punkt im Raum und in der Zeit und durch welches helle Loch in der Wirklichkeit.

Zwei oder drei Mal mit seinem Vater, öfter allein oder mit dem einen oder anderen seiner Brüder, stieg er die lange Straße von der Stadt hoch, vorbei an Holzfällerlagern und einsiedlerischen Hütten, zum Plateau, dem Sitz des wahren und legendären Ursprungs der Familie.

Man zog vom fetten Grün Killarneys, wo die Luft zur Hälfte aus Wasser zu bestehen schien, in ein blaugraues Gestrüpp. Die Bäume waren zuerst verkrüppelt, ihre Stämme stießen in jedem Winkel aus dem gelblichen Felsen, einige von ihnen waren unten schwarzgebrannt und brachen oben in neues Laub aus, andere waren zu skeletthaftem Weiß geschält. Aber auf dem Plateau selbst wuchs das Holz gerade und hoch, man war in einem Wald. Im Winter war es sogar mittags kühl, und im Sommer ein glitzerndes, atmendes, schimmerndes Meer, dessen dunkles Blau aus dem Eukalyptuswald selbst entstand, mit weißem Schaum an der Oberfläche, glasig an stillen Tagen. Wo immer ein Atemzug hoch oben einen seiner Wipfel ergriff und Blätter wendete oder wenn ein Vogel davonflog und einen Zweig nachschwingen ließ, ergoß sich eine Woge durch ihn, die als ein zitterndes Licht unten auf der festen Erde auslief.

Dank der Geschichten ihres Vaters mußte es an diesem Ort spuken. Oder es spukte hier wirklich.

Nicht weit von den Ruinen war ein Plateau aus Felsgestein. Alle heimischen Stämme der Ureinwohner hatten sich hier auf ihren Wanderungen versammelt und grobe Felseinritzungen hinterlassen. Obwohl fern vom Meer, waren hier in einer anderen Zeit und unter einer anderen Sonne Schildkröten, Seesterne und sogar ein riesiger Wal gestrandet; ihre sparsamen Umrisse auf dem durchkerbten Felsgestein erinnerten an eine Zeit, wo all dies Land vom Meer bedeckt gewesen war. Mit angezogenen Knien saßen sie auf dem warmen Stein, inmitten von Meergestalten und fliehenden Wallabies, kleinen Känguruhs und Paddymelons und jeder anderen Art Vogel; die andere Welt war um sie, in bleibende Linien aufgehoben, kreuz und quer, wie ein endloses Puzzle. Der Umriß eines Wales konnte durch den eines springenden Känguruhs durchbrochen sein, die getrennten Ordnungen der Schöpfung, Meeresgetier und Landgetier, konnten sich in einer Ebene jenseits der Natur durchdringen – wer auch immer hier vor Jahrzehnten gehockt hatte, sein Geist hatte diese Lichtung mit Feuersteinen oder anderen Splittern zu einem Treffpunkt auseinandergerissener Lebenslinien gemacht.

Sie schritten zurück in das Leben dieser ersten Schöpfer, krochen in alle Richtungen und zogen die Linien mit ihren Zeigefingern nach, befreiten sie von Blatt und Grus, Pollen,

Rinde und Insektenhülsen; oder sie nahmen selbst ein Messer und scharrten, bis unter dem geschäftigen Hin- und Herlaufen ihrer Fußsohlen kaum erkennbare Figuren an die Oberfläche zurückkletterten und sie überraschten. «Schau», konnte dann einer von ihnen ausrufen, als er aufstand, um sich anzusehen, was sie gemacht hatten. «Es ist noch ein Wal!»

Müde geworden, lagen sie schließlich mit ausgebreiteten Armen auf dem sonnendurchleuchteten Felsplateau, in dem alte Risse ein eigenes Muster bildeten, und schlummerten. Mitten in jener stillen Menagerie.

Etwas weiter entfernt lagen die Ruinen ihrer alten Farm. Ein einziger Schornsteinkasten aus zerbröckelndem Backstein stand noch, doch konnte man die Grundmauern der Räume erkennen, wenn man den Schutt mit bloßen Füßen zur Seite trat: der ursprüngliche Grundriß des Hauses, so wie ihn vielleicht einer der drei Brüder Harland zuerst auf ein Blatt Papier gezeichnet oder mit einem Stock in die Erde gekratzt hatte – die erste grobe Vorstellung von dem zu regierenden Reich. Jemand, der sich in der technischen Seite der Sache etwas besser auskannte, hatte ihn abgemessen und abgezeichnet, mit Pfeilen und sauber gedruckten Bauanweisungen, als Entwurf für die Baufirma.

Es war alles in diesen Zustand zurückgekehrt; in größerem Maßstab und zertrümmerten Steinen. Indem man sie überall von einer vom Wind aufgeworfenen Schicht aus Blättern und Staub befreite, konnte man den imaginären Plan des älteren Harland freilegen, in groben Umrissen auf die Erde gezeichnet. Der Grundriß offenbarte sich zuerst und beschwor dann, mit Hilfe der Rede seines Vaters, ein elegantes und geräumiges Gehöft mit Fenstern und Veranden. Am Tag lag es still – während die Männer draußen beim Vieh waren, saßen die Frauen drinnen im Schatten, beim Lesen oder Nähen, oder bereiteten große Mahlzeiten vor –, am Abend aber war es mit Stimmen erfüllt, Musikfetzen von einer kleinen Orgel, später mit dem Schlag zweier gleicher Standuhren und dem seltsamen, unverständlichen Gemurmel des Familienschlafs.

Edle Vorfahren.

In Wahrheit war es die Ruine einer Dummheit. Das Land war nie als Weideland geeignet gewesen. Und obwohl die drei Brüder stark und zäh, vom heroischen Geist der Zeit erfüllt und von einer angelesenen und wieder und wieder beredeten Vision dessen geleitet waren, was Männer mit Stolz und Kraft hier schaffen könnten, waren sie schlechte Verwalter und besaßen nicht die Spur von Viehzüchtern – sie waren leicht zu besiegende Träumer. Innerhalb eines Jahrzehnts war die hochgebaute Stätte verlassen. Nur eine verrückte Schwester blieb da und schaute zu, wie die Veranden verrotteten und verfielen, als Staub verwehten. Zuletzt diente ihr eine Blechhütte als Wohnstatt. Ihre rostroten Wände lagen jetzt gestapelt unter einem zehn Fuß hohen Wildrosengebüsch, aus dem man auf Kosten zerkratzter Arme und einzelner Blutstropfen die Scherben von Emaillebecken und zerbrochenen Tellern hervorziehen konnte, Tassen ohne Henkel, Nähnadeln aus Stahl – unrühmliche Relikte.

Bei einer Gelegenheit hatten drei von ihnen, Frank, Clyde und Pearsall, dort übernachtet, im Eifer, den Glauben an Gespenster zu bestätigen oder sich ein für allemal zu beweisen, daß es so etwas nicht gibt. Sie aßen zu Abend, Brot und Bratenfett, kochten einen Feldkessel voll Tee, sahen zu, wie die Sonne in der Ebene versank, wo sie in einem Dutzend dunstiger Seen verlöschte, breiteten ihre Decken aus und schwiegen.

Sie warteten auf die Erscheinung der verrückten Maud

Harland, darauf, daß sie sich ihr Gesicht mit Mondlicht wusch in dem Waschbecken, das sie eigens hervorgeholt hatten und das nun zwischen den toten Resten des Hauses und ihrem lebendigen, aber gespenstischen Rosenbusch lag.

Ein Mond, fast voll. Zikaden trommelten in langdauernden Wellen, ihr Trommeln stockte und brach wieder hervor. Sie warteten, und niemand kam. Aber Pearsall fing nach einiger Zeit an zu wimmern. Hinter ihnen im Wald war alles in Bewegung: die Wipfel der Bäume begannen zu seufzen, sich ächzend zu reiben und übertönten die Insekten.

«Was ist los?» fragte Clyde, legte seine Arme um das Kind und kroch zu ihm, so daß sich ihre Gesichter nahekamen. «Wovor hast du Angst, Pearse?»

«Eingeborene», sagte ihnen der Junge und heulte leise, und die durchsichtigen weißen Gespenster, die sie erwartet hatten, waren da, als Negativ. Schwarze Gespenster. Schwarz.

Sie beruhigten ihn und saßen einige Zeit steif da, beobachteten das Emaillebecken, aber schauten auch zur Seite und hinter sich. In hohlen Bäumen lagen, in eine Rinde gewickelt, die schon lange verrottet sein mußte, die Knochen von Eingeborenen. Sie stellten sich vor, wie Skelettfüße herabhingen oder ein knochiger Arm hervorbaumelte. Bald darauf, während sie sich gegenseitig ihrer Enttäuschung und ihrer aufs neue bestätigten Skepsis versicherten, entschieden sie sich, zu packen und zu verschwinden.

Es war ihnen nicht aufgefallen, bis Pearsall darauf stieß: Die Gespenster des Ortes wurden aus Felsen und Baumstümpfen geboren und kehrten immer in ihre rauhe Rindenhülle, in die Baumgabelungen zurück, um durch Pfahlwurzeln und Felsen wieder zur Erde niederzufahren. Ihre Anzahl ging auf die Tage der ersten Felseinritzungen zurück. So hatten sie eine längere Zeit überdauert als die verrückte Maud Harland – die mit all dem hier vor einem halben

Jahrhundert Nacht für Nacht gelebt hatte und, mit oder ohne Furcht und Zittern, ein Teil von all dem geworden war.

An Samstagabenden ging ihr Vater jetzt zum Tanz. Er nahm ein Bad in dem runden Wasserkessel vor dem Kamin, bügelte ein Hemd – gewöhnlich blieben alle ihre Hemden ungebügelt, und Frank oder Jim besorgten das Waschen –, reinigte ein Paar alte Tanzschuhe, kämmte sich sorgfältig vor dem Spiegel über dem Waschbecken und schritt pfeifend von dannen.

«Ein Tänzchen in Ehren kann niemand verwehren», teilte er ihnen am Ende des Abendessens mit, so aufgeregt wie ein Junge, der sich aufs Ausgehen freut, aber auch mit der Angst, Tadel zu ernten, und dem Wunsch, ihm zuvorzukommen. Nämlich von Jim, und er fürchtete, die anderen könnten es mitbekommen.

Es hatte sich eine Art Feindschaft zwischen Jim, der fünfzehn war, und dem jungenhaften Vater entwickelt. Während der Geschichten lag auf Jims Mund ein harter Strich, in dem Frank eine Ähnlichkeit mit der Tante Elses bemerkte. Jim ruckte hin und her. In ihm wuchs Groll. Er war nahe davor herauszuplatzen.

«Nun», sagte der Mann, «vielleicht ist das alles bloß Unsinn. Jim meint, daß es Unsinn ist, nicht wahr, Jim? Er glaubt, daß euer alter Vater ein Schwätzer ist.» Er war verletzt, hoffte aber, indem er anfing, aus dem Ganzen einen Witz zu machen, dem Jungen und dem, was er an Bitterem oder Verächtlichem sagen würde, zuvorzukommen. Bevor er vor den anderen bloßgestellt wurde, verletzte er sich lieber selbst. Sie durchschauten den Trick und schämten sich für ihn.

Jim weigerte sich zuerst, den Köder anzunehmen. Er ließ seinen Kopf sinken, ballte die Hände um sein Besteck zu Fäusten und kaute. Aber nach einer Weile konnte er seine Wut nicht mehr unterdrücken.

«Scheißdreck!» rief er wild. «Verdammter Scheißdreck! Kannst du nicht ein Mal aufhören, so daß wir unser Essen in Ruhe essen können? Nur ein Mal? Wie du immer weiter redest, macht mich krank. Dieser ganze – Scheiß!»

Der Vater wurde rot. «Jim», sagte er sanft, vorsichtig, «du sollst zu deinem Vater nicht so sprechen.» Dann mit vorgeschütztem Zorn, der ein schmerzlicheres Gefühl verbergen sollte: «Ich kann das so nicht hinnehmen!»

Jim kicherte und machte eine verächtliche Geste. Er aß weiter, und während die anderen stumm dasaßen, das Messer in der Luft, machte der Mann einen Versöhnungsversuch. Er streckte seine Hand aus, um sie ihm auf die Schulter zu legen.

Jim duckte sich. «Bleib mir mit deinen Händen weg, ich hab's satt! Mit mir versuchst du so was besser nicht!»

Aufgrund seiner neuen Abneigung gegen den Mann und seiner Empfindung, kein Kind mehr zu sein, weigerte sich Jim jetzt, mit ihm im gleichen Bett zu schlafen. Er schuf sich selbst eine einfache Schlafstatt auf der Bank in der Nähe des Kamins, und Clyde, der dadurch schließlich die Dreiheit der jüngeren Brüder zerbrach, kletterte an den Platz, den er zwischen Vater und Frank frei ließ.

«Jim wird erwachsen», summte sein Vater. «Er hat ein Auge für die Mädchen. Tscha, is' ja nur natürlich. Da ist nichts verkehrt dran, Jimbo. Ich hab ja für die Mädchen auch ein Auge. Sind 'n anderer Einfluß.» Seine Augen überflogen den großen unordentlichen Raum mit seinen Stapeln schmutziger Wäsche, den ungemachten Betten, dem Waschbecken voller Pfannen und Geschirr, dem Durcheinander auf dem Tisch mit seinen fünf Jungens darum, nichts wie Kinn und Ellenbogen und verkratzte und verschmierte Knie. Er stöhnte kurz auf. «Wie es bei uns aussieht! Schaut euch dieses Durcheinander an! Kraut und Rüben! Wir sind zu viele Männer in diesem Haus, das ist es, nicht wahr, Jim? 'n anderer Einfluß. Der fehlt. Für den könnte eine Frau wohl sorgen.»

Frank konnte damit nichts anfangen. Er fragte sich, ob sein Vater vorhatte, wieder zu heiraten, und sein Streit mit Jim ein Vorwand war, ihnen das zu sagen. Mittlerweile wurde Jims Trotz und Ärger zu einer wirklichen Qual. Jetzt gab es zwischen den beiden nur noch Spannung. Sie äußerte sich auf alle mögliche Weise. Ihr Vater fand an allem, was Jim machte, etwas auszusetzen: wie langsam er am Morgen aufstand, wie schläfrig er bei den Trögen war, mit welcher Schlampigkeit er die Ställe ausspritzte oder seinen anderen Pflichten nachkam, die Art, wie er am Tisch saß oder sein Gesicht verzog. Alles an der Verwandlung des Jungen in jemand, der kein Kind mehr war (und auch Frank konnte das sehen), provozierte den Mann, brachte ihn außer Fassung oder zur Rage. Das Tanzengehen war eine Art Entschädigung.

«Das kann einem niemand verwehren, wißt ihr», erzählte er ihnen, wenn er die Schnürsenkel der glänzenden Schuhe zuzog, «'n kleiner Walzer mit 'ner netten Frau im Arm und das Geplauder dabei. Das ist richtig entspannend, das Tanzen, man vergißt sich wenigstens einmal. Ab und zu braucht man so ein Vergnügen, harmlos wie es ist. Weiß Gott, als Witwer mit 'nem harten Leben, wie's meins ist, und fünf Jungs zu versorgen – einer von ihnen schon fast 'n Mann. Die Albertina. Das ist nun wirklich 'n feiner Tanz. Verlangt einen geraden Rücken, einen festen Arm und ein Paar flinke Füße. Ein schöner Tanz für das richtige Paar.»

So redete er immer weiter, bis er fertig war; dann stand er auf, tadellos angezogen und geschniegelt, mit glänzenden Haaren und glatten heißen Wangen, schaute, als alle Augen ihn anstarrten, kurz, als wolle er sich entschuldigen, und verschwand.

Aber die Veränderungen, die Jims Übertritt ins Mannesalter und die wachsende Feindschaft zwischen dem Jungen und seinem Vater mit sich brachten, waren nicht zu bändigen. Das Haus enthielt bald Gefahrenzonen, an denen sich Streit zusammenbraute. Eine von ihnen war die Bank beim Kamin, wo Jim unter einem Wirrwarr von Tüchern und Decken seine unruhigen Nächte verbrachte. Aber es gab noch andere. Jede Stelle im Raum, wo der Junge vor sich hinschmollte oder an der Wand kauerte – die Hände in den Taschen und um den Mund einen, wie sein Vater sagte, «bösen Blick» –, konnte zum Schauplatz einer Störung werden, die sich zuerst auf den Vater übertrug, dessen Stimme ihre Sanftheit und Leichtigkeit verlor, dann auf Frank, als Besorgnis seines Herzens über das, was hier auf dem Spiele stand, und dann auf die anderen, die es jeder auf seine Weise mitbekamen. Pearsall lutschte an seinem Daumen und wollte sich ankuscheln. Tam, gerade eingeschult, wurde abwechselnd von den anderen verprügelt und beschuldigt, sie zu drangsalieren. Clyde, der ohnehin von ihnen der Unzuverlässigste zu sein schien, fing zu klauen an: ein Taschenmesser von einem Freund bei den Pfadfindern, Bleistifte aus dem Schrank im Klassenzimmer und auf dem Nachhauseweg Lutscher bei French, um seine Spielkameraden in der Schule zu bestechen. Frank war besorgt und nahm alles auf seine Schultern. Da er schon einmal seinen Ort verloren hatte, hatte er große Angst, ihn ein zweites Mal zu verlieren.

Es konnte nur schlimmer werden. Statt sich in den offenen Eingang des Hauses zu kauern, weder draußen noch drinnen, sperrte sich Jim nun in das Klo ein oder brach aus und saß für sich alleine beim Sockel des Wassertanks.

«Laß ihn», sagte sein Vater, «wenn er lieber da draußen bei den Kröten ist als hier bei seinen Brüdern. Es ist seine Natur. Er kann nichts dafür.»

Schon bald war er nicht mehr draußen im Hof, sondern draußen auf der Straße zur Stadt und mehr oder minder frei, zu kommen und zu gehen, wann er wollte. Er hatte ein Mädchen in Tannymorell. Er aß, räumte seinen Teil zusammen und latschte ohne Erklärung von dannen.

«Jim ist hinter den Mädchen her», spottete sein Vater. «Er ist ein Charmeur.»

Doch der Junge ließ die Herausforderung auf sich beruhen. Er verachtete seinen Vater zu sehr, um noch mit ihm zu streiten. Nachdem die anderen am Tisch eingeschlafen waren, blieb Frank als einziger übrig, um sich die Beschwerden seines Vaters, seine sentimentalen Auslassungen und Selbstentschuldigungen anzuhören; hier hatte sich nichts groß geändert, außer daß Jim jetzt drüben bei seinem Mädchen oder im Kino war, statt wie alle anderen zu schlafen.

Frank sah, wie die Familie langsam auseinanderfiel; und es stand nicht in der Macht ihres Vaters – entsprach nicht seiner Natur – sie zusammenzuhalten. Bis dahin hatte es Frank ganz selbstverständlich gefunden, daß eine besondere Gnade über ihnen schwebte, die ihrem Vater, schon seiner Stimme, innewohnte, und daß die Eigenschaften, die sie in sich schloß, sie gegen Erschütterungen gefeit machen würde – Liebe, Wärme, ein Gefühl für Kontinuität, Erinnerung und Überlieferung von allem und jedem. Aber diese Eigenschaften hatten keine Grundlage. Mit Bedauern und ohne in seiner Zuneigung Abstriche zu machen, gestand Frank sich ein: sein Vater bestand nur aus Sichgehenlassen und Schwärmerei, ihm fehlte es an Mumm; wenn ein Unwetter kam, würde er zu einer Frau rennen, sein Gesicht in ihrem Schoß verbergen und wie ein Kind verlangen, bemuttert und beruhigt zu werden.

Während er dies dachte und die Gefahr erkannte, spann sein Vater weiterhin um sie jene warmen, seidenweichen Zaubereien, die Frank so gerne hörte, aber an deren Macht er nicht mehr glauben konnte. Er hörte zu, halb gebannt, halb um sich und die anderen besorgt. Aber mit einem ersten Bewußtsein seiner eigenen, sich regenden Kraft glaubte und befürchtete er zugleich, daß es vielleicht sein Schicksal oder seine Pflicht werden könnte, sie alle zusammen zu beschirmen.

Immer noch brütete er während des Zuhörens über den Seiten eines Zeichenblocks, und die Stimme seines Vaters war vielleicht eine Bedingung für den träumerischen Zustand, in dem er arbeitete oder spielte. Der Begriff, den er sich von seiner Tätigkeit machte, wechselte hin und her, aber stets nahm er sie ernst. Es war ein Zustand, in dem sein Geist aussetzte und die Hand für ihn das Denken übernahm.

Jeden Abend zeichnete er, was er vor sich sah: den Kopf eines Kindes, schwer vor Schlaf, einen Teller mit Resten, einen Käse und seine Rinde, eine Öllampe und die Schatten, die sie auf die Dachsparren warf, das Licht, wie es auf das Haar seines Vaters fiel oder auf sein untergeschlagenes Knie und wie verschieden es auf dem zerknitterten Stoff seiner Hose und auf den bloßen Füßen erschien – immer die gleichen Gegenstände, vertraut, aber verschieden.

Nicht mit den Gegenständen selbst war er beschäftigt, obwohl auch sie für ihn eine Gefühlslast und eine eigene, dichte Wirklichkeit bedeuteten. Weder interessierte er sich für das Spiel von Licht und Schatten noch für das Gewicht und Volumen eines jeden Dinges, wie es auf den umgebenden Raum einen sichtbaren Druck ausübte und in einem mitfühlenden Auge einen Raum wachrief, den der Betrachter mit dem Gegenstand gemeinsam hatte und den dieser im Betrachten mit verschob. Sein Geist war, durch seine Spiel-Arbeit, über diese Fragen hinausgelangt.

Er strich das Blatt Papier mit der Hand glatt (sauber genug war es) und überlegte.

Weiße.

Schon das für sich konnte einem den Atem rauben. Sie war die Quelle jeder Möglichkeit, eine Unendlichkeit von Gegenständen und Gelegenheiten.

Noch unsicher, aber mit einer sicheren Hand, schritt er zur Tat; und mit einem Auge fest auf dem realen Gegenstand, den er einfangen wollte, machte er einen Strich – eine klare Linie, leicht geschwungen.

Die Seite hatte sich verwandelt. Wo das weiche Blei in das Papier eindrang, widerstand das Papier zuerst und fügte sich dann, soweit, daß der Druckpunkt eine Delle machen und diese Delle mit winzigen Krümeln gefüllt werden konnte. Sie sah wie ein Schlußpunkt aus, war aber eine Öffnung, der das herrlich grauschwarze Graphit entströmte.

Er ließ seinen Geist mit ihm strömen, und indem sein Auge erst zwei, dann drei Dimensionen wahrnahm und sich zwischen ihnen bewegte, enthüllte sich ihm eine weitere Dimension. Das Blatt war sein Bewußtsein und enthielt alles, was in seinem Geist war und darauf wartete, hervorgebracht zu werden. In ihm verbarg sich die Welt. Er mußte die Dinge nur hervortreten lassen, sie mit seiner Hand befreien: bei einer Gelegenheit einen Kopf, einen bestimmten, den seines Bruders Tam, bei der nächsten ... Aber die Gelegenheiten waren ohne Zahl. Das Blatt und sein Geist konnten eins werden, und sie enthielten die unendliche Fülle der Dinge: die Schöpfung, in der alle Dinge gleich sind. Ihre Gleichheit und ihre Möglichkeit, unmittelbar in die Wirklichkeit hinüberzuspringen, durch sein Wiedererkennen waren sie verbürgt, wie durch den Raum, den er für sie vorbereitet hatte und den er sie füllen ließ.

Er saß sehr still und versenkte sich in das, was vor ihm lag. Ihm schien es, daß er etwas Wichtiges verstanden, daß seine Hand, fast ohne sein Zutun, eine große Entdeckung gemacht hatte.

Er besaß auch einen Kasten Wasserfarben, und in den Arbeitspausen versuchte er gern, in dünnen blassen Pinselstrichen die langen Wellenlinien des Landes einzufangen, unter einem Himmel voller Geschehnisse. Sie waren so riesig – solche poetischen, langsamen Umbrüche und Umwandlungen in Eisblau oder in Gestalt schwarzer, offener Muscheln mit leuchtenden Rändern –, daß es schien, die Erde sei eine ereignislose Sphäre, es sei denn, daß eine Hügelböschung von wandernden Schatten belebt oder die abgestandene, nur von Seerosenpolstern durchbrochene Oberfläche eines Sees von ferne durch einen Sturm bewegt wurde, so, als bliese er aus Äonen von Schlamm empor, aus einer Tiefe, die in Wirklichkeit nur eine Handspanne maß.

Verglichen mit den Ereignissen des Wolkentheaters oben – den Türmen fallender Städte, dem Aufstand abgerissener Hausierer mit Dolchen in der Faust, großen Galeonen, Kamelkarawanen, zottigen Löwen –, verglichen mit all dem, war der Lauf eines alten Clydesdalepferdes über eine Koppel, die halb graue Ackerkrume, halb zerwühlter Lehm war, gar nichts. Genausowenig wie der nacktarschige Sprung eines seiner Brüder von einem Bootssteg oder die Staubwolke einer Kuhherde, ihre schwarzen und weißen Flecken entlang einem Gatterzaun – ein Ereignis, das so tief ins Bild versenkt war, daß man es kaum entdecken konnte, wenn man nicht den wirklichen Maßstab vernachlässigte und nur diesen Ausschnitt zur Betrachtung wählte. Das Drama der Wolken wurde so zu einem bloßen Lichtspiel auf den Flanken einer Stute oder dem Kamm der Ackerfurchen oder aber auf den Schulterblättern eines Jungen, der zum Hechtsprung ansetzt.

Doch hinter dieser Faszination durch das bloße Geschehen und der Herausforderung, die Licht und Wetter darstellen, verbarg sich eine weitere Absicht. Indem er Blatt für Blatt alle Details einer bestimmten Landschaft festhielt und diesen oder jenen bewaldeten Hügel oder Weidegrund auswählte, folgte er einem Muster.

Er hielt alle jene Orte fest, wie er sie aus den väterlichen Geschichten kannte und die einmal Jack Harlands Besitz am dreigeteilten Reich gebildet hatten – bevor es von jenem Gem Harland, dem ältesten Sohn seines Urgroßvaters, im Kartenspiel verloren wurde, von Gems Bruder Sam vertrunken, von schlauen Vettern aus den Händen anderer geschwindelt und gestohlen, von neidischen Schwagern, falschen Nachbarn. Oder es wurde zwangsvollstreckt und kreditgebenden Ladenbesitzern übereignet, ging an Banken, die verständnisvolle und sich vielmals entschuldigende Leute leiteten, die aber zuletzt einem Hauptbüro in London oder Sydney verantwortlich waren; oder wurde aus Verzweiflung von Leuten hingeschmissen, die es wie sein Vater satt hatten, einer Scheißviehherde hinterherzulaufen, und (wie es sein Vater nie tun würde) den Sprung gewagt hatten und nun dem Fließband einer Konservenfabrik hinterherliefen.

Dieses Muster enthielt einen Plan. Er bestand ganz einfach

darin, eines Tages alles zurückzugewinnen und es Morgen für Morgen seinen eigentlichen Besitzern zurückzuerstatten. An diesem Geschenk arbeitete er. Es war für sie. Für seinen Vater und seine Brüder.

Dieser Ehrgeiz war, wie er wußte, riesenhaft, und darum behielt er seinen Plan so lange für sich, bis alles fertig war. Er hätte sich leicht zum Narren machen können, wenn man das gewußt hätte. Aber er war kein Narr. Die Kraft, die er besaß und der er sich mehr und mehr bewußt wurde, war praktischer Art. Seine Bilder waren Erinnerung und Bestandsaufnahme. Sie waren auch eine erste Tat der Wiederinbesitznahme, was sie zu einer Art Zauberspruch und ihre Anfertigung zu einer Art Magie machte. Diese Idee hatte für ihn auch etwas Erschreckendes, aber er blieb hartnäckig. Er hatte seinen Kurs gewählt und blieb ihm treu, sein Leben lang – wenn es darauf hinauslief.

An einem Nachmittag mit Nieselregen, als es im Haus vom Geruch der Matratzen und den auf der Wäscheleine beim Feuer dampfenden Socken heiß und stickig war und sie alle in den einzigen Raum gepfercht waren (ihr Vater lag mit einer Grippe im Bett), feierten sie eine Art Fest. Es gab keinen Anlaß, es war kein Geburtstag und kein besonderer Tag. Bis dahin hatten sie irgendwo herumgelümmelt, im Schneidersitz auf dem väterlichen Bett gesessen und mit alten Karten «Schnapp» gespielt. Frank hatte die Idee. Er und die kleineren Jungen buken zusammen einen Brotauflauf, während ihr Vater, der sich in seinem Hemd unter einem Lakenhaufen hingesetzt hatte, Anweisungen gab. Aber in Wirklichkeit hatten sie ihn schon so oft gemacht und wußten auch, ohne daß er es ihnen sagte, wie man das Brot einweicht, den Talg untermischt – und zwar ordentlich, damit man alles in feuchte Scheiben schneiden kann – und Zimt, Rosinen und Sultaninen hinzutut. Als der Auflauf aus dem Ofen kam, war er perfekt. Sie konnten kaum warten, bis er abgekühlt war. Tam und Pearsall pufften an ihm herum, um herauszubekommen, wie kühl er schon war, Clyde mußte auf sie aufpassen. Frank war damit beschäftigt, Tassen zu verteilen und den Teekessel anzuwärmen. Schließlich verkündete Clyde, daß man ihn anschneiden konnte, und mit ihrem größten Tranchiermesser fest in der Hand schnitt er dicke Scheiben ab und reichte sie herum.

Vater hatte seine auf dem Teller. Die anderen lehnten über dem abgewetzten Öltuch, das den Küchentisch bedeckte, und hielten ihre Schnitte in der Hand, schlürften zwischen jedem Happen einen Schluck Tee und leckten sich die Finger.

«Das ist ein köstlicher Brotauflauf», verkündete der Mann vom Bett hinter ihnen, «'n bißchen von der nassen Sorte ist er geworden, aber Frank liebt ja die nasse Sorte, nicht Frank? Und ich auch.»

«Und ich auch!» echote Pearsall, wie ein Amen.

Jim war da. Er aß seine Schnitte zusammen mit den anderen und trug eine Mütze, die bewies, daß er sich bereits auf den Weg machen wollte und nur im letzten Augenblick durch den vertrauten Geruch des Auflaufs abgefangen worden war, durch die Vorliebe, die sie alle seit den Tagen hegten, als ihr Vater ihn aus den Brotresten der Woche zubereitet hatte.

Sie schlangen ihn hinunter, und ihre Teller waren bald leer. Sie zogen das Fest in die Länge, indem sie darüber stritten, wem man die Aufgabe anvertrauen konnte, die zweite Portion zu verteilen. Sie tranken die ganze Teekanne aus. Dann krümmten sich Jims Schultern, halb widerwillig, in Richtung Tür; durch seine Mütze verpflichtet, keinen

Rückzieher zu machen, knöpfte er seine Jacke zu und stülpte den Kragen gegen den Regen um. Im Profil sah sein Gesicht knochig und gequält aus, ein Eindruck, den Frank nie vergessen würde.

«Da geht er los! Er hat ein Mädchen», spottete sein Vater und richtete sich von seinem Durcheinander aus Tüchern und Decken auf, um es ihm nachzurufen. «Jim läuft zu seinem Mädchen!» Eine Stichelei, die sich die anderen Jungen nicht erlaubten.

Dann war er verschwunden und hatte die Tür offengelassen, draußen der Nieselregen.

In Franks Erinnerung wurde diese Doppelszene zu einem Endpunkt: ihre Feier am Küchentisch, das letzte Mal, das sie alle zusammen waren, und Jims Isolation, als er alleine in der offenen Tür stand, während der Rest ernst zu ihm herüberschaute. Jim ging bald darauf fort und wurde Druckerlehrling, in Glen Innes auf der anderen Seite der Grenze, und Frank erbte die Bank beim Ofen, diese Probebühne für die Außenwelt – das wußte er bereits, als er zum ersten Mal in die Deckenhülle kroch und sich seine Schultern statt in das große weiche Bett an harte Bretter fügten. Wenn er sich umdrehte, lag er hart gegen die Schindelwand.

Ein erster Schritt fort – der weiteste, den man innerhalb des Hauses machen konnte. Noch einer, und er wäre weg.

Clyde zog ohne Erklärung in sein altes Bett zurück, und es war jetzt an Pearsall, hineinzukriechen und sich an den Vater zu kuscheln.

Diese Neuregelung der Schlafordnung, wie auch ihres Lebens, geschah wie von selbst, vielleicht ohne Nachdenken, sicherlich ohne Aussprache, doch ihre Aussagen waren deutlich: Absichten, Verbindungen, Brüche. Wenn Frank im Dunkeln wach lag und an die jetzige Verteilung im Raum dachte, Jim in Glen Innes, er selbst auf der Bank beim Ofen, mit einem Ohr am pladdernden Regen, Clyde und Tam zusammengerollt in dem einen kleinen Bett, Pearsall und sein Vater im andern, schien es ihm, ihr Leben sei nun neu formuliert, wie man Worte in einem Satz umstellt, um einen neuen Sinn zu bekommen. Ihm schwindelte. Als wäre die Mitte der Dinge entfallen, und er schleuderte nun auf seiner eigenen Flugbahn davon.

5

Im August dieses Jahres (er war nun sechzehn) fuhr Frank nach Brisbane zur Landwirtschaftsmesse, auf der ein Farmer, für den er arbeitete – einer der Mackays –, einen Bullen ausstellte. Er nahm einen Stapel Zeichnungen mit, dazu die meisten Aquarelle, die er in einem sauberen Unterhemd verschnürte.

Wie alle anderen schliefen sie im Stall beim Vieh, und er hatte nur seine Arbeitskleidung dabei. Aber am zweiten Tag, den er sich frei nahm, um sich die Stadt anzusehen und Geschenke für seine Brüder zu kaufen, versuchte er, so präsentabel auszusehen, wie es ging, und machte sich auf den Weg zu einer Galerie, über die er etwas im *Courier Mail* gelesen hatte.

Die Frau in der Galerie, die in einem Kellergeschoß lag, sah unnahbar und abweisend aus, und die Bilder an der Wand schienen – selbst ihm – albern. Sie waren unfähig, grell. Ein Blick, und er entschloß sich zu gehen. Doch als sie sah, wie er sich davonstahl – ein unbeholfener Bursche mit seinem Landhut in der Hand, mit groben und nicht ganz sauberen Stiefeln und einem Bündel unter dem Arm –, stand die Frau von ihrem Tisch auf und rief «Hey», weil sie ihn, so kam es ihm vor, im Verdacht hatte, irgend etwas mitzunehmen. Aber sie lächelte und schien auf den zweiten Blick ohnehin ziemlich frech.

«Was hattest du denn vor, Kleiner? Hier brauchst du nicht schüchtern zu sein, weißt du.»

Sie hatte sieben oder acht Zoll Armreifen am Arm, die

klirrten, wenn sie an ihrer Zigarette zog, lackierte Nägel, eine Menge Make-up; und obwohl sie weit über fünfzig sein mußte, hatte sie noch eine gute Figur. Sie hätte in ihrem schicken kleinen Kleid mit den Rockaufschlägen die Platzanweiserin in einem Theater sein können.

«Hier, laß mal sehen, was du da hast. Zeichnungen, oder? Und was ist das? Ein Unterhemd?»

Bevor er wußte, wie ihm geschah, hatte sie das Bündel Zeichnungen genommen und entfernte das Unterhemd – es hätte für ihn nicht peinlicher sein können, wäre es das gewesen, das er am Leibe trug. Genaugenommen war es ein altes von Jim.

Sie gab ein paar Gluckser von sich. «Na», sagte sie, «das ist aber nett. Ist ein Ärmel, nicht?» Sie betrachtete ihn, als hätte sie noch nie einen gesehen.

«Hör zu, ich sag dir was, Kleiner, ich geb dir mal den Namen von jemandem, dem du sie zeigen solltest – sie sind nicht ganz unser Stil. Siehst du ja.» Ohne sich etwas dabei zu vergeben, deutete sie auf die Porträts an den Wänden ringsum. «Dieser Bekannte von mir unterrichtet Kunst. An einem College. Gehst du zu ihm, wenn ich mal kurz bei ihm anrufe und ihm erzähle, daß du vorbeikommst? Es ist nicht weit weg, und er wäre bestimmt interessiert, da bin ich mir sicher.»

Frank stimmte zu. Schon um hier wegzukommen. Er packte seine Zeichnungen zusammen, immer noch rot im Gesicht, und verschnürte sie mit dem Unterhemd, während die Frau am Telephon irgend jemanden nicht ohne Koketterie beschwatzte. Und da er sich nun einmal gewappnet hatte und weil er wußte, daß dies ein entscheidender Moment war, auf den er schon lange hingearbeitet hatte, lief er die drei Straßen entlang, an Kaufhäusern vorbei und offenen Kneipen, wo Männer aus dem Fenster lehnten und tranken, dorthin, wo der Kunstlehrer sein Studio hatte, im obersten Stock eines schmalen Backsteingebäudes nahe beim Fluß.

Er war an Aufzüge nicht gewöhnt, und dieser hier war ein allzu kunstvoller Käfig, also kletterte er die Treppen hoch und kam zu einem Absatz mit drei Holztüren, alle genau gleich.

Er klopfte vorsichtig an eine und schloß aus dem Klang und der fehlenden Reaktion, daß es sich um einen Schrank handelte. Er fühlte sich auf den Arm genommen. Es war kein glückliches Zeichen. Aber nach einem entfernten Schrei, der so klang, als stürze jemand in einen Brunnen, wurde die zweite Tür von einem großen, ernsten Mann mit goldgeränderter Brille geöffnet, mit Walroßbart und einer Uhrkette auf dem Bauch eines dreiteiligen Anzugs. Er trocknete seine Hände an einem Stück Handtuch.

Frank war enttäuscht. Er war kein Romantiker – er war über lange Jahre dem väterlichen Gerede entwachsen –, aber in seinen Augen glich Hopkins ebensowenig wie die Frau einer jener Gestalten, die er als Aufseher über die Vorzimmer des Lebens erwartet hatte.

«Gut, laß uns mal sehen, was wir da haben», sagte der Mann und ging voran.

Das Studio war ebenfalls nicht das, was er erwartet hatte, jedenfalls nicht auf den ersten Blick, doch erkannte er in ihm fast sofort eine Arbeitsstätte und achtete sie: auf Bänke gestapelt, alte Farbdosen, Pinsel in schmutzigen Flaschen, steife Lappenbündel. An den Wänden hingen auf Augenhöhe Schnappschüsse, die sich an den Ecken um eine rostige Reißzwecke aufwellten, und zahllose Abbildungen aus Zeitschriften. Ein niedriges Waschbecken. Ein Spiritusofen, auf dem ein Kessel kochte, und in der Ecke des Zimmers, in die das meiste Licht fiel, die Staffelei. Davor ein Hocker, auf den man sich hätte setzen können, um Kühe zu melken, und ein Teewagen, auf dessen Platte Hopkins seine Farben mischte.

Hopkins, den das Unterhemd nicht zu überraschen schien, hatte das Bündel ausgewickelt und untersuchte die Zeichnungen, einige flüchtig, andere mit dem Kinn in seinen steifen Kragen versenkt. Einmal oder zweimal schaute er Frank über den Brillenrand hinweg an und schnaufte.

«Schön, mein Sohn», sagte er endlich, schob die Zeichnungen beiseite und verschränkte die Arme über seinem Bauch, «was genau willst du eigentlich?»

«Ich will lernen, wie man zeichnet.»

«Du weißt, wie man zeichnet. Was noch?»

Der Junge wurde rot. Er wagte nicht, es auszusprechen.

«Also gut dann, ich werd dir sagen, was ich davon halte. Du weißt, wie man zeichnet, aber es gibt einen Haufen anderer Dinge, von denen du nichts verstehst. Ich bin bereit, dich zu unterrichten. Wie klingt das?»

«Ich hab kein Geld», erwiderte Frank. Er hatte keine Ahnung, wie man solche Sachen hier regelte. «Ich bin wegen der Messe hier.»

«Der was?»

«Der Ausstellung. Ich bin mit Mr. Mackay gekommen, meinem Chef. Wir zeigen einen Bullen.»

Der Kunstlehrer hielt das für einen Witz. Sein Mund blieb zu, aber sein Unterkiefer wackelte, und die Heiterkeit in seinen Augen verriet alles. «Schön, mein Junge, ich habe einen Vorschlag. Ich besorge dir eine Arbeit – nichts Großes, aber gut genug für den Anfang –, Werbegraphik für Anzeigen. Die kannst du auch erledigen, wenn du dabei Kopfstand machst. Wahrscheinlich ist das sogar die beste Methode. Kannst du einen Kopfstand? – Nein, nein, Junge, mach dir keine Sorgen – ist nur ein Witz, kann nichts dafür, muß sein, sonst würde ich noch verrückt. Was sagst du dazu, nun? Wenn ich es einrichte, kannst du Montag anfangen? Die Unterrichtsstunden sind kostenlos. Hauptsache, du nimmst mir kein Geld ab! – Nein, nein Junge, ist nur ein Witz!» Er schnürte das Bündel zu. Er zog das Unterhemd zusammen und machte einen dicken Knoten. «Freut mich, daß du, Harland – Frank, nicht wahr –, daß du genug Unterwäsche hast. Ist ein guter Anfang.»

Er schrieb:

Lieber Vater,
ich habe mich jetzt an meine Arbeit gewöhnt und komme gut mit ihr zurecht, daher ergreife ich diese Gelegenheit, Dir und meinen geliebten Brüdern zu schreiben. Ich vertraue darauf, daß Du verstehst, warum ich einen eigenen Anfang gemacht habe. Ich denke an Euch alle und fühle mich manchmal ziemlich einsam, besonders wegen Pearse und Tam, aber ich muß bei dem bleiben, was ich mir ausgesucht habe, es ist der einzige Weg. Mr. Hopkins ist sehr gut zu mir. Er ist ein komischer Kerl, aber von der netten Art, und hilft mir in vielen Dingen. Er ist Engländer und hat an einer berühmten Kunstakademie in London studiert. Er kennt jeden Trick. Ich habe jetzt ein gutes Zimmer, bin aber einige Male umgezogen, denn die anderen Pensionen waren nicht gerade überwältigend. Dieses Zimmer ist ganz gut, nur zwei andere sind mit mir zusammen, und alles ist sauber. Soviel für diesmal, ich bin ziemlich kaputt nach der Arbeit. Bitte schreib mir und frag auch die Jungens, ich will alles wissen, was passiert ist. Ich hoffe, daß Du das bißchen Geld bekommen hast, das ich Dir geschickt habe. Wie gerne hätte ich es, wenn Du einmal hierherkommen könntest, oder wenn Du Tam oder Pearse schicken würdest. Hoffentlich seid Ihr bei Erhalt dieses Briefes so gesund und munter wie immer.

Dein Dich liebender Sohn usw.

Er wohnte in einer billigen Pension in Red Hill oder Sutton Park, zusammen mit anderen alleinstehenden Männern, jungen und alten, die als Automechaniker oder Fabrikarbeiter oder Versicherungsangestellte arbeiteten. Er ließ sich den dünnen rötlichen Schnurrbart wachsen, den er den Rest seines Lebens tragen sollte, und entwickelte die selbstgenügsame Lebensart, jene Fähigkeit, in einem überfüllten Zimmer eine Stelle für sich freizuhalten, die Leute in Pensionen lernen, wenn sie oft mit andern in einem Zimmer leben müssen und für sie eine Privatsphäre trotzdem unverzichtbar ist. Er war nicht ungesellig, aber ohne Freunde. Es war ein einsames Leben. Er arbeitete Tag und Nacht an seiner Malerei und war nie zufrieden, als Hopkins jedoch ein halbes Dutzend seiner Gemälde an eine Galerie in Sydney schickte, wurden drei von ihnen gekauft. Er schickte das Geld nach Hause. Jede Woche oder zumindest jede zweite sandte er einen Teil von dem, was er verdiente, per Post an seinen Vater und schrieb ihm, mit steifer und gewählter Ausdrucksweise, die teilweise aus Büchern stammte, die er zu seiner Bildung las. Aber auf einer tieferen Ebene war sie die Wirkung der Härten seines Lebens auf einen Charakter, der ohnehin ernst war bis zu einer gewissen Schroffheit. Er quälte sich an diesen Briefen ab, doch sie drückten niemals auch nur eine Spur von dem aus, was er empfand: seine Einsamkeit, seine Liebe, die tiefe Sehnsucht nach seinen Brüdern und nach ihrem alten Leben.

Er schrieb:

Lieber Vater,
Dein Brief heute morgen. Er hat mich tiefer erschüttert, als ich sagen kann. Das ist ein fürchterlicher Schlag! Ich habe Clyde sehr gerne und habe mir oft Sorgen um ihn gemacht.

Er war immer der Schwächste von uns – dafür kann ich ihm keine Schuld zuschreiben –, er war nie bereit, die Welt so zu nehmen, wie sie ist, nahm vieles auf die leichte Schulter, und was die Arbeit angeht, hatte er kein Stehvermögen. Aber wie gesagt, ich geb ihm keine Schuld. Es fällt einem schwer, sich immer fertigmachen zu lassen, und er ist so voller Energie. Das ist das wahre Problem, er brennt vor Energie, sie zehrt ihn auf. Er will so viel vom Leben, und die Umstände sind immer gegen ihn gewesen. Ich hätte alles dafür gegeben, um ihn davor zu bewahren, aber was hätte man wirklich tun können? Vielleicht wird ihm die Zeit auf der Jugendfarm gut bekommen – zumindest ist er im Freien und mit Tieren zusammen wie in dem Leben, das er kennt, es ist kein richtiges Gefängnis. Aber ich hasse die Vorstellung, daß er dort ist. Hat denn keiner von diesen Leuten erkannt, wer er wirklich ist, wie leicht man ihn verführen kann und wie umgänglich er ist, wenn man ihn richtig behandelt? Ich werde versuchen, ihn an einem Wochenende zu besuchen, aber es ist eine ganz schöne Strecke. Ich habe kein Geld übrig, und die Arbeit, die ich mache, haut mich um. Auf jeden Fall werde ich tun, was ich kann. Ich mag nicht daran denken, daß er *eingesperrt* ist. Meine Liebe Euch allen – besonders Tam und Pearsall. Schreibe mir, Pearse!

Dein Dich liebender Sohn usw.

Er schrieb:

Lieber Vater,
ich habe Clyde an dem Ort besucht, den sie «Farm» nennen. Er sieht ziemlich gut aus, von der vielen Bewegung und von der frischen Luft, aber von seinem Geisteszustand kann ich das nicht behaupten. Er ist erschreckend.

«Farm» klingt ja nach einem Ort, den man wiederzuerkennen glaubt. Nun, ich kannte ihn nicht. Trotz all der Tiere und Maschinen. Ich hatte keine Vorstellung, daß es so etwas geben könnte! Nicht daß ich irgendwas beobachten konnte. Es war eher eine Art Geruch – die Wachen und das Aufsichtspersonal. Und die Jungens! Es würde Dir das Herz brechen, den armen Clyde unter ihnen zu entdecken. Er sieht so jung aus und gleicht so sehr seinem besseren Ich, und die anderen sind schon so verhärtet und sehen so brutal aus – aber vielleicht konnte ich sie nicht mit den Augen eines Bruders sehen.

Clydes Einstellung ist es vor allem, was mich erschreckt. Er macht jeden anderen verantwortlich, nur nicht sich, und dabei gibt er immer noch an und versucht die Leute mit Reden zu beeindrucken. Nur als ich mit ihm alleine war, schien er so lieb und sanft, wie ich ihn kenne und wie er unter der Oberfläche immer noch ist. Was geht vor mit ihm? Ich weiß, daß er immer schwach war. Immer versuchte er, die anderen so leicht wie möglich auf seine Seite zu bringen – durch Brutalität oder indem er sie mit Geschenken oder anderen Sachen bestach. Wir haben nichts unternommen, weil wir uns sagten, daß er jung ist und da schon herauswachsen würde. Jetzt habe ich die Sorge, daß es zu spät ist. Ich hatte das Gefühl, daß ich nicht mit ihm *sprechen* konnte. Alles, was ich sagte, schien schwach oder Weibergeschwätz – ich konnte erkennen, daß er so dachte. Er schaut auf mich herab, weil ich nicht zu kämpfen habe, dabei ist das nicht wahr.

Ich verbrachte die ganze Zeit im Zug nach Brisbane – drei Stunden – damit, mir wieder und wieder vorzustellen, manchmal sogar laut, wie man ihn dazu bringen könnte, zuzuhören. Es ist eine echte Qual für mich, daß man nicht an ihn herankommt! Die ganze Fahrt zurück murmelte ich in mich hinein und zitterte vor Angst.

Was ist mit uns geschehen? Es gibt immer Grund, den Mut nicht zu verlieren, sicher. Aber es ist schrecklich, jemanden zu *lieben* und sich von ihm weggestoßen zu fühlen und unfähig, irgend etwas zu –

Diesen Brief zerriß er. Er wurde nie abgeschickt.

Seine Abendstunden in den verschiedenen Pensionen (er zog oft um, manchmal schon bevor er das Muster im abgewetzten Linoleum entdeckt oder die Gerüche aus der Küche identifiziert hatte) verbrachte er auf den vorderen Stufen der Eingangsveranda, wartete auf die Brise vom Meer oder plauderte mit anderen, genauso Einsamen. Oder er schaute, in diesen Vororten aus gestrichenen Schindeln und rostigen Dachrinnen, den Frauen zu, die in geblümten Bademänteln über einen Zaun hinweg Klatsch austauschten, im Hintergrund ein Sonnenuntergang wie schmelzendes Gold; oder er sah langbeinigen Mädchen beim Hüpfspiel zu, oder einem Mitmenschen, der liebevoll sein Spiegelbild auf einer Motorhaube bearbeitete, es polierte und überpolierte, bis die Stumpfheit glänzte.

Er schrieb:

Lieber Pearse,
danke Dir, daß Du mir so einen *astreinen* Brief geschrieben hast. Er brachte mich ganz schön zum Lachen, vor allem das Stück über Jellybean und die Kröten. Ich habe lange keinen so guten Brief mehr bekommen und lange nicht mehr so gelacht. Ich vermisse Euch alle. Die Wischtücher für die Federn kann ich gut gebrauchen, denn ich brauche bei der Agentur eine ganze Menge Tinte, und Ihr wißt, wie schnell ich mich schmutzig mache – Tinte auf all meinen Fingern, auf meiner Nase, hinter den Ohren. Die

Leute müssen sich denken, ich hätte meine Nase in das Tintenfaß gesteckt, um herauszufinden, wie tief es ist! – Überall Farbe auf meinen Kleidern. Nicht wie Mr. Hopkins, der ein echter Künstler ist und immer sauber aussieht mit Anzug und Weste und mit einer Art blauer Schürze, die er über den Kopf zieht, du würdest lachen, wenn du ihn so sähest. Er macht wirklich gute Witze, und einige von seinen Sachen würdest du toll finden! Große Gipsnasen und Augen, jedes einzeln – die ich abzeichnen muß. Kannst Du Dir so was vorstellen? Wenn Dir ein Auge auf den Tisch geknallt wird und Dich anstarrt, oder ein Ohr, so groß wie ein Fuß? Da krieg ich manchmal eine Gänsehaut. Sei's drum, wie ich schon sagte, die Wischtücher haben groß eingeschlagen. Die meiste Tinte ist jetzt auf *ihnen* und nicht mehr auf mir.

Alles Liebe an Clyde und Tam. Erzähl ihnen, daß auch sie es fertigbringen können, mir zu schreiben, wenn *Du* es kannst. Ich will von ihnen alle Neuigkeiten wissen. Ich schicke Euch allen ein kleines Geschenk, nichts Großes, aber doch so viel, daß Ihr ab und zu an Euren Bruder denkt. Alles Liebe an Jellybean. Vergiß nicht, meinen Garten zu wässern, Pearse, und vergiß nicht die Gartenwicken für den St.-Patricks-Tag. Alles Liebe an Puss und Boots – ich finde, die Namen für die Kätzchen sind wirklich gut ausgedacht! Schreibe bald.

Euer Euch liebender Bruder usw.

Er gewöhnte sich an Hopkins Witze. Er verbrachte fünf Jahre in dem schäbigen kleinen Büro der Werbeagentur, zeichnete Mannequins in billigen Kleidern oder häßliche Klubmöbel und lernte von Hopkins die Grundlagen eines Handwerks, das eine lange Tradition von Fertigkeiten hinter sich hatte, die mühevoll entdeckt und von Meister zu Schüler weitergegeben worden waren. Es freute ihn, daß das, was er vage begriffen und durch Zufall oder Glück gefunden hatte, einem System mit Regeln entsprach. Die Disziplin wurde zu seiner neuen Freiheit, aber dann entließ sie ihn wieder in die Freiheit des alten glücklichen Stadiums der träumerischen Selbstentdeckung, nun aber mit einer neuen Sicherheit des Strichs. Dadurch schwang sich sein Abenteuersinn in noch unvermessene Räume, über Horizonte hinweg, die nur noch imaginär waren. Er überwand sie ohne jegliches Wissen darüber, auf welchem Breitengrad er sich befand, und ohne etwas, das ihn leiten konnte, außer einer sicheren Hand und dem verläßlichen, alles riskierenden, immer wachsamen und nicht müde werdenden Geist.

Genauer gesagt, lernte er mit Kohle auf farbiger Leinwand zeichnen und das, was er geschaffen hatte, mit einem Nebel aus Terpentin und Harz zu versiegeln, den er in einer Milchflasche mischte. Er arbeitete mit Öl auf Sienaerde, nahm Weiß für die Lichter und Schwarz für die Schatten, bis sich eine Form herauslöste und Figur und Hintergrund im selben Augenblick, aber auf verschiedenen Ebenen ins Leben traten; dann, wenn alles getrocknet und gefirnißt war, trug er seine Erhöhungen auf – durchschimmerndes Goldocker, einen Strich Krapprot für Wangen, Ohren, Lippen, wo das Blut nahe der Oberfläche fließt, eine Spur *terre verte* unterm Kinn. Es war reine Zauberei. Es hatte etwas von ruchloser Täuschung, von Alchemie und gefährlichem Spiel mit Essenzen. Das waren die Geheimnisse der Zunft. Aber auch als er sie bereits nutzte und die Verwandlungen bewirkte, konnte er nie genau sagen, wann Magie ins Spiel trat. Es war, als sei er einen Augenblick eingedöst und eine andere Kraft hätte eingegriffen.

Eines Tages fuhr Hopkins, ohne zu sagen, was sie vorhatten, mit ihm aufs Land. Sie bestiegen den Zug nach Dayboro. Hopkins ließ einen kleinen Witz vom Stapel, der auf Franks Kosten ging und über den der Junge sich zuerst ärgerte, aber man konnte Hopkins eben nicht lange böse sein.

Es war ein neues Spiel, das der Mann ihm zeigen wollte. Nicht viel. Nur eine quadratische, mit schwarzem Filz überzogene Karte.

«Alles klar, Junge, mach dich bereit. Die Karte auf das eine Auge wie bei Lord Nelson, so ist's richtig! Jetzt konzentrier dein Auge auf die Baumgruppe da hinten!»

Er dachte zuerst, Hopkins hätte noch einen Trick abgezogen, während er nicht hinschaute – das schwarze Quadrat als Ablenkung. Aber es war alles echt. Die Karte und sein eigenes Auge hatten das bewirkt.

Jetzt wußte er, wie man anderen diesen Streich spielt: wie man Gelb durch seine Komplementärfarbe abdunkelt, wie man Grün eine rote Schattierung beigibt, Orange eine blaue und die Dinge so präsentiert, wie sie nie aussehen, so daß man sie sieht, wie sie sind. Er lernte jeden Kniff und Trug; dann endlich, ohne Verachtung für die Regeln oder die Momente der Magie und der perfekt inszenierten Illusion, wie man seinen eigenen Weg durchs Dunkel findet.

Die Leute fanden ihn seltsam, ein großer, hagerer Bursche, der nicht alt genug war, um so alt dreinzublicken, mit einem ingwerroten Schnurrbart und milden, milchblauen Augen. Kleine Mädchen, die in verblichenen Röcken an einem Zaun Seilhüpfen spielten, hörten auf und ließen ihr Seil in einen schlappen Bogen fallen und fragten sich, was seinen Augen an dem unterbrochenen Spiel oder an ihnen wohl aufgefallen war; und waren nicht durch sein schwaches Lächeln zu überzeugen oder durch die Art, wie er die Hände in die Taschen steckte und davonschlenderte. Er sprach mit den Katzen, die in Seitengassen um seine Knöchel strichen, und an Sonntagnachmittagen saß er auf einer Bank im Park und hörte der Musik zu, die eine Kapelle auf der Eisenrotunde spielte. Viel Leben war das nicht.

Gelegentlich drückte er die Schwingtüren auf, hinter denen Lärm und Sägemehl lagen, und drängte sich in eine der Weinschenken im Tal. In gravierten und facettierten Spiegeln unter einer Decke aus gewalztem Blei, inmitten von Schlaglichtern, die aus der Tiefe der Flaschen hervorbrachen, saßen schwarze Frauen und Männer, noch nicht verkommen, aber auf einem glitschigen Abhang, eine Gesellschaft, deren rauhes Gelächter durch den Atem der Kameradschaft erträglich wurde und deren Mäuler grobe Unanständigkeiten in den rauchvernebelten Raum schleuderten. Hier war man ganz unten, doch er empfand diese Geschöpfe als seinesgleichen. Es hatte nichts Entwürdigendes. Dunkelzonen unter schmierigen Tischplatten, feucht gespreizte Beine; Begegnungen, bei denen Knochen aneinanderschlugen: andere, blutigere, in deren Verlauf eine beiläufige Beleidigung die Scherbe eines zerbrochenen Glases auf den Plan rufen konnte. Er nahm die Dinge, wie sie kamen, und bevorzugte die Orte, an denen er wie alle anderen ein Fremder war.

Hopkins, der am Ende einer Straßenbahnlinie wohnte, wo sich der Busch bis an einen aufgegebenen Steinbruch erstreckte, hätte ihm eine andere Lebensart zeigen können. Er hatte eine Frau und drei kluge, halbwüchsige Töchter. Aber Frank wollte das nicht. Obwohl er gerade erst über zwanzig war, entwickelte er bereits in der zusammengekrampften Nähe der Pensionen und in schäbigen Kneipen und Weinschenken, wo er nie mehr als ein einsames Glas Portwein trank, die Gewohnheiten eines Sonderlings und seiner lebenslangen Einsamkeit.

Er schrieb:

Lieber Clyde,
es macht mich traurig, daß Du mir diesen Brief geschickt hast. Ich weiß, daß die Dinge schlecht für Dich stehen, sie stehen im Moment für keinen von uns besonders gut, aber wir müssen uns da durchkämpfen. Du mußt den Glauben aufgeben, daß es einen leichten Weg gibt. Es gibt keinen. *Das* zumindest habe ich mittlerweile gelernt.

Ich weiß, wie schwer es ist, wenn man so viel sieht, was man haben möchte, und es nicht bekommen kann – tolle Kleider, falls es das ist, was Dir gefällt, Geld, ein Auto usw. Ich habe nicht die Absicht, auf Dir herumzuhacken oder den alten weisen Mann zu spielen, der alles besser weiß, das bin ich nicht! – Aber es bringt mich zur Verzweiflung, wie Du mit Dir umgehst, da ich Dich so gerne habe wie alle meine Brüder, und bereit bin, alles, was ich kann, für Dich zu tun.

Aber Du darfst nicht versuchen, mich durch Drohungen auszunutzen. Andeutungen machen und versteckte Drohungen, wie Du es tust, ist kindisch. Es ist eine alte Schwäche von Dir. Du hättest sie schon längst aufgeben sollen. Du müßtest wissen, wie sie mich zur Raserei bringt.

In Wahrheit sind wir uns alle ähnlich. Wir finden es hart, auf unseren eigenen zwei Beinen stehen zu müssen – ich bin da nicht anders, nur bin ich entschlossen, mich nicht umwerfen zu lassen.

Clyde, dieses eine Mal schicke ich Dir, was Du verlangt hast. Nicht so viel, denn das bringe ich nicht zusammen, aber das, worauf ich verzichten kann. Ich tue es nicht ungern, aber ich muß an Tam denken – er ist fleißig und will etwas aus sich machen – und an Pearse, der an der Schule bleiben muß. Ich weiß, daß Du harte Zeiten hinter Dir hast und entmutigt bist, aber Du darfst nicht immer anderen die Schuld geben oder der Tatsache, «daß alles ungerecht ist». Ich kann jetzt nicht weiterschreiben, aber ich will Dir bald noch ein paar Zeilen hinterherkritzeln und schicke Dir am Ende des Monats, wenn ich kann, noch ein Pfund oder so.

Herzlich Dein Bruder usw.

Er schrieb:

Lieber Tam,
hier schicke ich Dir sofort, was ich gerade bei mir hatte. Der Arzt muß bezahlt und Pearsall so gut wie möglich gepflegt werden. Ich will nicht, daß er etwas in der Schule verpaßt und nicht nachholen kann. Ein gebrochenes Bein ist nicht das Ende der Welt. Der Rest von uns mußte ohne Erziehung auskommen, in einer Zeit, wo sie, soweit ich sehe, die einzige Möglichkeit ist, voranzukommen. Ich will, daß Pearsall die Schule abschließt und aus diesem Elend herauskommt, immer so hart zu arbeiten und trotzdem nur Schwierigkeiten zu haben wie wir. Das ist es mehr als alles andere, was sich auf Clyde so ausgewirkt hat. Ich habe nur die Hoffnung, daß er einmal einen Beruf hat. Er ist ein kluger Junge, das weiß ich, und nicht trotzig oder rebellisch. Meine einzige Besorgnis ist, daß er sich als Träumer wie Clyde herausstellt, der der Wirklichkeit überhaupt nicht ins Auge blicken kann. Er schreibt mir schreckliche Briefe aus Cairns, wo er eine Hundearbeit hat, Zuckerrohrschneiden, aber ich kann ihm nicht helfen. Gerade jetzt ist meine eigene Lage ziemlich verzweifelt.

Die Zeiten hatten sich rapide verschlechtert. Die Werbeagentur, bei der er arbeitete, gab ihren Betrieb auf, und nachdem Frank einen oder zwei Monate elendiglich in der Stadt herumgehangen und nach irgendeiner Arbeit gesucht hatte, flüchtete er sich auf die Straße. Er schloß sich dort anderen an, die jeden Tag von einer Siedlung zur nächsten zogen, durch den ganzen Staat, in wechselnder Gesellschaft, die manchmal nur aus drei bis vier Leuten bestand und manchmal ein richtiger Mob wurde; Frank hielt sich aber abseits.

Die Dörfer und größeren Gemeinden, in denen sie erschienen, waren nie glücklich, Banden erwachsener Männer ohne ein Zuhause zu beherbergen, oft wurden sie verjagt. Sie schliefen in den Ruinen von Gehöften und Scheunen, auf Farmen, die Leute mit einem ähnlichen Schicksal verlassen hatten, oder in einem Lager, das über Nacht in staubigen Lehmkuhlen, an einem kleinen Fluß oder auf dem Messegelände einer Provinzstadt entstand. Drohten sie dort länger zu bleiben, wurde das Lager von mit dem Gesetz bewaffneten Bürgern gewaltsam aufgelöst. Er teilte sein Feuer oder einen guten Schlafplatz mit den verschiedensten Leuten und hörte ihre Geschichten: Dürregeschichten, Hypothekengeschichten, Ehegeschichten; Geschichten vom Krieg, der während all der Jahre im Haus seiner Tante gewütet hatte und den einige Leute immer noch kämpften, bis an die Augen im Schlamm; Geschichten vom Fliegenkaktus, vom Rost im Weizen, von Diphtherie- und Keuchhustenepidemien, von Gefängnisstrafen – das übliche Elend der Armen. Obwohl nicht alles Elend war. Manchmal hörten sie Melodien von einer Mundharmonika oder einer einfachen Ziehharmonika, die irgendwer aus den Ruinen seines seßhaften Lebens hinübergerettet hatte, oder alte Witze mit einem neuen Dreh der Worte oder der Situation; selbst philosophische Brocken gab es bei Gelegenheit, denn nicht nur die Ungelernten wurden zu dieser nomadischen Lebensweise gezwungen, und er fragte sich, ob nicht einmal Bildung und

Beruf, die er seinem jüngsten Bruder wünschte, einen Schutz gegen das Unglück darstellten. Die frische Luft tat ihm gut, wenn sie ihm nicht einen knochenschüttelnden Fieberzustand einbrachte, und er sah einiges von dem Land, in dem er geboren war: Zuckerrohrfelder, deren Halme unter dem Mond schwankten und so süß dufteten, daß sie einen betrunken machen konnten (das Land des Rums); graue Ebenen, auf denen übermannshohe Termitenbauten den Blick bis zum Horizont verstellten – versunkene Kathedralen, von denen nur noch ihre spitzen, blutroten Türme zu sehen waren; Meereseinbuchtungen, von der Blätterpracht der Mangroven umstanden, donnernde Brandung.

Diese Schauplätze nährten seine Sinne. Sie besaßen eine solche Erhabenheit, daß schon die bloße Entfaltung von Wolke und Farbe sein Blut zum Stocken brachte und noch den gewöhnlichsten Tag verwandelte. Sie war ein Drama, das noch nie Ausdruck gefunden hatte. Nun, er würde schon Formen finden. Große, beredt gewordene Abende, so gemessen und still wie die Stirn einer Frau – diese Art von Erhabenheit. Sonnenaufgang wie ein Peitschenhieb: das Sonnenlicht graute mit kräftigen Armen. Dies entschädigte ein wenig für die Schande, abgerissen zu leben und immer auf die Wohltätigkeit oder das Mitleid anderer angewiesen zu sein – oder auf das wachsame Mißtrauen der Frauen, an deren Hinterveranden er eine Chance erspähte, ein Stück Hinterhof säubern, die Rinnen ausmisten oder Holz hacken zu dürfen –, wie auch für die Feindschaft, der er in den Augen der Männer begegnete, die immer noch in seßhafter Sicherheit lebten, aber vielleicht nicht für immer.

Er begegnete im Elend einer Kameradschaft, die er nie gekannt hatte, als er noch Arbeit hatte, oder die er in jenen Tagen nicht gebraucht hatte. Er entdeckte, daß er dazugehörte, wenn auch zu denen, die nicht dazugehörten.

Er hätte jederzeit nach Hause gehen können. Es wäre ihm ganz natürlich vorgekommen, sich in der Wärme des väterlichen Hauses zu vergraben. Von ihnen entsprach es ihm nach Charakter und Neigung am meisten, sich niederzulassen und zu gegebener Zeit der Gesellschafter und Verwalter seines Vaters zu werden; etwas anderes zu tun, hieß, gegen sich selbst handeln. Trotzdem war dies sein Weg. Er hatte eine dunkle Ahnung, daß sein Leben gegen den Strich verlaufen sollte und seiner eigenen Natur zum Trotz geführt werden mußte.

Doch die Wahl fiel ihm nicht leicht. Er entschied nicht nur über sein eigenes Schicksal. In dem untergründigen Kräftespiel von Druck und Gegendruck, mit dem sie immer noch lebten, jeder von ihnen, auch die längst fortgezogenen, übertrug er dies Tam – er würde sich von nun an an den Vater halten, erst aus Pflicht, dann aus Gewohnheit, dann aus Trägheit, nie würde er sich frei machen können. Das war schon vor Jahren so festgelegt worden, durch den Umzug von Bett zu Bett, als er auf die Bank beim Ofen gezogen war, die Jim geräumt hatte, so daß Clyde sich auf seine alte Stelle zurückziehen und Pearsall beim Vater schlafen konnte. Tam blieb in seiner Unschuld der einzige von ihnen, der nie nahe genug an die sanfte Macht des Vaters herangekommen war, um sie abschütteln zu können.

Er schrieb:

Mein lieber Vater, meine lieben Brüder,
die Nachricht macht mich wie Euch niedergeschlagen und tief besorgt. Armer Clyde. Ich kann nicht glauben, daß ein junger Mensch, der noch so viel vor sich hat, so etwas tun kann, doch ich weiß gut genug, durch all das, was ich hier draußen gesehen habe, wieviel Verzweiflung und Leiden es

in der Welt gibt und wie sehr sie einen Mann aus der Bahn schleudern können. Die Aussicht auf eine weitere Gefängnisstrafe – und diesmal wirklich Gefängnis – brachte ihn zur Verzweiflung, und er tat alles, um ihr zu entkommen. Aber er war jung. Er war gerade erst volljährig. Und für wie viele Monate oder Jahre wurde nicht einmal entschieden. Das ist für mich bitter, aber was kann einer von uns tun?

Ich will mir Deinen Kummer nicht ausmalen, Vater, denn ich kenne meinen eigenen. Ich denke an die alte Zeit, als wir zusammen lebten, und schon da stand uns dieses schreckliche Ereignis bevor. Ich werfe es mir vor, wie unserer ganze Lebenslage, daß Clyde vor dem nicht bewahrt werden konnte – obwohl ich tat, was ich konnte. Ich bin selbst oft verzweifelt, sowohl was das Geld als auch was mein Gemüt angeht, aber ich hätte noch mehr tun sollen.

Tam, was die andere Sache betrifft, will ich tun, was ich kann. Ich habe Freunde in Sydney gebeten, mir für einige Arbeiten, die ich ihnen geschickt habe, Vorschuß zu geben, aber sehr viel bringe ich im Augenblick nicht zustande, weil ich immer auf Achse bleiben muß. Wie Ihr seht, habe ich die Nachricht erst jetzt erhalten. Euch allen meine ganze Liebe.

Euer Euch liebender Sohn und Bruder usw.

Zwei- oder dreimal im Jahr kam ein Stapel von Gemälden, auf Papier oder Pappe und grob verpackt, bei Kunsthändlern in Sydney an. Sobald ihn das Geld erreichte, ging es nach Hause.

Gelegentlich machte er sich in einer größeren Stadt auf den Weg zu einer Bibliothek, und unter dem Blick von Studenten, Bibliothekaren und vereinzelten Bürgern, die hier die Zeit zwischen mehreren Terminen vertrödelten (seßhafte Leute, für die seine ungeschnürten Stiefel und die dünne, sorgsam zugeknöpfte Jacke, die ein abwesendes Hemd verbarg, das Urteil «Tramp» oder «Landstreicher» verkündeten), entnahm er zitternd einem Regal eines der atlasgroßen Kunstbücher, von denen er träumte, ohne sie sich leisten zu können.

Sie gaben nur eine grobe Andeutung, die flachen Drucke. Aber dadurch, daß er seine ganze Aufmerksamkeit auf sie wandte und den Rest dazuschuf, wiedererschuf, hatte er einen Einblick in das, was möglich war; bei seinen eigenen Vorhaben verstand er alles am besten, wenn seine aufgeregte Phantasie zwischen ihn und das bloße Bild geriet, so daß ein wildes, ekstatisches Mißverständnis entstand. Wenn er sich davonstahl, kamen diese Bilder mit ihm. Er bewahrte sie in seinem Kopf. Durch seine eigene Version dessen, was er gesehen hatte, erleuchteten sie eine Ecke in dem Schuppen, wo er auf Säcken schlief, bis die Dunkelheit sich belebte und es ihm in den Fingern juckte. Später, wenn er durch die Großzügigkeit eines Unbekannten für einige Zeit eine Hinterveranda benutzen durfte oder einen Bootsschuppen oder die von Mäusen heimgesuchte Hütte eines Gärtners, legte er sich seine Pinsel zurecht und begann, mit Fieber und Besonnenheit zu malen.

Gesichter, Gestalten, Begebenheiten – einige zart, andere brutal bis aufs Blut. Er hatte sie so lange mit sich herumgetragen, daß sie bereits ein Dutzend Verwandlungen hinter sich hatten, und als sie unter seinen Händen Gestalt annahmen, verwandelten sie sich wieder und wieder, daß auch er sich verwunderte. Was dort erschien, hatte auch auf ihn, der sie so lange vorbereitet hatte, eine Wirkung, von der er nie geträumt hatte – als wären sie ein neuer Durchbruch in die Welt.

Er arbeitete mit bescheidenen Mitteln; die Schwierigkeiten, vor die ihn das stellte, ermöglichten seinen Triumph. Er arbeitete in Farbe, wenn er sie finden konnte, dicke Ocker- und Grautöne, mit nicht mehr als einem Hauch von Scharlach, und teures, reines Blau. Meistens nahm er Konturen, karmesinrote oder blaue, leicht lavierte Tinte, mit der er die Gegenwart und Eigenart von Männern festhielt, deren Namen er niemals kannte – im Schlaf bei einem Feuer oder beim Kartenspiel oder wenn sie ihm nach dem Essen kurz Modell standen.

Er war nun so lange umhergetrieben worden, daß er dachte, er würde nie zurückkehren. Gegenströmungen und Stürme waren seine gewöhnlichen Lebensumstände; die Gemälde waren zuerst nur dürftiges Treibholz, dann Inseln mit eigener Witterung und ihrer eigenen, übervölkerten Geschichte, dann Botschaften, deren Gekritzel manchmal das kühle, entschiedene Glück des Treibenlassens, aber öfter noch eine wahnsinnige Verzweiflung verrieten. Wenn er irgendwo hängenblieb, dann weil er aus Müdigkeit oder Überdruß nicht weiter wollte.

In einer Nacht mit niedrigen Wolken unter einem ein- und aussetzenden Mond – er trug einen fleckigen Hut und sah für die ganze Welt wie eine Vogelscheuche aus, die gerade von ihrem mit Klapperschoten behangenen Pfahl herabgestiegen ist – betrat Frank eine Gemeinde, die sich an einer Flußmündung entlangzog. Er mußte sie der Länge nach durchwandern, an Blechzäunen vorbei, wo bellende Hunde mitsprangen und Fenster ihr Licht über Gußeisenspaliere warfen, an eingeschoßigen Banken aus Backstein vorbei, Geschäften mit Wellblechmarkisen, einem hellerleuchteten Kinopalast, bei dem eine Menge von schicken Jungen und Mädchen mit Alice-Faye-Frisuren standen und unter einer mit Motten geschwärzten Straßenlaterne Schokoladenherzen aßen.

Er suchte einen Ort, wo er einen Tag oder zwei durchpennen konnte, um das Fieber, das ihn in den Moskitosümpfen im Norden erwischt hatte, seinen achtundvierzig- oder zweiundsiebzigstündigen Gang nehmen zu lassen. Es hatte bereits vor einigen Stunden eingesetzt. Er schwitzte, zitterte, seine Knochen knirschten in den Gelenken; sie ächzten.

Die Gemeinde lag weit verstreut. Es schien ihm, er würde nie die letzte Laterne und die ersehnte Dunkelheit erreichen.

Es war fast Mitternacht, als er am Rand der Siedlung, jenseits des Gekläffs des letzten Farmhundes, zu einer Art Autoschrottplatz kam, einem Platz mit verseuchten Wasserpfützen und groben Grasbüscheln, ein böser Anblick im Halbdunkel und schlimmer noch unter dem Mond. Die Körper der Autos, viele von ihnen ohne Räder – eckigmassige Limousinen, Lastwagen, Zweisitzer mit Verschlag und Klappsitz, nur noch Eisen ohne Farbe und ornamentierter Rost –, saßen im Sumpf auf ihrem Chassis, als wären sie bereits halb in die Erde eingesunken und schon das geringste Übergewicht, eine Grille oder eine Fingerspitze, würde sie hinunterziehen.

Droben rollten dünne Wolkenmassen. Der Mond kam und ging. Das Land schmachtete vor tropischer Hitze. In den Momenten, in denen der Mond sich versteckte, war es pechschwarz, es herrschte eine so dichte Dunkelheit, daß man in eine Zeit vor der Schöpfung zurückzukehren meinte, ehe eines dieser Dinge – Gras, Schlamm, Felsen – erdacht war. Man konnte den Kopf wenden, wohin man wollte, jeden Sinn für Osten und Westen oder landein- und seewärts verlieren, man konnte sich fragen, ob unter einem überhaupt etwas war, worauf man stand, auf welcher Spitze, welches noch ungeformten oder ungeschaffenen Kontinents. Dann streckte der bleiche Mond seine Fühler aus; mattes Licht flutete zurück, und da war man wieder in einem vertrauten Jahrhundert, mit Bergen von Straßenschutt vor sich, als handelte es sich um einen in Vergessenheit geratenen Parkplatz.

In eine dieser Muscheln, dachte er, auf diesem Friedhof von Reisen, kann ich mich für einige Zeit einrollen, einen Tag oder zwei, bis das Fieber abgeschüttelt ist.

Er schwankte in eine der Gassen zwischen den herrenlosen Körpern und brauchte nur noch seine Wahl zu treffen.

Als stünde man in einem Verkehrsstrom, auf der Bahn einer künftigen Massenkarambolage, die bereits hinter einem lag, und wartete mit ausgeschwenkter Hand darauf, daß eines der zum Stillstand gekommenen Fahrzeuge anhielt. Er legte seine Hand auf die Klinke eines ehemals grünen Buick. Nichts geschah. Drinnen war alles, wie er sah, mit einer Art Schimmel belegt, der über die Ledersitze mit ihren gesprungenen Federn gewachsen war, eine unheilvolle Wolke. Er ließ ab. Bei einigen fehlten die Türen, und das Innere war ausgebrannt. Sie rochen nach Asche. Er näherte sich einer Limousine mit gewölbter Motorhaube, probierte die Klinke aus, drehte sie, und ein Schrei riß ihn zurück und ließ sein Blut stocken. Dort auf den Sitz gekauert hockte ein schwarzer Teufel, ganz blauschwarzes Haar und Feueratem. Der Blick des zuerst Gekommenen durchschnitt ihn, ein dunkles wildes Eigentumsrecht. Er fing zu zittern an und hielt es für das Klügste, sich einfach auf den Rücken in das stachlige Gras zu legen und die Augen zu schließen. Er hatte keine Lust, mit den ansässigen Geistern oder den Gespenstern vergangener Eigentümer um den Besitz zu feilschen.

Er lag still. Nach dem Klang seiner Schritte auf den Straßen der Stadt und den folgenden Herzschlägen war die Stille groß genug, um sich darin zu verlieren. Noch konnte er entkommen.

Aber das war nicht einfach.

Ein blauer Schatten näherte sich, als sei er der Erde entstiegen. Wolken bewegten sich im Hintergrund. Er schloß seine Augen. Jetzt wurde er hochgehoben, mit Gewalt hielt einer ihn hoch und rüttelte ihn, er hörte seine Knochen schütteln und roch die Nähe der Kreatur, einen Kohlegeruch. Er spürte ihre glühende Wärme, als sie seine Rippen zermalmte und ihn zerkrallte. Das war es also! Er wurde in das Zentrum eines Unfalls geschleudert, den er zu vermeiden gehofft hatte, und als während des nichtendenwollenden Zusammenpralls von Metall auf Metall der Mond durch Wolkentrümmer erschien, sah er im siechen Halblicht hinter dem spinnwebigen und mattierten Glas jedes Autos Zuschauer: stattliche Gestalten, schwarz auch sie, die zusahen, ohne sich zu rühren, unerschrockenen Auges unter dem Mond.

Auf diesem Platz spukten Geister, die älter waren als die Gespenster von Autos und früheren Eigentümern. Er hatte die Ruhe eines Ritus gestört oder war zur Unzeit in eine Versammlung der Enteigneten geraten.

Er war erledigt. Dann begnügte sich der schwarze Engel oder blauschwarze Teufel mit seinem Sieg oder der offensichtlichen Niederlage – wie auch immer –, zog seine Kräfte zurück und spie ihn aus. Als er wieder zu Sinnen kam, war es heller Tag, klammrote Erde klebte in seinen Augen, der die geborstenen Schneiden messerscharfer Gräser entsprossen, so schartig, daß man die Kristalle sehen konnte und den Schnitt ihrer Kanten. Ein Schwarm von Ameisen ging rings um ihn seinen Geschäften nach, eifrig kletternd, als sei er nur ein anderer Teil der Landschaft, die sie zu bearbeiten hatten, als habe er seit Beginn der Welt dort gelegen oder sei über Nacht vom Himmel gefallen. Im Liegen sah er ihnen zu, ihrem rasenden, fanatisch organisierten Leben.

Als er sich zu bewegen versuchte, stellte er fest, daß sein Rücken trotz des Hemdes sonnenverbrannt war, aber als er sich endlich schwankend erhob, hatte er auch ein neues Gefühl von Ganzheit, von erneuerter Stärke und Kraft. Obwohl er sich später nie darüber im klaren war, auf welcher Seite er nun herausgekommen war oder welchen Pakt er mit ihr geschlossen hatte, seiner heimischen Erde.

Ein Einzelkind

1

In dem großen Schlafzimmer hinter der Vorderveranda jenes Hauses, das für mich das meiner Großmutter war, lag mein Großvater im Sterben. Er tat dies bereits seit mehr als einem Jahr. Da er nur meine Mutter als tägliche und nächtliche Pflegerin ertrug (meine Tante Ollie war bereits von der Küche in Anspruch genommen, und seine jüngeren Töchter hielt er für zu unfähig, zu albern oder – mit ihren vierzig Jahren – zu jung, um mit einer so ernsten Angelegenheit wie dem Sterben fertig zu werden), waren wir aus unserem Haus in Brisbane hierhergezogen und hatten uns, nicht ohne Behagen, in dem freien Zimmer hinter der Veranda meiner Großmutter eingerichtet – mit einem Ausblick auf das stille blasse Licht des Broadwater, über knorrige Bunyahkiefern mit Spatzengeschrei. Mein Vater trat jeden Tag die Reise zur Stadt an, und ich wurde für ein Trimester oder zwei, oder jedenfalls solange diese Periode außerhalb unseres gewohnten Lebens dauern sollte, auf die hiesige Schule geschickt.

Southport mit seinem Pier und seinen Stränden verband ich mit Ferien, und unsere ganze Zeit dort hatte für mich etwas Unwirkliches, als hielten wir die Zeit an – die Zeit meines Großvaters – und als seien selbst die schweren Aufgaben in Grammatik und Kopfrechnen an diesem Ort bloße Augenwischerei.

Es war eine gehobene Unwirklichkeit. Ich war erst zwölf und hatte eine größere Freiheit als in der Stadt, die Entdeckungen zu machen, die ein frisch erwachtes Selbstgefühl von mir verlangte. Entdeckungen über mich selbst, aber auch über die Welt und die Art und Weise, in der mein Körper auf einmal zu ihr paßte. Die Schule hatte nicht so strenge Vorschriften wie die, an die ich gewöhnt war. Die Schüler, Jungen wie Mädchen, liefen barfuß, und wir verbrachten einen großen Teil der Unterrichtsstunden friedlich dösend im Schatten der Gummibäume.

Ich schlief draußen auf einer Veranda. Sie war das Gegenteil von meinem Zimmer zu Hause. Dieses hatte mich mit seinen Einbauschränken und der Sammlung alter Verdienstmedaillen, Tintenfässer und kleiner Zelluloidschachteln (Schätze aus den Trödelläden auf Melbourne Street) an mein früheres Selbst gebunden und eine Kontinuität geschaffen, von der ich vielleicht annahm, ich könne mich in ihr nur an unverrückbaren Geraden entlang entwickeln. In Southport hatte ich Spielraum. Meine Schlafstätte, das war nur ein Eisenbett und je nach dem Mondlicht, dazu für einige Augenblicke die gekrümmte Silhouette einer Katze. Die Luft war kühl, selbst in den schwülsten Sommernächten, und da die Schlafstelle keine Wände hatte, bestand die Umwelt, in der ich schlief, aus nichts als dieser Luft, in der Blätter raschelten, Insekten spielten und die See gegen die Steinpromenade plätscherte oder peitschte, je nach Wetterlage. Vom Mondlicht schwach versilbert und mit ausströmendem Salzgeruch veränderte das Meer alles, was mit ihm in Berührung kam, so daß draußen sogar mein Bauch einem anderen Geschöpf gehörte; verändert war auch ich. Mein Körper schien von selbst auf eine neue Auffassung gestoßen zu sein, und ich konnte nicht sagen, ob die Zeit oder der Ort dafür verantwortlich gewesen waren oder ein Sprung meinerseits in eine neue und leidenschaftlichere Gestalt meines Wesens.

Da es auf den Straßen so wenig Verkehr gab, erlaubte man mir endlich, radzufahren, und ich konnte davonrasen, wohin ich auch wollte. Am späten Nachmittag, wenn das Wasser des Broadwater rosagrau wurde und die angrenzenden Dünen sich schattig ausbuchteten, konnte ich der Promenade bis zum Labrador folgen. Ich kundschaftete Wasserläufe entlang der Küste und Schleichpfade zum Fluß aus, beschleunigte meine Geschwindigkeit, um zu testen, wie weit ich kam, oder stoppte, um mich mit Fremden zu unterhalten, wie es an der Küste üblich ist. Ich hatte ungewöhnliche Freunde: Jungen, deren Väter Fischer waren. Sie brachten mir bei, wie man an den Sandbänken mit einem Schleppnetz und einem Sacktuch voller Fischköpfe als Köder Pippies fischt, wie man einen Krabbeneimer auslegt und welcher Tag oder Monat sich am besten zum Garnelenfang eignet. Sie wußten, wann man am besten vom geankerten Boot aus Hechtdorsche angelt, wann sich Schwärme von Trevelly und Tailor zeigten und wie man dann eine Angelrute in der Brandung festmachte. Meinem Vater war klar, welch ein Einschnitt in unserem Leben entstanden war und wie wenig Zeit meine Mutter jetzt für mich hatte. Deshalb nahm er mich auf seine Ausflüge mit, die er manchmal geschäftlich, aber oft nur unternahm, um seine Neugierde auf Dinge und Menschen zu befriedigen – Ausflüge ins seltsame, verborgene Leben der Stadt. Wir wurden Freunde. Er kam in die Welt seiner Kindheit zurück, und es machte ihn glücklich, zuzusehen, wie ich dreißig Jahre später entdeckte, was einmal ihm gehört hatte.

Mein Vater hatte immer noch etwas von einem Kleinstadtdandy. Er selbst hatte das schon von seinem Vater. Zwar spazierte er nicht wie mein Großvater mit einem Stock oder trug Vatermörder oder einen teuren Hut, aber er trug immer einen Anzug, und das war damals schon ungewöhnlich, besonders in Southport – irgendeinen weizenfarbenen oder taubengrauen Stoff im Sommer, mit Strickkrawatte, und im Winter ein dreiteiliges Fischgrätmuster.

Er kannte jeden, dem wir auf unseren Spaziergängen begegneten, und wurde, so schien es mir, von einigen der komischsten Personen gegrüßt, die ich je gesehen hatte. Sie nannten ihn «Boß» oder «mein Herr» oder einfach «Bob», und viele blieben stehen, um ein Schwätzchen zu halten, gaben der Verwunderung über mein Vorhandensein Ausdruck oder über das Ausmaß, in dem ich seit dem letzten Mal hochgeschossen war, riefen sich mit feuchten Augen die vielversprechende Jugend meines Vaters ins Gedächtnis, und wenn sie sich von uns trennten, dann meistens um einen Schilling reicher als zuvor.

Sie waren die «Stammkunden» dieses Ortes. Die meisten von ihnen waren schon vor der Zeit meines Vaters alt gewesen und hatten Namen wie Snow, Nudger und der Champ. Einige waren Kriegsheimkehrer. Andere waren Boxer gewesen oder Fußballspieler, und einer von ihnen war ein gestürzter Politiker. Er trug einen gutaussehenden dunklen Anzug mit einer Uhrkette und sah aus der Ferne genauso dandyhaft aus wie mein Vater. Als wir uns ihm auf der Promenade näherten, stolzierte er behäbig einher, so schien es mir zuerst. Doch im Näherkommen sah ich, wie er zögerte, sich anschickte, zu uns zu treten, wieder schwankte, dann sich zum Näherkommen entschloß, doch nur, um sich dabei den Anschein zu geben, er sei tief in Gedanken versunken und hätte uns nicht erblickt. Ich war überrascht, als mein Vater, der für gewöhnlich recht zurückhaltend war, seinen Schritt beschleunigte und mit bereits ausgestreckter Hand rief: «Dick, Dick Allan! Wie ist es Ihnen ergangen?»

Der Mann umarmte meinen Vater heftig. Er schien den Tränen nah.

Da erst sah ich, daß seine Kleider trotz vielen Bürstens abgetragen und schäbig waren, daß er relativ betrunken und sein stattliches Voranschreiten auf der Promenade weniger ein Stolzieren als ein gekonntes Schwanken gewesen war. Er trug das Digger's Badge im Knopfloch, hatte eine feuchte zitternde Lippe, den gleichen verstohlenen, schmeichlerischen Blick und den Geruch von Schnaps und Verwahrlosung wie alle anderen. Einen Moment lang hatte ich Angst, mein Vater würde einen Schilling hervorholen. Ich konnte mir vorstellen, daß der Mann ihn annahm, und das wollte ich nicht mit ansehen.

«Armer Kerl, der ist schlecht dran», brummte mein Vater, als wir weitergingen. «Hast du das gesehen, Phil? Du erwähnst zu Hause besser nicht, daß wir ihn getroffen haben, oder zumindest nicht bei deiner Großmama, sie hätte was dagegen. Und auch nicht bei Tante Ollie. Sie hatte ihn einmal recht gerne. Er ist gar kein so schlechter Kerl wie alle meinen, aber er hatte ziemlichen Ärger, und du mußt wissen – die Leute sind ziemlich –»

Er schüttelte den Kopf, und ich wartete, aber das Wort kam nicht. Ich fragte mich noch lange danach, wie es wohl gelautet hätte und wie er die Leute sah. Aber entweder konnte er kein Wort finden, kein richtig treffendes, oder er schämte sich, es auszusprechen. Vielleicht dachte er auch, ich sei zu jung, um die Wahrheit zu hören.

Später dachte ich oft, daß er, großzügig wie er war, den Stil des geborenen Mäzens besaß – den Geist einer Großzügigkeit, die nichts für sich verlangt, sich von der Gegenwart der Größe nicht einschüchtern läßt, sich über jede überlegene Fähigkeit und Kunstfertigkeit und alles Herausragende freut und dem es nur darum geht, daß das, was große Möglichkeiten in sich birgt, diese auch verwirklichen kann. Zu anderer Zeit und an anderem Ort hätte er vielleicht Colleges gegründet, Altäre gestiftet oder wäre ein Vermittler für alles Bizarre und Unwahrscheinliche geworden. Die Beschränkung seiner täglichen Arbeit auf die irdische Welt von Obst und Gemüse ließ seine wirklichen Talente unerkannt, und einen Hauch dessen, worin sie bestehen mochten, spürte man nur, wenn die Obstanbauer und -händler jedes Jahr im August ihre Schaustände bei der Messe in Brisbane auftürmten. Dann konnte er einmal sein Geschick zeigen. Die gewöhnlichsten Gegenstände – Granny Smiths und Jonathans, poliert bis zu wächsernem Glanz, Williamsbirnen, Valencias, Papayas, Mangos, Bananen – öffneten sich einer anderen Dimension. Ihr eßbares Selbst ließen sie hinter sich, und die Obstgärten von Stanthorpe oder die Plantagen bei Bowen blieben ebenso zurück wie die Eßtische in den Vororten, für die sie gedacht waren. Die Früchte bestanden nur noch aus bloßen, abstrahierten Formen und Farben, die sich so entfalteten, wie es die Phantasie verfügte: als Karten der sieben Staaten des Commonwealth, als Känguruh, Emu oder das Schild des Nationalwappens, als eine Sternschnuppe aus zehn Fuß großen Weihnachtssternen, in Diamantformen, rautenförmig gegliedert mit dem Zickzack eines Schlangenmusters, oder als Buchstaben, die in verschnörkelter Schrift den Namen der Firma verkündeten und von Füllhörnern flankiert waren, aus denen gigantische Äpfel und Birnen quollen, die sich bei näherer Betrachtung aus Dutzenden echter Birnen und Äpfel zusammensetzten.

Diese Schaustücke waren ein Wunder an Erfindungskunst. Jedes Jahr photographierte man meinen Vater neben seiner Auslage, zusammen mit meiner Großmutter (seiner Geschäftspartnerin) und den Mädchen aus dem Büro. Wundervoll auf Kupferplatten abgelichtet und geschmacklos getönt, bedeckten diese Photographien eine ganze Wand in dem lärmigen Kabuff über der offenen Markthalle, wo Lastwagen an Betonbuchten be- und entladen wurden und Männer in Shorts und Lederschürzen Säcke wegschleppten,

Obstkisten umstürzten, große Bananenbündel schulterten und wo der Boden mit Kohlblättern und dem Gemantsche von Kürbis und Tomaten überzogen war.

Mein Vater hatte ein Auge für die Art und Weise, wie sich die Natur selbst übertraf – und nicht nur in Sachen Äpfel und Birnen. Er hätte gerne geglaubt, daß die Welt mit Menschen gesegnet sei, die selten waren und sich durch unverschämten Ehrgeiz und unheimliche Talente auszeichneten. Die Leute kannten seine Schwäche und hinterbrachten ihm gerne Nachrichten von Wundern. Oder, wie es meine Großmutter sah, sie belästigten ihn im Namen eines jeden Taugenichts, Halunken und jeder lahmen Ente.

So gingen wir in jenem Jahr etwa mehrere Wochen lang jeden Freitag aus, um einem Boxer beim Training zuzuschauen, einem jungen Halbblut, dem Sohn eines dünnen, unmöglichen Mannes, selbst ein früherer Boxer, der meinen Vater in einer Kneipe angesprochen hatte. Von allzu vielen Schlägen immer noch betäubt und mit einem Salatohr gezeichnet, war er davon überzeugt, daß man mit ein wenig Unterstützung – gutes Training bedeutete das und etwas Geld als Rückenstärkung – aus seinem Jungen einen Champion im Weltergewicht machen konnte.

Der Junge war siebzehn: stark, mit geheimem Groll, aber gutwillig. Er trainierte im Keller ihres Hauses mit einem Sandsack, und wir saßen auf Packkisten unter einer nackten Glühbirne und beobachteten, wie er zischte und barfuß im Dreck tänzelte, kurze harte Schläge auf den Sack abließ, als hätte dieser ihn tief verletzt. Gleichzeitig lehnte der Vater, in Shorts und schmutzigem Unterhemd, seine Schulter gegen den Sack und nahm die Schläge entgegen, mit Flüchen, Jubelschreien, und spuckte wilde Anweisungen aus.

Sie bildeten ein seltsames Paar. Es war fast kriecherisch, wie der Mann sich bemühte, den Beifall meines Vaters zu gewinnen, und seine Art, den Jungen zur Schau zu stellen, war nicht ohne Verzweiflung; er kniff ihm in die Muskeln, schlug ihn hart zum Beweis, was für ein zäher Bursche er war, sang Hymnen auf ihn und auf sein großes «Potential» – die Standardsprüche der Sportseiten.

Nach so vielen Niederlagen mußte es für ihn die letzte Chance sein, an Ruhm oder an das große Geld zu kommen. Der Junge war seine Altersversicherung. Er redete und redete aus speicheltriefenden Mundwinkeln und sang sein einschmeichelndes Lied. Der Junge sagte nichts. Er stand nur da, keuchte, glühte vor Schweiß, die behandschuhten Fäuste locker an der Seite. Er schleuderte einige Blicke um sich, schwieg, und da seine Kraft sich nun nicht mehr auf den Sack an seiner Schulter richtete – ein schlaff baumelnder, eckiger Schatten neben unseren weniger groben –, war seine nun unausgefüllte Intensität um so mehr zu spüren. Für ihn war dies ein Weg – vielleicht der einzige –, sich selbst einige Zeit vor dem unabwendbaren Teufelskreis von Alkohol, Gefängnis und noch mehr Alkohol zu retten; sich, solange er noch einen kräftigen Atem und schnelle Füße besaß, fernzuhalten von den Schatten und dem sauren Gestank – und von der kranken Wut und Verzweiflung von Bekannten, die drei oder vier Jahre älter als er waren und die er noch aus Schulzeiten kannte als gutangezogene Jungens mit Zukunft und deren Münder nun an einer Methylalkohol-Flasche klebten. Er tanzte ein wenig, und sein Vater jubelte und nannte ihn einen Killer. Er sah auch wie einer aus. Ich dachte, er könnte vielleicht seinen Vater – von allen weißen Männern der, welcher ihm am nächsten stand – umbringen.

Der staubige Keller unterm Haus, mit seinem Käfig aus Sparrengittern, seinen vier Meter langen Balken, den Stapeln von halbkaputten Stühlen und Bettgestellen und leeren Benzinkanistern, dieser Ort beunruhigte mich. Er erinnerte an ein ganz anderes, im dunkeln liegendes «Potential» als an jenes, zu dessen Beurteilung wir gekommen waren.

«Also jetzt», drängte uns der Mann, atemlos auf der Stelle tretend. «Was meinste? Hilfste uns nach oben kommen?»

Das war nur ein Ort unter anderen, an die mich mein Vater mitnahm. Es gab da noch einen alten Mann, pensioniert und halb blind vor grauem Star, der «ein Erfinder war». Auch er war eifrig an seinen Chancen interessiert, an das große Geld zu kommen. Er zeigte uns ein Gerät zum Aufpicken von Blättern, aus dem Gerüst alter Regenschirme, und einen unbeholfenen Apparat, eisenbezahnt und gefedert, zum Knacken von Queensland-Nüssen.

«Weißt du», erklärte mein Vater, «alles kommt wieder auf die Höhe, jetzt wo der Krieg vorbei ist. Dieser Mann muß um die achtzig sein, aber er will auch dabeisein, wie alle anderen. Die Dinge kommen wieder in Schwung. Es wird eine ganz große Sache.»

Ein anderer Geselle, ein Barmann, hatte sein ganzes Haus voll mit Flaschen jeder vorstellbaren Größe, Gestalt und Farbe, Steingutflaschen mit Kieselsteinstöpseln für Ingwerbier, blaue, grüne und goldene Medizinflaschen, Bierflaschen, Flaschen für Leinöl, Olivenöl, Kaliumlösung, Lauge. Ganze Räume waren mit ihnen vollgestopft, auf Regalen vom Boden bis zur Decke, sie warfen wunderbare Lichter. Er versicherte uns, daß sie eines Tages ein Vermögen wert wären, und wollte, daß mein Vater die Sammlung kaufen sollte oder ihm mit ihr als Pfand Geld lieh, ich weiß nicht mehr was von beidem, oder irgendeinen Minister beschwatzte, aus ihr ein Museum zu machen.

«Siehst du, jeder steckt plötzlich voller Ideen», frohlockte mein Vater. «Dieses Land», er nahm einen tiefen Atemzug und sog an dem Geist der neuen Ära, «ist kurz davor, entdeckt zu werden. Zum *zweiten* Mal. Es ist ja auch alles da, drei Millionen Quadratmeilen, die nur darauf warten, daß man sie ergreift und sich einmal richtig vornimmt, damit –»

Doch wie üblich war das gewünschte Wort, das den Endzweck präzisiert hätte, nicht zur Stelle. Er verlor es aus den Augen. Es blendete zu sehr oder war zu weit weg.

Zu dieser Zeit und in dieser Stimmung traf er Frank Harland, eine weitere Kneipenbekanntschaft; oder er hatte von einem Trinkbruder gehört, daß sich ein verrückter Künstlertyp im Lichtspieltheater am Pier niedergelassen hatte, und machte sich in der ewigen Hoffnung auf das Ungewöhnliche auf, um sich vorzustellen und einen Blick auf ihn zu werfen. Als ich mit ihm dorthin kam, war es nicht sein erster Besuch. Bis dahin waren er und der Künstlertyp schon, auf ihre Art, Freunde geworden.

Es war ein windiger Nachmittag im späten August, und wir wollten Harland am Sonntag zum Mittagessen einladen. Regen höhlte das Grau des Broadwater; zuckendes Licht schlug auf ihn wie Schrapnell, es ließ nach, schwang ins Meer aus, dann blies es mit gewaltigen Böen zurück, die Salz in die städtischen Beete warfen, wo Cannas inmitten blutroter Salbeibüschel wuchs. Die wenigen Leute, die unterwegs waren, kämpften mit Regenschirmen, die drohten, von innen nach außen umzuschlagen, oder liefen barfuß mit einem Umhang. Das Lichtspieltheater am Pier, draußen im Getöse schmutzigen Wassers, sah aus wie das Wrack einer gestrandeten Korallenfähre oder eines Baggers, das jeden Moment auseinanderbrechen und zusammenstürzen konnte, was die Stadtverwaltung vor einem Vermögen an «Bergungskosten» bewahrt hätte, da es seit Monaten beschlagnahmt und schon länger mit Brettern vernagelt worden war.

Ich kannte diesen Ort schon, solange ich mich erinnern

konnte. Ein gewaltiger Holzbau mit Mansardendach und Zwiebeltürmen, so stand es am Ende des Piers, sechzig Meter weit im Wasser der Bucht. Eine vergitterte Galerie führte zu ihm und erstreckte sich über sein gesamtes Südende, wie eine geschlossene Veranda – zur größeren Bequemlichkeit der Gäste an vernieselten Sommertagen –, an Nachmittagen aber, wenn kurz nach Ende der Matinee vom Pazifik große Sturmwolken heranrollten und die Hölle ausbrach, oder bei Winterveranstaltungen wie der unsrigen, wenn der Westwind blies und die Brandung so an den Verschlag toste, stand eine Seite der Galerie mit Pfützen voll.

Vom Rest der Stadt durch das seichte Wasser der Bucht getrennt und wohlvertrauten Mysterien gewidmet, war das Lichtspiel am Pier so wie meine Schlafstelle ein mehrdeutiges Gelände, weder drinnen noch draußen. Tageslicht flutete durch vergitterte Öffnungen hoch oben unterm Dach. An heißen Nachmittagen um Weihnachten konnte eine Reihe Türen auf die Galerie geöffnet werden, so daß eine warme Brise durch die schweren Vorhänge hereinpustete, in der Seegeruch, bei Ebbe scharf und salzig, sich mit dem Muff von staubigem Samt mischte. Ein Geruch, dem ich sonst nirgends begegnet bin. Er ruft bei mir die besondere Sinnlichkeit und den stickigen Zauber jener langen Samstagnachmittage in der späten Kindheit und frühen Pubertät wach und paßt zu den heißfeuchten Fingern von den im Dunkeln gelutschten Schokoherzen und Jaffas. Dieses Bilderkaleidoskop, farbig-düster oder scharf in Schwarz und Weiß –, diese Filmbilder sind nicht einfach Episoden im sich draußen abspielenden Drama – mit Tarzan oder Viehzüchtern auf Ranches oder von komischen Verfolgungsjagden durch Züge –, sondern sie gehören in gleichem Maße zu dem persönlichen Drama, das sich gleichzeitig in uns selbst abspielte – in Körper oder Seele, wo auch immer, jedenfalls dort, wo der Sitz unserer ersten prägenden Auffassung der Welt ist, an der Stelle, wo sich die vielgestaltigen Dinge mit uns berühren. Eine Wahrnehmung, für die vielleicht jene künstliche Dunkelheit um drei Uhr an einem Samstagnachmittag eine notwendige Vorbedingung ist, genauso wie unser Wissen um die nahe Gegenwart der anderen in der stillen, wenn auch nicht passiven Menge, und die erregte Unwirklichkeit des vor uns entwickelten Geschehens – sinnlich, gewalttätig, apokalyptisch.

Das Meer, unseren Augen im Unsichtbaren entzogen, mischte die Luft mit seinem Salz. Wenn einmal ein Sturm aufzog, während ein Gefecht in dem endlosen Krieg zwischen Cowboys und Indianern entschieden wurde, konnte sich unserem Versetztsein in die Nevadawüste der verschwommene Eindruck beigesellen, dabei auf hoher See zu sein – echte Wellen schlugen an die tangbehangenen und muschelüberkrusteten Pfähle, auf denen das alte Gebäude ruhte, die Brandung und das berauschende Ozon waren kurz davor, zwischen uns und der flimmernden Hitze der Leinwand emporzuzischen.

Es war eine Zauberschachtel, das alte Lichtspieltheater am Pier. Aber es war auch lebensnah. Zu nah. Am Ende mußte es von der Stadt beschlagnahmt werden, und selbst in seinen besseren Tagen gab es Jungen, die es nicht betraten, weil sie sonst seekrank wurden. Und genau hier, der Drohung zum Trotz, zu stranden oder ins Meer hinausgespült zu werden, hatte Frank Harland sein provisorisches Atelier eingerichtet. Nicht in dem öffentlichen Zuschauerraum, den man aller seiner Seile, Lampen und seines Schmucks beraubt hatte, sondern im Heiligtum selbst. Oben, wo sich die Leinwand einst bauschte und ein durchsichtiger, aber überzeugend solider Tarzan von Baum zu Baum schwang, wo Ann Miller von Luft lebte und Boris Karloffs Eisenstiefel gerade noch genug Gewicht hatte, um einen Schädel zu zermalmen, dort hatte Frank Harland drei Sturmlaternen an einem Seil aufgehängt, seine Papier- und Kartonstreifen an die Reste eines Hanfvorhangs gesteckt und war in seine Arbeit vertieft, als wir hereinkamen, um seine Sicht der Welt kennenzulernen.

«Tag, Frank», rief mein Vater durch den tröpfelnden Zuschauerraum.

Der Mann verließ den Tisch, an dem er arbeitete, und kam, mit dem Pinsel in der Hand, an die Bühnenrampe. Er blieb dort im Rahmen des Kastens stehen, in der Mitte seiner Leinwände, und rief zurück: «Wer ist da?»

Ich bekam ein unheimliches Gefühl. Als ob, durch eine plötzliche Umkehrung, jemand auf der Leinwand die Sache in die Hand genommen hätte und nun wir, auf der anderen Seite, statt seiner ein Schattendasein führten.

Mein Vater nannte seinen Namen. Ich glaube, daß er auch meinen nannte, aber ich erinnere mich nicht daran, daß der Maler dem irgendeine Beachtung zollte. Er schien abwesend, anderweitig beschäftigt, er war vielleicht nur darauf erpicht, wieder an die Arbeit zurückzukommen.

Er war sehr dünn, mit herabhängendem Schnäuzer und wäßrigen, schieferblauen Augen. Wenn er sich bewegte, was oft genug geschah, ruckhaft, schlaksig, tänzelnd, schlurften seine Füße, und zuerst hielt ich ihn daher für alt. In Wirklichkeit war er jünger als mein Vater, und manchmal, wenn ich ihm etwa in der Küche meiner Tante Ollie zusah, wirkte sein Auftreten noch sehr viel jünger. Mit seinen schmalen Schultern und den blauen, verloren blickenden Augen konnte er jungenhaft-schwächlich wirken.

Ich wunderte mich über ihn. Seine Kleidung – ein altes Armeehemd, Pullover, Stiefel ohne Socken – war die eines Tramps; aber er trug sie mit natürlicher Eleganz, als verstände er so gut wie mein Vater, wie man als Dandy auftritt, und trotz des Durcheinanders, in dem er zu leben schien, war er selbst äußerst zurückhaltend und förmlich – nahezu, wie ich dachte, soldatisch. Sein Blick war unstet und schweifte beständig zu dem Bild zurück, an dem er arbeitete. Es war auf einem niedrigen, wackligen Tisch aufgebaut, den er aus Obstkisten zusammengezimmert hatte. Er konnte sich von dem Bild nicht losreißen. Immer wieder tänzelte er kurz zurück, um einen raschen, scheuen Blick darauf zu werfen, als wäre es ein Kind, auf das er aufpaßte. Vor dem Tisch stand ein Küchenstuhl, der einmal grün gewesen war, und eine kleine Anrichte auf Rädern, auf deren Brett er in einem chaotischen Halbkreis seine Farben mischte und wo in Erdnußbutterdosen Pinsel jeder Größe standen. Weiter links befanden sich ein Feldbett mit einem Haufen grauer Armeedecken, ein Gaskocher und einige geschwärzte Töpfe.

Es war seltsam, hoch oben auf der beleuchteten Bühne zu stehen, den leeren Zuschauerraum vor und den Regen über sich. Wo wir nur ein Jahr zuvor in unseren Leinwandstühlen gesessen hatten und uns an fremde Orte versetzen ließen, tropfte der Regen aus drei oder vier Löchern durch das Dach und bildete Seen. Ich war in diesem Moment, glaube ich, mehr von dem beeindruckt, was mit dem Lichtspieltheater am Pier geschehen war, als von der mageren, zurückhaltenden Gestalt mit runzligen Wangen – und wenn ich von ihm beeindruckt war, dann von der Art, wie seine Stiefel knallten, weil seine Füße ohne Socken und die Armeestiefel ohne Schnürsenkel waren.

Nachdem er und mein Vater lange verlegen von einem Fuß auf den andern getreten waren, standen sie jetzt endlich an dem Tisch, auf dem sich das Werk des Malers befand. Es schien so, als brauchte man es sich nur noch anzusehen. Mein Vater schaute und schaute, und ich kam unter seinem Arm hervor und schaute ebenfalls. Frank Harland seufzte, schüttelte seinen Kopf, verschwand ohne weiteres nach rechts und links, kam aber immer wieder zurück, um dem Bild ins Auge zu sehen.

Es war ein großes Bild, größtenteils in Rot, aber überall mit federartigem Blau übersprüht. Es enthielt Gestalten, und zwar zwei, und sie schienen zu tanzen oder zu schwimmen oder sich gegenseitig vorm Fallen zu bewahren – es gab keinen entscheidenden Hinweis, und es fiel schwer, sie auseinanderzuhalten. Man konnte nicht sagen, wo die eine Gestalt aufhörte und in die andere überging. Ich überließ es meinem Vater und Harland, sich über das Bild den Kopf zu zerbrechen – jeder auf seine Weise die Formeln aller Männer zu murmeln, die für das keine Worte finden, was sie sich zu sagen hätten –, und begann die Gegend zu erforschen.

Die Seitenflügel des Theaters waren seicht und uninteressant, ihre weißgestrichenen Wände hatten graue Flecken, wo man die Schalttafeln entfernt hatte. Es gab keine Relikte. Das ganze Geheimnis des Lichtspiels am Pier hatte in den Illusionen der Leinwand gelegen und in der Aufregung, die wir uns im Dunkel des Parketts verschafft hatten. Ich steckte mir eine Spule aus rostigem Sicherungsdraht in die Tasche – was anderes war nicht übrig –, dann zog es mich zur Bühne zurück.

Der Künstlertyp Frank Harland war höchst aufgeregt und aufgelöst. Er riß Skizzen und kleinere Gemälde von dem Vorhang, an den sie geheftet waren, und warf sie auf einen Haufen. Mein Vater, den jede heftige Gefühlsäußerung peinlich berührte, stand einfach nur da, hilflos und entsetzt.

Harland war mit fast allen Skizzen fertig, er nannte sie pure Verschwendung und nichts als Pfuscherei und tanzte mit seinen Armeestiefeln auf den Überresten herum, als sich mein Vater zum Einschreiten entschloß. Er ergriff eines der Gemälde (es war eine Landschaft) und sagte, wie sehr es ihm gefiel.

Harlands Hand stockte, wo sie gerade war. Er nahm das Bild, sah es sich an, sah es sich genauer an und ließ plötzlich ein heiseres Krächzen los, zugleich seine Hand an die Stirn schlagend.

«Gottverdammich, wissen Sie, Sie haben recht!»

Er kroch auf den Boden und schnappte sich zwei oder drei von den zerrissenen Skizzen, fügte die Stücke aneinander, überlegte, schüttelte dann den Kopf. «Nein, das *ist* das richtige. Ich bin verblüfft. Sie haben's sofort durchschaut. Ich weiß nicht, was in mich gefahren war.» Er stand da und hielt den Papierfetzen vor sich, als sähe er ihn zum ersten Mal.

Er reichte ihn meinem Vater zurück, der sich nun räusperte und ihm mit gedämpfter Stimme anbot, das Bild zu kaufen. Wenn Harland seinen Preis nennen könnte.

Später, als das kleine Bild für mich bereits eine besondere Bedeutung hatte, verbrachte ich viele Stunden über dem Versuch, seine Geheimnisse zu ergründen; doch erst später, als Harland berühmt war, ging mir auf, daß es ein Meisterwerk war. Aber in dem Moment, als es mir zum ersten Mal unter die Augen kam, sagte es mir nichts. Ich war es gewohnt, Bilder in einem Rahmen zu sehen. So gesehen, wie mein Vater es jetzt hielt, leicht gewölbt und mit unbeschnittenem Rand, der nicht überall von Farbe bedeckt war, hatte es nicht mehr Bedeutung als der Maler selbst, der für mich zuviel von einem Vagabunden hatte, als daß ich in ihm einen Künstler gesehen hätte.

Es zeigte grüne Bäume oder bläulichgrüne Wolken – schwer zu sagen, was genau – mit einem strahlenden Lichtspalt darunter, als Horizont, und einem anderen, über die Diagonale gerissenen Lichtstreifen, der etwa ein Blitzstrahl sein konnte, aber ebensogut auch eine hinabtauchende Figur. Ich konnte nicht erkennen, was in dem Bild den Blick meines Vaters gefangen hatte, und dachte, er hätte es einfach zufällig aus der Serie herausgegriffen und wäre über seine Leistung nun ebenso erstaunt wie Harland.

Frank Harland wand sich. Er überlegte sich die Sache. Er fragte sich, ob zwei Pfund in Ordnung seien, dann schüttelte er den Kopf, als hätte er die Großzügigkeit meines Vaters ausnutzen wollen.

«Nein, nein», sagte er, indem er das Bild beiseite schob, «ich kann nichts dafür nehmen. Es waren schließlich Ihre Augen, die es ausgesucht haben. Nehmen Sie es von mir.»

Aber mein Vater war schon dabei, der Brieftasche die Banknoten zu entnehmen. Er legte sie auf den Servierwagen, und ich sah ihm an, daß er enttäuscht war. Er hatte erwartet, mehr zu bezahlen; entweder weil er Harland Geld geben und durch Erwerb des Bildes die Ehre des Mannes retten wollte oder weil er glaubte, daß das Werk gut war, und erwartete, daß der Maler durch Nennung des Preises seine eigene Wertschätzung zum Ausdruck brachte. Zwei Pfund waren weder das eine noch das andere.

«Also gut, Sie haben gewonnen», sagte Frank Harland, um seine Verlegenheit zu kaschieren, denn er steckte offensichtlich in Nöten, «ich werde es für Sie signieren.»

Er legte das Gemälde hin, und da es nun meinem Vater gehörte, setzte er mit viel Sorgfalt seine Initialen zu einem wunderlich-schönen Monogramm zusammen, mit langsamer Führung des Stifts, wie ein Junge, der eine Schönschreibaufgabe ausführt, mit der Zunge im Mundwinkel. Er überarbeitete und trocknete es, dann legte er es beiseite.

Ich wurde durch dies stärker beeindruckt als durch das, was mir das Gemälde gezeigt hatte. Die Hand, die zwei recht gewöhnliche Initialen zu einem komplexen Muster fügen konnte, tat es mir an – die zwei verflochtenen Buchstaben der Signatur des Künstlers, die den Anspruch eines Selbst deutlich machten. Sofort gewährte ich ihm meinen uneingeschränkten Glauben an seine Künstlerschaft. Ich hatte ihn vorher seltsam gefunden, wenn auch sympathisch (er war so schüchtern, daß ich mich bei ihm wohl fühlte), aber nun war ich überzeugt, daß mein Vater zum ersten Mal in seinem Leben, wie im Fall des kleinen Gemäldes, das einzig Richtige gefunden hatte.

Ich schlenderte zur Seite, um mir die Dinge anzuschauen, die er weggestellt hatte, geradeso, wie ich auch einen Haufen alten Plunders durchwühlen würde, den meine Mutter, in einem ihrer Anfälle von Putzwut, aus unserem Gästezimmer geworfen hatte. Damals hatte ich das Auge eines Sammlers für «Schätze» – Gegenstände, die mich an etwas erinnerten und für die andere keine Verwendung hatten. In Brisbane hatte es mich dazu getrieben, jeden Samstagmorgen die paar Schillinge meines Taschengelds zu nehmen und die zwei Trödelläden in Melbourne Street abzuklappern. Und es war genau die Stimmung, in der ich die Tür von Old Ned aufdrückte – in Erwartung einer geschliffenen Parfumflasche, eines silbernen Stiefelknöpfers oder der Postkarte einer Dame mit echtem Bart –, in der ich jetzt aus einem Blätterhaufen an der Wand das Porträt einer Frau herauszog und es flüchtig ans Licht hielt.

Was ich zu sehen bekam, entlockte mir einen Verwunderungslaut, vielleicht sogar einen kleinen Schrei, und ich fragte mich zuerst, ob es nicht doch an dem Geist lag, in dem mir das Ding in die Hände gefallen war – der Stimmung, in der ich zu den Trödelläden ging, Old Ned's und dann Old Knack's –, daß ich glaubte, die Dame zu kennen. Weniger als das Gesicht, das gerade durch zwei oder drei Federstriche unter einem strohfarbenen Haarbüschel angedeutet wurde, als ihre Haltung bekannt war – die Art, wie sie sich auf dem gestreiften Klappstuhl niedergelassen hatte. Ich erkannte jetzt mit einem Schlag, an was für einem Bild Frank Harland gerade arbeitete und womit jene Gestalten vor dem Hintergrund aus rotem Aquarell beschäftigt waren.

Mein Schrei mußte tatsächlich stattgefunden haben. Frank Harland und mein Vater hatten sich umgedreht, und Harland runzelte die Stirn. Er hatte sofort bemerkt, daß ich die Frau kannte. Er verfärbte sich, warf meinem Vater einen kurzen Blick zu und sah mich dann mit weitgeöffneten, unschuldigen Augen an, in Erwartung einer Erklärung meinerseits.

In meinen Augen erkannte er einen Schock, aber in seinen war nichts dergleichen zu erkennen. Nur ein Ausdruck schmerzlicher Trauer.

Mein Vater kam auf mich zu und nahm mir das Bild weg. Er betrachtete es beifällig und stellte es zurück. Es sagte ihm nichts.

Bald danach gingen wir. Und daß ich schweigsamer war als sonst, schrieb mein Vater vielleicht dem stürmischen Regen zu, die kleine Landschaft hatte er sorgsam unter dem zugeknöpften Mantel verstaut. Aber daran lag es nicht. Es war die Frau auf ihrem gestreiften Klappstuhl, in ihrer ganzen Größe und Schönheit und Wärme wieder zum Leben erweckt.

Ich hatte sie oft gesehen. Sie war die Frau, die bei Knack, dem zweiten meiner beiden Trödelhändler, wohnte; ich war sozusagen auf dem Weg zu ihr gewesen, zuerst zu Old Ned's, dann zu Old Knack's, als ich das Blatt aus dem Haufen zog. Sie war eine große, faule, traurig blickende Blondine, sehr bleich, mit lackierten Fingernägeln und hochgetürmten, nie ganz sauberen Haaren, die sie ständig mit ihrer drallen und ziemlich schmierigen Hand zurechttätschelte.

Sie saß da mit gekreuzten Beinen – im Sommer in einem ärmellosen Kittel, im Winter im selben Kittel und einer Strickjacke – in einem Durchgang zwischen Regalen voller aufgestapelter Bücher, sie rührte sich nie. Wenn man den Preis von etwas wissen wollte, einem versilberten Eierbecher, einem Kinderlöffel, einer mit einem Abziehbild von Rockhampton verzierten Zuckerschüssel aus Porzellan, eines winzigen Toby-Bierkrugs oder einer alten Manschettenschachtel mit Monogramm, brachte man die Sache zu ihr, und sie erkundigte sich, wieviel man dabeihatte. «Schön, Kleiner», sagte sie, «für dich sind das dann Sixpence.» Oder neun oder vier und 'n halben oder gerade jeder Betrag, für den sie nicht aufstehen und wechseln gehen mußte. Ich mochte sie und konnte mir nicht zusammenreimen, warum sie ausgerechnet mit Knack zusammenlebte.

Es war schwer, Knack zu sehen – mit seinem unglaublich krummen Rücken, seiner Aussprache und dem Schädel, der so aussah, als hätte er nie Haare gehabt, sondern wäre immer so blank und kahl gewesen –, ohne an ein Monster zu denken. Er hatte die Gewohnheit, im Eingang seines Geschäftes zu stehen, mit einem kleinen zebragestreiften Edelsittich auf der Schulter oder hübsch auf seinem Handrücken oder – obwohl ich nicht glaube, daß ich das wirklich gesehen habe, ich hab's mir nur vorgestellt – auf der kahlen Krone seines Kopfs wie auf einem monströsen Ei, das es zu bebrüten galt. Ich sah ihn oft von der Straßenbahn oder von der anderen Seite der Straße aus und ging nur dann ins Geschäft, wenn sich die Frau in ihrem Klappstuhl breitgemacht hatte und er allem Anschein nach nicht da war. Er machte mir angst; und wenn er lächelte, zeigte er alle Zähne und verfiel in eine Pose, die wohl dazu gedacht war, ihn in den Augen eines kleinen Jungen als eine Art Clown auf Stelzen erscheinen zu lassen, mir aber die

Sprache verschlug und mehr Faszination und Furcht als zuvor auslöste.

Es war keine große Überraschung mehr, als wir eines Morgens hörten, daß er in der kleinen Wohnung neben dem Geschäft, deren lila-grüne Tapeten hinter der Frau hervorlugten, zuerst mit zwei Schüssen die Frau getötet und die Lugerpistole dann gegen sich selbst gerichtet hatte.

Es war der pure Zufall, daß sich Frank Harlands Erlebnis und mein eigenes gerade auf diese Weise kreuzten und daß ich auf seine Zeichnung der Frau ausgerechnet an jenem Ort stieß, durch den ich mich von Woche zu Woche daran gewöhnt hatte, den Sprung aus der Wirklichkeit in eine von ihr unabhängige Dimension zu wagen. An jedem anderen Ort hätte ich diese Bekanntschaft nicht gemacht; und selbst jetzt gab es in dem großen Gemälde etwas, das ich nicht mitkriegte. Ich konnte deutlich erkennen, was die ineinander verschränkten Figuren taten, was für ein Rot das war und welcher Wahnsinn und welches Pathos in den Strichen in Blau, doch ich konnte nicht verstehen, warum das Ganze wiederum so freudig-ungerührt war. Es schien, als sei das ganze Rot – wie Frank Harland es verstand – etwas ganz anderes als Blut. Keine dieser Betrachtungen hätte ich an jenem Tag in Worte fassen können. Ich faßte sie in Schweigen. Dieses Schweigen, neben anderen Dingen, hatte ich nun mit Frank Harland gemeinsam.

Mein Vater ging neben mir, drückte unter seinem Mantel das gekaufte Gemälde an sich, dieses unschuldige Spiel in Grün, wie alle Väter überzeugt, daß ich nicht mehr wußte, als ich von mir verriet, und daß ich genau das war, was ich schien.

2

Mein Großvater lag im Sterben, aber er folgte darin seinem eigenen Zeitmaß, und nach diesem Maß lebten wir alle, Tag für Tag. Solange Großpapa noch im Sterben liegt, sagte ich mir, werden wir weiter hier leben. Wenn ich jetzt an mein verändertes Leben denke und daran, wie alle seine alten Muster durcheinandergerieten – daß mein Vater nicht mehr Oberhaupt im eigenen Hause war, meine Mutter nicht mehr für uns kochte, daß wir nicht mehr eine Familie zu dritt, sondern nur die Unterabteilung eines größeren und komplizierteren Haushalts waren, daß ich kein eigenes Zimmer hatte und von allen meinen alten Schulfreunden getrennt war, ein Einzelkind in einem Haus von Onkeln und Tanten, und wenn ich mich an die nachhaltigen Erlebnisse und Entdeckungen jenes Jahres erinnere, wie mein Körper der freien Luft zu entsprechen begann oder wie er in die Dinge der Alltagswelt eindrang und sich an ihnen rieb oder sie wegstieß oder bloß streifte –, dann denke ich auch daran als an einen Teil des großväterlichen Sterbens, das überhaupt nichts Negatives hatte, sondern etwas Positives und Spannendes war.

Der Tag meines Großpapas hatte vorher aus Müßiggang bestanden, aus Spaziergängen auf der Promenade und Unterhaltungen mit Leuten, die er nie nach Hause mitbrachte, aus langgezogenen Dominopartien oder dem Wiederlesen seiner Lieblingsschriftsteller, aber nun war sein Tag auf eine Stundenfolge festgelegt, die so unabänderlich geregelt war wie ein Terminkalender. Er war, zum ersten Mal, seit ich ihn kannte, voll beschäftigt.

Es gab die Stunde für seine Morgenflasche, die meine Mutter um sechs Uhr hereinbrachte und die der alte Mann, auf die Seite gedreht, benutzte, während meine Mutter mit dem Tablett beschäftigt war.

Dann folgte die Stunde des Waschens und Rasierens, seiner Tabletten und des ersten Fütterns mit einem Brei, den man ihm wie einem Baby einzulöffeln mußte, dann die Stunde seiner Morgenvisiten. Zuerst meine Tante Ollie, gerade aufgestanden und auf dem Weg nach unten, um dort Frühstück zu machen, dann mein Vater auf dem Weg zum Zug und ich auf dem Weg zur Schule; dann meine anderen Tanten – zuletzt kam, wie gewöhnlich, Tante Connie –, anschließend begann die Stunde, in der meine Mutter ihm vorlas. Um zehn hatte meine Großmutter ihren Auftritt, brachte eine lebhafte Ungeduld mit in den Raum und einen Hauch von Moschus, der von den Pastillen rührte, die sie gegen ihren Mundgeruch lutschte, und legte vor meiner Mutter das hochmütige Gebaren einer großen Dame an den Tag, die bei einer Inspektion nichts auszusetzen findet. Danach Mittagessen, die Wärmeflasche, das Thermometer, der Nachmittagsschlummer. Dann am späteren Nachmittag, nach meiner Rückkehr von der Schule, eine Stunde, in der ich am Bettende saß, oben auf dem Spitzenüberzug, und aus einem Buch vorlas, während meine Mutter eine Ruhepause einlegte. Durch seine strenge Organisation, die jede verfügbare Stunde des Tages in Anspruch nahm, gab sein Sterben dem Haushalt Form und Gestalt.

In der Zeit davor hatte er überhaupt niemanden beeindruckt. Keiner hatte ihn um Rat gebeten. Seine jüngeren Töchter waren gewohnt, jedes seiner Worte bei den Mahlzeiten mit nachsichtiger Belustigung aufzunehmen – das hatten sie von ihrer Mutter gelernt; unterbrechen, seufzen, kichern, als ob alles, was er sagte, Unsinn wäre oder auf komische Weise veraltet. Über ihn zu spotten war so gängige Sitte, daß die Spötter kaum noch merkten, was sie taten. Ihre Angriffe waren ohne jede Grausamkeit, wenn auch nicht ohne die Kraft, Wunden zu schlagen, und kamen öfter als von allen anderen vom Liebling meines Großvaters, Tante Roo.

«Ich fühl mich schrecklich», konnte sie etwa verkünden, «es ist eine solche *Hitze*! Ich klebe schon überall. Ich könnte jeden Fetzen von mir reißen und nackt daherlaufen. Ich weiß wirklich nicht, warum wir das nicht tun, in dem Klima, in dem wir leben. Wie die Eingeborenen! Das wäre das einzig Wahre!»

Tante Roo war hitzig und sorgte sich nicht um gute Sitten. Mit jedem Ruck ihrer eckigen Schultern und jedem verzogenen Mundwinkel protestierte sie gegen die Trostlosigkeit der Dinge. Aber ihre Proteste fruchteten nichts. Sie wurden nicht einer Fähigkeit zugeschrieben, andere Möglichkeiten zu entdecken, sondern ihrem Charakter: ihrer Unfähigkeit, die Wirklichkeit so anzunehmen, wie sie war, und ihrer Vorliebe für «Szenen».

«Das reicht, danke», sagte meine Großmutter dann ruhig. Sie sah nicht in meine Richtung, aber dachte doch offenkundig an mich.

«Aber ich *schmelze*! Spürt das denn sonst keiner? Spürst du das etwa *nicht*?»

«Ich spüre es», sagte Großpapa.

«Oh, du, natürlich spürst du das, so wie du dich mit deinem Anzug zurechtgemacht hast. Es ist lächerlich. So gehst du *nirgendwohin*.» Großpapa schaute überrascht, dann verletzt. «Wo glaubst du überhaupt, sind wir? Es sind 20 Grad im Schatten.»

«Gloucestershire», schlug Tante Connie vor. Da sie selbst bei den meisten Anlässen die Zielscheibe der Familie war, sagte sie solche Dinge aus Feigheit, um sich zu schützen und lieb Kind zu machen. Wegen ihrer Frechheit errötete sie nun und schämte sich.

«Ollie», sagte meine Großmutter, als sie bemerkte, daß Großpapa seinen Löffel hingelegt und seinen Teller weggestellt hatte, «ich glaube, dieser Pudding hätte etwas mehr Zucker vertragen können. Mir macht das nichts aus, aber dein Vater ist eben ein ganz Süßer. Und auch Phil.»

Tante Ollie stimmte zu: sie war vom Briefträger abgelenkt worden. «Tut mir leid», sagte sie.

Großpapa schüttelte den Kopf. Nur Tante Roo konnte ihm weh tun.

Zu jener Zeit hatten wir ihn zum Inventar gerechnet; seine Gegenwart war kaum zu spüren. Jetzt, da er sich ständig oben aufhielt, kam er uns nie aus dem Sinn. Mit seiner von Flecken überzogenen, papierdünnen Haut, der Angst vor wundgelegenen Stellen, den warmen Porzellanflaschen, die ich unter einem weißen Tuch hinaustrug, jetzt war er gänzlich und unleugbar wirklich.

Aber wenn sein Sterben ihn uns körperlich dermaßen nahebrachte, dann mußte, so schien es mir, sein Sich-Lösen von uns (auch dies war Teil des Prozesses) eine Sache des Geistes sein. Ich sah in ihm eine Rückkehr nach England, von wo er ursprünglich gekommen war, einem Ort, dessen Manieren und Sprechweisen ihn immer von uns ausgeschlossen hatten. Jeden Tag kam er diesem Land näher, durch seine übermäßige Blässe und Zerbrechlichkeit, durch die Genauigkeit, mit der er nun selbst die einfachsten Wörter formte; er wurde von allem, was bloß gewöhnlich oder zufällig erworben war, geläutert; er wurde «zurückversetzt» und ähnelte nun, mit seinem feinen weißen Haar und dem geschnittenen Schnurrbart, den alten englischen Gentlemen, die ich in Büchern abgebildet gesehen hatte, ein britischer Oberst. Obwohl Großpapa es in Wirklichkeit – und selbst das war lange her – zu nichts als einem dandyhaften und erfolglosen Versicherungsvertreter gebracht hatte.

Sterben, so schien es mir, war ein Prozeß, zu dessen Wesen es gehörte, daß man sein eigentliches Selbst wurde, daß man in das Reich einer leichteren, klaren Identität hinüberwechselte, die einen am Ende sogar von denen abschnitt, die einem am nächsten standen: den eigenen Kindern und Enkeln. Im Gegenzug gab dieser Prozeß den Nachkommen das größtmögliche Bewußtsein für die eigene Gegenwart: durch das Gewicht, das sie zur Seite heben mußten, wenn das Bett gemacht wurde, und durch die unvermeidlichen und keineswegs beschämenden Ausscheidungen. Ich fühlte mich Großpapa jetzt näher als damals, als er mir beim Spazierengehen ohne Vorwarnung Lutscher in die Hand gedrückt hatte oder als er darauf bestand, daß ich Hunden nicht auswich; oder als ich ihn am Kopfende des Tisches, bei der mißglückten Wahrnehmung eines offiziellen Vorsitzes, so beschämt und erniedrigt gesehen hatte.

Wenn ich mich nahe zu ihm beugen mußte, um einen seiner Wünsche zu vernehmen (seine Stimme klang in meinen Ohren weit entfernt, als ob er in eine entlegene Zeit, vielleicht seine eigene Kindheit, oder an einen lange verlorenen Ort in England zurückgeglittten wäre), fühlte sich seine Haut an der meinen oft wie etwas nicht mehr ganz Menschliches an, sie hatte die Kratzigkeit von Rinde und die papierne Dünne eines Insektenflügels. Das schien ebenfalls zum Prozeß zu gehören. Wenn der Körper sich vor dem Tod wandelte, enthüllte er ganz natürlich, so verstand ich es, was er mit anderen Geschöpfen oder mit der Erde gemein hatte. Ich sah darin nichts Erschreckendes. Die Haut meines Großvaters zu berühren und dabei zu denken, *er ist dem Tode nahe,* schien mir nicht anders, als wenn man mit den Fingerspitzen die Kritzeleien an einem Baumstamm ertastet. Es war unheimlich, das war alles. Rätselhaft.

Diese leichte Ader, die Dinge zu nehmen, wie sie kommen, hatte ich von meiner Mutter geerbt. In dem bestimmten Zimmer war ich oft ihr Assistent, und mich hatte sie dazu bestimmt, sie während der einen kurzen Stunde, die sie jeden Nachmittag verschwand, zu ersetzen. Ich tat nichts lieber, als mich am Fußende von Großvaters Bett zusammenzurollen, den Rücken gegen das Messinggitter mit den Porzellanknöpfen zu lehnen, die Füße anzuziehen, meinen Kopf in ein Buch zu versenken und auf ihn aufzupassen, während meine Mutter schlief.

Großpapa döste und schnarchte, auf allseitige Kissen gestützt. Ich erplanschte mir meinen Weg durch kanadische Sümpfe oder stolzierte durch die mondhellen Alleen in D'Artagnans Paris. Ab und zu begann er zu sprechen, halbe Worte oder Sätze, die nicht immer an mich gerichtet waren. Manchmal dachte er dabei an meinen Vater oder meinen Onkel Gil in dem Alter, in dem ich nun war, oder an zwei Kerle aus Gloucestershire, Jim Hodge und Will Burnley, Spielkameraden seiner Jugend, oder an Felix Pickup, seinen ersten Partner in Lightning Ridge, der ein «anständiger Kerl» war und in Großvaters Geschichten nie unter einer anderen Bezeichnung firmierte.

Großvater lebte nicht immer in der Gegenwart. Oder besser, seine Gegenwart bestand aus den Schichten mehrerer Jahrzehnte, die ohne überraschende Brüche und ohne jede chronologische Ordnung einander ablösen konnten. Der Warnruf, den er im Schlaf äußerte, konnte dem anständigen Kerl Felix gelten. Der Anfang einer Erinnerung, ein «Sag mal, Mensch, erinnerst du dich?» sollte vielleicht Jim Hodge herbeibeschwören. Oder es war wirklich meine Gegenwart, der er sich besorgt versichern wollte, wenn er «Bist du noch da, Junge?» flüsterte und seine Hand ausstreckte, um durch meine Berührung beruhigt zu werden. Ich antwortete in jedem Fall, für mich wie für die anderen, und er schien es zufrieden. Er fiel in sein langsames Atmen zurück, ein sanftes Schnarchen, aber plötzlich war er ohne weiteres wach und gesprächig. Ich war dann froh, Dumas oder die *Nordwestpassage* beiseite legen zu können und seinen Erzählungen zuzuhören.

Seine Geschichten, die alle aus seinem Leben stammten, hatten für mich eine besondere Anziehungskraft. Seine seltsame, altmodische Erzählweise machte sie zu einer Art Sage oder Märchen, in der er als Hauptperson bereits einer Zeit anzugehören schien, die man sich nur als die «gute alte Zeit» vorstellen konnte und die an einem Ort spielte, der unwirklich und weit weg war, selbst wenn er so vertraut war wie die Karte von Gloucestershire oder von Lightning Ridge.

Jim Hodge und Will Burnley waren seine Kumpels in Gloucestershire gewesen. Sie waren alle drei große Cidertrinker und große Wanderer, übers Land, bei Nacht. Sie konnten manchmal die ganze Nacht umherstromern, um sich am Ende die Farm einer einsamen Frau auszusuchen, wo sie sich am Morgen an einer Pumpe waschen konnten und ein gutes Frühstück aus Porridge und Eiern bekamen. Sie kannten die Vorgeschichte aller Orte und Felder, über das Doomsday-Book zurück bis zu den Römern und noch über sie hinaus. Besonders mein Großvater, der eine Vorliebe für alles Unheimliche hatte, war ein Experte für Mordgeschichten und andere dunkle Geschehnisse auf den heimischen Höfen, deren Namen er allesamt kannte und deren Spukgeschichten er ohne Ausnahme glaubte: wie auf diesem ein Strick, mit dem sich ein Seemann erhängt hatte, an einem Balken knarrte und auf einem anderen ein gespenstischer Hammer, naß vor Blut, auf dem Brett eines Fensters im ersten Stock erschien, dessen Griff auf ein meilenweit entferntes, auf dem gegenüberliegenden Hügel gelegenes Dorf wies, wo der des Mordes Verdächtigte lebte, dem man aber nichts beweisen konnte.

Will Burnley hatte, mit Großvater an der Schaufel, einen ganzen Sack Pfeilspitzen aus den Grabhügeln auf Crickley Hill ausgegraben, Scherben einer römischen Villa bei Witcombe und einen sächsischen Ohrring. Er hatte ein Auge, so Großvater, das durch sechs Zoll Torf hindurchsehen konnte. Mit fast vierzig zog er noch in den Burenkrieg und starb dort, gerade ins neue Jahrhundert gelangt, und zum erstenmal nach fast zwanzig Jahren hatte er Großvater einen Brief geschickt, von einem Ort namens Walling Koep. Großvater besaß ihn noch – er hatte ihn mir vorgelesen. Er war voller brutaler Nachrichten vom Kampfgeschehen, enthielt jedoch auch eine romantische Schilderung des südlichen Sternenhimmels. Der hatte ihn, so schrieb er, daran erinnert, daß Jeff Vernon, sein alter Freund, auch irgendwo in der unteren Hälfte der Welt lebte. Der Brief kam in der Woche an, in der sich Großvater verheiratete, und war ihm Anlaß zur Besinnung; er beschwor seine Jugend wieder herauf, unter die er sozusagen einen Schlußstrich zog. Von Jim Hodge hatte er jede Spur verloren. Er wäre nun, versicherte mir Großvater, ein mehr als achtzig Jahre alter Bursche, der über einem Ciderkrug am Weg nach Leckhampton säße, mit jungen Bauern über Schafe spräche oder sich an seine Jugendjahre erinnerte und fragte, was wohl aus seinem alten Kumpel Jeff Vernon geworden sei, der vor fünfzig Jahren seine Sachen gepackt hatte und nach New South Wales verschwunden war.

Die Geschichten über Lightning Ridge, nichts als Not und Unglück, waren von ganz anderer Art. Großvaters erstem Partner hier unten, Felix Pickup, dem anständigen

Kerl, waren mehrere andere gefolgt; unter ihnen der echte Tolpatsch (manchmal hieß er Ben Dingsbums und manchmal Jake Irjendswie) und vor allen anderen die Zwei Teufel, Rilington und Hobbes, die Großvater um seinen gesamten Besitz betrogen hatten und die er für ortsansässige Mörder hielt. Die Zwei Teufel hatten ihn bis nach Sydney verfolgt, er konnte sie nicht abschütteln. Sie tauchten überall auf, wo er war, sie suchten ihn heim. Um ihnen endlich zu entwischen, hatte er sich über die Grenze nach Queensland verdrückt, als Versicherungsvertreter niedergelassen, meine Großmutter geheiratet und, so sagte er mit einigem Sarkasmus, glücklich bis an sein Lebensende gelebt.

Er war der zweite Sohn eines pensionierten Offiziers aus Hucclecote bei Gloucester. «Ein hübscher kleiner Ort – an einem schönen Tag kann man die Glocken von St. Peter hören und Crickley Hill sehen, sogar die Straße nach Birdlip hinauf bis auf die andere Seite.» Er hatte die Schule früh verlassen. Nach einer wilden Jugend, in der er sich durch nichts Rühmliches ausgezeichnet hatte, außer als guter Springreiter und als beliebter Tanzpartner auf Jagdbällen, hatte er sich entschlossen, seine Verluste wieder wettzumachen, seine Mutter zu verlassen und sein Glück im Empire zu suchen.

Einer seiner Onkel war nach Alberta gegangen und dort bei einem Jagdunglück ums Leben gekommen. Aber der Sohn eines Lokalpolitikers hatte in Australien Erfolg gehabt, und durch das Beispiel dieses Burschen aus Twigmore beflügelt, der so alt war wie er und schon eine Schafzucht in New South Wales sein eigen nannte, hatte er seine Koffer gepackt. Und mit dem Segen seines Vaters, einem kleinen Netz voll Pfeilspitzen und einer mit seinen Initialen versehenen silbernen Rasierschüssel, in der ich sonntags den Schaum schlagen durfte, machte er sich nach Bristol auf, um ein neues Leben anzufangen.

Er konnte sich gewählt ausdrücken, wenn er wollte, hatte eine schöne Handschrift und besaß aufgrund der Liebe zu seinem Landstrich, durch sein Herumsitzen in den Küchen der Bauernhöfe und an den Theken bei Viehversteigerungen und Kornmärkten eine umfassende Kenntnis der heimischen Überlieferungen. Doch für jedes andere Leben war er – nach Ansicht seiner Mutter – ungeeignet. Er war zu sehr mit diesen besonderen Hügeln verwachsen und paßte nur zu gut in seine geliebten schweren Tweedjacken (denen, wenn sie vom Regen oder vom Tau durchnäßt waren, ein eigentümlicher Geruch nach heimischer Wolle entstieg), um irgendwoanders zu Hause sein zu können. Seine Mutter wußte das. Er wäre ein Entwurzelter. Sie sträubte sich gegen sein Fortgehen und weigerte sich, ihn zu segnen. Und als er, wie sie prophezeit hatte, kein großes Glück hatte, machte er dafür ihre Weigerung verantwortlich, ihm einen Abschiedskuß zu geben. Sie hatte ihm einen Schrecken versetzt, der sein ganzes Leben lang anhalten sollte.

Mehr als einmal, wenn er sich über einen abenteuerlichen Streich erging, den er mit Will Burnley und Jim Hodge unternommen hatte, hörte er plötzlich auf, schwieg erst nachdenklich, dann grimmig; nur mit Mühe setzte er sich gegen das Schweigen seiner Mutter und den unbeugsamen Starrsinn durch, den ihr Gesicht gegen Australien und alles, was es bedeutete, ausgedrückt hatte.

Manch eine seiner Geschichten, selbst von denen, in denen er bereits bis zum Ridge gelangt war, führten zur fürchterlichen Kälte jenes Morgens zurück, an dem er von zu Hause aufgebrochen war, zurück zu einer Serie von Vorzeichen, die mit dem verweigerten Segen begann und, schon bevor er an Bord ging, alles angekündigt hatte, was ihm im neuen Land zustoßen würde. Obwohl seine Lektüre den höchstwahrhaftigen Berichten solcher Männer wie Lord Macaulay und Herman Melville gewidmet gewesen war, blieb er im Herzen ein Junge aus dem ländlichen Gloucestershire, voller abergläubischer Überlieferungen, die er nie abgeschüttelt hatte: Wäscheklammern, die sich aus eigenem Antrieb drehten, Lämmer, die man bei Jahrmärkten in Flaschen sah, Zigeunerverwünschungen, mit Nadeln durchbohrte Schafherzen, sechs Mal mit einer Haselgerte geschnürt.

«Ich werd dir was erzählen, Phil. Es ist etwas, wovon ich schon dachte, ich hätte es vergessen. Komisch, woran man sich erinnert. Als ich nur son lüttes kleines Wurm war, vier oder fünf Jahre alt, hatte ich eine Krankheit. Sie dachten, ich würd dran sterben. Sie haben alles versucht, alle Ärzte haben sie geholt, aber mir ging es nicht besser. Meine Mutter weinte um mich und schickte alle anderen Kinder weg.

Wir hatten damals ein Mädchen, das uns in der Küche beim Kochen half. Sie war ein wenig so wie Della, nur jünger, ein Mädchen vom Lande, etwas schwach im Kopf. Meine Mutter hatte sie zu uns genommen, um dem Vikar einen Gefallen zu tun. Ihr Vater war ein Fuhrmann, der bei einem Unglück vom Wagen zu Tode geschleift worden war. Also, dieses Mädchen hatte mich gern, sie machte mit mir immer Spaziergänge. Sie kannte alle guten Spazierwege in der Gegend. Wo man wilde Orchideen fand oder wo man am besten ein Kaninchen oder ein Wieselpaar zu Gesicht bekam. Und die schlich sich eines Nachts hinaus, zu einer alten Frau, die an dem Weg nach Crickley wohnte, und brachte diese Frau dazu, mir so eine Art Medizin zu brauen, eine Menge wilder Kräuter in einem Tuch, und die brachte sie mit nach Hause, ohne daß meine Mutter es wußte, und wickelte mich rein.

Ja, und dann ging es mir besser. Über Nacht. Sie glaubten an ein Wunder, sie haben es nie erfahren. Aber später, als das Mädchen – sie hieß Ellen – einmal mit mir spazierenging, nahm sie mich auf den Weg nach Crickley mit, an einer Wasserrinne entlang, die ganz mit Farnkraut überwachsen war – einer Art Schlucht –, zu der dreckigsten kleinen Kate, die du je gesehen hast, mit zwei Zimmern, einer Menge Hühnern in dem einen, der Boden voller festgetrampelten Drecks, und ein schmutziges, grauhaariges altes Weib im andern Zimmer. Das ganze Gesicht voller Warzen und an den Händen Handschuhe, aus denen die Finger herausschauten.

Sie machte uns einen Tee und breitete eine Zeitung aus und brachte uns ein Paar Stühle zum Sitzen. Und als wir uns von ihr verabschiedeten, legte sie ihre Hand mit dem Wollhandschuh auf meinen Kopf und sagte: ‹Du bist einer von meinen› und grinste mich an. Ich bekam es mit der Angst zu tun, und ich wußte nicht, was das heißen sollte. Ich nehme an, sie meinte, daß ich ein Kind war, das sie mit ihren Arzneien gerettet hatte, aber da glaubte ich, daß sie etwas in die Breipackung getan hatte, das mich verwandelt oder verzaubert hatte, und daß sie eines Nachts kommen und mich zurückholen würde. Ich hatte fast drei Jahre lang Angst, im Dunkeln ins Bett zu gehen. Danach vergaß ich das alles – oh, für eine Ewigkeit –, und erst vor ein paar Tagen ist es mir wieder eingefallen. Ellen! Aber vor allem diese schmutzigen Finger, wie sie aus den Handschuhen herausgucken . . .»

Manchmal machte er mir mit seinen Geschichten aus Gloucestershire angst. Es schien eine so finstere Gegend zu sein, nichts als Ruß von Kohlefeuern, Stürme in alten schwarzen Kesseln und Verwünschungen, die selbst über die Wasser zwischen Hucclecote und Lightning Ridge kommen konnten.

Trotzdem waren es glückliche Stunden, die ich damals in Großvaters Zimmer verbrachte. Der stattliche Mahagonyschrank und die Frisierkommode mit ihren flügelartigen Vorsprüngen und Simsen und dem gravierten Glas stachen von den wehenden Vorhängen ab. Aus den Schubladen des Kleiderschranks, wo Großvaters Hemden gestapelt waren, drang ein Duft nach Kampfer oder Mottenkugeln, der sich dem Geruch der Spirituslampe neben seinem Bett beigesellte, dem hinter einem Schirm in einem Nachtgeschirr verborgenen Desinfektionsmittel und einem eigentümlichen Geruch, wie von Lorbeer oder Muskat, der von den Balken des Hauses kam – besonders von dort, wo die Bretter unter der Übermalung morsch geworden waren, so daß man sie mit dem Daumen eindrücken konnte, die dünne Lackschicht unter ihm brach und einen feinen rötlichen Staub zutage brachte. Und über all das hinaus, wenn die langen Vorhänge sich zuletzt in der aufwehenden Meeresbrise rührten und hoben, der salzige, allgegenwärtige, saubere, doch säuerliche Geruch des Broadwater.

Mein Großvater erwachte gewöhnlich durch die Brise, und es war dann meine Aufgabe, das Bettuch um ihn neu zu spannen. Es war das Zeichen, daß meine Mutter bald zurück sein würde, daß ein weiterer Nachmittag vergangen war und er in dem Zimmer hoch über den Bunyahkiefern immer noch am Leben war und wir alle bald wieder einmal Tee trinken würden.

Wenn ich das Bettuch glattzog und dabei meine Mutter auch durch meine Ungeduld nachahmte, legte er seine Hand auf meinen Kopf, so leicht und so trocken, daß ich sie kaum spürte, und sagte «Danke, mein Junge» als eine Art Segen, und ich beugte mich vor und küßte ihn auf die Stirn. Seine Haut war dünn wie Papier. Man spürte die Knochen. Aber das hatte nichts Beängstigendes, und nie war ich durch den Geruch von Fäulnis angeekelt. Kinder waren nach Ansicht meiner Mutter der Wirklichkeit durchaus gewachsen. Die jüngeren Schwestern meines Vaters hingegen, Tante Connie und Tante Roo, mußte man schonen. Sie kamen nur am Morgen, wenn er bereits von den Verheerungen der Nacht wiederhergerichtet worden war: oder am Abend, wenn sein Haar wie das eines Schuljungen naßgekämmt und er ganz frischgemacht und in Flanellpyjamas geknöpft worden war, neben sich die blaue Flamme des Nachtlichts. Dann hatte er die Miene eines verwöhnten, kränkelnden Kindes.

Meine Tanten waren weder hart noch gefühllos. Tatsächlich hätte man eher sagen können, daß sie zuviel Gefühl besaßen. Aber sie flohen die Wahrheit. Mein Großvater hatte immer gewußt, wie sie waren, und vergab ihnen.

«Sieh zu, daß es die Mädchen nicht mitbekommen», sagte er zu meiner Mutter, wenn ihn ein physischer Unfall besonders widerwärtiger Natur überwältigt hatte oder wenn er große Schmerzen litt.

Was meine Großmutter betraf, so behandelte sie ihn, wie sie ihn immer behandelt hatte, und hätte sich, glaube ich, geschämt, wenn sein Sterben etwas an ihrer hergebrachten Umgangsweise, jener unterkühlten Nachbarschaftlichkeit verändert hätte. Sie kam zweimal am Tag herein, immer tadellos gekleidet, und setzte sich einen Augenblick lang auf einen der Rohrstühle neben dem Bett. Sie fragte, wie es ihm gehe, gab ihm über Haushaltsangelegenheiten Bescheid, strich hier und da mit der Geste des Glättens über das Laken, erhob sich dann, setzte ihre Lippen an seine Stirn, runzelte kurz die ihre und kehrte zu ihren Geschäftsbüchern zurück: zurück zu dem, womit sie den größeren Teil der vierzig Jahre beschäftigt gewesen war; wozu seine Hilflosigkeit sie gezwungen hatte: eine Familie durch ihre strenge, kompromißlose Art zusammenzuhalten und ein großes und gewinnbringendes Unternehmen zu leiten.

«Waren Großmama und Großpapa nicht glücklich?» fragte ich meinen Vater einmal.

Er schien unangenehm berührt. Es war eine Wirkung unserer neuen Nähe, daß ich so zu ihm sprechen konnte, und er wollte mir gegenüber auch offen sein, doch sein ganzes Leben gründete auf der Voraussetzung, daß solche Fragen nie gestellt wurden, da ihre Beantwortung entweder zu belanglos oder zu schwierig war. Er war seinem Vater ähnlich genug, um sich durch das Versagen meines Großvaters gefährdet zu fühlen, und hatte viele Jahre damit zugebracht, seine Mutter davon zu überzeugen, daß man eine natürliche Ähnlichkeit durch Willenskraft überwinden kann. Seine Treue galt ihr.

«Es gab ganz schön viel, womit deine Großmutter fertig werden mußte», war alles, was er sagte. «Sie war sehr, sehr tapfer.»

«Großvater ist tapfer», erklärte ich, weil ich daran dachte, wie geduldig er all seine Prüfungen bewältigte. «Mama sagt das auch. Er macht nie viel Aufhebens.»

«Naja, es gibt verschiedene Arten – Tapferkeit, meine ich. Deine Großmutter hat eben mehr die moralische Ader.»

Daran hatte ich schwer zu beißen. Ich konnte mir vorstellen, daß meine Großmutter, wenn die Zeit kam, von mir die gleiche Meinung haben würde wie von Großvater. Ich hatte nicht jene Resistenz meines Vaters gegen eine natürliche Schwäche, die seine besondere Form von Tapferkeit war und die meine Großmutter guthieß, weil sie ihrem Vorbild so sehr entsprach.

Sie war zu dieser Zeit eine Frau von siebenundsechzig, auf ihre Weise immer noch imponierend schön und von einer Kraft beseelt, die, wie man spürte, nie angemessen Ausdruck gefunden hatte. Das Geschäft war groß, aber nicht groß genug. An einem anderen Ort als in unserem bescheidenen Provinznest – sagen wir Chicago oder New York – hätte sie ein ganz anderes Leben führen können. Sie gehörte, so dachte ich, in die Welt der großen Geschäfte und riesigen Bürotische, mit einem Fensterausschnitt von Wolkenkratzern als Hintergrund und mit wirklicher Machtbefugnis in ihren Händen. Da sie einen vollkommen modernen Geschmack hatte, verabscheute sie dieses große, altmodische Haus mit seinem viktorianischen Gerümpel. Ihre Heirat mit meinem Großvater war eine Mesalliance, nicht nur nach Temperament und Stil, sondern auch eine der Epochen. Alles an ihm, seine Haltung, sein Gang, die Geschichten, die er erzählte, selbst die Stöcke mit Silberknauf, die er trug, gehörten in das Jahrhundert, in dem er geboren wurde und das mit seinem Mannesalter vorbei war. Meine Großmutter hatte all das verworfen, so wie sie auch ihn verworfen hatte.

Mit sechzehn wurde sie verheiratet, noch ehe sie sich eine Vorstellung von der Welt und ihrer Rolle in ihr machen konnte; sie hatte ihre ganze Energie, ihren Ärger, ihr leidenschaftliches Gefühl, daß sie ein schnelleres Tempo brauchte und etwas zu *verwirklichen* hatte, unterdrückt und brachte, wie es von jedem Mädchen erwartet wurde, fünf Kinder in fast ebenso vielen Jahren zur Welt; zuerst meine Tante Ollie, dann meinen Vater, dann Connie, dann Roo, dann Gil. Ihr Ehemann, der Engländer, von dessen Aussprache und guten Manieren ihre Eltern so beeindruckt gewesen waren, hatte sich unterdessen von einer Stellung zur nächsten fallen lassen und am Ende in einen Lebensstil, mit dem er überhaupt keine Stellung mehr in der Welt besaß.

Sie war zuerst beunruhigt, dann niedergeschlagen, dann nahm sie es ihm von ganzem Herzen übel, wie wenig hinter seiner feinen Fassade steckte, das heißt wie wenig hinter Freundlichkeit und Charme; doch bald erkannte sie eben darin ihren guten Stern. Mit von einer Tante geerbten Finanzen und den Ratschlägen eines tüchtigen Rechtsanwalts – der ersten einer Reihe zahlreicher männlicher Hilfen – etablierte sie ihren Mann im Obst- und Gemüsegroßhandel und befahl ihm dann, sich bedeckt zu halten. Sie stattete ihn mit gutgeschnittenen Anzügen und mit den besten Importhüten aus, benutzte sein Vorhandensein als Schutz vor Skandal und widmete sich ganz dem Aufbau einer der größten Vertriebsfirmen im Staat.

Voller Energie und Phantasie, vollkommen rücksichtslos und aufgrund ihres Stolzes immer kampfbereit, war sie die geborene Geschäftsfrau. Männer verblieben in wachsamer Bewunderung. Sie wendete ihre eigenen Waffen gegen sie, und wenn diese nicht genügten, verfiel sie wieder auf ihren Charme. Das nahmen sie ihr ebenso übel wie die Tatsache, daß sie gleichberechtigt mit ihr umgehen mußten, doch sie war gerissener, hatte Glück und gewann bald ihre Achtung. Was die Meinung der Frauen anging, so achtete sie auf die nicht mehr als die Männer selbst. Sie hatte sich nie um Frauen gekümmert. Sie lebte wieder im alten Stil, und ihre Kinder wurden gut erzogen – darum kümmerte sie sich. Falls mein Großvater unter ihr litt, so war er doch zu stolz, es zu zeigen. Er sollte mit sich selbst zurechtkommen, und so überließ sie dies der *amour propre* dieses sanften, wohlmeinenden Mannes, der seine Kinder liebte und darüber staunte, was aus seiner Kindsbraut geworden war. Und in der Tat war aus ihr eine Schönheit geworden; der Gewinn dieser Schönheit war in ihrem Fall eine natürliche Folge der Ausübung von Macht.

All das lag lange zurück. Ich wußte darüber nur, was mein Vater mir erzählt hatte: wie seine Mutter die Sache angefangen hatte und wie er, sobald er alt genug war, in das Geschäft eingestiegen war und es in den letzten Jahren übernommen hatte, obwohl seine Mutter immer noch die buchhalterische Seite kontrollierte, in ihrem leeren, netten kleinen Büro im Hause. Hier lebte sie ihr eigenes Leben, trank ungeheure

Mengen Tee, die sie sich in einer Anrichte selbst zubereitete, stritt sich in Ferngesprächen und erschien nur noch zu den Mahlzeiten. Niemand von uns ging dort hinein. Sie hatte keine Zeit für mich – ich glaube nicht, daß sie Kinder mochte, nicht einmal ihre eigenen –, und sie mußte ohnehin mitbekommen haben, daß ich auf Großpapas Seite übergelaufen war. Ich hatte das Gefühl, daß ich sie kaum kannte. Wie alle anderen lebte ich in der beständigen Furcht, ihr in die Quere zu kommen.

Eines Tages, als ich an der halboffenen Tür ihres Büros vorbeikam, sah ich zu meiner Überraschung, daß sie in Tränen aufgelöst war. Der Anblick war ein richtiger Schock. Ich hatte sie nie weinen oder ihren Gefühlen gehorchen sehen. Sie war für mich immer die Strenge in Person gewesen, tadellos gekleidet, immer kontrolliert, ihr ironisches Auge überwachte unsere gewöhnlichen Torheiten, die sie zwar nicht offen verurteilte, für die sie jedoch eine überlegene und stille Verachtung hegte. Das Treppengeländer verbarg mich, wo ich stand und zusah, wie ihre Schultern sich hoben und senkten, und Laute hörte, die sie selbst dadurch, daß sie sie mit einem an den Mund gepreßten Taschentuch zu ersticken versuchte, nicht daran hindern konnte, roh und häßlich zu klingen wie echter Schmerz.

Meine eigenen Empfindungen überraschten mich. Ich hatte für sie kein Mitleid, wie ich es etwa sofort für Tante Connie oder Tante Roo empfunden hätte, denn ich konnte mir nicht vorstellen, daß sie es angenommen hätte. Was ich empfand, war Neugier, und zwar von einer Art, die mir im Rückblick entfernt erotisch vorkommt. Ich war schockiert, fasziniert, aber ebenso empfand ich, im Namen Großpapas, eine gewisse Befriedigung durch die Tatsache, daß auch sie leiden konnte.

Ich habe keine Ahnung, was sie aus der Fassung gebracht

hatte. Vielleicht etwas, das mit Onkel Gil zu tun hatte, oder die Erkenntnis ihrer eigenen Schwäche vor dem Schicksal und all dem, wofür sie verantwortlich war. Meine Auffassungsgabe war zu simpel, als daß ich daran hätte glauben können, daß es mit meinem Großvater zu tun hatte.

Plötzlich blickte sie auf und sah, wie ich sie beobachtete. «Oh, Phil, du bist das.»

Sie wandte sich kurz ab, schnaufte in ihr Taschentuch und war sofort wieder sie selbst. «Komm für einen Augenblick herein. Ich möchte mit dir sprechen.»

Betreten blieb ich, wo ich stand. Ich hatte nie die Schwelle zu ihrem kleinen Büro überschritten und wollte es auch nicht. Sie hatte mir nie einen solchen Auftrag erteilt; wenn sie etwas aus den dortigen Schubladen oder Schränken brauchte, ging sie stets selbst. Ich schwankte jetzt, und sie drehte sich in ihrem Bürostuhl um und sah mich an.

Ihr Interesse war geweckt, und ich fragte mich, welche Entdeckung mir wohl bevorstand. Sie beobachtete mich über ihre Brillenränder hinweg, die eine Hand ruhte auf dem Rollpult mit Akten und Hauptbüchern, die andere war um das geknüllte Taschentuch geklammert. Hinter ihr, in einem altmodisch-gotischen Bücherschrank, hingen Firmenphotos und die Photos der Ausstellungen.

«Komm hierhin, Phil. Setz dich eine Minute zu mir.»

Ich setzte mich auf die Kante des Stuhls, den sie mir anbot.

Als sie mich endlich da hatte, schien sie sich unwohl zu fühlen. Sie war immer so förmlich. Ich war sozusagen im Vorteil – und nicht nur dadurch, daß ich sie in einem Augenblick der Schwäche gesehen hatte. Sie streckte ihre Hand aus, nahm meine und betrachtete sie traurig, als könnte sie dort mein Leben lesen; dann drehte sie sie um und begann, fast geistesabwesend, mir den Handrücken zu tätscheln.

«Du hast die Hände deines Vaters – deines Großvaters. Das

habe ich schon vorher gemerkt. Er war in deinem Alter so wie du.»

Ich wußte nicht, was ich sagen sollte. Sie wollte mir etwas erzählen, aber ich konnte nicht erkennen, worum es ging. Ob sie mich doch mehr mochte, als ich dachte und als sie es in diesem Moment zeigen konnte, weil auch sie das Bedürfnis nach Zuneigung verspürte?

«Du beurteilst die Leute zu hart, Phil. Es ist leicht, Leute zu verurteilen, wenn man jung ist. Aber alle Leute machen Fehler – das wirst du noch lernen. Wir müssen uns –»

Wie mein Vater den seinen, so beendete auch sie ihren Satz nicht, in ihrem Fall vielleicht, weil sie nur selten das bewies, was sie nun von mir verlangte – verzeihen. Sie überlegte und hätte, so glaube ich, gerne mehr aus der Gelegenheit gemacht, vielleicht eine Art Bündnis. Sie hielt immer noch meine Hand, aber so, als hätte sie vergessen, worum es sich handelte. Ich wollte sie zurückziehen, konnte es aber nicht. Sie gehörte nicht mehr mir. Zuletzt legte sie sie auf meinen Schoß zurück, und während sie die kleine Silberdose öffnete, die sie bei sich trug, sagte sie: «Hier, nimm eine von diesen Moschuspillen.»

Sie steckte sich eine in den Mund, und nach einem Augenblick des Zögerns griff ich zu und nahm auch eine. Ich haßte Moschus. Ich kostete sie, und sie lächelte. Sie sah mich scharf an, immer noch lächelnd, und einen Augenblick später stand ich auf und ging.

Erst als ich draußen war und gerade die Treppe zu Großpapa hinaufstieg, fiel es mir auf. Wenn ich ihn jetzt küßte, würde er es riechen. Er wüßte dann, daß ich bei ihr gewesen war und ein Geschenk angenommen hatte. Als ich mich über ihn beugte, versuchte ich, meinen Mund so geschlossen zu halten, daß er es nicht mitbekam, und zog mich danach sofort an das Fußende des Bettes zurück, doch der Verrat war nicht zu verleugnen. Während ich einer seiner Geschichten zuhörte – es war eine von denen, die ich schon ein Dutzend Mal gehört hatte –, sah ich etwas an seinem Gesicht, einen sehr charakteristischen Ausdruck, der mir nun albern vorkam. Großpapa? Wie konnte ich bloß? Nie zuvor hatte ich an ihm gezweifelt. Ich wollte mich in seine Arme stürzen, um alles wiedergutzumachen, aber der Moschusgeruch hätte alles nur schlimmer gemacht.

Irgend etwas an der kleinen süßen Pille in Rosa hatte mich verzaubert – so sah ich die Sache, und so würde sie, wie ich wußte, auch Großpapa sehen. Meine Sicht der Dinge stammte vielleicht einfach von ihm.

Ich rief mir ins Gedächtnis zurück, was Großmutter gesagt hatte. Wie einfach es war, einen Fehler zu machen und auf Verzeihung – war es das? – angewiesen zu sein. Großvater war durch meinen Verrat entkräftet worden. Was ich nun als seine Albernheit sah, war ein Mangel an Gewißheit, der erst durch meinen eigenen Zweifel entstanden war.

Die Schönheit meiner Großmutter war eine so mächtige Legende, daß sie die Leute selbst von ihrer unverminderten Fortdauer überzeugte. Jede meiner drei Tanten sah sich selbst in ihrem Licht; als häßliches Entlein im Falle meiner Tante Ollie, die sich immer als die Schande ihrer Mutter betrachtet hatte, und als schüchterne, aber nicht immer unterlegene Rivalinnen im Falle der jüngeren Tanten, der «Mädchen», wie man sie auch nannte. In den ersten Jahren hatte ihnen ihre Mutter ganz einfach ihre Männer gestohlen.

Tante Ollie war in Wirklichkeit kein häßliches Entlein und es auch nie gewesen, aber sie hatte kein Vertrauen in ihre Schönheit, und ich habe den Verdacht, daß meine Großmutter ihr von Anfang an die Vorstellung ihrer Schlichtheit eingeimpft hatte, um dafür zu sorgen, daß sie, sobald die anderen Kinder da waren, immer bereit wäre, sie zu versorgen. Tante Ollie hatte dies als die natürlichen Folgen ihres fehlenden Charmes akzeptiert. Sie widmete sich ganz der Familie. Darin, und nicht in Heirat und Mutterschaft, erfüllte sich ihr Schicksal. Sie war ihm freudig ergeben und stellte es, soweit man feststellen konnte, nicht in Frage. Sie hatte alle ihre Brüder und Schwestern bemuttert und war, als ich an der Reihe war, bemuttert zu werden, ein großes, blasses, gutes Geschöpf, sanft wie eine Wolke und mit immer mehlbestäubten Armen.

Ihr Reich war die Küche. Mit ihrem großen, geschrubbten Kieferntisch in der Mitte, ihrer Marmorplatte für Tortengebäck, ihren Hackblöcken, Messerbänken, Blechkisten und dem Ständer an der Wand, an dem Tante Ollies gesammelte Kochtöpfe und Bratpfannen hingen, war die Küche ein Ort unaufhörlicher, unordentlicher Aktivität und vollkommener Ordnung. In einer Nische waren Kartoffel- und Zwiebelsäcke gestapelt; auf den Regalen der Speisekammer leuchteten Krüge mit Melonen-, Lemonen- und Orangenmarmelade, Mangopflaumen, Tomatenaufstrich, allesamt sorgfältig beschriftet und mit Datum versehen. Die Salzdose war aus Holz und hatte ein Distelornament. Es gab zwei Herde. Der eine war modern und emailliert, die Füße standen in Schalen voll vertrockneter Ameisen. Der andere war ein sehr niedriger und schwarzer Backofen. Er war in einem Wellblechverschlag untergebracht und wurde von einem Stapel mit Ofenscheiten versorgt, die Onkel Gil zurechthackte – wenn er Lust dazu hatte und man ihn mit einer Axt alleine lassen konnte.

Tante Ollies Küche hatte ihre eigene Tagesordnung, an der nur besonders Privilegierte teilnehmen durften. Ich verbrachte dort so manche Stunde an einem Sonntagmorgen oder am Nachmittag nach der Schule und sah dabei den Wundern zu, die Tante Ollie auf ihrer Bühne voller Siebe und Schneebesen und Steingutschüsseln in acht Größen zurechtzauberte; ich leckte das süße Weiß von den Schneeschlägern, kratzte die Schüsseln aus und erhielt, wenn ich mich nach der Zusammensetzung eines Lieblingsgerichts erkundigte, als Antwort: «Oh, ein kleines bißchen hiervon und ein kleines bißchen davon.» Diese Formel war Tante Ollies einziges Rezept für ein Dutzend Biskuitsorten, für Vollkorn-, Kürbis- und Marmiteschnitten, Torten mit Sirup, Sago-Plumpuddings, die in einer Springform gekocht wurden, die zwei Sorten Klöße, die an allen Arten von Suppen und Eintöpfen teilnahmen, und für die Della, mit einem kleinen Messer mit Knochengriff oder einem altertümlichen Hackmesser bewaffnet, die die Kuliarbeit des Schälens und Zerhackens verrichtete.

Della war eine gestaltlose Jungfer in Tante Ollies Alter – das heißt über vierzig, mit schiefen Zahnstümpfen und so wuscheligem Haar, daß sie darunter vielleicht eine Glatze versteckte. Sie kam von einer Farm hinter der Grenze und war bereits seit fast dreißig Jahren Teil des großmütterlichen Haushalts.

Sie und Tante Ollie waren ein Paar. Tante Ollie sah Della aufgrund ihrer bescheidenen Selbsteinschätzung als eine Art Zwilling, ihr näher und ähnlicher als ihre glänzenden Schwestern. Della putzte das Gemüse, spülte die Töpfe, die Pfannen und das Geschirr, was ihren Nägeln an den gedunsenen Fingern eine dornartige Form gab, verhandelte mit den Metzgerjungen, Getränkeverkäufern, Eismännern und Lebensmittelverkäufern, fütterte im Innenhof das Geflügel mit eingeweichtem Brot und Resten; und mit hochgeschürztem Rock und einem Kübel trüben Wassers schrubbte sie jeden Morgen, bevor wir aufgestanden waren, die abgenutzten Fliesen der Küche, die Stufen der Hintertreppe und alle Bretter der Veranda. Sie sprach nur mit ihren Hühnern und, in einem zahnlosen, unverständlichen Gebrabbel, mit dem Eismann.

Sie verstand sich mit diesem drahtigen, rothaarigen Burschen so gut, daß sie zu ihm grob sein konnte.

«Gehs' du wohl!» sagte sie mit einem plötzlichen Heiterkeitsanfall und gab ihm einen Stoß, der ihn fast umgehauen hätte, so dürr sah er in seinen Shorts und dem T-Shirt aus, wenn da nicht das Eis als Gegengewicht gewesen wäre. Am Ende kicherten sie beide in sich hinein und schüttelten ihre Köpfe, während sie in entgegengesetzte Richtungen davonzogen; wieder einmal war ein Eisblock in seinen Schrank versenkt worden und begann zu schmelzen, und der Eismann balancierte erleichtert ein Stück auf den Zehenspitzen. Der Eisblock stand im Zentrum dieses täglichen Schauspiels. Er glitzerte inmitten der ihn haltenden Haken und hinterließ auf seiner Strecke vom Tor her eine feuchte Spur mit einer Pfütze, wo die zwei Personen sich auf halbem Wege neben dem Minzebeet getroffen hatten. Er schien die Hitze dieser Begegnungen an sich zu ziehen – als ob die gerissenen Versuche des Eismanns, ihre Hand zu erwischen, oder Dellas Gefühle, wenn sie in ihrem kleinen Kabuff bei der Treppe über die Begegnung nachsann, diesen großen Block zu Flüßigkeit werden ließen; und als ob das geheime Verständnis, daß diese Beziehung sich fortsetzen, wenn auch nicht unbedingt fortentwickeln würde, in dem Eisschrank jene Leere entstehen ließ, die jeden Morgen nachgefüllt werden mußte.

Die Verständigung zwischen Della und Tante Ollie war ebenso verschwiegen. Einige Worte tauchten aus ihnen auf, etwa einsilbige Bitten oder Anweisungen, aber sie waren nicht wesentlich. Der wirkliche Dialog war jener feststehende Gedankenaustausch, durch den jeden Tag Gemüse, Huhn und Steak zu Eintöpfen, Brühen und dicken Wintersuppen wurden und durch den Schneebesen, Siebe, Schüsseln und Schöpfkellen aus Dellas Händen in Tante Ollies wanderten, in einem ausgefeilten Prozeß von Schlagen und Schütteln und Patschen und Pieken, bis dabei die Gerichte herauskamen, die wir am Tisch meiner Großmutter verzehrten; wonach ihr Zubehör in Dellas Hände zurückwanderte, um gespült und getrocknet zu werden und im alten Glanz an der Küchenwand zu hängen.

Diese Geräte, die um acht Uhr abends wieder sauber an ihrem Platz waren – wenn Della die Küchentür schloß und sich auf ihr Zimmer zurückzog, um auf dem kleinen Radio, das wir ihr geschenkt hatten, einer neuen Folge zuzuhören –, waren die Elemente einer lebenslangen Unterhaltung, die für einen Moment aussetzen konnte, aber am Morgen wiederaufgenommen wurde, wenn diese Dinge von den Haken herabkamen und sich wieder in der Welt der Arbeit zusammenfanden. Selbst ein Streit hatte zwischen Della und Tante Ollie keine Worte. Man konnte ihn nur aus dem höheren Lärmpegel erschließen, den sie produzierten, wenn Della mit dem Hackmesser arbeitete, oder dadurch, daß ein Bräter lauter als gewöhnlich hingeknallt wurde.

Am Nachmittag, wenn ich von der Schule kam, saß Della manchmal am Wasserhahn im Hof und rupfte einige Hühner, den einen Fuß auf der Einfassung der Abwasserrinne. Aus dem Haus kamen die schweren Akkorde des Klaviers, auf dem Tante Roo, in einer ihrer «Launen», düstere Sachen spielte, wie Händels «Largo» oder Chopins «Trauermarsch» – «die Trauerstücke», wie sie Della nannte. «Wir hatten einmal ’nen Kerl in Mullimbimby, der auch so was spielte, aber der hatte ’nen Grund – der war im Krieg gewesen – dem ersten Krieg – und nur mit einem Arm zurückgekommen. Aber den hätteste hören müssen, und du hättest das nie geraten. Den einen Ärmel hatte er mit 'ner Sicherheitsnadel festgesteckt und um das ganze Gesicht warn Bandagen – er mußte sie immer umhaben und sogar durch sie sprechen, und der saß in seinem Zimmer und spielte, genau so was. Trauerstücke. Klassisches. Und irgendwie *seufzte* er. Mir lief das kalt über'n Rücken. Am Ende habe ich mich davongemacht, ich konnte das nicht mehr aushalten. Aber immerhin, er hatte eine Entschuldigung, der arme Teufel.» Tante Roo, gab sie damit zu verstehen, hatte keine.

«Ist es wahr», fragte ich, «daß sie einmal davongelaufen ist und bei einer Tanzkapelle mitspielte?»

Della blickte erstaunt auf.

«Wer?»

Sie schüttelte ihren Kopf in Richtung Musik. Sie bezog sich auf Tante Roo nur selten mit ihrem Namen.

«Frau von Pustekuchen?»

«Sie hat es mir erzählt.»

Della überlegte. «Also ich hab nie was davon gehört!» Sie tastete erneut an dem Huhn herum und zog einige Innereien heraus. «Könnte wieder eine von ihren – Geschichten sein.»

Sie scheute sich, mir ins Gesicht zu blicken. Ihre Loyalität gegenüber «der Familie» war groß und saß tief, und vielleicht hatte sie Angst, daß das, was sie gesagt hatte, bereits Verrat war. «Immerhin», sagte sie, «geschieht hier eine ganze Menge, von dem ich nichts mitkriege. Interessiert mich nicht. Hab zuviel zu tun.»

Es verstand sich von selbst, daß ich mit dem Betreten von Tante Ollies Küche die Gesetze dieses Ortes beachten würde. «Ein kleines bißchen hiervon und ein kleines bißchen davon» war vielleicht der längste Satz, der an einem solchen verschlossenen Nachmittag gesprochen wurde, während der Dampf aus Topfdeckeln herauszischte, Dellas verfärbtes

Hackmesser sein *Rat-a-tat-a-tat* von sich gab und in den Fensterscheiben sich ein spätes Unwetter zusammenbraute, obwohl ich mir nie eines Zeitsprungs bewußt wurde. Wenn mir eine Schüssel zum Sauberlecken gereicht wurde und dann zum Spülbecken wanderte oder man mir die lange Spirale eines geschälten Apfels anbot, so perfekt geschnitten, daß man sie für einen Augenblick in der runden Gestalt eines Apfels halten konnte – dann waren das deutliche Aussagen, Ausschnitte einer umfassenden Verständigung, die gegenseitige Zuneigung zum Ausdruck brachte: die von Tante Ollie und Della füreinander, die von beiden für mich und die, die ich für jene beiden schweren schweigsamen Frauen empfand, so verschieden, so ähnlich.

Später, wenn wir zum Abendessen versammelt waren, verspürte ich noch immer die strenge Ordnung, die Tante Ollie und Della während unserer Küchenstunden geschaffen hatten. Da, sobald das Tischgebet gesprochen war, am Tisch meiner Großmutter nur wenige Worte gewechselt wurden – Unterhaltungen waren in diesem gespannten, unsicheren Haushalt zu gefährlich –, waren wir ganz und gar mit Tante Ollies Suppen, Eintöpfen und Puddings beschäftigt. Kein Wunder, daß Frank Harland, als er endlich zum Mittagessen vorbeikam – in dem gleichen abgetragenen Armeehemd, aber mit einem in den Kragen gesteckten Fetzen aus blauem Tuch und gelben Socken in den Stiefeln –, so betreten und gequält aussah – überhaupt nicht wie der Künstler, den meine Tanten erhofft hatten. Mein Vater bestand darauf, daß er Großvater besuchte, der uns alle überraschte, indem er geschlagene drei Minuten lang über die National Gallery in London sprach. Frank Harland nickte einige Male und sagte, aber nicht besonders überzeugend, «aha» – er schien keinen Boden unter den Füßen zu haben. Doch er war erfreut, sein Bild an der Wand des Schlafzimmers meiner Eltern zu sehen.

Es war vielleicht der Rahmen, der ihn bei dieser Gelegenheit beeindruckte.

Meine Tanten kicherten, und meine Großmutter entschied durch einfaches Anlegen ihrer Schablone, daß dieser sehnige Kerl mit seinen zerfurchten Wangen, schmutzigen Fingernägeln und der simplen Entschuldigung für eine fehlende Krawatte eine weitere von Vaters lahmen Enten sein mußte, ein bohemehafter Schmarotzer. Sie tat einfach so, als sei er nicht da, und überließ es Tante Ollie, ihm eine weitere Portion Erbsen und Kartoffeln oder einen Löffel Minzsauce anzubieten.

Frank Harland war beim Essen nie der einzige Gast. Ein treuer Besucher war ein Arzt im Ruhestand, «Onkel» Haro, der ein Freund meiner Großmutter aus frühesten Tagen war und den sie immer noch oft zu Rate zog – beruflich, heißt das, obwohl sie ihn ein- oder zweimal pro Woche auch per Telefon konsultierte. Aus dem Büro konnte ich dann ihr Lachen hören. Es klang eigenartig. So leicht und mädchenhaft.

Sie hatten gemeinsame Scherze, meine Großmutter und Onkel Haro, die ohne Erklärung blieben. Ich bekam mit, wie sie sich über den Tisch hinweg still zulachten, im sicheren Glauben, daß sie von allen Anwesenden die gescheitesten waren, aber oft auch so, als seien sie hier die jüngsten und hätten kurz vor dem Essen gemeinsam einen Streich ausgeheckt. Am Nachmittag zogen sie sich dann in das Büro meiner Großmutter zurück und spielten Flitterwochenbridge.

Onkel Haro roch nach Tabak und war ungepflegt, er bestand ganz aus breiten Schultern und großen Händen, Ruppigkeit und absichtlicher Unbeholfenheit. Es überraschte mich, daß meine Großmutter mit ihrer feinen Art nichts dagegen hatte. Wenn er seine Pfeife stopfte, verstreute er Tabak; er brachte die Messer und Gabeln durcheinander, wenn er sich zum Essen hinsetzte, schob sie beiseite, um sich Platz zu schaffen; und während des gesamten Gebets schnaufte er, und der Stuhl auf seinen dünnen geschweiften Beinen knirschte und knarrte. Manchmal holte er abends seinen Violinkoffer und ließ aus ihrer vergilbten Hülle (die aus einem alten seidenen Fakirrock gemacht war) eine halbformatige, für ein Kind gedachte Geige springen. Er zog seine Jacke aus und schob seine elastischen Silberarmbänder hoch, verstaute das kleine Instrument unter seinem Kinn, wo es auf einer karminroten Samtstütze ruhte, und spielte irische Jigs oder romantische Konzertstücke wie Mendelssohns «Frühlingslied» oder Schumanns «Träumerei» oder, unserem anderen Gewohnheitsgast, einer Dame namens Miß Minchin, zum Trotz, deren Bruder lutherischer Geistlicher war, ein paar wilde Akkorde aus dem «Teufelstriller».

Onkel Haro besaß im Haus Privilegien. Sie stammten von meiner Großmutter, und ich stellte fest, daß zumindest Tante Roo sie ihm übelnahm. Sie ging nachlässig mit Onkel Haro um oder ignorierte ihn ganz und gar, obwohl ich mir eine Zeit vorstellen konnte, die Jahre her war und in der sie auf seine Knie kletterte und mit ihm verrückt spielte. Onkel Haro selbst ließ mich diese Vergangenheit erahnen, in der es zwischen ihnen anders hergegangen war. Er redete mit Tante Roo voll ausgesuchter Sanftheit, und als er einmal mit einem riesigen Gardenienstrauß ankam – «für das Haus, für das Haus!!» –, überreichte er ihr eine einzelne, woraufhin sie die Nase verzog und sie sofort zurückgab. Er schnitt ein übertrieben bekümmertes Clownsgesicht.

Er war ein Spaßvogel, Onkel Haro. Einmal brachte er einen kleinen Kothaufen aus Gips mit, den er auf die unterste

Stufe der Veranda legte, so daß jeder wie wild nach dem Hund suchte und sich wunderte, wie er um alles in der Welt hereingekommen war. Della war brüskiert. Das brachte ihre strenge Ordnung durcheinander. Man hielt ihn doch für einen Gentleman. Und was mich noch mehr überraschte, war, daß alle anderen, meine Großmutter eingeschlossen, es für einen großartigen Scherz hielten.

In Onkel Haros Gegenwart wurde meine Großmutter zu einer anderen Person. Sie entspannte sich und vergaß ihre Sorgen, nicht nur sich, sondern auch uns gegenüber, weshalb jeder soviel über Onkel Haros Kothaufen gelacht hatte und sich so gehen ließ. Sie wurde sanft und glühte, als hätte sie Wein getrunken oder ein unsichtbares Feuer sie schläfrig gemacht. Ich wunderte mich, daß es sonst niemand merkte. Ich nahm an, daß sie es gewohnt waren. Das erste Mal, als Frank Harland zu uns kam, fragte ihn Onkel Haro nach Engeln aus. Er, ein Mann der Medizin, behauptete, einige ihresgleichen gesehen zu haben. Sie waren natürlich von ihren Familien für verrückt erklärt worden, wurden unter Verschluß gehalten oder in Anstalten versteckt, und sobald man ihnen zu nahe kam, bekam man aus ihnen nichts als Geschrei heraus; doch man konnte erkennen, daß sie Engel waren, und zwar an ihrer äußersten Empfindlichkeit gegenüber jeder Berührung, ja eigentlich der Berührung jedes ihrer Sinne, und durch die äußerste Schönheit ihres Ausdrucks, wenn sie ruhig und still waren. Auch durch ihr Verstummen und die Tatsache, daß sie kein Geschlecht hatten (meine Großmutter schritt nicht ein, war aber über dieses Detail der Beschreibung nicht glücklich) oder die Merkmale beider Geschlechter teilten.

Frank Harland war fassungslos. Ja, er glaubte, daß es so etwas geben könne. Er hatte nie einen Engel welcher Art auch immer gesehen, doch sein Vater hatte einmal einen

Geist gesehen, eine Dame in gelbem Überrock. Onkel Haro war an Geistern nicht interessiert. Nur an Engeln. Und an großen grünen Krabben (aus dem Schlick), von denen er eine, wie ich mich erinnere, aus einem Jutesack unter dem Tisch freiließ.

Frank Harland tat mir leid, als Onkel Haro ihn nach Engeln ausfragte. Ein anderes Mal hatte dieser mir seine Augenbrauen zugewandt – sie waren dick und schwarz wie die von Herrn Menzies, im Gegensatz zu seinen schlohweißen Haaren – und auf mich mit der gleichen ruppigen, hartnäckigen Stimme eine ganze Serie Fragen «zum Geschlechtsleben» abgefeuert. Irgendwas an der Art, in der er Frank Harland bedrängte, erinnerte mich an diesen anderen Anlaß und ließ mich erröten. Doch Tante Ollie war es, die mit der Sprache herausrückte.

«Mach dir keine Sorgen, Frank», erklärte sie, «er meint das alles nicht ernst. Ein Spaßvogel ist er. Er nimmt die Leute gerne auf den Arm. Aber jetzt ist es genug, Haro. Herr Harland ist so was nicht gewohnt.» Trotz ihrer Sanftheit konnte sie auch wild werden, wenn es um den Schutz ihrer Küken ging.

«Da tust du mir unrecht, Ollie, ganz und gar unrecht, ich habe jedes Wort ernst gemeint. Frank weiß Bescheid, nicht wahr, Frank? Wir sprechen über das wirkliche Leben. Nicht eure nette und ordentliche Welt, sondern das große Ganze. So ist es doch, nicht Frank? Und ich sage dir, ich habe einmal mit eigenen Augen ein kleines Mädchen gesehen, um die zwölf Jahre alt» – ich spürte, daß Onkel Haro mich direkt ansah –, «die, solange sich jemand erinnern konnte, an ein Bett gefesselt gewesen war und nie etwas anderes getan hatte, als ihren Kopf gegen die Stäbe des Bettes zu hauen und zu stöhnen und zu schreien und mit Sachen herumzuschmeißen. Ihre Eltern litten Qualen – ich hatte die Mutter in Behandlung, für das Kind konnte ich nichts tun.

Als ich eines Tages dort war, hörte der Lärm plötzlich auf, und selbst als ich ihr näher kam, war die Kleine so still wie nie. Immer noch war das eine Auge tiefer als das andere, eine Lippe schief, und die Zähne waren schwarz, aber so still war sie, wie – ja, ich konnte sofort sehen, was mit ihr vorging und hätte alles dafür gegeben, zu erfahren, was ihr Schweigen uns mitteilen sollte, was für eine Botschaft, was für eine Botschaft sie uns zu *verkünden* hatte. Ich habe sie ein kleines Mädchen genannt, aber das war nur eine vorläufige Redensart. Weil ihre Mutter sie so nannte. Claire hieß sie. Zu dieser Zeit reifte sie heran, bekam einen Bart, und man konnte sehen, daß sie ein Mann war. – Oder doch eher beides, es kommt kaum darauf an, so oder so.»

Onkel Haro stülpte seine Unterlippe vor und trotzte unserer Skepsis. Seine schwere Tweedjacke mit ihren Lederknöpfen und die große Hand mit ihrem soliden goldenen Siegelring gaben seiner Geschichte und ihrem Gegenstand eine solche Glaubwürdigkeit, daß ich ihn fast gefragt hätte, wo das kleine Mädchen wohnte, und daß ich jede Entfernung zurückgelegt hätte, um sie zu sehen. Auch Frank Harland glaubte ihm. Ich sah es. Wurden wir hier zum Narren gehalten?

«Hört nicht auf ihn», beharrte Tante Ollie. «Er redet immer nur Unsinn – er erfindet ihn einfach, um die Leute aus der Fassung zu bringen. Und die ganze Zeit tut er so, als sei er ein Mann der Wissenschaft! Nehmt noch etwas Pudding, Frank, und du auch, Phil. Hier ist noch Eiercreme.»

Wenn Onkel Haro nicht gerade Frank Harland zum besten hielt, war Miß Minchin sein bevorzugtes Opfer. Sie hatte bei der Missionierung der Eingeborenen mitgeholfen und einmal mit angesehen, wie ein Krokodil sich ein Kind von einer Karodecke holte, während sie auf dem Rasen Tee tranken. Sie erzählte diese Tragödie, und andere, mit einer leisen, klanglosen, geradezu männlichen Stimme und so wenig Bewegung, daß sie am Hals unter ihrem Schal auch eine kleine Maschine versteckt haben konnte, die ihr die Mühe des Geschichtenerzählens ersparte, sie waren ja auch so belanglos. Ein früherer Kollege war von den Japanern enthauptet worden. Das war in Borneo. Ein anderer wurde im Sepik von Kopfjägern aufgegessen.

Meine Tanten hörten diesen Greueln zu, ohne mit den Augen zu blinzeln, sie hatten sie schon seit Jahren gehört; und Tante Roo muß sich manchmal gefragt haben, ob Miß Minchin sie nicht einfach bei der Fabrikation faustdicker Lügengeschichten übertrumpfen wollte. Doch Miß Minchin war zu jeder Lüge unfähig. Vielen Dank, das Leben genügte vollkommen. Phantasie brauchte man nicht.

Aber das Leben, das bloße Leben, wie er es nannte, war für Onkel Haro zu wenig, und Miß Minchins Version davon machte ihn wütend. Miß Minchins Schmerzgrenze war bei seinen wahnsinnigen Engeln erreicht und seine bei ihren leidenden Heiligen.

«Wie steht's mit dir, Frank?» fragte Onkel Haro. «Bist du auch einer von Miß Minchins kopflosen Märtyrern?»

Frank Harland schüttelte den Kopf, schien sich aber bei der Angelegenheit nicht wohl zu fühlen.

«Gut», sagte Onkel Haro, «freut mich, das zu hören. Ich dachte schon fast, du seist auch noch ein zu Kreuze kriechender Jesus. Die reichen schon von hier nach Burke, so viele haben wir von ihnen. Eisenknauf und Co. könnten bei dieser Nachfrage gar nicht genug Nägel nachliefern –»

«Ich will damit nicht sagen», stieß Harland auf einmal hervor, fast überrascht, seine eigene Stimme zu hören, «daß das nicht dazugehört. Das Leiden, meine ich. Leute leiden, es ist schrecklich. Es ist nur nicht alles.»

«Und wer ist dafür verantwortlich?» fragte Onkel Haro nach.

«Verantwortlich?»

«Danach habe ich gefragt.»

Harland wand sich und wurde rot. «Nun, das müssen wir wohl selbst sein, wer sonst?»

Onkel Haros Augenbrauen hoben sich.

«Und unser *Schöpfer*?»

Er spuckte das Wort geradezu aus.

«Oh, der ist jetzt irgendwo anders», sagte Frank Harland einfach. Er schien erleichtert, daß die Frage eine so leichte Wendung genommen hatte. «Ich meine, der Schöpfer brütet ja nicht Ewigkeiten über einem einzigen Werk. Er tut, was er kann, und geht weiter. Zur nächsten Sache. Er läßt es los. Muß seinem eigenen Weg folgen.»

«Neue Werke, meinst du, neue *Welten*? Komische Vorstellung von einem Schöpfer. Ist das deine Vorstellung? Die von so einer Art – entschuldige mal – unverantwortlichem Künstler?»

«Der Schöpfer ist verantwortlich für das, was er macht, nicht für das, was andere daraus machen. Wir können uns nicht auf den verlassen, der uns geschaffen hat» – Frank Harland schluckte hart, er sprach anscheinend von etwas besonders Schmerzlichem –, «aber wir können ihn genauso wenig zur Verantwortung ziehen. Wir machen unser Leben selbst. Wir haben auch die Welt so gemacht, wie sie ist.»

«Du läßt Gott ziemlich leicht davonkommen», sagte Onkel Haro, «und gibst uns die ganze Schuld. Das ist eine hübsche Theologie. Ich laß ihn nicht so einfach davonkommen.»

Man konnte sehen, daß Onkel Haros Augen auf etwas hinter Frank Harland gerichtet waren und daß die Engel, von denen er gesprochen hatte, die zutiefst Gepeinigten zweideutigen Geschlechts, Geheuls und Geschreis, für ihn die einzigen Schöpfer waren, die er sich vorstellen konnte.

«Man muß einsehen», sagte Frank Harland, «wie auch immer die Wirklichkeit ist – ich meine das, was um uns herum zu sehen ist –, die Grausamkeiten, die Schrecken – ich glaube, daß wir zum Glücklichsein bestimmt sind.»

Das war ein Angebot an beide, als Antwort auf Onkel Haro wie auf Miß Minchin. Als er sie herausgebracht hatte, wurde er rot und sah auf seinen Teller. Ein längeres Schweigen folgte. In seiner Stimme hatte zum Ende hin ein Feuer gelegen, das Respekt gebot.

«Gut gesagt, Frank!» rief mein Vater überlaut. Er blickte um sich, suchte nach Zustimmung. *Sein* Mann hatte ihn endlich gerechtfertigt.

Onkel Haro stierte.

«Meinst du das im Ernst? Einfach nur *glücklich*?»

Frank Harlands Gesicht war über und über verzerrt. Er hatte anscheinend gehofft, daß es vorüber war. Er wurde nun zwischen dem Wunsch, nichts mehr sagen zu müssen, und dem quälenden Verlangen, nicht mißverstanden zu werden, hin- und hergerissen. «Nicht *einfach nur*», sagte er leise. «Denn siehst du, es ist so schwierig. Was von uns verlangt wird, muß schon schwer sein, oder nicht? Und das ist wohl das Schwerste von allem, glücklich sein. Das Stärkste. Das Leiden könnte das nicht sein. Leiden ist zu – leicht.»

«Huh!» Onkel Haro sah Frank Harland an, als hätte er etwas Erstaunliches, und Enttäuschendes, gesagt, doch er war wirklich außer Fassung.

«Huh!» sagte er noch einmal, und Tante Ollie lachte rückhaltlos vor sich hin.

«Hier Haro», sagte sie, «nimm noch etwas Pudding.» Und sie häufte ihn auf seinen Teller, noch bevor er abwinken konnte.

3

Nach diesem ersten Mal war Frank Harland noch oft in unserm Haus zu Besuch. Er saß gerne bei Tante Ollie und Della in der Küche und war manchmal dort, wenn ich von der Schule hereinkam. Für mich spielte seine Anwesenheit keine große Rolle. Er verstand die dortige Sprache, weil sie seine eigene war, und war so wie ich ein Teil der Muster, die sich aus Dellas oder Tante Ollies Händen entfalteten. Wir saßen um den Tisch, tranken Tee, aßen gebutterte Scones oder Biskuits, sprachen nichts, und alles war so wie vorher.

Meinen anderen Tanten waren diese Vorgänge unbegreiflich. Sie fanden Frank Harland komisch und konnten sich nicht vorstellen, was man an ihm finden konnte. Und weil sie den Leuten, über die sie sich mehr als über andere lustig machten, Spitznamen gaben, nannten sie ihn Ollies Eismann, ein Stichwort, das es nie versäumte, bei ihnen Lachanfälle auszulösen, und selbst bei meiner Großmutter ein verkniffenes Lächeln weckte. Ollies Eismann. Wie der von Della – denn er war solch ein Eisblock.

Manchmal brachte er seine Arbeitsmaterialien mit, Papier, Kohle, Tinten, und während Della und Tante Ollie sich wie gewohnt herumtrieben, machte er Skizzen oder schnell eine Aquarellstudie. Es war ein seltsames Geschäft. Er murmelte beim Arbeiten mit sich selbst, ließ ab und zu ein Glucksen vernehmen, das vielleicht einer gelungenen Linie oder Reihe von Punkten beistimmte, zischte vor Unwillen oder schrie, krächzte und knurrte, und wenn er einmal aufsah und dabei meinen Blick erwischte, senkte sich seiner wie zur Entschuldigung. Er schämte sich, vor einer so jungen Person sein eigenes kindisches Wesen zu verraten.

Was die Werke selbst betraf, so entsprachen sie meinen Erwartungen so wenig, daß er sich genausogut mit ganz anderen Ereignissen in einem anderen Zimmer auseinandergesetzt haben konnte. Das brachte mich durcheinander. Ich glaubte, etwas verpaßt zu haben – und zwar das Wichtigste.

«Nun», sagte er, wenn er meine Enttäuschung mitbekam, «es ist ja eigentlich nur eine Skizze, eine Idee. Es gibt noch eine Menge mehr, was ich tun könnte. Was ich einfangen wollte, siehst du, war –» Aber an diesem Punkt brach er ab, sah das Geleistete traurig an und gab auf. Er tat mir leid. Er war überrascht, wenn die Leute durch seine Arbeiten verwirrt wurden. Er erwartete, daß sie genau das sahen, was er sah.

Della schaute ebenfalls hin. Sie hatte den Menschen gerne und konnte es nicht ausstehen, wenn man sich über ihn lustig machte; aber ein Blick auf das Zeug, das er machte, und du wußtest Bescheid, da war nichts mehr zu machen; dem konnte nicht geholfen werden.

Tante Ollie weigerte sich, überhaupt hinzuschauen. «Bist du für diesmal fertig, Frank? Diese Hörnchen sind keinen Pfifferling wert, wenn sie nicht mehr warm sind.» Als er sein Porträt von Tante Ollie beendet hatte und es endlich gezeigt und betrachtet wurde, war man allgemein der Ansicht, daß es schrecklich geworden war. Selbst mein Vater summte vor sich hin und ließ sich seine Verlegenheit anmerken. «Es ist sehr gut, Frank», war alles, was er zu sagen hatte. «Tante Ollie sieht bei dir sehr – stark aus.» («Wie ein Ringer», tuschelte Tante Roo). Das war eine Deutung, die ihm anscheinend gefiel. «Riech–tiech», sagte er langsam und grinste dabei.

«Das ist mal etwas *anderes*», sagte Tante Connie.

Nur Onkel Haros Reaktion überraschte uns. Er verlangte

eine Sondervorführung und hatte danach so schlechte Laune, daß wir alle wußten, daß es ihn beeindruckt hatte. Er hielt anscheinend genug von Harlands Talent, um sich bedroht zu fühlen. Das brachte selbst meine Großmutter dazu, sich das Objekt ein zweites Mal anzuschauen.

«Oh, das bin schon ich», gab Tante Ollie zu, als man sie zur Rede stellte, obwohl sie sich das Porträt kaum angesehen hatte. «Es ist das *wirkliche* Ich», und sie begann, über ihre eigene Unbeholfenheit und felsenhafte Massigkeit zu lachen. «Er hat mich haargenau getroffen. Ich hab nie behauptet, daß ich eine Schönheit bin.»

Meine, von niemand erbetene Meinung war die, daß das Gemälde für ein besonderes Verständnis zwischen Frank und Tante Ollie sprach, und ich fragte mich, worin es wohl bestand.

«Glaubst du, daß Frank verliebt ist?» fragte ich Tante Roo, als wir einen Moment allein waren. Sie war sonst für Verdächtigungen romantischer Art empfänglich.

«Dieser Frank Harland? Um Himmels willen, Liebster, der ist so in sich selbst verschlossen, daß er ein Stuhlbein nicht mal dann erkennt, wenn er darüber stolpert, geschweige denn eine Frau. Du taugst wirklich nicht als Heiratsvermittler, Schatz, wenn du glaubst, daß da irgendwas dran ist.»

Der Verdacht hätte sie wahrscheinlich überrascht, aber meiner Ansicht nach waren meine jüngeren Tanten eifersüchtig. Sie hatten Grund dazu. Verglichen mit Tante Ollie, deren Gegenwart etwas Monumentales hatte, waren sie Leichtgewichte. Sie taten im Hause nichts, was von Nutzen war. Nur zum häuslichen Klima trugen sie etwas bei. Eine Reibung brachte die Luft in Bewegung, elektrische Schwingungen, die jedermanns Nerven anspannten. In der Küche zerbrach etwa ein Teller, ich warf bei meinen Hausarbeiten ein Tintenfaß um und ruinierte ein schönes Samttuch, oder meine Großmutter, die ihre Launen hatte, aber sie gewöhnlich bei sich behielt, gab Tante Connie auf einmal eine treffende Antwort, und es flossen Ströme von Tränen. An solchen Tagen voll latenter Spannung, wenn jedes Ding bei Berührung Funken sprühte, hatte für gewöhnlich eine der beiden «Tanten» die Atmosphäre aufgeladen.

Tante Roo hatte eine Theatermanie. In ihrem Zimmer mit dem spanischen Schal vor dem Fenster und der mit Pfauenfedern gefüllten Vase – einer Sammlung offener Augen – besaß sie einen Stapel lederner Hutschachteln, insgesamt mehr als ein Dutzend, und zwei riesige Schrankkoffer aus Fell, die mit Kostümen aller Art vollgestopft waren – man konnte fast glauben, es handelte sich um Relikte eines Lebens auf den Brettern: geradefallende, tiefausgeschnittene Abendkleider aus einer Komödie der zwanziger Jahre, viele von ihnen mit Perlenbesatz oder einer Taillenkette aus Ziermünzen; Zigeunerröcke mit Rüschen; rinaldinische Krönungsgewänder in Scharlach oder Berliner Blau, alle mit Hermelinbesatz; Reifröcke, Reitkleider, edwardianische Morgenröcke mit Puffärmeln, Elfenbeinfächer, Pelzmuffs, Boafedern, ein Stirnreif aus Rheinkiesel, Perlenschnüre; schlottrige, mit einem Samtband ausstaffierte und falsche oder spitze oder dogenhaft sattelförmige Baretts. Sie waren alle bloßer Bluff. Meine Tante Roo hatte nie auf einer einzigen öffentlichen Bühne ein Wort gesprochen. Ihre Mutter hätte das nicht zugelassen – oder zumindest war das die einfachste Antwort, die sie für sich selbst parat hatte. Statt dessen hatte sie aus ihrem eigenen Leben etwas Theatralisches gemacht und die letzten fünfundzwanzig Jahre im Geiste und – wenn sie glaubte, es riskieren zu können – auch mit Kostüm die verschiedenen Charaktere zu Ende gespielt, die sie in den Schatten gestellt hätte, deren Verse aber nie über ihre Lippen gekommen waren. Kleider waren ihre einzige Leidenschaft. Sie trieb ohne Unterlaß neue Sachen für sich auf, die einen «großartigen Effekt» haben würden. Sie rief mich dann auf die Innenveranda, ihr Nähzimmer, um meine Meinung zu hören, oder machte sich schon am Tor über mich her, wenn ich von der Schule kam, bevor ich mich noch umziehen und wie sonst in die Küche verschwinden konnte.

«Schau mal, Kleiner, ich will dir nur schnell was zeigen, was ich gerade fertiggekriegt habe. Es ist sehr hübsch, Phil, dir wird's gefallen, und ich brauche deinen Rat. Ich brauche die Meinung eines *Mannes*. Du hast ein Auge dafür, Schatz. Das hast du von unserer Seite geerbt. Komm und schau's dir an. Es dauert keine Minute.»

Oder sie lungerte am Treppenabsatz herum, während ich in der Küche gerade meine zweite Tasse zu mir nahm, sang vor sich hin und wartete, bis sie mich beim Herauskommen abfangen konnte. Für mich war es nur eine Falle. «Hier, Liebling, eine Überraschung», offerierte sie, «ich hab sie in einer Schublade gefunden.» Es handelte sich um eine Tüte mit glänzenden Knöpfen, einige von der Armee, andere von Feuerwehruniformen. «Ich könnte sie dir an eine Jacke annähen, damit würdest du richtig schick aussehen. Komm mit, Kleiner, und wir wollen sehen, was sich machen läßt. Ehrlich, ich weiß wirklich nicht, wie du so lange in dieser finsteren alten Küche *sitzen bleiben* kannst. Deine Tante Ollie und die arme Della haben sich ja gegenseitig überhaupt nichts zu sagen. Ich glaube, es sind wohl die Kuchen, stimmt's? Liebe geht durch den Magen, sagt man. Aber was wird dann aus deiner alten Tante Roo? Den ganzen Tag war ich hier eingesperrt, ohne einen Menschen, mit dem ich ein vernünftiges Wort wechseln konnte. Du bist meine Rettung, Schatz, nein, ganz im Ernst, das bist du! Du kennst dich aus.»

Irgendwie scheute ich mich, es ergab sich ein Bild meiner selbst, das ich nicht hinnehmen konnte, doch genausogroß war die Faszination.

Sie saß nie still.

«Als ich klein war», sagte sie, «meinte dein Großpapa oft, daß ich Ameisen in den Hosen hätte. Der arme Schatz, er ist so lieb. Aber es ist wahr, ich muß etwas zu *tun* haben. Ich kann alle diese ruhigen starken Typen, von denen wir hier mehr als genug haben, nicht ausstehen – sie stützen sich immer auf den unsichtbaren Griff einer blutigen Axt, selbst wenn man glaubt, daß sie nur Bankmanager oder Zahnärzte sind, und sie haben nichts zu sagen und keine Phantasie und nicht mal den Wunsch, durch die Welt zu kommen.»

Sie selbst hatte eine ganze Menge zu sagen, und zwischen den Arbeitsanfällen an der Nähmaschine, auf der sie gekonnt die Nadel zwischen Mittel- und Zeigefinger steuerte, gab sie mir eine lebhafte Anschauung davon, was es bedeutet, Phantasie zu haben. Ihre eigene war so lebhaft und grell wie die ihrer Lieblingsfarben, «um sie aus dem Schlaf zu reißen, diese Axtmänner!» Sie nähte zu allen Zeiten des Tages und manchmal bis spät in die Nacht, und das Gewinsel ihrer surrenden, aussetzenden, dann wieder halsbrecherisch surrenden Tretkurbel ist eines der Geräusche, das ich immer noch mit den weiten, stillen Räumen des Hauses verbinde. Ich stellte sie mir als eine Art dämonisches Fahrrad vor, das man an den Boden geschraubt hatte und das es nicht schaffte, «durch die Welt zu kommen»; und ich sah sie noch in eben diesem Licht, wenn sie sich sonntagabends nach dem Tee an das Pianola im unteren Wohnzimmer setzte und mit glänzend dunklen Haaren, stampfenden Füßen und schwer arbeitenden Schultern Wellen mechanischer Klänge hervorzauberte, die alle Gläser im Kabinett und in Großmutters Lüster zum Zittern brachten. Ihre Füße strampelten, ihre Knie hoben sich, ihre Hände klammerten sich an die Kante des Elfenbeins, und Musik quoll und stürzte in Kaskaden aus dem festen Möbelstück, als wäre das Ding besessen.

In dem Jahr, als mein Großvater starb, war sie noch nicht vierzig und hatte noch einen oder zwei Freier. Sie zog sich jugendlich an, täuschte eine ganze Serie aus Filmen aufgeschnappter, ingeniöser Rollen und Stimmen vor und war auf meine Großmutter rückhaltlos eifersüchtig. Sie machte sie nicht nur für das Scheitern ihrer Wunschkarriere verantwortlich, sondern auch dafür, daß sie durch ihre selbstsichere und sinnliche Schönheit die jungen Männer abgelenkt hatte, die sie mit nach Hause gebracht hatte; wenn nicht mit Absicht – und sie kannte ihre Mutter gut genug, um an Absicht zu glauben –, dann zumindest unbewußt, aus Gewohnheit, weil sie es nicht ertragen konnte, einen irgendwie attraktiven Mann im Zimmer zu haben, der ihre Herrschaft nicht anerkannte.

Tante Roo hatte ihren eigenen Stil entwickelt, damit ihre Mutter ihn nicht übernehmen konnte. Sie war schlicht und ergreifend mädchenhaft. Aber das Versprechen jugendlicher Leichtigkeit und der hohlköpfige Appell an männliche Eitelkeit beeindruckte die Männer am Ende weniger als das, was ihre Mutter zu bieten hatte – etwa in der leichten Ermattung, die das Senken ihrer Lider suggerierte, oder in der Art, wie sie bei einem eleganten Gähnen ihre Hände und Handflächen nach außen streckte; beide Gesten betonten ihre anziehendsten Stellen, Augen und Mund, und evozierten die Vorstellung, ihr Körper sehne sich nach der Horizontalen. All dies war bei meiner Großmutter zur zweiten Natur geworden, Tante Roo aber sah darin Boshaftigkeit – einen grausamen Beweis dafür, daß Jugend an sich, selbst die wirkliche und unverfälschte, nicht zählt, wenn es um Männer ging, und der jüngeren Konkurrentin keinen Vorteil verschafft.

Es war eine Lehre, die sie nie begriff. Nachdem sie einen noch jüngeren Stil angenommen hatte, war sie unfähig, ihn aufzugeben, und da sie nichts als Stil war, entstand keine weitere Version ihrer selbst, um ihn zu ersetzen. Sie fiel gerade bei den Männern durch, die sie anziehen wollte, und sammelte um sich eine Schar «interessanter Burschen», die für sie viel zu jung und selber ziemlich theatralisch waren. Mit diesen jungen Männern veranstaltete sie Picknicks an den Terranora-Seen oder beim Natural Arch, und an Regentagen versammelte sie die Männer in Großmutters Wohnzimmer, und sie (die jungen Männer) sangen mit umschlungenen Armen, während Tante Roo das Pianola bediente. Aber bei den interessanten Burschen war in einer Ecke auch immer ein stumpfer Kerl, der in Reserve gehalten wurde, einer der Axtmänner, und es war abzusehen, daß er, oder einer seinesgleichen, am Ende der von ihr Auserwählte sein würde.

Mein Großvater war seinem «kleinen Mädchen» sehr zugetan (vielleicht hatte sie diesen Stil zuerst ihm zu Gefallen entwickelt und danach sogar für ihn beibehalten), und er dachte eigentlich an Tante Roo, wenn er meine Mutter in einem Augenblick peinlicher Inkontinenz bat: «Laß das nicht die Mädchen sehen.» Er wollte in ihren Augen das bleiben, was er gewesen war, als sie ein Kind war und er sie zu Tanzstunden brachte: der bestaussehende Mann, den sie je gekannt hatte.

Später glaubte ich, daß Tante Roo all das Theatralische von meinem Großvater geerbt hatte. Zumindest genoß dieser sie in all ihren Gestalten. Denn sie hatte eine bedenkliche Seite. Tante Roo war eine unverbesserliche Lügnerin. Nichts, was sie betraf, nicht einmal die Schubladen voller seltsamer Schätze (wie Feuerwehrknöpfe), nicht einmal ihre «Kostüme», war für mich so faszinierend wie die Lügengeschichten, die sie erzählte – und zwar immer mit weit offenen Augen in strahlendem, ehrlichstem Porzellanblau.

Mich erstaunte die Kühnheit, mit der sie Zweifel bekämpfte. Ihre Lügen waren nicht aufeinander abgestimmt. Sie waren durch die unerhörten Freiheiten, die sie sich in der Behandlung der Wirklichkeit erlaubten, so berechnet, daß sie eine eigene Dimension schufen, in der die Frage nach richtig und falsch, nach gut und böse keine Bedeutung mehr hatte. Wenn Tante Roo ihren Höhenflug hatte – wenn sie von einer ihrer phantastischen Unwahrheiten besessen war –, dann war sie endlich ihr wirkliches Selbst, das Selbst, welches ihr die engen Begriffe von Anstand und Würde, die Eifersucht oder die übermächtige Nähe ihrer Mutter versagt hatten.

Natürlich mußte sie für diesen Versuch, die Tatsachen ihres Lebens in eine protzige Erfindung zu verwandeln, einen hohen Preis bezahlen. Sie litt an Hysterie, sie machte Szenen. Die harmlosesten waren bloße Stimmungsschwankungen; die schlimmsten führten zu leidenschaftlichem und hilflosem Geheule. Beide Formen beeindruckten, doch die Heulanfälle erschreckten mich. In diesem Haus der Förmlichkeiten und des Schweigens sprachen sie eine so deutliche Sprache, die alle Regeln brach, alles Unsägliche beim Namen nannte und deren Schluchzersturm so viel echten Schmerz und echte Hoffnungslosigkeit ausdrückte, daß ich es mit der Angst zu tun bekam, schlimmer, als es die bloß körperlichen Symptome der Krankheit meines Großvaters je bewirkt hatten.

Der erste dieser Anfälle geschah in einer stillen schwülen Nacht kurz nach unserer Ankunft. Wir waren früh zu Bett gegangen, aber ich glaube nicht, daß schon jemand schlief. Ich lag im Mondlicht, hatte selbst das Leintuch von mir geschoben und schwitzte; ich wartete auf die Meeresbrise, die nicht kommen wollte, und lauschte vergebens auf die ersten Bewegungen der See, die flach und ölig im Mondlicht lag. Mein Körper war ohne jede Kraft. Das Blut schlug nicht mehr in meinen Adern. Ich drehte und wendete mich, versuchte auf dem Kissen eine neue Lage für meinen Kopf und auf dem Bettuch noch kühle Stellen für meine Glieder zu finden. Schließlich nahm ich das Kissen und legte es, wie ein kleines Kind, zwischen meine Schenkel. Endlich wurde ich dösig. Genau dann, aus der ersten Schläfrigkeit heraus, hörte ich es, ein regelrechtes Schluchzen. Zuerst verband ich es mit Geräuschen, die ich aus dem Schlafzimmer meiner Eltern kannte und die mich immer noch verwirren konnten, obwohl ich mittlerweile wußte, daß nichts Gefährliches passierte. Aber das hier war anders. Es schien von unterhalb des Fußbodens des Hauses aufzusteigen, als hätte sich ein Tier dort verkrochen, sei nach Monaten erwacht und hätte seine Gefangenschaft bemerkt. Der Klang schwoll an und beschleunigte. Ich hörte das Rascheln nackter Füße auf dem Flur – Tante Ollie. Dann ein Paar andere Füße, in Hausschuhen – meine Großmutter. Ich machte mich bereit, aus dem Bett zu steigen. Draußen war Licht an. Dann begann das Geschrei.

Diese Ereignisse berührten jedes Mitglied des Haushalts auf andere Weise. Meine Tante Ollie war voller Mitleid, und das Bild, das ich von ihr zu sehen bekam, als ich herauszufinden versuchte, was los war, ist das einer Mutterfigur, die selbst voller Tränen ist und ein Kind schützend in den Armen hält. Sie wiegte und beruhigte Tante Roo, sprach leise auf sie ein und versuchte den häßlichen Mund daran zu hindern, die häßlichen, anklagenden Laute auszustoßen.

«Sie ist so unglücklich», sagte sie den andern, als wir uns auf dem Flur drängten, «sie leidet wirklich. Sie spielt nicht verrückt.»

Tante Connie, selbst ein überempfindliches Wesen, sah beängstigt zu, als ob die Worte, sobald sie einmal gefallen waren, nach Zustimmung und Wiederholung dürsteten oder als könnten Tante Roos Anfälle eine Sturmwolke und ein Miasma zur Welt bringen, das auch sie an sich reißen und herumwirbeln und auf den Kopf stellen würde. Denn zu Tante Roos Symptomen gehörte auch eine ganze Menge Verrenkungen und Tritte in jede Richtung. «Ich kann es nicht mehr aushalten», schrie Tante Connie, «ich kann nicht, kann nicht, kann nicht!», und mit beiden Händen auf den Ohren stürzte sie nach unten in die Eingangshalle und schloß sich in ihr Zimmer ein.

Mein Vater, für den all dies peinlich und quälend war, ließ sich neben Tante Ollie auf das Bett fallen und schüttelte den Kopf. Er sah meiner Mutter jämmerlich in die Augen, und als sie bemerkte, daß es hier nichts zu tun gab und wie sehr sich mein Vater selbst vor ihr für die Schwäche seiner Familie schämte, verschwand sie schnell in das Zimmer meines Großvaters. Nur meine Großmutter blieb ruhig.

«Es ist nichts», sagte sie immer. «Ihr tut genau das, was sie sich gewünscht hat. Diese Sorte von Anfällen hat sie uns schon vorgespielt, seit sie drei Jahre alt war. Du weißt das genau, Ollie! Es ist alles bloß Schauspielerei. Sie weiß ganz genau, wie weit sie damit gehen kann – sicherlich nicht so weit, daß sie irgendwas *zerbricht.*»

Nach dieser höhnischen Beurteilung machte sie auf dem Absatz kehrt und ging wieder ins Bett und ignorierte dabei voller Absicht die Tatsache, daß sie in Tante Roo durch die vor allem auf sie bezogenen Anklagen bereits etwas zerbrochen hatte, und zwar gewollt, etwas, das nicht mehr zu heilen war.

Meinem Großvater, der durch den Tumult aufgewacht war und auf seine eigene Weise litt, wurde im Verlauf ihrer Morgenvisite durch meine Großmutter Bericht erstattet. Er lauschte mit zur Wand gedrehtem Gesicht und hörte aus dem Tonfall meiner Großmutter ihre unausgesprochene Anschuldigung heraus. Tante Roos Unglück, ihre Schwäche, und ihre entwürdigenden Aufführungen verletzten ihn tief. Die Verantwortung für sie lag bei ihm. Der Liebling meiner Großmutter, der ihr in gleichem Maße Schmerzen zufügte, die sie aber nie, weder durch Sentimentalität noch Gewimmer, gezeigt hätte, und für den sie ebensowenig Entschuldigungen hatte, war Onkel Gil. Sie hatten die beiden wohl schon immer zu ihren Lieblingen erkoren; sie trafen ihre Wahl früh, indem sie in den zwei Kindern, ihren jüngsten, jene Eigenschaften aufspürten, die sie am jeweils anderen vermißten und die ihnen daher am besten als Zeichen des Verrats dienen konnten.

Tante Roo und Onkel Gil waren Ersatzkinder. Mein Vater und Tante Ollie wurden geboren, als ihre Eltern sich noch nahestanden, und man hatte sie sich selbst überlassen; sie waren nicht auf die Liebe einer bestimmten Person angewiesen. Und Tante Connie war in der Mitte der fünf mit sich selbst allein. Sie war einfach da. Man nahm sie hin, man beachtete sie nicht, sie war eine von denen, die das Leben schlecht behandelt. Sie hatte sich daran als ihr Schicksal gewöhnt.

Tante Connie war bereits verheiratet gewesen, und der Mann wurde aus Rücksicht auf ihre Gefühle niemals erwähnt; aber meine Großmutter, die eine Schwäche für Jack Cassidy hatte, bekam von ihm immer noch Briefe, die sie im Namen meines Großvaters zu beantworten pflegte.

«Jack Cassidy ist ein feiner Kerl», versicherte mir mein Vater, als wir ihn einmal beim Spazierengehen getroffen hatten, «aber er war schwach und verwöhnt, als deine Tante Connie ihn heiratete, und durch sie wurde all das nur schlimmer. Er brauchte eine starke Frau. Nicht eine – nun, eben nicht Tante Connie.»

All diese Beschwörungen von Stärke und Schwäche, von Anziehung, Bindung und Abstoßung machten aus einer Familie und ihrem Haushalt ein moralisches Kräftefeld, dessen Erbe, als einziges Kind meiner Generation, ich war. Durch ihre so verschiedenen Positionen innerhalb der Familie verkörperten mein Vater und sein Bruder, Onkel Gil – mein Vater in der Nähe zur ältesten, er in der Nähe zur jüngsten –, die gegensätzlichen Pole der Beständigkeit und der wahllosen, nihilistischen Gewalt.

«Oh, diese Familie!» hörte ich meine Mutter bei sich klagen, wenn mein Großvater oder meine Großmutter in einer winzigen, aber tyrannischen Formsache zu kritisch oder zu hartnäckig gewesen waren oder wenn unser verkrampftes Quartier ihr das Gefühl gab, daß sie, von der Runde im Krankenzimmer abgesehen, keinen Ort für sich hatte.

Es gab für sie genug Gründe, sich zu ärgern. Die späte Heirat meiner Eltern rührte vor allem von der Verantwortung her, die mein Vater mit knapp fünfzehn Jahren übernommen hatte, als er sich mit meiner Großmutter die Leitung der Firma teilte. Meine Großmutter betrachtete auch die Aufsicht über die anderen gern als ihre gemeinsame Aufgabe und damit, in ebensolchem Maße, meinen Vater als einen zweiten Ehemann. Meine Mutter konnte dies nicht vergessen. Nicht nur die langen Jahre, in denen sie von der Ehe und eigenen Kindern abgehalten worden war, sondern auch das, was sie als Raub an den Jugendjahren meines Vaters sah. Sie hatte in diesem Haus nun täglich die Vorherrschaft meiner Großmutter zu ertragen und brauchte die

Bestätigung, daß die Treue meines Vaters und ihre intensive Partnerschaft unverbrüchlich waren. Oft wurde mein Vater hin- und hergerissen. Er liebte meine Mutter, in ihm lebte aber auch die Erinnerung an jene einsame, trotzige und schöne junge Frau, die seine Mutter in den Tagen ihres Einzelkampfes gewesen war, und die Erinnerung an die vielen Sorgen, die sie zusammen durchgestanden hatten. Er wußte auch, wieviel sie von ihrem Leben und von ihrer Kraft gegeben hatte, um sie alle über Wasser zu halten. Ihre Schönheit fesselte ihn, denn sie stammte aus ihrer noch unverminderten Energie, die auf alles einwirkte, womit sie in Berührung trat. Es war etwas Heiliges. Er muß manchmal, selbst nach seiner Heirat, geglaubt haben, daß er ohne sie nicht auskommen konnte.

Was meine Großmutter betraf, so glaube ich nicht, daß sie sich jemals die Frage gestellt hatte, welche Zuneigung sie – falls überhaupt – für ihn empfand. Mir schien es, als ob sich mein Vater, wenn auch manchmal mit Überdruß, ständig bemühte, ihr zu gefallen und ein Zeichen der Zustimmung von ihr zu erhalten. Er schien bei diesen Gelegenheiten seltsam jungenhaft, als wären wir beide eher Brüder als Vater und Sohn und er der jüngere von uns beiden. Doch meine Großmutter hielt sich zurück. Ein Lob hätte das Eingeständnis bedeutet, daß er alles, was er ihr gab, freiwillig schenkte und ihr auch verweigern konnte; während ihre Macht über ihn in der Idee einer heiligen Pflicht lag, deren einzige Verkörperung sie war. Und auch das nahm meine Mutter ihr übel.

In Wahrheit sorgte sich meine Großmutter nur um ein einziges ihrer fünf Kinder. Für alle anderen hatte sie nur Pflichten oder eine belustigte und unausgesprochene Verachtung.

«Ich hätte ja nichts dagegen», hörte ich meine Mutter

wispern, so leise, wie in diesem Hause alle Diskussionen, alle Streitereien geführt werden mußten, «wenn es nicht so ungerecht wäre! Warum kann das nicht Gil machen? Was macht der schon, als da hinten herumzutrödeln und dem Jungen irgendwelche Flausen in den Kopf zu setzen? Der Krieg ist schon seit achtzehn Monaten vorbei! Ich sehe wirklich nicht ein, warum er dir nicht wenigstens ein bißchen von der schrecklichen *Belastung* abnimmt.»

«Ich beklage mich nicht.»

«Nein, das tust du nie. Und solange du das nicht tust, wird sich nichts ändern.»

«Gil ist in Ordnung. Er braucht einfach ein wenig Zeit, das ist alles. Es mußte –»

«Nun erzähl mir bloß nicht, daß er sich eine ganze Menge gefallen lassen mußte. Das wissen wir alle! Wir lassen uns immer noch genug gefallen. Deine Mutter könnte etwas dagegen tun, aber sie will nicht. Ihr *gefällt* er so, wie er ist!»

«Nein, das kannst du so nicht sagen. Es regt sie auch auf. Sie zeigt es bloß nicht!»

«Du bist so wie alle anderen in dieser Familie. Ihr habt alle dieselben Entschuldigungen, noch und nöcher, und alles bleibt, wie es ist.»

«Ja», sagte mein Vater traurig, «ich weiß. Aber Gil ist –»

«Verrückt. Gil ist verrückt.»

«Nein, er hat eine Kriegsneurose, und er war immer schon – schwierig. Aber er ist in Ordnung. Er braucht einfach Zeit, um auf seine alte Höhe zu kommen.»

Onkel Gil wohnte nicht im Haus. Meine Eltern hielten das Zimmer besetzt, das einmal ihm gehört hatte. Doch schon bevor wir angekommen waren, hatte er den rohen Holzverschlag am Ende des Innenhofes als Schlafplatz vorgezogen. Hier, wo einmal Maissäcke für die Hühner, Gartengeräte, Rasenmäher und Rasenwalze untergebracht gewesen waren, war jetzt Platz geschaffen für ein Spannbett und den unlackierten Badezimmerschrank mit Schwingtüren, in dem er seine Kleidung verwahrte, sein Rasierzeug, ein Lederkatapult, ein altes Waldhorn, auf dem er gelegentlich eine verstümmelte Fanfare blies, und eine Murmelsammlung in einer Sämischledertasche, aus der ich von Zeit zu Zeit eine Glaskugel oder ein glasiertes Exemplar aussuchen durfte.

Ich war immer noch in jenem erwachenden Knabenalter, in dem man die höchste Vorstellung von Unabhängigkeit in der Höhle eines Baumhauses verwirklicht sieht. Auch Onkel Gils Hütte hatte etwas von so einer Höhle. Ihre Bretter, die nur bis zum Bauchnabel reichten, waren so grau und verwittert und ihre Nägel so krumm und brüchig, daß sie nur den dürftigsten Schutz gewährte. Sackleinwand war an das Dach festgenagelt und konnte im Winter herabgelassen werden, damit der Wind draußen blieb. Sonst war sie auf allen Seiten offen und hatte ihr eigenes muffiges Klima und entsprechenden Geruch, besonders wenn die Wolkenbrüche des Spätsommers den Hof feucht, aber glänzend zurückließen und ein jegliches Ding seine Essenz verströmte – Blätter, Lauberde, Rinde, Staub, Kleider – und die Sackleinwand, von der es dampfte und tröpfelte, eine trübe Ausdünstung von Hanf, Kornstaub und schwerem altem Schimmel von sich gab. Wenn die Hühner entwischten, was oft genug geschah, falls der Pfahl im Drahttor nicht am richtigen Platz stand, kam das Federvieh flügelschlagend herein, brütete auf Onkel Gils Schrank oder auf den Dachsparren und ließ seine weichen grauweißen Spritzer zurück, die auf dem Bett, den Balken, dem abgetretenen schmutzigen Boden hart wurden: unwirklicher, steinharter Schnee. Gegen die eine Wand der Hütte lehnte ein Bambusbüschel, seine harten Stöcke rasselten mit jedem Windzug.

Aber obwohl alles einen provisorischen Eindruck machte und an ein Baumhaus oder Kabuff erinnerte, war dies der Zufluchtsort eines Erwachsenen und nicht der Unterschlupf eines Jungen. Onkel Gil hatte sich ins Abseits verzogen.

Er war immer auf Abenteuer versessen gewesen, und als der Krieg ausbrach, wurde er sofort Soldat bei der Air Force und nach Übersee geschickt. Über der Nordsee wurde er abgeschossen und überstand eine Gehirnerschütterung, die seinen Kopf immer noch nicht zur Ruhe kommen ließ. Oder er hatte als Kriegsgefangener in Deutschland «etwas zu Gesicht bekommen», das jeder Vorstellung spottete und uns aus diesem Grund mit Scheu erfüllte. Della war der Meinung, daß er zu schnell gewesen war. Hier herrschte die Fahrradgeschwindigkeit, ganz egal wie viele Autos auch immer die Straßen befuhren, und Onkel Gil hatte bei einem seiner Sturzflüge «sich selbst überholt, der arme Junge, und sein Grips hatte ihn nicht mehr eingekriegt». Oder es war die Konfrontation mit einer anderen Hemisphäre, wo die Zeiten von Tag und Nacht und die Jahreszeiten auf den Kopf gestellt waren – eine Gegend, die so schwer mit Geschichte belastet war, mit Kronen, Schwertern, katholischen Kirchen, großen Namen, Massakern und anderem Unrecht, daß unsere eigene einfache Welt für ihn, als er zurückkam, zu leicht war und ihm keinen Halt mehr bieten konnte. Er pendelte zwischen den Polen, und jeder hatte eine eigene Geschwindigkeit und eigene Massen von Licht und Dunkel.

Wochenlang blieb er sanft wie ein Lamm. Dann ging ich gerne zu ihm und half ihm bei seinen Pflichten: wenn er die Beete harkte und die Pflanzen abstützte, wenn er Sack für Sack mit Bohnen füllte und mit der Hand vorsichtig unter die nervösen Hennen schlüpfte und Eier einsammelte. Er sprach selten mehr als ein paar Worte, während er mir beibrachte, wie ich die Stäbe über Kreuz hinzustellen oder sie mit einer Kordel zu verknoten hatte. Bei unserem Näherkommen sprangen Heuschrecken schweren Leibes in die Luft, unbeholfen versuchten sie zu entfliehen. Er griff dann nach einer und fing sie, schnippte mit einem kurzen Handkantenschlag ihren Kopf ab. «Da», sagte er sanft, «da haben wir wieder einen von diesen Scheißern erledigt.» Dann wußte ich, daß ich der einzige war, der ihn vollkommen verstand, daß er von allen Erwachsenen in diesem Haus der war, dessen Charakter meinem am meisten ähnelte.

Dieser stille Zauber hielt nicht lange an. Eines Tages, ganz plötzlich, war er in redseliger Stimmung. Am nächsten Tag konnte er nicht mehr aufhören, und sein Gerede war schrecklich. Die Töne fielen übereinander her und blitzten und brodelten und explodierten, er redete sich in Rage. Sie erschreckten mich, denn sie ergaben keinen Sinn. Normale Wörter, die wir alle ohne großes Fragen gebrauchten, waren hier Teil einer anderen Sprache, und Onkel Gil war von ihnen besessen und wurde eine andere Person. Seine Finger zuckten, sein Körper war verkrampft oder wirbelte wie der einer Puppe herum, Speichel troff von seinen Lippen. Er nahm mich bei den Schultern und schüttelte mich leibhaftig durch, um den Sinn von dem, was er sagte, von seinem Kopf in meinen zu kriegen. Nur seine Erregung bekam ich dabei mit und versuchte, mich von ihm loszumachen.

Wenn sich die Worte zusammenballten oder als unverständliche Trümmer aufeinanderprallten, dann wurden sie zu obszönen Angriffen auf seine Schwestern und alle Frauen. Oder sie drückten wilden Groll auf meinen Vater aus (der ihn, wie er fand, verurteilte und die Unterschiede zwischen ihnen und die Tatsache, daß zwei Männer verschiedene Ansichten einer Sache haben konnten, nie akzeptiert hatte) oder eine umfassende Wut auf das Leben als Ganzes, das nichts als ein stinkender Misthaufen aus Ungerechtigkeit und Heuchelei und tausend kleinen Quälereien war und so böse, daß nichts zu retten war. Man konnte nichts mehr tun, als das Ganze in einem großen Knall kaputtzusprengen, weg aus den Augen Gottes, weg all die Politiker und die scheißengstirnigen Metzger und ihre Frauen mit ihrer *Moral* und dem kleinen Finger, den man ihnen gab und den sie für einen nicht mal im Traume krumm machen würden, während sie ihr Blut weitertranken.

Nur Tante Ollie, die sanfteste in der Familie, konnte mit diesem Mann Kontakt aufnehmen, wenn er in diese blutrünstige Stimmung verfiel. Von Messern oder Wutausbrüchen nicht abgeschreckt und gegenüber Obszönitäten taub, ging sie dann zu ihm und saß so lange still bei ihm, bis er sich ausgebrüllt hatte oder an ihrer felsenhaften Unerschütterlichkeit auf Grund gelaufen war. Sie lehnten dann aneinander, ohne miteinander zu sprechen, während der Bambus hinter ihnen seufzte und scheuerte und Licht und Schatten wechselte und es von dem Sacktuch herabtröpfelte.

Endlich zog es ihn wieder zu einer seiner Aufgaben. Tante Ollie überließ Della die Küche und blieb da, saß mit gespreizten Beinen und auf die Knie gestützten Ellenbogen auf einer umgekippten Packkiste, in eben der Haltung, in der sie Frank Harland gemalt hatte – heute ist es das Gemälde, das mich an diese Haltung erinnert. Sie brachte das ganze Gewicht und die ganze Festigkeit zum Ausdruck, die Dauer, mit der sie alles beiseite lassen konnte, das noch irgendwo anders erledigt werden mußte, und sich für einige Minuten niederließ, als seien diese Minuten in einer anderen Zeitrechnung ganze Jahre oder Jahrhunderte. Nur durch dieses Benehmen fand Onkel Gil anscheinend wieder zu seinen eigenen langsameren Rhythmen zurück und zwangsläufig auch zu den Aufgaben, an denen sie festgemacht waren.

Nach einiger Zeit, ohne ein weiteres Wort, stellte sie sich mit einem Ruck auf die Füße und ging.

Tante Ollie konnte Onkel Gil, wie wir alle, unendlich viel verzeihen. Als er klein war, hatte sie ihn gehegt und gepflegt und alle seine Streiche und Stimmungen verstehen gelernt. Nichts, was er tat, überraschte sie. Als er ein Junge war, hatte er Waldhorn gespielt. Wunderbar. Sie sprach oft von seinem schönen Klang, als sei dieser für sie der wahre Ton seiner Jugend. Später, als er betrunken nach Hause gekrochen kam, hatte sie nach ihm Ausschau gehalten und ihm zugehört. Leise lachend und in die Wärme seiner großen Schwester gelehnt – sie so mächtig wie ein Bär –, tat er dann so, als sei er noch viel betrunkener, und sie mühte sich in der Eingangshalle mit ihm ab und führte ihn barfuß zu seinem Zimmer, während er lachte und «Tut mir leid, Ol, Ol, Ol, Ol» sang, sein warmer Bieratem in ihrem Ohr, an ihrem Mund, ihrem Nacken und ihren bloßen Schultern.

«Tut mir leid, Ol», sagte er jetzt und stand kleinlaut unter den Bohnen, immer noch barfuß, in einem alten Trikothemd und Arbeitsanzug. Bis zum nächsten Mal war es das gewesen. Er war zu schnell zu weit weggekommen. Aber Onkel Gils Weltsicht, so vernunftwidrig sie war, entbehrte doch nicht jeder Vernunft. Die Grausamkeiten, gegen die er sich empörte, waren wirklich – und das Böse auch. Ich bemerkte sie selbst in den gewöhnlichsten Ritualen unseres Lebens; wir aber hielten sie in Schach oder wendeten unsere Augen ab und machten uns vor, daß schon etwas gegen sie geschehen würde.

Onkel Gil hielt seine Ausbrüche ebenfalls in Schach: durch die Sorgfalt, mit der er die Nester der Hennen aushob und die Eier auf seiner Hand zeigte – glatt, weiß, mit Kot verschmiert – und durch den gleichmäßigen Rhythmus, mit dem er Draht verflocht oder junge Pflanzen stützte und festband. Wenn er eines Tages ausbrechen würde, die Axt vom Holzstoß nahm und die von ihm so genannten Hühnerhirne Tante Roos und Tante Connies ans Tageslicht brächte, das Haus anzündete oder weglief und die erste beste alte Frau von der Southport-Brücke stieße, in einer blutigen Schreckensherrschaft endlich die Scheißpolitiker erledigte – wenn er eines dieser Dinge täte, so wäre dies für mich ebensosehr ein Teil seiner selbst wie der Rest und stünde in einem Zusammenhang mit seinen penibelsten Beschäftigungen, mit verknoteten Leinen und frischen grünen durchsichtigen Bohnen im Sonnenlicht, mit seiner ganzen Weltsicht.

Meine eigene Sicht, deren Grenzen ich in diesem Jahr abzustecken begann, schien mir immer verwickelter zu werden. Auf der einen Seite das Sterben meines Großvaters, sowohl der fortschreitende Prozeß – ein physischer Vorgang, der ihn aus dieser Welt beförderte und der weder befremdlicher noch alarmierender war als der Vorgang, den ich mit allen Sinnen und in jedem Nerv verspürte und der mich in die Welt hineinlockte – als auch das besondere Ereignis, das noch bevorstand, unserem Aufenthalt hier ein Ende bereiten und unser Leben wieder bis in alle Einzelheiten umwerfen würde. Auf der anderen Seite stand die Familie, jene geschlossene, ungeordnete, durch Konflikte bedrohte Einheit, die in jedem Augenblick auseinanderbrechen konnte, doch zugleich durch ein Netz der Zuneigung, der Abhängigkeit und durch Gewohnheiten zusammengehalten wurde, das nicht so leicht zerreißen würde: durch die Sorge meines Vaters für all ihre Mitglieder, durch die Macht meiner Großmutter, über viele Jahre und in vielerlei Gestalt bewahrt. Nicht zuletzt wurde diese Einheit durch den geistlich-leiblichen Dienst an Töpfen, Pfannen und Hackmessern genährt, den meine Tante Ollie und Della dreimal täglich, winters wie sommers, verrichteten und der uns rund um den großen saubergescheuerten Tisch draußen oder den kleinen im Eßzimmer zusammenrief, manchmal zur Einmütigkeit, manchmal zu einem förmlichen Spiel aus Irritationen und Feindseligkeiten; ein Dienst, der auch meinen Onkel Gil, obschon in einigem Abstand, an uns band wie eine Insel, die in losem Bündnis mit einem Kontinent lebt, und dessen Ideen, wenn man ihnen zuviel Spielraum gab, ganze Gegenden von meinem abgesteckten Gelände zerstören konnten, so daß nur noch ein verkohlter Stumpf übrigblieb – doch selbst das, so empfand ich, wäre dann ein Teil des Ganzen und stünde mit ihm in unentrinnbarem Zusammenhang.

4

Es endete, wie wir es hätten erwarten müssen. Das heißt, es endete unerwartet.

An einem Nachmittag, der jedem anderen in den vergangenen anderthalb Jahren glich, saß ich wie üblich zusammengerollt am Fußende des großväterlichen Bettes, soweit ich mich erinnern kann, bei der Lektüre der Cymbelingeschichte in Lambs «Erzählungen aus Shakespeare». Ich muß mich dabei für eine ganze Weile in ihrer wilden und entlegenen Landschaft verirrt haben, denn als ich aufschaute, was ich alle paar Minuten tat, «um zu sehen, wie es Großvater ging», war er im Bett zur Seite gerutscht, gerade bis an die Kante seines mächtigen Kissenbollwerks, und sein Gesichtsausdruck war so, daß ich sofort, ohne ihn vorher jemals gesehen zu haben, wußte, daß er etwas anderes als Schlaf bedeutete.

Sein Mund war offen. Eine Hand hing über die eine Seite der Matratze, die andere lag geöffnet auf dem Laken. An der gleichen Stelle jedoch war das Laken verschoben und zerknittert, als hätte er in dem Augenblick, bevor seine Finger sich entspannten, nach ihm gegriffen, im Versuch, noch einmal gegen jeden Widerstand zurückzukommen und sich festzuklammern. Was für einen Kampf er auch immer durchgestanden haben mochte, ich hatte ihn verpaßt. Er hatte stattgefunden, während ich in einem fernen Land gewesen war.

Es war ungewöhnlich still. Eine Wand schwüler und wolkenloser Hitze hing über dem Broadwater. Der Himmel war gleißend grau. An solchen stillen Tagen hörte man nur die Töne der Möwen, ihre schrillen, entfernten Schleifen und Klagelaute.

Ich schwang mich so geräuschlos wie möglich vom Bett – ich weiß nicht, was mir das Gefühl gab, daß ich, statt in normaler Barfußmanier zu laufen, eher schleichen sollte –, schritt zur Eingangshalle und schob mich durch die Tür des Zimmers meiner Eltern.

Es war ein anderes Zimmer mit hohen Wänden und einer blaßblauen Bilderschiene, an der Frank Harlands Landschaft hing. Die Gazevorhänge waren zugezogen. Meine Mutter lag angezogen, aber ohne Schuhe auf ihrer Seite des Doppelbettes, auf einer blauen Bettdecke, die mit Margeriten und grünen Kleeblättern bestickt war. Den einen Arm hatte sie über ihre Augen geschlagen, der andere lag locker auf ihrer Brust.

«Mama», flüsterte ich, und obwohl man sie oft nur schwer aus diesem Nachmittagsschlaf reißen konnte, setzte sie sich unverzüglich hin und schwang ihren bestrumpften Fuß über die Kante des Betts.

Unten, in dem großen geschlossenen Wohnzimmer, stand eine Uhr aus vergoldetem Blei, mit Gewichten so groß wie Vorschlaghämmer, die meine Großmutter jeden Sonntag vor dem Lunch aufzog. Sie schlug jetzt die Stunde. Sie hatte in meinen Ohren nie so volltönend und feierlich geklungen. Obgleich ich oft wachgelegen und ihr gelauscht hatte, wie sie auf ihre leutselige Weise die Viertel-, die halben, die ganzen Stunden aufteilte und die dunklen Räume erfüllte, so hatte ich doch bis jetzt, als ich meiner Mutter durch den Flur folgte, nie daran gedacht, daß sie auch mit Endgültigkeiten umging und uns mechanisch und unwiderruflich von einem Moment zum nächsten schob, um uns für immer von dem auszuschließen, was hinter uns lag.

Das Zimmer war nun noch ruhiger, als ich es verlassen hatte. Meine Mutter setzte sich auf die Kante des Rohrstuhls, äußerst blaß und gewichtig, die Hände auf den Knien. «Wann ist es geschehen?» fragte sie. Und plötzlich sprangen die Tränen aus meinen Augen, auf ganz beängstigende Weise. Sie flossen nicht oder rieselten, sondern entsprangen von innen wie aus einer Quelle.

«Ich weiß es nicht!» stieß ich zwischen Schluchzern hervor, und sie drückte mich an sich, tätschelte meinen Kopf und machte «Sch». «Ich weiß es nicht!»

«Sei ganz ruhig», flüsterte sie, «du kannst nichts dafür, du hättest nichts tun können.» Ich war auf ihre Knie gestiegen und schluchzte in ihrem Nacken. «Sei nur ganz ruhig, Liebling, ich muß kurz nachdenken. Wir dürfen nichts sagen», – ihre Stimme war kaum zu hören –, «bis dein Vater kommt. Er ist der einzige, der es deiner Großmutter beibringen kann. Ich kann das nicht.»

Ich war schließlich ruhiger geworden, und sie ließ mich vorsichtig von ihrem Knie herunter.

«Ich werde ihn nur ein wenig herrichten, mein Ärmster, und dann warten wir, bis dein Vater kommt.»

Also setzte ich mich auf den Rohrstuhl, während sie die Kissen unter Großvaters Kopf hervorzog, ihn aufrichtete, seine Hände auf der Brust kreuzte und das Laken bis an sein Kinn zog – die ganze Zeit dabei unter Tränen.

Dann saßen wir da, ohne zu sprechen.

Das Licht wurde langsam dunkel. Von unten kamen die Geräusche, mit denen Della und Tante Ollie das Abendessen zubereiteten, und meine Tante Roo rief einmal von der obersten Treppenstufe, dann hörten wir sie nach unten gehen. Die Brise vom Meer kam auf und brachte den Salzgeruch mit sich, bewegte unten alle Blätter und hob in Abständen den Vorhang. Ich hätte jetzt Zeit gehabt, das

Ganze zu verinnerlichen: Nicht nur die Tatsache, daß mein Großvater schließlich tot war, eine körperliche Grenze überschritten hatte, die wirklich und endgültig war – obwohl ich sie nicht mitbekommen hatte, als ich mit ihm in einem Zimmer hockte –, sondern auch die Tatsache, daß die Tätigkeiten, die mich mit diesem Zimmer verbanden und die seine Wirklichkeit und die meines Großvaters ausgemacht hatten, jetzt erledigt waren und daß alle betreffenden Dinge – Bettschüssel, Flaschen, Schwämme – in einem einzigen Augenblick so fremd und nutzlos geworden waren, als hätte sich der Staub eines Jahrzehnts über sie gelegt.

Meine Mutter mußte das noch mehr empfinden. Sie hatte in diesem Zimmer nun, da Großvater es verlassen hatte, keine Funktion mehr. Morgen oder am nächsten Tag oder am Tag darauf konnten wir packen und nach Brisbane zurückkehren. Angst schoß in mir hoch. Ich hatte bis jetzt nicht bemerkt, wie sehr mir das Leben hier durch diese Monate als das einzig mögliche vorkam, und ich konnte nicht wissen, wieviel von ihm übertragbar sein würde, wieviel davon mir und wieviel diesem Haushalt und Southport selbst angehörte. Ich wollte keine Veränderung in einem Moment, der mich entdecken ließ, was es hieß, sich zu verändern.

Meine Mutter rührte sich, um eine Fliege von der Steppdecke zu verscheuchen. Sie zog das Laken über Großvaters Gesicht, setzte sich dann wieder hin. Es war fast dunkel. Es war die Stunde, in der sie sonst die kleine Nachtlampe angezündet hätte. Früher am gleichen Tag war ich hinuntergeschickt worden, um Spiritus zu holen. Sie war aufgefüllt und wurde nicht mehr gebraucht.

Mehr als alles andere brachte mir dies die Wirklichkeit des Geschehenen zu Bewußtsein. Großvater hatte sich vor Dunkelheit gefürchtet. Auf einmal brach ich zum Schrecken meiner schweigenden Mutter zusammen und fing wieder an zu weinen.

Doch es war schon fast sechs. Zeit für mich, nach unten zu gehen und nach meinem Vater zu schauen, der vom Bahnhof zurückkam. Ich putzte mir die Nase mit einem sauberen Taschentuch, versicherte meiner Mutter, daß alles in Ordnung sei, und ging hinaus; zum letzten Mal ließ ich sie mit ihm allein.

Sie war keine ausgebildete Pflegerin, wenn auch eine Lehrerin, die früh im Krieg, als Luftangriffe drohten, der freiwilligen Luftabwehr beigetreten war und die üblichen Kurse in Erster Hilfe und allgemeiner Krankenbehandlung absolviert hatte. Mein Großvater hatte sie anscheinend immer sehr gern gehabt, doch sie war damals, als er mit einem Stock zu paradieren und vor allen Leuten herumzustolzieren pflegte, zu schüchtern gewesen, um es zu glauben. Während der langen Krankheitsmonate waren sie sich nahegekommen. Eine Vertrautheit hatte sie aneinandergebunden, die sich auf die regelmäßigen körperlichen Pflichten gründete, denen sie für ihn nachkommen mußte und die er zuletzt, mit Berührung und gemurmelten Linderungen ihrerseits, ihrer Obhut überließ. Sie war die einzige Zeugin der schlimmsten Demütigungen, denen er durch seine Inkontinenz unterworfen war, und der unerträglichen Schmerzen, die ihn für überdehnte Augenblicke in ein Marterbündel aus Fleisch und Knochen verwandelte. Es hätte ihn gedemütigt, wenn das wilde wortlose Zischen, das sich manchmal zu Beschimpfungen steigerte, sie davon überzeugt hätte, daß er auch im gesunden Zustand zu dergleichen fähig wäre und daß sie sich schämen müßte, es mit anzuhören.

Ihr Leben im Krankenzimmer war von den anderen getrennt. Ich kam nur bis an seinen Rand und wurde davon abgehalten, das zu sehen oder zu hören, was ich nach Meinung meiner Mutter nicht ertragen konnte. Was die beiden an äußersten und kaum erträglichen Nervenkrisen durchgestanden hatten, schuf in ruhigeren Zeiten zwischen ihnen eine elektrische Spannung, die wie der Energieaustausch zwischen Liebenden war. Ich hätte eifersüchtig sein können, wenn Großvater und ich nicht unsere eigene Beziehung gehabt hätten und meine Mutter mich nicht zu ihrem einzigen Gehilfen gemacht hätte. Großvaters Körper, wie er jetzt ausgestreckt unter dem Laken lag, schien kaum Substanz genug zu haben, um das Zentrum von so viel Leidenschaft gewesen zu sein. Er ließ sich auf der Bettoberfläche kaum erkennen.

Diese Stille konnte nicht andauern. Unten brachte man meiner Großmutter die Nachricht bei, mein Vater ging mit ihr in das verdunkelte Wohnzimmer. Meine Tanten wurden verständigt. Das Haus wurde von ihrem Weinen erfüllt. Dann erschien, mit versteinertem Gesicht und ohne ihr Alter verleugnen zu können, an der Seite meines Vaters meine Großmutter in der Schlafzimmertür.

Meine Mutter saß immer noch an der Seite des hohen weißen Bettes. Ich stand nahe bei den Schultern meiner Mutter, zwischen den Vorhängen, deren weiße Gaze mit der späten Brise über mich hinwegblies. Hinter der Verandabrüstung, zwischen stachligen Zweigen: das flachdunkle Wasser der Bucht.

Ich sehe uns alle, ein jeder wortlos an seiner Stelle, wie meine Großmutter – klein, gedrängt und unter die Tür gebeugt – die Worte spricht, die endgültiger noch als der Tod meines Großvaters diese Periode beschließen.

«Ich gehe nicht hier rein, bis diese Frau aus dem Zimmer verschwunden ist. Ich will nicht, daß sie noch einmal Hand an meinen armen Jeffers legt, und zwar für immer!» Sie griff auf einen Kosenamen zurück, den man mehr als zwanzig

Jahre nicht aus ihrem Munde gehört hatte, und einen Augenblick mußte ich überlegen, wen sie meinte. «Mein Gatte! *Meiner!* Schaff diese Frau hier raus!»

Das Profil meiner Mutter war ins Aschene gewechselt, als hätte sie der Schlag getroffen.

«Mama!» sagte mein Vater voller Qual. Die nächsten zehn Jahre lagen vor ihm wie ein offenes Buch, mit ihren gebrochenen Treuegelübden, ihren Gegenbeschuldigungen und der Wiederholung dieses einen Augenblicks in den Geschichten beider Parteien, mit diesen unaufhörlich gleichen, wild hervorgestoßenen Worten.

«Er hat durch ihre Schamlosigkeit genug gelitten, mein Ärmster. Er war zu krank, um sich zu beschweren. Und zu anständig, um mir zu sagen, wie sehr sie ihn folterte, wenn sie ihn anfaßte. Aber *ich* wußte es. Ich bin doch nicht blind. Es war zum Sichschämen! Diese Frau kennt keine Scham!»

«Mama, um Himmels willen!» stöhnte mein Vater. Aber er wußte genausogut wie meine totenblasse Mutter, die sich erhoben hatte und sich mit einer Hand auf den Stuhlrücken stützte, daß er der wirkliche Grund des Streits zwischen ihnen war; daß er es war, an den meine Großmutter dachte.

«Ich gehe nicht in dieses Zimmer, bis sie es verlassen hat. Ich will, daß sie *aus meinem Haus* verschwindet!»

Meine Mutter war bereits an mir vorbeigerauscht, die weiße Gaze war über ihre Schulter gefegt, und ich hörte sie mit der Verandatür kämpfen und dann in der Halle ein wütendes Geheul. Mein Vater drehte sich um und folgte ihr. Meine Großmutter betrat endlich, mit entschlossenem Gesicht, das Zimmer. Sie stand einen Augenblick allein in der Stille und begann dann mit geballten Fäusten auf das Messinggitter des Bettes einzuschlagen, bis das ganze Gestell bebte und der Körper sich unter dem Gehämmer ihrer beringten Fäuste wie in schrecklichen Krämpfen zu winden begann. Kein Ton kam von ihren Lippen. Ich konnte die Stimme meiner Mutter vom anderen Ende der Halle hören. Dann wurde auch sie von den vereinten Stimmen der Tanten übertönt.

So hatte die ganze Angelegenheit ein schimpfliches Ende gefunden, mit Beleidigung und häßlichem Streit. Innerhalb einer Stunde hatte meine Mutter unsere Sachen gepackt und war keiner vernünftigen Rede mehr zugänglich: Wenn mein Vater sie nicht sofort nach Hause brächte, würde sie in einem Hotel übernachten.

Tante Ollie versuchte, meine Mutter zu besänftigen, aber sie wollte nicht mehr nachgeben. Unten in der Küche saß Della beim Herd und stöhnte; teils wegen meines Großvaters, aber auch wegen des Essens, das in den Töpfen auf dem Herd stand und kalt wurde, dem sich nun keiner mehr erbarmen würde und das man nachher herauskratzen und den Hühnern verfüttern mußte.

Onkel Gil war zutiefst erschüttert durch eine Gewalt, die sich jedem Begriff entzog. Er war auf den Boden des Hofes geflohen, kam aber später mit verschämtem blassem Gesicht wieder zurück, zusammen mit Tante Ollie, um uns einen Abschiedskuß zu geben. Die anderen wagten es nicht, gegen ihre Mutter Partei zu ergreifen; diese fing erneut an, aus einem der oberen Fenster Anklagen zu schreien, und mein Vater ließ Tante Ollie mit uns alleine, die über meine Abfahrt weinte und meine Mutter flüsternd tröstete, und ging noch einmal nach oben, um einen letzten Versuch zu machen, sie zur Rücknahme dessen zu bewegen, was sie aus dem ersten Kummer heraus, und nur aus ihm, gesagt hatte. Sie weigerte sich, ein Wort zurückzunehmen. Nicht eine Silbe! Nicht einen Hauch! Mein Vater kam gebrochen zurück.

«In wenigen Tagen –», fing er an, aber hatte keinen Mut mehr, fortzufahren. Es ging um Jahre, und er wußte es.

«Versuch, was du kannst, Ollie», sagte er betrübt. «Ich kann nicht glauben, daß es so endet.»

«Paß auf Jess und den Jungen auf», riet ihm Tante Ollie, «hier gibt es nichts, was du tun kannst. Gott beschütze dich, mein Lieber», sprach sie in das Dunkel des Taxis und stand groß und stattlich auf dem Bürgersteig, Onkel Gil am Tor hinter sich. Mein Vater nickte dem Fahrer zu, und wir fuhren davon.

Die Stille, die nun auf uns lastete, war anders als die, die für eine so lange Zeit diesem gewaltsamen letzten Atemzug vorausgegangen war.

Knack

Durch den mondbeschienenen Tau auf den Spitzdächern von Spring Hill glich der wuchernde Vorort dort, wo er steil einen Hügel anstieg und wieder abfiel, eher der umgegrabenen Erde in einem spinnwebenüberzogenen Garten als dem turbulenten, heruntergekommenen Trümmerhaufen, der er in Wirklichkeit war – mit durchlöcherten Veranden und entblätterten schiefen Zäunen; ein Schandfleck, der gerade dort war, wo die vergitterten Straßenbahnen aus der Edward Street in das Zentrum der City rasselten.

Der Ort war Straßenkreuzung und Sackgasse zugleich, eine dichtgedrängte Siedlung für Arbeiterfamilien, für alte Leute besserer Herkunft, die hier steckengeblieben waren, als der Ort nach seinen besseren Tagen zu Beginn des Jahrhunderts herunterkam, und für Etablissements mit Mädchen, die zu gerissen waren, um acht Stunden pro Tag in einer Munitionsfabrik zu arbeiten, und ihren Kriegsdienst in anderen, horizontalen Positionen ableisteten. Sie saßen morgens in grellen Kimonos herum, japanischen, die dem Feind aber nichts vergaben, lackierten sich ihre Zehennägel, ließen ihre Haare trocknen und tätschelten ihre Schenkel und Schultern gegen die heraufziehende Hitze mit kühler Creme.

Katzen verdrückten sich über Zäune oder schlängelten sich durch eine Lücke im Lattenzaun, wurden getreten oder gestreichelt oder mit einem Schlag vertrieben. Kleine Kinder in nichts als schmuddeligen Unterhemden watschelten in unkrautüberzogenen Hintergärten, während ihre Mütter, beim Aufhängen von Overalls oder blauweißen Hemden mit drei Meter hohen Stangen kämpften. Am Nachmittag nach der Schule saßen barfüßige Jungs zusammen, spuckten, fluchten, versohlten einander oder gaben klein bei, oder sie stellten Parteien auf und spielten auf der am wenigsten abschüssigen Seitenstraße Kricket, mit einigen Obstkisten als Wickets und einem abgegrabbelten Tennisball. Nachts gab es Wettkämpfe im Krakeelen, Raufereien Betrunkener, den sachten Aufprall von Flaschen auf warmem Asphalt und manchmal Klaviermusik aus einem der Tanzschuppen, «Paper Doll». Amerikanische Seeleute kamen zu fünft in Taxis an, normale Jugendliche, auf die ein neues Leben auf einem unbekannten Kontinent wartete, ihre Uniformen und kleinen Mützen von tadellosem Weiß. Einige von ihnen waren Schwarze – obwohl die Schwarzen sich laut Armeevorschrift und städtischem Übereinkommen nur auf der Südseite des Flusses aufhalten durften. Gelegentlich schritt die Militärpolizei ein, um hier, am äußersten Rand des wirklichen Krieges, ein Scharmützel zwischen Alliierten aus den Südstaaten und Einheimischen aufzulösen, die es ihnen übelnahmen, daß sie, statt an der Front sein zu dürfen, Schiffe und Fahrzeuge für ihre heldenhaften Verteidiger beladen und entladen mußten. Nun zeigten sie ihnen auf eigene Faust, daß es bloß die feige Politik der Regierung und ihre Arschkriecherei war, die sie von den Kämpfen zurückhielt, und nicht etwa mangelnde Bereitschaft zum Loslegen oder fehlende Begabung, mit Stiefeln ins Schwarze zu treffen oder Visitenkarten aus Blei zu vergeben.

Hier war auch ein eifriger Umschlagplatz für illegalen Schnaps, vor allem Port, und ein Schwarzmarkt für Nylonstrümpfe, Spargel- und Lachskonserven, für Zucker, Butter und Fleisch ohne Bezugsschein. Spring Hill hatte seine eigene Ökonomie, die im kleinen die größere wieder erschuf, deren verzerrtes Spiegelbild sie war. Frank Harland hatte hier für zehn Schilling die Woche eine Arbeiterhütte mit zweigiebligem Dach gemietet. Sie war halb ausgebrannt und für unbewohnbar erklärt worden. Von den zwei Mansardenzimmern, die man als einzige bewohnen konnte, hatte er eine Sicht auf tauglitzerndes Wellblech, Stromdrähte mit Trauben weißer Glockenisolatoren, einen Irrgarten klappriger Zäune und enger Gäßchen zwischen Quergassen und dann, fast ohne Übergang, die fünf- oder sechsstöckigen Bürohochhäuser und Geschäfte der City. Er malte, solange es hell war, und wenn das Licht verschwunden war, ging er ins Bett oder, wenn er noch hineinkam, in eine Kneipe oder Weinschenke. Für ein einziges Glas, irgendwas und das Gefühl, ein, zwei Stunden Teil der Menge zu sein.

Es war eine Zeit der großen Menschenmengen, und mehr als je wußte er nun, was es hieß, alleine zu sein. Alle waren von der einen oder anderen Gemeinschaft rekrutiert worden; sie lebten in Ereignissen, die ihn jedoch kaum berührten. Sich für einige Stunden unter ihnen aufzuhalten, die Erregung von Puder, Duft und Lippenstift und alledem zu riechen, am Rand von Krawallen und ungeheuren Zechgelagen zu stehen, machte ihm sein Abgeschnittensein von der eigenen Zeit bewußt, gewährte ihm aber auch einen kurzen, alles umfassenden Blick auf sie. Die überstürzte Hast ins Nichts riß ihn mit und trieb seinen Puls an. Sie war so allgemein, daß sie nicht mehr als das bloße Dabeisein verlangte, als austauschbarer Teil in einer anonymen und wandelbaren Menschenmenge, die ins Dunkel davonraste.

Er traf Knack, den Trödelhändler, und Edna, seine Freundin, zuerst in einer Weinschenke in Wharf Street. Auch sie schienen an ihrem Tisch in der Ecke nicht dazuzugehören; er in seinem schwarzen Anzug mit breitkrempigem Ausgehhut, sie mit Strohhut und Federn; und darum geschah es, daß sie, als sie sich das zweite oder dritte Mal an benachbarten Tischen wiederfanden, eingezwängt zwischen Halbblutfrauen und dürren Trinkern mit langen Gesichtern, zuerst Blicke austauschten, dann sich zunickten und schließlich eine Bekanntschaft machten, die dazu führte, daß er in die Räume hinter dem Geschäft in Melbourne Street, Süd-Brisbane, eingeladen wurde, wo Knack und Edna ihre Wohnung hatten.

Dieser Knack, wie er sich selbst, oder Walter, wie ihn die Frau nannte, war ein kahlköpfiger Geselle von fast sechzig Jahren, ein Riese von einem Mann mit glänzendem Schädel und groben Fingerknöcheln. Er trug einen anständigen dreiteiligen Anzug aus Tuch, echter Friedensware, und Stiefel, die er selbst auf einem Leisten im Hinterhof reparierte.

Nachdem er die Tür des Geschäfts mit einem schmalen Schlüssel aufgeschlossen hatte, führte er sie durch eine Art Labyrinth – an Regalen alter Bücher, an massiven, aber schattenhaften Eßtischen vorbei, an Sofas, mit im Dunkeln glänzendem Krimskrams aus Glas und Porzellan vollgestellten Büffets, Rauchtischen aus Chrom und Polierholz, der Silhouette einer Harfe oder von mit den Ampeln rot und grün aufleuchtenden Klaviersaiten, unter Reihen hängender Leuchten altmodischer Varietät, die an staubigen Ketten hingen.

Diese Trümmer einstiger Haushalte waren das Rohmaterial für Knacks Gewerbe. Alle diese Teile verschiedenster Zimmer, aus den verschiedensten Perioden und Gesellschaftsschichten, waren so zusammengewürfelt, daß ein Tisch mit Beinen im Stil Jakob I., der wohl ein halbes

Jahrhundert regelmäßiger Mahlzeiten über sich hatte ergehen lassen und immer noch bürgerlich-solide Anständigkeit versprach, keinen höheren Rang mehr innehatte als den eines Sockels eines Emaillebades schlechtester Qualität und zweifelhaftester Herkunft, während die dazugehörigen Stühle, zwei schwere Tranchiermesser eingeschlossen, drei Meter darüber schwebten, als wäre bei einer der Mahlzeiten eine komplette Tafelgesellschaft in die Schwebe gegangen. Dann war da ein Liebesstuhl mit Lederknöpfen, der ein Jahrhundert flüsternder Stimmen und wißbegieriger, zögerlicher Hände wachrief. Darauf, offen, ein Chirurgenkoffer mit seinem Klingensatz. Eine Großvateruhr stand zwischen Fliegenschränken, ein Flügel ohne Saiten diente als Stütze für eine Kommode, und die Kommode für eine altmodische Nähmaschine. Alles Kraut und Rüben, Parodie auf eine gesicherte Existenz und endgültiger Bruch in der Logik der Dinge, oder allumfassende Zerrüttung, in der jedes Stück sich von seinem alten Sinn und Gebrauch losgemacht hatte und treiben ließ und erst dann einen neuen Sinn hätte, wenn es für ein zweites (drittes?) Leben wiederbelebt wäre. Frank fand diesen Ort bedrohlich, vor allem im jetzigen Halbdunkel, im aus- und einsetzenden Licht der roten, gelben, grünen Ampeln.

Aber er schritt hindurch, und der Raum dahinter, Knacks Wohnung, war gepflegt und gemütlich.

Im Augenblick, da sie eintraten und das Licht anmachten, flog ein Federirrwisch hinaus. Er kam wieder, ein kleiner, zebragestreifter Edelsittich ließ sich auf Knacks Schulter nieder. Seine Vervollständigung durch den Vogel, die neue Farbenpracht oder der spontane Beweis natürlicher Zuneigung ließ den Mann aufleuchten. Er ließ seine Fingergelenke knacken und entblößte in einem leuchtenden Grinsen seine Zähne.

«Allegra», erläuterte die Frau, während der Vogel bei Knacks Ohr hoch- und runterlief.

Sie entfernte den rosa Strohhut, der eine Gesichtshälfte beschattet hatte, und streckte eine Hand aus, doch der Vogel kam nicht.

«Fühl dich wie zu Hause», lud sie ein und wies auf die Stühle. «Ich mach 'ne Tasse Horlicks. Für dich auch Horlicks?»

«Großartig», sagte Knack mit seiner exakten, aber schwerfälligen Aussprache. «Zuerst aber, denke ich mal, einen Tropfen von was – Stärkerem.» Er ließ noch einmal die Gelenke krachen und beugte sich – magerbeinig, dunkel angezogen, mit dem Vogel auf seiner Schulter und den Hut mit hochgeschlagener Krempe immer noch auf dem Schädel – zur diamantenbesetzten Prachttür der Anrichte. «Hennessy», verkündete er, «vier Sterne.»

Bald darauf hatte er die Angewohnheit, jede Woche zwei oder drei Abende in dem Zimmer hinter dem Trödelladen zu sitzen, illegalen Brandy zu trinken, Knacks Reden und dem Klavierspiel zuzuhören und die Horlicks der blondierten Edna zu trinken. Sie waren bei seinem chaotischen Durchgangsleben noch am ehesten so etwas wie eine Familie für ihn, und das Zimmer mit seinen lilagrünen Tapeten war für ihn eher ein Zuhause als seine eigenen zwei Zimmer in der mit Brettern vernagelten und halb ausgebrannten Hütte. Er rechnete aus, daß er – da er zwei Drittel des Ortes der Dunkelheit überlassen mußte – ungefähr sieben Shilling sechs Pence seiner wöchentlichen zehn Shilling für die Unterbringung von Spinnen, Ratten und jener gelegentlichen Gastkatze bezahlte, die sich durch die Bretter des Bodens hereinschlich, um einen Wurf von Kätzchen unterzubringen, deren Miauen er zwar hörte, die sich aber zu schnell in alten Kartons und unter Zeitungshaufen versteckten, als daß er sie hätte fangen können.

Knacks Platz war da schon gemütlicher. Es standen da große, samtbesetzte Klubsessel, hohe Aschenbecher aus bossiertem Silber und Gold (obwohl weder er noch Edna rauchten) und ein gutes, immer perfekt gestimmtes Klavier mit Kerzenhaltern. Als er eines Nachmittags hereinschaute, war der Klavierstimmer an der Arbeit, ein Blinder. Er hörte nicht auf, Töne anzuschlagen und Saiten anzuziehen, während Frank mit Umriß und Wasserfarben eine Skizze von Edna Byrne in ihrem gestreiften Klappstuhl machte; verschränkte, feiste Arme, das blondierte Haar mit wuscheliger Pompadourfrisur, die Augen rund und dunkel wie Perlen, die man in einen Schneemann oder einen Kuchen steckt.

Er arbeitete im Dunkeln. Sie hatte eine goldene Trägheit und strahlte eine Wärme aus, die er auf andere Weise einfangen mußte, ihr reines, in sich selbst und im eigenen Leben zusammengerolltes Wesen, eine in der Sonne liegende, schildkrötengepanzerte Katze. Ihr Fleisch schnurrte. Das mußte er noch einfangen.

Der Klavierstimmer, der an einzelnen Tönen herumschraubte und -klopfte, lieferte für seine schnelle und später auszuarbeitende Skizze die Begleitung; Knack verbesserte mit seinen riesigen Fingern, die er öfters über den Tasten schnipste und verhakte, die Arbeit des Klavierstimmers, indem er einzelne Töne bis zu den ungewöhnlichsten Klängen drehte, die Frank Harland je gehört hatte.

Oft und lange jedoch saßen er und Edna bei diesen Nachmittagsbesuchen unter sich in Stille. Ihm gefiel das. Sie hatten keinen Grund zu reden. Sie tranken ihren Tee, während sich im Geschäft die Schatten niederließen – Lampen, Schrankteile, Stühle, hoch oben in der Luft; oder sie hielt

Wollbündel, die sie träumerisch zu Bällen aufrollte. Ihm gefiel auch das, die hellfarbene Wolle und ihre Hände, die wieder und wieder die gleichen, gleichsam beschwörenden Gesten ausführten und unter sich aufteilten – Frauenarbeit, aus dem von Wiederholung geprägten Leben der Frauen; er hatte es vergessen, da er es so selten erlebt hatte. Die Tätigkeit beruhigte ihn, sie schläferte den Geist ein. Sie ließ mit ihrer wiederholten, sich drehenden Bewegung der Handgelenke und dem Ab- und Aufwickeln der Stränge einen schläfrigen Umgang zwischen ihnen gedeihen, der schließlich auch das Reden leichtmachte.

«Ich komme aus der Gegend von Childer – kennst du die – Zuckerrohrland. Schön da! Nur die Erde ist immer rot. Ich glaube nicht, daß ich je ein weißes Hemd gesehen oder weiße Unterwäsche gehabt habe, bis ich nach Brisbane gekommen bin. Kommt an alles ran, diese rote Erde. Der Dreck unter den Fingernägeln ist rot, und die Kleinen haben eine rote Kruste unter den Füßen, man kriegt die nie weg. Die Badewanne ist unten immer rosa. Aber riechen tut es da phantastisch, nichts kann besser sein als das blühende Zuckerrohr. Oh, und die Feuer, wenn sie das Zeug verbrennen, wenn alle diese Schlangen vor den Flammen fliehen und die Gesichter der Männer und die Schultern voller Schweiß und ganz schwarz vor Ruß sind. Das vermiß ich ganz schön, das muß ich sagen. Komisch, wie du einen Ort, den du gehaßt hast, so vermissen kannst. Vor allem den Duft. Wenn du einmal diese Süße gerochen hast, riecht alles andere grau – weißt du, was ich meine? Einfach nur staubig!»

Er wußte, was sie meinte, denn er war überall in diesem Teil des Staates unterwegs gewesen: wogende Zuckerrohrfelder unter einer Wolkendecke, ein wäßriges Blau zwischen Zuckerrohrblumen von wolkigem Weißrosa und federartiger Wolkenblüte, unten schmutzrote, oft glitschige Fahrspuren und Anhöhen mit rauhem grünem Gras. In einiger Entfernung die Veranda einer Farm auf Stelzen, um sich eine Streu von Wellblechhütten, und eine einsame Windmühle. Kleine, mit Zuckerrohr beladene Züge auf einer Schmalspurbahn. Und die ganze Landschaft glitzert, dampft. Er konnte sie sich als Kind mit Zöpfen und bloßen Knien vorstellen, wie sie auf dem Rücksitz eines Traberwagens saß, in einer dieser aus dem Boden gestampften Ortschaften, und an einem Zuckerrohrstengel kaute.

Er ließ dieses Wissen an dem Bild der bereits verblühenden Frau im gestreiften Liegestuhl mitarbeiten, während der Blinde der richtigen Tonlage nachspürte und die straffe Saite wimmern und plinken ließ: ein klarer Strich Farbe in einem Regenbogen (so wären Knacks Phantasien) aus chromatischen Akkorden.

«Ich hab als Hausmädchen gearbeitet, als ich zuerst hier runter kam. Exklusivhotel Atcherly, kennste das? Petrie Bight. Ich war 'n Hausmädchen. Machte die Betten für die reichen Leute vom Lande, die zur Ausstellung kamen oder um Gladys Moncrieff zu sehen oder das Feuerwerk aus Anlaß der Krönung. Ich hatte es bald über. Alle die Betten ausschlagen, um vier Uhr nachmittags. Kann ganz schön peinlich sein, manchmal. Gibt doch Leute, die vier Uhr an einem verregneten Nachmittag die richtige Zeit finden, um sich hinzulegen, verstehste? Das Gewitter draußen macht sie so fertig, sie wickeln sich in ihre Decke und wollen nichts von dir wissen, wenn du an ihre Türe hämmerst. Also ging ich von da weg und arbeitete bei einem Photographen, Herrn Margolis. Er hatte so was wie 'nen Buckel. Na, ich glaube, es war ein echter Buckel, aber er war ein wirklich netter kleiner Mensch, und höflich. Dunkles Gesicht mit schönen Augen – sanftes Schwarz, ein echter Gentleman. Die kleinen Kinder hatten nicht die Spur von Angst vor ihm. Ich meine, sie hätten ja Angst haben können – das schwarze Tuch über der Kamera, du weißt schon, und darunter Herr Margolis wie ein großer Buckel, und dann kommt er raus, nicht viel größer als eines der Kinder, und der Buckel *ist* auf seinem Rücken, als wäre da noch ein kleiner Photograph darunter. Bloß, er lächelt und hält den Schalter am Ende der Schnur und sagt Jetzt aber alle schön lächeln!, und die Kleinen, wenn sie rauskamen, sahen alle so aus, als hätten sie einen Engel angelächelt. Du wärst nie draufgekommen, daß es nur Herr Margolis in seinem gutgeschnittenen Anzug war. Er hatte ihn natürlich eigens anfertigen lassen.

Ich liebte diesen Ort – das Studio. Ich sollte staubwischen und aufräumen, und natürlich nahm ich die Bestellungen entgegen und so weiter, an einem richtigen Schreibtisch. Und dann standen da zwei große schwarze Regenschirme in der Ecke – die waren immer geöffnet, er hatte anscheinend keine Angst, daß ihm das Pech bringen würde –, und da, wo man stand oder saß, war so etwas wie eine nette kleine Bühne. Wenn man sie anleuchtete, war sie wirklich toll. Eine weiße Säule, eine große glänzende Palme – ich mußte immer die Blätter abstauben und sie mit Öl bestreichen – und dahinter drei farbige Leinwände, die man aufrollen konnte, wenn man mal was Besonderes haben wollte, mit den schönsten Landschaften, die du je gesehen hast. Eine war eine Art See in den Bergen. Eine andere war ein Garten mit Bäumen voller blühender Schlingpflanzen. Du weißt schon, die Leute sahen ziemlich gewöhnlich aus, die Bräute und überhaupt jeder – ein bißchen plump, oder blaß, oder verängstigt, oder zu mager, selbst in ihren Seidensachen, und die Männer – du weißt schon, große Hände und Salatohren. Aber im Moment, wo sie die Szene betraten, mit der Säule und der Kulisse und der Art und Weise, wie Herr Margolis mit ihnen sprach – er bezauberte sie richtig, sie wurden ganz ruhig und entspannt, er sorgte dafür, daß sie *bei der Sache* waren – nun, es war immer ein Wunder, sie waren ganz andere Leute. Sie sahen so aus, als gehörten sie – ich weiß nicht – egal, als wären sie nicht gerade von der Straße hereingekommen, mit einem geliehenen Anzug und einem Hochzeitskleid von der Stange, sondern als gehörten sie zu – ich weiß nicht was. Man wär' nie draufgekommen, von den Gesichtern her oder wie sie dasaßen, daß das alles bloß für sie aufgebaut war – daß die Säule und die Palme auf einer Bühne stand, die einen Schritt nach rechts und links schon wieder zu Ende war.

Manchmal, wenn es mir schlechtging und ich mich ganz daneben fühlte, ging ich hinein, machte alle Lichter an, bis ich ganz geblendet war, und setzte mich selbst dahin – stützte meinen Ellenbogen auf die Säule und träumte vor mich hin. Es tat mir so gut.

Es war wirklich ein schöner Job. Besonders mit den Kindern. Herr Margolis hatte Jellybeans für sie, nur die schwarzen, die aß er alle selbst, und eines von den vorlauteren Kindern sagte dann auch direkt: ‹Hat ja jemand alle schwarzen aufgegessen!›

Schwarze Jellybeans und Tangos aus dem Grammophon, das waren seine Lieblingssachen. Doch dann hatte die Schwester von Herrn Margolis etwas gegen mich – sie sagte, ich sei zu ordinär – sie war eine Art Sprechausbilderin –, und das war's dann gewesen! Herr Margolis regte sich auf, aber er hatte keinen Mumm, der arme kleine Kerl. Er sagte mir, daß er nie jemand hatte, der mit den Kindern so gut umgehen konnte oder mit Bräuten, wenn sie einmal überschnappten.» Sie lachte aus ganzer Kehle. «Ich gab ihnen dann immer 'ne Cola mit Schnaps, wenn es zu schlimm wurde, und dann kamen sie wieder raus – du kennst das –, als ob nix ihnen was anhaben könnte, jetzt, da sie das Leben auswendig kannten – und dabei gab's im Zimmer nur 'n paar schwarze Regenschirme» (sie lachte wieder) «und Herrn Margolis unter einem Tuch. Jedenfalls, um mal zum Ende der Geschichte zu kommen, wurde ich dann eine Bardame. Große Lokale – das Criterion, das Grand Central –, und da traf ich auch Knack.»

Sie lächelte und wurde weich, fast wie ein schüchternes Mädchen. Sie hatte ihn gern, den Mann mit dem Glatzkopf.

«Ich glaube, es war die Musik. Ich hab nie viel über sie gelernt, doch wenn er spielt – na, du hast ihn ja *gehört* –, dann krieg ich überall eine Gänsehaut, ich kann nichts mehr sagen, es verschlägt mir den Atem, es ist wie eine andere Welt. Und überhaupt ist Knack, weißt du, Walt – ein kluger Mann. Gebildet. Da drüben ist man eben anders, oder nicht? Als hier, meine ich. Sie haben mehr Kultur. Trotz der Konzentrationslager. Aber dir brauch ich das ja nicht sagen. Du weißt das ja alles. Du hast es *gehört.*»

Er hatte, viele Male. Schwer zu sagen, was an Knack mehr beeindruckte, das Musizieren oder das Reden.

Es gab Momente, da schien die Musik zu groß für dieses Zimmer mit seinen Tapeten in Lila und Grün und seinem Schiebefenster mit Blick auf den Hof; aber nicht zu groß für Knacks Kopf, dessen Schädel vor Schweiß glänzte und leuchtete und dessen Monumentalität für den fehlenden, mit Goldrahmen und Säulen verzierten Saal entschädigte. Blut staute sich in seinen Schläfen; es bildete auf jeder Seite seltsame Vertiefungen, als hätte jemand, als der Schädel noch weich war, zwei riesige Daumen in sie gedrückt und im noch gallertartigen Gebein zwei Dellen hinterlassen.

Knack ließ die anderen hinter sich zurück, wenn er sich in die Musik hineinbewegte, obwohl auch sie fortgerissen wurden. Frank hatte in keinem anderen Donner die Kraft einer solchen Sprache empfunden oder die Nach-Süße einer solchen Trauer, wie hier, wenn die Stimme – keine bestimmte Stimme, nur die vom Klavierstimmer ermöglichte Aneinanderreihung von Tönen – singend alle Seelenängste durchwanderte, die Bedrängnisse und Zweifel und Versöhnungen, wie sie über den wirklichen Schmerz zerspringender Glieder und gequälten und zerrissenen Fleisches hinausstieg. Das Weiß seiner Fingerknöchel, seine rötlich geschwollenen Adern und das feuchtglänzende Rund seines Schädels, in dem Haut und Knochen miteinander kämpften, ließen einen unmittelbar daran teilnehmen.

Frank verstand von Musik nichts. Er hatte keine Ahnung, ob Knack gut oder schlecht spielte oder wie viele falsche Töne er zwischen den richtigen anschlug. Für ihn war es bloßer Lärm, in dem er eine besondere Kraft wiedererkannte – die der Furien. Ihn hielten die Krümmungen gefangen, unter denen sich Knack wand; die körperliche Belastung von Armen, Handgelenken, Schultern, wenn er es hinausschmetterte oder einzelne Noten ausharren und klagen ließ, und die leidenschaftlichen Konvulsionen, die die Musik in ihm erweckte. Frank hätte nicht entscheiden können, ob es eine körperliche oder eine seelische Folter war, die er hier vor sich hatte, aber er wußte, daß es Folter war. Während Knack gerade in seiner nüchternen, straffsitzenden Jacke vor ihm saß, war sein Geist horizontal hingestreckt, und ein unsichtbarer Stimmer und Scherge zog an den Saiten seiner Nerven. Man konnte die wimmernden Schwingungen vernehmen, die Drehung an Nerven und Sehnen, wie die Knochen an die Grenzen ihrer Belastbarkeit gelangten. Frank selbst fühlte es. Er brach in Schweiß aus.

Die Frau hingegen versank tiefer und tiefer in ihr eigenes Fleisch. Gelegentlich schauderte sie. Andere Male lehnte sie sich mit geschlossenen Augen zurück, ließ sich selig treiben.

Obwohl er glücklich war, zuhören zu dürfen, und dadurch gerührt, daß sie ihm einen Platz anboten, verstand er in jenen ersten Tagen nichts. Die Musik war eine Landschaft mit Unwetter und einer hellerleuchteten Partie, auf der Knack mit Edna Byrne unter einem feierlich-düsteren Himmel entlangspazierte. Aber nach Wochen traten für ihn langsam die Umrisse hervor, dann die Massen des Raums, unter seinen Füßen war Boden. Er betrat eine neue Witterung mit eigenem Wechsel von Licht und Schatten, und gelegentlich waren es, wenn er aus sich heraustrat, Edna und er gewesen, die mit sich alleine spazieren gewesen waren. Er fühlte dann in sich die Musik, als hätte er dem jagenden Donner zugehört oder aber dem Schlag seines Blutes beim Ausschreiten (der Gehgeschwindigkeit der Welt) gelauscht.

Er kannte die Titel immer noch nicht, und Knack kündigte sie nicht an. Es war Zeit zum Musizieren oder Zeit zum Reden, aber nie für beides.

Knack redete:

«Mein Name etwa ist gar nicht wirklich Knack. Ich nenne mich so wegen des Geschäfts. Knack oder die härteste Nuß – eine Art Witz», und er entblößte seine großen Zähne. «Davon abgesehen, hier, wo wir sind, hat ein Name kaum was zu bedeuten. Er ist Nestorius – ein ganz schöner Brokken, eh? Und wer interessiert sich schon dafür, daß er tausend Jahre Bestand hatte, in einer bestimmten Grafschaft, mit ihrem See und den Wäldern, so was wie einem Schloß, sogar einem Wappen. Mal anschaun?» Er zeigte Frank einen Ring mit einem Stachelschwein darauf, auf einem erhabenen Wappenschild. «Warum nicht lieber Knack? Als ich aus meinem Graben herauskroch und feststellte, daß alle meine Glieder noch da waren, es war fast schon Abend, und alle andern um mich und unter mir bewegten sich nicht mehr. Nur noch ein wenig Wärme stieg hoch wie eine Art Nebel. Körperwärme. Ah, und ich dachte, das ist also das Leben nach dem Tode, ist das vielleicht die Hölle? War es natürlich nicht, aber hätte schon sein können. Also, ich hatte ein neues Leben, ein neues Land, warum nicht auch einen neuen Namen? Knack hat schon den richtigen Klang, eh? – kurz und hübsch. Paßt besser zu mir als der andere lange, mit so viel Familiengeschichte, mußt du wissen, und der Ehre, die es zu bewahren gilt. Komisch, das ist es – das Leben nach dem Tode stellt sich als eher komisch heraus. Es fällt schwer, nicht manchmal wie ein Clown auszusehen, wenn dein Kopf hier und deine Zunge irgendwo anders ist. Meine komische Aussprache!»

Er verzog sein Gesicht zu dem eines trübsinnigen Clowns. «Ihretwegen glauben viele Leute dir gar nicht, daß du überhaupt etwas ernst nehmen kannst!»

Er hatte eine seltsame Art zu sprechen. Es war nicht nur die Aussprache. Frank bemühte sich, genau zuzuhören, und bekam trotzdem nicht immer den Sinn mit, nur daß etwas Seltsames gesagt wurde, etwas Schiefes, und den bitteren Zynismus dieses Mannes. Edna versteht ihn besser, dachte er, und vielleicht konnte er sich später alles von ihr erklären lassen.

Er war Pole, aus einer Gegend an der baltischen Küste. «Harte kleine Tränen spuckt dieser See aus», erzählte er ihnen. «Bernstein. Wälder der Vorzeit haben sie geweint. Wird auf den Strand geworfen, manchmal in faustdicken Klumpen, oft mit darin seit Jahrtausenden gefangenen Insekten, kleinen Goldfliegen oder Bienen oder einer Heuschrekke, und vollkommen erhalten. Sehr rrromantisch, eh?» Er rollte absichtlich das R und lachte dabei. «Also, kein Ort ist romantisch, wenn man dort lebt und seinen Gestank kennt. An diesem Ort stinkt es nach Fischgräten. Heringe! Puh, das kannst du dir nicht vorstellen! Der Nebel stinkt danach und die Hemden auf der Wäscheleine. Auf jedem Tisch nichts als schleimiger Fisch und im Hals immer eine

Gräte. Und später, als wäre der Fischgestank nicht schlimm genug, große Ideen. Schöne, wilde, fatale Ideen – da hilft auch das Nasezuhalten nichts mehr! Dann viele, viele Leichen. Und in der ganzen Baltischen See gibt es nicht Bernstein genug, um sie zu verstecken – auch nicht, wenn die Wälder von jetzt ab eine Million Jahre weinen würden. Ich bin eine von den Leichen, die Glück hatten. Ich raffte mich wieder auf und lief durch ganz Rußland. Die Eisenbahn half mir dabei, natürlich!»

«Mein Leben», grübelte er, «ist mir fremd, mein neues Leben. Ich weiß nicht, warum man es mir *zurück*gegeben hat.» Das *zurück* kam wie eine Kugel zwischen seinen Zähnen hervor, er spuckte es aus. Es hing in der Luft, als sei es Zauberei oder hätte kein irdisches Gewicht. «Ich glaube manchmal, daß ich mich zu schnell aufraffte und in diesem Graben meine Seele zurückließ, oder etwa meine Männlichkeit? Nun, es ist dasselbe.»

«Lieber Walter», protestierte die Frau und nahm seine Hand.

Diese Art Reden hatte für sie etwas Unwirkliches. Sie hätten Teil eines kindlichen Alptraums sein können. Wenn sie von Zeit zu Zeit einen Hauch jener Realität mitbekam, von der er sprach, so geschah es nicht durch sein Reden, sondern durch Episoden seiner Musik: wenn sie durch eine Bresche im Wald und durch sich aufhellenden Nebel eine Ecke jener Erfahrungen erhaschte, die nicht ihr gehörten und nur ihm gehören konnten. Oder es übertrug sich auf sie, wenn der harte Keil seines Rückens, der bei seinen Auseinandersetzungen mit Liszt oder Beethoven so streng gerade war, sanft und nachgiebig und der große Ofen seines Atems wie der eines Geistes wurde. Ihre eigene Existenz konnte dann nicht alles decken, was sie verstand.

Er war der Sohn reicher Holzhändler aus niederem Adel und im Laufe der Zeit der Untertan dreier Mächte gewesen.

Philosophiestudent in seiner Jugend und mäßig schwarzes Schaf der Familie, Soldat in den Bürgerkriegen, danach Schwarzmarkthändler, dann Lebemann, Flüchtling und jetzt Händler für alles, alles aus zweiter Hand: Bücher, Porzellan, Glas und Haushaltwaren.

«Wußtet ihr schon», erzählte er ihnen einmal, «daß man das genaue Datum bestimmen kann, bis auf die Stunde genau, als die Zeit unseres Unheils begann? Am 8. Juni 1783. An diesem Tag öffnete sich das Tor zur Hölle, und losgelassen waren alle Teufel. Es ist ganz wissenschaftlich, ihr könnt darüber nachlesen, ich kann euch den Ort auf der Karte zeigen. Er liegt in Island. Eine große heiße Wolke breitete sich über die ganze Welt aus. Sie war voller schwefliger Ideen, und alle Leute atmeten sie ein – nicht irgendwelche Keime, sondern schweflige *Ideen*. Sie gerieten in den Blutkreislauf, und Blasen trugen sie ins Gehirn. Die Leute wurden durch sie verrückt – wirr im Kopf –, und sie wirbelten los und waren nun selber Dämonen, veranstalteten Revolutionen und Kriege und Kongresse und bauten Mustergefängnisse und erfanden neue Tanzstile, um sich aufzuputschen, und Gedichte und Proklamationen gegen dieses und jenes, und es gelüstete sie schrecklich, alles zu wissen und alles zu sein und die Grenzen zu sprengen. Seitdem haben wir nichts als diese neue Luft geatmet. Wir sind sie gewohnt. Wenn wir wirklich was von Geschichte verstehen würden, dann wäre das die Zeitrechnung, davor und danach: v. H. und n. H. Wir haben uns ihr angepaßt. Wir sind ihre Geschöpfe und bemerken nicht mehr, daß unsere Atemluft nicht vom Himmel kommt, sondern dick und schweflig aus den – wie nennt man das? – den Eingeweiden, oder? Ist das der Ausdruck? Wir leben unter einer neuen Vorsehung. Wir befinden uns im Jahre einhundertundzweiundsechzig n. H., nach Hekla.» Sein Lächeln war jetzt eher traurig als komisch.

Frank schaute der Frau in die Augen. Sie tauschten einen kurzen Blick. Sie war auf Knack stolz wie auf ein kluges Kind, aber es lag auch etwas wie Nachsicht in ihrem Blick, als handelte es sich um eine besonders geistreiche Narretei, auf die sie später noch zurückkommen würde.

Verstand sie all das wirklich, fragte sich Frank. Er tat es nicht. Aber Knack hatte ziemlichen Vorsprung, denn er kam aus Europa, was wohl schon an sich eine Erziehung war – und zwar eine ziemlich bittere; Australier konnten nicht mithalten. Hier mußte man ganz von vorn anfangen. Von einem Stück Hinterhof oder Koppel oder sogar einem Zimmer, und dann mußte man alles langsam hochziehen, aus Grassamen und den Kritzeleien auf einer Rinde oder dem Astloch in einer Frisierkommode oder einem Türpfosten mit Höhenstrichen oder einem Teekessel, den eine Familie sich Nachmittag für Nachmittag weitergereicht hatte, oder einem vollen Bienenkorb.

Edna lächelte. Schh, schien sie bei diesen Gelegenheiten sagen zu wollen. Man muß geduldig mit ihm sein. Er hat zuviel gesehen. Er schämt sich der Zufriedenheit.

Sie war zufrieden, solange Knack sie nicht entnervte; heiter, gelassen, träge, sie fühlte sich in ihrem Fleisch durchaus behaglich.

«Aber ihr wißt ja nicht, wovon ich spreche, ihr glücklichen Kinder! Hier, hört zu!» Und Knack schwang sich zum Klavier und führte sie an der Hand über finstere Pfade; wie einem bösen Onkel folgten sie dem Tuch seines Rückens. Die Musik erschreckte Frank, aber ihr konnte er leichter folgen als dem Reden. Unter unmöglich barocken Wolken, einem Banner aus Flammen, hingen giftige Beeren in Trauben über einem Teich, große Puppen rollten ihre Köpfe, ihre Augen klickten. Er ließ die Hand des anderen Kindes fahren, Ednas, sie war zu bezaubert, um es mitzubekommen, sie fiel zurück. Es war ganz finster dort. Es war von einer Düsternis, der er auf allen seinen Reisen durch den Staat nicht begegnet war und die es vielleicht auf diesem Kontinent oder auf dieser Seite der Kugel nicht gab. Die Nebel hier waren nicht dicht genug – es gab nicht genug Leute. Es brauchte dazu Jahrhunderte voller Atemzüge; oder vielleicht die Schwefelwolke, von der Knack gesprochen hatte. War diese Wolke schon bis hierhin gelangt? Waren einige Wölkchen von ihr – wann war das noch – 1788 mit hereingekommen? Das gesamte Commonwealth of Australia wäre dann – laut Knack – unter ihr gegründet worden. Aber er konnte das nicht glauben. Knack mußte sich irren. Er hoffte, ihn eines Tages zu einer anderen Meinung bekehren zu können. Ein Bild könnte es vielleicht tun. In seiner Vorstellung stellte er eine seiner Landschaften gegen und neben Knacks Reden und die alles ergreifende Musik und er fragte sich, ob sie es schaffen konnte. Wenn die Zeit für Horlicks gekommen war, den Trunk gegen nächtliche Hungrigkeit, hatte Edna wieder die Verantwortung, und die Nebel lösten sich auf.

«Wie wär's mit einem Stück Brotauflauf», schlug sie einmal vor. «Wenn du nichts dagegen hast, daß er naß ist.» Sie zeigte ihnen eine halbe Schüssel mit diesem grauen klebrigen Zeug, fettgetränkt und mit vielen zerquetschten roten Stellen im Grau, wo die Sultaninen beim Auskühlen ausgeblutet waren. «Walt mag ihn nicht, also mach ich ihn so, wie ich ihn selbst haben möchte. Richtig naß. Meine Mutter machte ihn uns immer am Sonntagmorgen, aus den Resten.»

«Dies Ding», brummte Knack, wie über einem philosophischen Problem, «habe ich nie verstanden. Brotauflauf!»

«Naja, wir jedenfalls verstehen's, nicht wahr, Frank?»

«Manchmal», sagte er, während er die Schnitten des süßgrauen Auflaufs betrachtete, die sie sich in den Mund stopften, «ekelt mich dieser Ort an. Noch schlimmer als der andere. Blut ist nicht das Allerschlimmste.»

«Also wirklich, Walt», begütigte sie ihn, «so schlimm ist es nun auch nicht.»

«Wie kannst du das wissen?»

«Nun, ich kann es eben nicht!» sagte sie mit unvermittelter Selbstachtung, «ich bin eben unwissend. Zu – australisch!»

Er kniff seine Augen zusammen und sagte voller Überdruß: «Ja. Das auch.»

«Also, Frank und ich, wir *genießen* unseren Brotauflauf, oder nicht, Frank? *Mmmmm*!» Sie leckte sich ihre Finger wie ein Kind, und wie ein Kind zog sie ihn diesmal zu sehr auf. «Ich glaube, ich nehm mir noch ein Stück.»

Mit einem Mal stand Knack auf, sie ließ das Fingerlecken sein. Blaß und mit großen Augen folgte sie seiner Bewegung durch das Zimmer. Er beugte sich zu den Türen der Anrichte mit den Leuchtfeuern, fand die Brandyflasche, und als er sich mit ihr in der Hand umdrehte, als sei sie ein Gegengewicht zu der von ihr noch nicht angebissenen Schnitte, war seine Stimmung wieder umgeschlagen. Alles, was in ihm an Barbarei hochgekommen war, war wieder verschwunden.

«Na, genug davon!» sagte sie, legte ihr Stück hin und schob den Teller beiseite. Sie wartete darauf, daß Knack etwas sagte, das die Beziehungen zwischen ihnen allen dreien wieder ins Lot bringen würde.

«Ich meine, Frank», sagte Knack, «daß ein Tropfen – Cognac, selbst nach den Horlicks, eine gute –»

Er brachte den Satz nicht zu Ende, da er mit höchster Konzentration dabei war, die drei Gläser zu füllen, die er in eine Reihe auf das Samttuch gestellt hatte. Schweigend sahen sie ihm zu, und als er die Gläser mit seinen langen Kreidefingern herumgereicht hatte, tranken sie langsam und feierlich, wie bei einem Fest.

Frank war für ihre Zuneigung dankbar, und da er nichts besaß, was er zum Haushalt beisteuern konnte und das sich mit dem riesigen Durcheinander aus all dem Zeug hätte messen können, das draußen wie in einem Vorzimmer aufgestapelt war, brachte er eines seiner Gemälde mit.

Er hatte es selbst gerahmt. Es hing über dem Samtsofa an der Wand gegenüber dem Fenster, der Kieferrahmen bildete zwischen ihrem Lila-Grün und dem vorherrschenden Grau-Blau der Landschaft einen markanten Einschnitt und machte sie zu einer Öffnung in der Wand: eine Alternative, das war sein Wunsch, zum Betonhof und zu Knacks eigener düsterer Sicht der Dinge. Ihm gefiel die Vorstellung, daß das Gemälde gerade an diesem Ort hing und daß er, zum Besten seiner Freunde, diesen Raum und seine Perspektive ebenso veränderte wie Knacks Musik sie verändern konnte. Die Wände ließen jetzt, selbst nachts, eine neue Witterung ein.

Knack stimmte zu. Wenn er vor dem Bild stand, waren seine Hände auf den Rücken gefaltet, als stünde er vor einem Fenster; sein langer, in Tuch gehüllter Rücken schuf einen nachhaltigen festen Grundstrich in Schwarz gegen das blasse Rechteck des Rahmens und das flimmernde Licht darin. Er atmete tief durch.

«Ich mag dieses Land, das du gemalt hast, Frank. Zumindest diesen Ausschnitt. Es ist herrlich. Es scheint mir ein Ort für ganze Männer und ganze Frauen oder – so sehe ich es – für den vollständigen Menschen, selbst wenn dort noch niemand wohnen sollte. Vielleicht hätte ich dahin auswandern sollen.»

Er gluckste mit tiefer Stimme. Es war einer seiner Scherze gewesen.

«Aber es handelt sich um *dieses* Land», sagte Frank.

«Glaubst du?»

Knack schaute auf.

«Nein, Frank, das glaube ich nicht. Noch nicht, jedenfalls. Der ist noch nicht entdeckt worden, dieser Ort. Sein Volk ist noch nicht auf die Welt gekommen, scheint mir, oder sie haben es noch nicht mitgekriegt, daß sie dorthin auswandern können – daß es Raum und Licht genug gibt – in *ihnen selbst*. Und Finsternis. Nur du bist dort gewesen. Du bist der erste.»

Edna war nicht so begeistert. Im Gegensatz zu Knack, der das Land selbst haßte – zu viel Licht, zu viele Fliegen! –, hätte sie die Wirklichkeit vorgezogen, und sei es nur ein Ausflug nach Dayboro; doch sie war gerührt durch das Geschenk und auf das Geleistete so stolz wie eine Schwester.

«Na, du kannst mich ganz schön umhauen», sagte sie. «Ich wußte schon, daß du malen kannst, Liebling, aber daß du ein Künstler bist, wußte ich nicht. Knack sagt, daß du einer bist. Ich fühle mich da nicht zuständig.»

Die Öffentlichkeit war zu dieser Zeit wie versessen auf Tatsachen. Jeden Tag standen nach zehn Uhr dreißig lange Schlangen vor dem Carlton Wochenschaukino, das eine Stunde lang – mit Cartoons gemischt, in denen Bugs Bunny oder Tom und Jerry in Leuchtfarben durch eine Welt aus aggressivem Gemüse und nachtragenden Türen und Tischen rasten – nackte Greuel in Schwarz und Weiß zeigte, drei Tage oder eine Woche zurückliegende Ereignisse von der anderen Seite der Erde.

Im Laufe der Wochen häuften sich die Greuel, und die Schlangen wurden länger. Wogen grauer Gestalten, die sich unter einem grauen Himmel vorwärtsdrängten; hohe Gebäude, die unter Donnergetöse auseinanderbrachen und den Querschnitt ihrer Fluchten freilegten, wie ein graues Puppenhaus, dann stillere, entferntere Ereignisse, für die es gar keinen Ton gab.

Frank Harland ging mit den anderen, um sich anzusehen, in welcher Welt er lebte und was in ihr passiert war, während er in seiner Mansarde gearbeitet oder bei Knack der Musik zugehört hatte. Was er zu sehen bekam, ließ sich nicht ohne weiteres verstehen.

Skelettartige Gestalten, deren sämtliche Rippen herausgetreten waren – riesige Genitalien ihr einziges Zeichen von Fleisch –, standen entlang eines Stacheldrahtzauns. Ihre Augen schwarze Aushöhlungen in dem fleckig-billigen Film, ihre Körper käsig weiß. Es fiel schwer zu verstehen, was sie da eigentlich taten. Vom Alltagsleben war kein Aufschluß zu erwarten. Andere aber, die gestreifte Pyjamas trugen, standen gruppenweise im grau aufgewühlten Schlamm dahinter und hatten sich scheinbar aus der Sicherheit ihrer Betten in die Gegend eines unentrinnbaren Alptraums verirrt, wo sie die Ankunft des Tageslichts überrascht hatte, sie waren aufgewacht und konnten nicht mehr zurück. Ein Bulldozer, selbst eine neue Konstruktion, kehrte in einem Hof einen Haufen aus weichem Müll zusammen, aus dem Arme und Beine hervorschleuderten oder ganze Gestalten hochkamen und sich langsam überschlugen, mit verschrumpeltem Steiß und grätengleichem Rücken, ein Knochenfuß baumelte. In dem still gewordenen Zuschauerraum, der nach dem Rauch von Zigaretten und Desinfektionsmitteln roch, machte dies alles einen Eindruck besonderer Unwirklichkeit – ein zeitgenössisches Ereignis, das gerade zehn Tage oder einen Monat her war und dem man aus dem Lehnstuhl einer festen Zuschauerreihe oder hinten an die Wand gelehnt zuschaute. Es bedeutete einen so offensichtlichen Bruch zur siedenden, tropischen Drei-Uhr-Hitze, die draußen über den Straßen lag. Eine körnige, grauweiße, schwarzweiße Welt, in der die Lichtstrecken zu hell und die Schwarztöne zu stumm, zu geisterhaft waren.

Das Fleisch war in jener Dimension nicht fest genug, um Verletzung oder Auflösung zu dulden. Man konnte unmöglich glauben, daß in diese offenen Münder je Nahrung gelangt war oder daß aus ihnen Atemluft oder Erbrochenes oder Schreie kommen konnten. Was es dort an Schatten gab, machte der Film noch schattenhafter. Er verlegte sie für den Betrachter in die gleiche Entfernung von gläubiger Ungläubigkeit, die ausgeblendete Küsse hatten oder die tausend flimmernden Rothäute, die auf einer fernen Prärie weggeputzt wurden.

Ein Schäferhund sprang ins Bild. Ein Junge in Uniform drehte sich zur Kamera, gab ein breites Grinsen von sich und legte seine behandschuhte Hand auf ein Pistolenhalfter. Der ausgebleichte Film lief glatt durch den Projektor. Jeder Gegenstand innerhalb seines Rahmens, die Zähne des Jungen, das Fell im Nacken des Schäferhunds, das Leder des Halfters und des Koffers, den ein alter Mann trug, der mit Mühe auf einen offenen Lastwagen gehievt wurde, ein jedes war von gleicher Art und vom gleichen unwirklichen Licht beschienen und schien unentrinnbar mit jedem anderen verknüpft.

Diese Ereignisse waren aktuell, aber unwirklich. Sie gehörten zur Geschichte eines anderen Planeten, mit eigener Witterung und eigener Farbskala, grau-schwarz-weiß. Er war zu erkennen, aber nur aus weiter Ferne. So schien es. Bis in einem der Bilder eine weitere Gestalt, in dem gleichen graugestreiften Pyjama wie die anderen, erschien, mit rasiertem Schädel und einer Schaufel in der Hand, neben sich eine Sonnenblume. Sie war größer als er und in voller Blüte. Das große runde Haupt der Sonnenblume, mit ihrem Ring grauer Flammen, fiel und streckte sich dem entgegen, was, man sah es mit leichtem Grauen, eine strahlende Sonne sein mußte. Auch dort gab es also Hitze! Ein leuchtendes Gelb floß von der Sonne zu den Blütenflammen, und ebenso wurde auch das graue Fleisch vom Licht berührt, mit Erd-, Blut-, Scheißfarben besudelt, und zur Farbe kamen Geräusch und Geruch – es war unerträglich! Frank begann zu schwitzen. Zuletzt konnte er es nicht mehr aushalten, stand auf und drückte sich an wirklichen Knien vorbei, hinaus und – fast würgend – zurück nach Brisbane, in die drückende Hitze und benommene Luft der Queen Street.

Er schämte sich nun vor Walter Knack. Was er in diesen Bildern zu sehen bekommen hatte – einen Ort, den es gleichzeitig mit dem schwülen Wetter von letzter Woche gegeben hatte, in Zeitgenossenschaft mit den Kindern, Katzen, Wäscheleinen, Taxis voller amerikanischer Matrosen und an Hinterhofzäunen zerdepperten Flaschen, dem, was man hier unter Gewalt verstand –, das war die Lücke, die zwischen Knacks Welt und allem lag, was er je gewußt hatte. Sie stattete diesen Mann mit einer Eigenschaft aus – vielleicht etwas wie Geschichte –, die ihm und allen anderen, Edna eingeschlossen, abging. Er konnte nicht verstehen, wie sie in ihrem Umgang mit Knack darüber hinwegkam. Für Frank erklärte all dies nicht nur Knacks Ansichten, sondern auch seinen langen Rücken und die Art, wie das Tuch auf ihm knitterte, wenn er sich zu den diamantbesetzten Türen der Anrichte herabbeugte oder auf das Klavier mit seinen leeren Leuchten stützte. Es hob diesen Mann heraus, seinen Körper wie seine Erfahrungen, wenn auch als einen von Millionen. Es war, als trüge er auf seinen Schultern ein unsichtbares Gewicht, das die Schaufel für sein eigenes Grab war und an dessen Stelle der Wellensittich Allegra nichts als eine Art Kostümierung war oder, von Knack her gedacht, der Geist des Wunschdenkens, ein Trick, um die Götter irrezuführen.

Es war diesem Mann sein Schicksal anzusehen. Er hatte es mit dem Nebel eingesaugt, der von seinen heimischen Seen bis hierhertrieb, oder den Ausdünstungen überfluteter Kalkgruben, in denen die Toten nicht stillagen, sondern immer noch atmeten und Gase ausströmten. Es war in dem Dreck, egal welcher Farbe, der unter seinen Fingernägeln steckte und den kein Scheuern wegwaschen konnte, der in den Poren seiner Haut steckte, in seinen Fußsohlen; und in der Unbeweglichkeit seiner Zunge, die sich nur unvollkommen an die hiesigen Vokale gewöhnte.

An anderen Orten, sah Frank, nahm das Leben der Menschen andere Formen an und war Kräften unterworfen, die hier unvorstellbar waren. Waren darum ihre Leiden von anderer Art? Es mußte so sein. Waren sie wirklicher? Und wo blieben Stärke und Glück?

Diese Fragen waren für Frank Harland eine Qual. Seine eigenen Leiden und was er an Leiden bei anderen gesehen und von ihnen gehört hatte, draußen auf den Straßen, aber auch hier in der Stadt, hinter schiefen grauen Zäunen und in Streitereien und durch Wut- und Angstschreie aus Fenstern der Nachbarschaft – verlor all dies nicht sozusagen seinen menschlichen Rang vor diesen entblößten und skelettartigen Figuren, denen Knack, steckte er auch in einem schwarzen Anzug statt in Pyjamas, verwandt blieb durch die fünfzig Jahre, während deren er die gleiche Luft geatmet hatte und in denen seine Füße denselben verseuchten Boden berührt hatten? Während er und Edna und alle anderen hier, in ihrer ganzen Unschuld, mit all dem nur durch den Zufall der *Gleichzeitigkeit* verbunden – was in nichts das gleiche war – und so davongekommen waren. Unbeschadet, war das der Ausdruck? Kommt überhaupt jemand unbeschadet davon? Kommt jemand davon?

Besonders Knacks glatter kahler Schädel, diese undurchdringliche Hemisphäre hinter der dünnen Membran, die leuchtete, schwitzte und sich gelegentlich in ein schmerzliches Runzeln zurückzog, faszinierte und erschreckte ihn. Ein monströses Ei. Er hätte es gerne einmal in beide Hände genommen, um zu spüren, was dort ausgebrütet wurde, die Wärme und das Pulsieren des Blutes; denn man konnte nirgendswie an das herankommen, was es wußte oder was es gesehen und geflohen hatte. Er fragte sich – schockierende Frage –, ob Edna in den Momenten ihres Zusammenseins das große Steinei manchmal zwischen ihren Brüsten wiegte. Wieviel wußte sie über Knack, das sie niemals auf andere Weise erfahren hätte? Wieviel von Knacks Wissen war in sie – und zu ihrem Verständnis – vorgedrungen?

Er verstand nun, daß dies die eigentliche Frage war, die zwischen ihnen stand, wenn sie an langen heißen Morgen (Knack war woanders bei einer Auktion) in einer Ecke des Trödelladens saßen, während Straßenbahnen vorbeiratterten und Frauen mit Hüten und Einkaufskörben ihre Nasen gegen das Schaufenster drückten.

«Ich hab 'nen Brief von meiner Schwester bekommen», erzählte sie ihm, «sie ist bei der Armee. Möchte hierhinkommen und sogar hierbleiben.» Sie wendete ihre Hand und prüfte die lackierten Fingernägel. «Ich will das nicht. Ich glaube, daß sie und Knack nicht gut miteinander auskommen würden.» Sie stieß ein breites Lachen aus. «Um es noch milde auszudrücken!»

Ihre Augen begegneten sich. Er konnte erkennen, daß sie über sich selbst staunte, als sie Knack mit den Augen ihrer Schwester sah, darüber, wie weit sie in eine viel kompliziertere Welt als die ihrer Herkunft aus Childers gewandert war.

«'ch könnt natür'ch so tun», sagte sie langsam, «als ob der

Brief nie hier angekommen wäre. Im Krieg und all den Umständen. Was meinst du? Ist das schlimm?»

Er schluckte erst einmal unverbindlich. Sie waren mit Leuten aufgewachsen, für die Familienverpflichtungen zählten; doch Knacks Anspruch auf sie war größer und anders.

«Tut mir leid», sagte sie, «sieht so aus, als ginge das nicht in Ordnung. Ich habe meine Schwester gern, sie ist gut, und du weißt, manchmal wär es nett, wenn man mit jemandem quatschen könnte, der alles von dir weiß. So ist das mit 'ner Familie, sie wissen alles, was man wissen kann, selbst das Schlechteste, was ja keine große Überraschung ist! Wir waren uns immer so ähnlich, ich und Bet, die Leute hielten uns für Zwillinge. Wir haben uns in verschiedene Richtungen entwickelt. Doch ich muß an Knack denken. Ich will nicht, daß ihm etwas weh tut. Sie würden nicht miteinander auskommen, das ist alles. Lieber nich' riskieren.»

Sie schaute wieder auf, unsicher, was er davon halten würde; dann seufzte sie. Ihre Entscheidung stand fest, und er wurde, wie schon so oft vorher, durch etwas in ihr angezogen, durch das er wie durch die halboffene Tür eines fremden Zimmers den Winkel ihres Daseins erspähte. In ihm stand groß und dunkel Knack, in eine Macht gekleidet, die für sie beide von Geschichten herrührte, mit denen sie sich als Kinder Angst eingejagt hatten und deren Zauber sie nie abgeworfen hatten – ein zärtlicher, spöttischer, häßlicher, kluger, gequälter *Fremdling*, der mit pedantischer Korrektheit die Laute ihrer eigenen Sprache nachformte und doch der Angehörige einer anderen Welt war.

Er konnte diese romantische und fast rührende Sicht Knacks erkennen, weil er sie teilte. Eines Tages aber, im Verlaufe ihres unbeschwerten Umgangs miteinander, eröffnete sie ihm noch eine andere Sicht der Dinge.

«Ich kann's nicht erklären», so redete sie, «es übertrifft

alles, was ich vielleicht erwartet hätte. Er ist aus so großer Ferne gekommen, Knack; von einem so *fremden* Ort, diesen Wäldern und all das. Und du weißt, daß er da so eine Art Aristokrat gewesen ist, er hat dir von dem Leben erzählt, das sie da geführt haben, seiner Familie. Nich' wie wir, Frank, keine Spur. Pelzmäntel im Winter, Diener – sogar eine besondere Magd, um ihn anzukleiden und um ihm die kleinen von Hand genähten Hemden anzuziehen. Und da mußten schon alle diese Umstände zusammenkommen – du weißt, was ich meine –, Bürgerkriege, Revolutionen und dann *dieser* Krieg und alles, was er durchmachen mußte, der Arme, um ihn an einen Ort zu bringen, wo gerade wir uns treffen konnten. Ich meine, jede Wahrscheinlichkeit sprach dagegen, doch die Kriege und alles passierte, als wäre es nur darum gegangen. Ich will dir was sagen, Frank, ohne Knack wär ich nie – ich hätte nicht einmal die Hälfte von dem verstanden, was ich jetzt *bin*; ich hätte es verpaßt – ich wäre im Dunkeln an mir vorbeigelaufen. Es war, als hätte man mich umgedreht, und zum ersten Mal sah ich mich selbst, er konnte mir das zeigen. Es gab solche Dinge in mir, nicht einmal nur gute Dinge – ich meine nicht sehr *schöne* –, aber meine; und die gleichen Dinge in ihm, und als wir zusammenkamen, konnten sie aus mir herausfließen, und ich brauchte nicht mehr – ich weiß nicht – mit all dem belastet sein, wovor ich Angst hatte und mich schämte. Die Leute glauben, daß ich ein sonniges Gemüt bin. Bin ich nicht. Nicht immer. Nicht tief drinnen. Es gibt in uns ganz schön viel Dunkles.»

Frank schaute sie an und war verwundert. Sie sprach nicht mehr nur über sich und Knack.

Sie legte ihre Fingerspitzen ganz leicht auf seinen Arm. Er zog seine Augenbrauen hoch, sie hatten sich gesenkt; als Frage, wie vor einem Orakel. In das Geschäft, mit seinen zusammengewürfelten Stühlen und dem Schutt ruinierter Haushalte, warf die Sonnenuntergangsstunde ein fremdes Licht. Draußen strömte der Verkehr nach Hause.

«Du brauchst keine Angst zu haben, Frank», sagte sie sanft. «Ich habe gesehen, daß du manchmal Angst hast. Vor dem, was in dir ist, mein ich. Das brauchst du nicht.»

Sie hätte sehr, sehr alt sein können, so sanft waren ihre Fingerspitzen in der Innenfläche seiner Hand. Er spürte genau, wie das Blut in seinen Adern schlug, und hatte tatsächlich Angst, einen Augenblick lang, dann keine. Er fühlte sich leichtsinnig, frei, glücklich und vielleicht jünger, als er je gewesen war.

Seine schwierige Familie machte ihm zu dieser Zeit wieder einmal Kummer.

Er schrieb:

Mein lieber Bruder Tam,
es tut mir leid, daß Du soviel Ärger gehabt hast. Du sagst, daß Du kein Glück hast – nun, es ist heutzutage schwierig, nur von seinem Glück zu leben. Ich weiß, daß Du ein fleißiger Arbeiter bist und unserem Vater immer ein guter Sohn warst – es gab keinen besseren. Du bist bei ihm geblieben und mußtest Dich mit so viel abfinden. Ich werde tun, was ich kann, aber so viel Geld konnte ich noch nie auftreiben. Der Krieg macht alles schwieriger, auch wenn er fast vorbei ist. Ich werde die Leute, die in Sydney meine Bilder haben, bitten, mir einen kleinen Vorschuß zu überweisen, und ihn sofort zu Dir schicken. Wenn es zum Äußersten kommt, müssen die fünf Morgen verkauft werden, aber es wird auch mir das Herz brechen, daß wir nicht einmal sie behalten konnten. Das Beste, was wir haben!

Tam, Du bist ein guter Kerl, ein guter und mitfühlender Sohn und Bruder. Ich habe übrigens etwas von unserer Schwägerin, Jims Frau, gehört. Sie sagt es nicht gerade heraus, aber sie scheint sich mit der Tatsache abgefunden zu haben, daß der arme Jim umgekommen ist – keine neue Nachricht, doch es ist schon mehr als ein Jahr her, seit sie von ihm gehört hat, und alle, die in der Hand der Japaner waren, haben Schreckliches durchgemacht. Wir waren uns einmal sehr nahe, Jim und ich – so wie wir alle. Er hat einen Sohn, zehn Jahre alt, ich werde für ihn tun, was ich kann. Unsere Schwägerin bittet um Hilfe und hat sonst niemand, an den sie sich wenden kann, keine eigene Familie. Gibt es was Neues von Pearsall? Seit ich selbst aus der Armee entlassen wurde, bin ich etwas krumm – wegen meines Brustkastens. Habe eine Zeitlang in einer Flugzeugfabrik gearbeitet, doch das war für mich zu der Zeit zuviel. Jetzt geht's mir besser, und ich habe eine Art Haus in Brisbane. Bin wieder beim Malen. Schreib, wenn Du das Geld hast und in bezug auf die fünf Morgen. Tu alles, was Du kannst. Meine ganze Liebe meinem Vater und auch Pearsall, wenn Du etwas von ihm hörst.

Dein Dich liebender Bruder

Er liebte den Spaziergang bis zu Knack, durch die lärmige, vom Krieg geprägte Stadt. Die Edward Street hinunter, an dem steilen, dreieckigen Park vorbei, wo Betrunkene unter den Feigenbäumen und an den Stufen neben der Trades Hall lagen, dann bei der Town Hall hinunter und am Kai entlang bis zur Brücke. Der Fluß war breit, ein Platz zum Atemholen in heißen Stadtnächten, mit einem Schimmer tropischen Mondlichts und dem Lichterspiel der Laternen, die trotz der Kriegsbeschränkungen noch zugelassen waren. Am Kai waren Betonbunker, Sandsäcke um die Eingänge. Darin noch mehr Betrunkene und manchmal auf den Lattensitzen ein Pärchen, das nirgendwo anders hin konnte. Der Gestank solcher Orte war schrecklich. Vor allem Pisse, der Geruch von nassem Sackleinen und, wo der Sommerregen den Beton durchnäßt und einen Schleimbelag zurückgelassen hatte, Modergeruch.

Er blieb gern auf der Brücke stehen, auf dem Fußweg neben den Eisenbögen, und hatte dort die ratternden und funkensprühenden Straßenbahnen hinter sich und die Stadt auf beiden Seiten. Ein breites Band durchschimmerter Dunkelheit, die geheimnisvolle mondbeschienene Haut des Wassers, schwang sich zwischen Mangroven und Fabrikdächern flußabwärts zum Bogen der nächsten Brücke. Hier konnte man atmen. Der Fluß kam fernher vom Ackerland der Hügel und dehnte sich danach in langsam gewellten, schlangengleichen Kurven bis zur Mündung der Bucht.

Der Fluß wand sich durch die Stadt hin und her und war ihre wahre Lebensader: die animalisch-blaue Anwesenheit eines denkenden und fühlenden Wesens, mit einer Haut aus mond- oder sonnenbeschienenen Schuppen, Tiefen und Untiefen. Wenn man ihn von oben, von einem noch höheren Standpunkt sah, war er eine Art Schlange, die auf ihrem Rücken den Mond oder die Sonne trug, auf einem Panzer aus Erde: die Häuser, die fetten öffentlichen Gebäude, die Warenhäuser, Wollmärkte, Fabriken konnte sie mit einer einzigen Windung ihrer archaischen Spiralen abwerfen. Sein Geist spürte die Kraft unter der mondbeschienenen Haut. Einiges davon ging auf ihn über. Hinter der Brücke wurde die Melbourne Street zu einer grellen Durchfahrtsstraße, mit Straßenbahnschienen in der Mitte und, besonders bei Dunkelheit, eifrigem Verkehr auf den Bürgersteigen. Licht ergoß sich aus Türen, vor denen sich ein Auflauf gebildet hatte:

dem Blue Moon Skating Rink, mit seiner Drehleiermusik und dem dumpfen Donner von Rollschuhen auf Brettern, und um die Ecke dem Cremorne, einem altmodischen Vaudeville-Theater; und an der gegenüberliegenden Ecke eine zweistöckige Kneipe mit Veranden.

Einmal, als er spät nach Hause ging, war er in eine Seitengasse geschlüpft, um zu schiffen, und stieß auf zwei sich mitten im strömenden Regen vögelnde Gestalten. Ein Soldat mit langem Armeemantel hatte vor sich eine Frau an der Wand, ihre Füße in seinen Manteltaschen und ihre nackten Schenkel feucht vor Mondlicht. Sie bewegten sich langsam wie die Gestalten in einem Traum, waren ein einziges Geschöpf mit zwei stöhnend verketteten Köpfen, ein mythologisches Untier, dem er keinen Namen geben konnte und das die Zeit geboren hatte, der Krieg, dem der rauhe Wollstoff des Mantels entstammte, Regentropfen in seinen Haaren.

Dies war eine Straße für heftige Zufallsbekanntschaften und beiläufige Abschiede. Auf der einen Seite war hinter der hohen Wand aus riesigen Reklameflächen der Überlandbahnhof – man konnte das Aufeinanderkrachen und Anprallen der Waggons hören und später, in der Stille der Nacht, die rangierenden Maschinen. Die andere Straßenseite, nach dem Tanzlokal Trocadero zu, bestand aus Häuserreihen an einem Hang, die man über steile Steinstufen mit Geländer erreichte, ausnahmslos Bordelle. Dahinter, in einem Neubau an der Ecke, der Trödelladen.

Er folgte jeden Tag der gleichen Route, und nur manchmal wurde er durch einen Konvoi verhüllter Lastwagen hingehalten. Dann mußte er einige Minuten stehenbleiben, bevor er hinüberhasten konnte: eine magere Gestalt, die wie alle anderen nur wenige Monate zuvor selbst in Uniform gesteckt hatte. Jetzt aber war er in sein altes Selbst zurückgefallen, und die Einsamkeit hatte die alten Falten wiederhergestellt oder wiederentdeckt, die der rauhe Armeestoff verkleidet hatte. Manchmal rief eine der Gestalten aus den Waggons: «Guckt mal da, ein Penner! Hey Penner!», und andere nahmen den Ruf auf, bis es einen richtigen Tumult gab, mit Pfeifen und Schreien und Spott.

Er war das Überbleibsel aus einem anderen Jahrzehnt – oder vielleicht war er ihnen nur einige Monate voraus und lebte bereits in einer Zeit, in der all diese eben erst entlassenen Soldaten nach einer Periode bezahlter Langeweile ihr Entlassungsgeld ausgegeben und die neuen Anzüge zerrissen und besudelt hatten und wieder nach einem sicheren Halt in einer rutschigen Welt grapschen würden. Arme Teufel, sie wußten es noch nicht, doch als sie da aus den Waggons lehnten und ihn auspfiffen und schikanierten, galt der ganze Spott ihnen selbst.

Er fand seinen Weg durch die nach einem kurzen Unwetter glitschigen Straßen. Vorher war es heiß gewesen. Jetzt war es kühl. Die Menschenmengen in Melbourne Street stauten sich um den Eingang zum Troca. Taxis wurden an den Straßenrand gewinkt. Rotlippige Mädchen entstiegen ihnen kaugummikauend auf schrillen Sandalen. Sie hingen Offizieren in rosa Wolltuch im Arm, deren Mützen auf ihren Stoppelköpfen untadelhaft grade oder schief am Hinterkopf saßen und ein jugendliches Grinsen einrahmten. Wenn sie vorüberschritten, sprangen die dienstverpflichteten Männer, die in Gruppen an der Wand gelehnt hatten, schneidig in Habachtstellung, dann lungerten sie wie zuvor mit abgesetzten Mützen und den Händen in den Taschen und kauten wieder an ausgelutschten Schlüpfrigkeiten. Junge Mädchen, deren kurze Röcke ihre plumpen Beine nicht verstecken konnten, liefen Arm in Arm und mit so hochgetürmtem Haar, daß es eigentlich hätte schaukeln müssen. Die lungernden Männer gaben ihnen ein Potpourri aus hohen und tiefen Anerkennungspfiffen. Aus dem Eingang zum Saal stiegen die Klänge der Kapelle.

Er lief weiter, tänzelte mit seinen Füßen, die Musik, die er noch etwas weitersummte, machte ihn glücklich, wie auch der Trost der geleisteten Tagesarbeit in der überhitzten Mansarde, wo er geschwitzt und etwas geschaffen hatte – nun, einiges, *etwas* – wer konnte das sagen? Der Gedanke an das, was dort auf dem aus Obstkisten zusammengehauenen Tisch lag, machte ihn kindisch glücklich. Er dachte an die Farben dort oben im Dunkeln. Er lachte leise. Es war wie die Milch in Blechkannen. Für kurze Zeit stiegen aus seiner Erinnerung drei zerbeulte Milchkannen auf, eine Lattenbank über dem Sandboden, auf der man sie im Schatten einer Bunyahkiefer abgesetzt hatte, ihre hübschen Hälse – bläulich-metallisch – und die flachen, aufgestülpten Deckel. Schwer waren sie. Das Schwappen der Milch von einer Seite zur anderen, während man weiterschritt, und der Stahlgriff, der nicht unangenehm in die weiche Fläche der Hand schnitt.

Es überraschte ihn, als er an Knacks Ecke auf eine Menschenmenge stieß, die sogar noch größer war als die um den Eingang zum Tanzlokal. In ihr waren einige neugierige GIs, darunter Schwarze, die meisten aber waren barfüßige Männer in Shorts und Unterhemden und Frauen in Morgenröcken oder Dirndl und Filzpantoffeln.

Das Geschäft war hell erleuchtet. Die Büffets und Schränke und dreispiegligen Toilettentische mit ihrer Last von Porzellan und geschliffenem Glas und die schräg unter den unbeleuchteten Lampen von der Decke hängenden Eßzimmerstühle gaben in der Nacht ein scharf konturiertes Bild.

«Was ist los?» fragte er jemand.

«Ein Mord», erzählte ihm die Frau, «dieser deutsche Kerl hat seine Frau, oder was sie war, umgebracht – dann hat er sich selbst erschossen.»

Er warf sich in die Menge, die um die Tür stand, und fand sich kurz vor dem Arm eines Polizisten wieder.

«Alles klar, Junge, wozu die Aufregung? Wo willst du hier hin?»

Er stammelte, er kriegte keinen sinnvollen Satz zusammen. Der selber junge Polizist sah ihn alarmiert an. Eine Frau in der Menge erkannte ihn wieder. «Er ist so eine Art Künstler. Ich hab ihn oft im Geschäft gesehen – oh, ganz schön oft. Mit *ihr.*»

Der Polizist rief einen Vorgesetzten. Er wurde zu dem für die Ermittlung zuständigen Kriminalbeamten durchgelassen, der auf einer Hälfte des Zweisitzers saß, unter den schattenhaften Eßzimmerstühlen. Dahinter die weitgeöffnete Tür zur Wohnung. Er sah die Schulter eines Menschen mit Filzhut, der sich halb hingekniet hatte und seine Arme mit ziemlicher Regelmäßigkeit von einer Seite auf die andere bewegte.

Der Mann auf dem Zweisitzer war mißtrauisch. Er feuerte eine Fragenserie ab, die Frank nicht beantworten konnte – seine Lippen waren zu steif dazu. Aber was er schließlich herausbekam, mußte überzeugend geklungen haben. Mit einem Polizisten im Rücken erlaubte man ihm, die Wohnung zu betreten. Edna Byrne, ihr Kleid ein wenig über ihre Schenkel hochgeschoben, saß in ihrem Klubsessel mit zur Seite gewendetem Kopf, von dem eine Strähne Blondhaar herabhing. Er hatte sie bei ihren gemeinsamen Abenden oft so sitzen sehen. Sie hätte in dieser Haltung Knacks donnernder linker Hand zuhören können, ein wenig verwundert, aber ruhig. Er sah hin und erwartete jeden Moment, daß sie ihren Arm heben und geistesabwesend die Haarsträhne richten oder mit ihm einen heimlichen Blick tauschen würde. Ihr war zweimal durch die Brust geschossen worden. Ihr so seltsam zerknülltes Hemd war voller Blut.

Knack, der zu ihren Füßen gekniet haben mußte, war nach vorne zusammengesackt, die Pistole zwischen den Zähnen. Er hatte sich den Hinterkopf weggeschossen. Die kahle Kuppel war verschwunden, nur noch zerrissenes Gebein. Frank starrte. Auf der lila-grünen Tapete war jetzt ein Areal von ungefähr gleicher Größe wie sein Bild mit einem Mischmasch aus Grau und Rot bedeckt, der immer noch in feuchten Spuren zu Boden glitt. An den Wänden waren rote Spritzer, ebenso auf der weißen Fläche über dem Bilderrahmen, federartig rote Explosionen bedeckten die gesamte Fensterscheibe und waren in Flecken und Platschern und Tupfen über seine Landschaft verstreut, ihr Blau-Grau war nun für immer anders.

Frank schaute und war gelähmt. Er sank auf seine Knie und bedeckte die Augen. Das Zimmer schwankte immer noch von den Wellen, die das Zentrum des Schocks warf, jenen drei Schüssen, die sich in Rot an den Wänden brachen. Er versuchte, nicht hinzublicken, nicht an die Gestalten Ednas und Knacks zu denken und daran, was die Salve der Finsternis ihnen angetan hatte, als könnte er sie retten, indem er sie außer Sicht brachte und den Schock ganz auf sich nahm.

Er schaute wieder hin, ohne etwas zu begreifen, als einer von den Männern mit Filzhut den Leib des kleinen Vogels aufhob und ihn an sein Ohr hielt, um zu hören, ob er noch tickte, und ein anderer mit einem plötzlichen Ping sein Maßband in seine Hülse zurückschnellen ließ.

Das ganze Zimmer wankte vor Veränderung. Sein Bild zum Beispiel – der einzige Gegenstand, der durch die ihm verbundene Erfahrung an das Geschehene heranführte –, wie verändert! Welch ein Rot! Welcher Maler hätte das gewagt? Er war bis zum Schrecken verblüfft von dieser Möglichkeit, als hätte seine eigene Hand ohne sein Mitwissen einen Durchbruch erlebt, zu etwas Lebendigem, Wildem, Triumphalem, und wäre Zeuge jedes Schreckens und jeder Schönheit geworden.

Das war es, was ihn erschütterte: die Empfindung eines Triumphes, der alles überstieg, was er seinen Gefühlen zugestanden hätte und was sie einen Moment später als einen gräßlichen Verlust erkennen würden. Er hätte durch diese Kühnheit für den Rest seines Lebens geblendet werden können.

Den Rest meines Lebens könnte ich hier sitzen, dachte er, und würde doch zu keinem Ende finden.

Die Polizei fragte ihn aus, aber es war offensichtlich, daß dieser komische Künstlertyp nichts zu erzählen hatte. Ein Sanitäter behandelte ihn nicht unfreundlich, als hätte er einen Schock, dann ließ man ihn nach Hause.

Der Schock – im nichtmedizinischen Sinne – hielt mehrere Tage an, die er auf seinem Rücken auf dem Feldbett unter dem heißen Blechdach verbrachte und trauerte. Die Gemälde, sogar wenn sie gegen die Wand gestellt waren, waren nur noch eine Beleidigung, sie waren dem Geschehenen nicht mehr gewachsen. Er schlitzte sie auf, riß sie in Fetzen. In Haufen lagen sie auf dem Boden.

Wo, fragte er sich, war er die ganze Zeit gewesen, als diese Greuel sich anschickten zu geschehen? Wie konnte er den Anstieg einer solchen Flut von Rot übersehen? Mehr als über alles andere brütete er über dem Geheimnis Edna Byrnes, die seine Schwester hätte sein können; sie kamen aus so ähnlichen Welten und waren sich so nahegekommen. Hand in Hand wie Kinder waren sie einem Pfad in tiefe Wälder gefolgt, leckten dabei lächelnd von ihren Fingern die Reste eines rötlichgrauen Brotauflaufs, sein süßes Fett. Und während dieser ganzen Zeit war ihr Gesicht einer ganz anderen Richtung zugewandt, es folgte einer Musik, die ihn jetzt in einer donnernden Stille allein ließ, durch die keine Worte des Trostes gerufen werden und keine Botschaften hereindringen konnten.

Er zog die Knie auf seiner engen Bahre an, als quälte ihn ein Schmerz in den Eingeweiden.

Seine verlorene Schwester. Er weinte um sie, doch ohne Tränen. Er weinte über sie beide und auch für Knack. Er überließ sich der Umarmung einer tieferen Einsamkeit als jeder, die er bis dahin gekannt hatte, einem endgültigen Mangel, der durch nichts mehr behoben werden konnte.

Einen Todespakt, so nannten es die Zeitungen. Ein grelles Schlagwort; Liebe, Mitleid, Wut, Schrecken sollte es abdekken – die ungelösten Rätsel. Er dachte an das Paar in der Gasse, das mit solcher hymnischen Gewalt in sich und einander verschlungen war, im Nieselregen. Jeder Witterung und der Kette öffentlicher Ereignisse enthoben, die sie zusammengebracht hatten und die ihre Körper in leidenschaftlichen Wehen, wie die großen Spiralen und Kurven einer Schlange, von sich geworfen hatten. Es war ihr Geschehen und jenseits von Worten.

Das Bild verfolgte ihn; und es verfolgte ihn auch die Musik, die sie anscheinend auf ihre eigene Weise verstanden hatte und er, wenn überhaupt, auf eine andere. Als etwas ebenso Zwingendes, das aber zu Stärke und zum Licht führte – das war es, was sein Bild vorgeschlagen hatte.

Was für Musik war das gewesen? Knack hatte es nie gesagt. Er hatte sie eingehüllt und mit fortgenommen, und die Polizei hatte das Klavier zugeklappt und abgeschlossen; so brachten sie es wie den Rest der Möbel sofort auf das Niveau der Kommoden, Wäscheständer und Toilettentische im draußen liegenden Geschäft, dem Schutt gescheiterter, anonymer Lebensläufe.

Was sein eigenes Schicksal anging, so war auch das ein Rätsel. Er konnte nur einen flüchtigen Blick darauf werfen, in einem halbgehörten Notenschauer, oder einer gefiederartigen Schmierschrift, die jetzt wahrscheinlich zur Farbe alter Dächer getrocknet war, oder zur Wandfarbe einer Scheune, in die Milly Shoals, ihre Nachbarin in Glen Shoals, weiße Hühner trieb unter einem aufziehenden Gewitter; oder zur Farbe der Erde in Childers. Und in der anderen Form, wie in einem Bestiarium, jenes namenlosen doch weder schreckliche noch anstößige Geschöpf, in das das Paar in der Gasse sich verwandelt hatte, dem feine Tropfen auf dem Fell leuchteten.

Er machte sich wieder auf den Weg. Er nahm seine Sachen, ging aus dem Haus und schloß nicht einmal die Tür hinter sich, er ging auf die Straße zurück. Als er bereit war, sich wieder der Leinwand zu stellen, fand er einen Ort, an dem er arbeiten konnte, das alte Lichtspieltheater am Pier in Southport. Es half ihm ein wenig, auf die Gezeiten zu hören, die die halbzerfressenen Pfeiler umspülten, und ihr sauberes, ursprüngliches Salz zu riechen.

Er schrieb an seine Schwägerin:

Liebe Hilda (wenn ich Dich so nennen darf),
ich habe Deinen Brief viele Male gelesen. Ich stimme Dir zu, daß wir nach so langer Zeit ohne jede Nachricht davon ausgehen müssen, daß Jim, der Ärmste, unter den Vermißten ist, die nicht zurückkehren werden. Es ist sehr tapfer von Dir, daß Du Dich nach so vielen Monaten des verzweifelten Hoffens dazu durchgerungen hast. Ich kann Deinen Schmerz mitfühlen. Nach dieser ganzen Zeit und anderen

Verlusten, auf die ich nicht eingehen will, fühle auch ich das Leid. Jim und ich waren uns als Jungen sehr nahe, und ich habe die Jahre danach oft an ihn gedacht. Er und ich hatten, wie du weißt, die gleiche Mutter – ich habe sie nie gekannt. Für uns war es kein Unterschied, daß die anderen nur Halbbrüder waren.

Ich habe mich viele Jahre um diese Familie gesorgt und für sie mitgeschafft. Wir scheinen vom Pech verfolgt zu sein oder von Schlimmerem, ich weiß nicht, was es ist. Mein Bruder Pearsall ist aus der Armee entlassen worden, hat aber noch keine Arbeit gefunden und scheint unfähig, sich irgendwo niederzulassen. Er war der jüngste von uns, und ich hatte viel von ihm erhofft; aber jetzt ist er bereits dreißig – die Hälfte seines Lebens ist herum, und er hat noch nichts angefangen.

Es tut mir leid, daß ich Dich mit diesen Gedanken beunruhige. Ich will wirklich für den Jungen, meinen Neffen Gerald, tun, was ich kann, und aus dem, was Du über ihn sagst, habe ich gute Hoffnungen, daß er sich zum Guten entwickelt. Vor allem muß man ihm die bestmögliche Erziehung geben. Ich habe durch den Verkauf meiner Bilder im Süden ein wenig Geld – nicht viel, aber genug, um zu helfen – und wäre glücklich, um seines Vaters willen die Schule des Jungen bezahlen zu dürfen. Damit könnten wir anfangen. Ich würde das Gymnasium in Toowoomba vorschlagen, wenn es soweit ist. Dort ist auch sein Großvater gewesen.

Keiner von uns, außer Pearsall, hat irgendeine nennenswerte Erziehung gehabt, und das war ein großer Fehler, doch ich weiß, daß Jim sich selbst weiterbildete und nicht zu knapp – und als Pearsall an der Reihe war, konnten wir uns nur die Staatsschule leisten. Gerald muß etwas Besseres bekommen.

Ich weiß, daß noch ein wenig Zeit ist, da er gerade zehn

Jahre alt ist, aber Du kannst versichert sein, daß wir die Zukunft schon planen können. Meine Bekannten im Süden, die alle meine Geldangelegenheiten in der Hand haben, werden sich mit Dir in Verbindung setzen. Für die Zwischenzeit die besten Wünsche für Dich in Deinem Leid – und für den Jungen.

Dein Dich liebender Schwager

Frank Harland

Neffen

I

Frank Harlands Landschaft, die mein Vater am Tag unserer ersten Begegnung für zwei Pfund gekauft hatte, hing im letzten Lebensjahr meines Großvaters an der Schlafzimmerwand meiner Eltern. Seine Blau- und Grüntöne beherrschten das Zimmer und warfen ein eigenes Licht. So schien es mir jedenfalls, wenn ich jeden Nachmittag um halb sechs hineinkam, leise meine Mutter rief und einige Minuten bei ihr auf dem hohen Bett liegen durfte, bevor sie bedauernd, aber mit Bestimmtheit sagte: «Jetzt ist es genug, Phil, ich muß zu unserem Großvater, dem Armen. Er fragt sich sonst, was uns zugestoßen ist.» Später, durch das Ungewitter, das der Tod meines Großvaters heraufbeschwor, blieb das Bild zurück.

«Was ist aus Frank Harlands Bild geworden?» fragte ich, als Harlands Name bekannter wurde. «Warum fragen wir nicht, ob wir es zurückhaben können?» Mein Vater blickte zweifelnd. «Ich glaube, mein Sohn, daß Tante Ollie das Bild ziemlich gern hat. Sie hatte Frank gerne, weißt du. Ich glaube nicht, daß wir sie darum bitten sollten.»

So geschah es, daß ich jedes Jahr, wenn ich aus Anlaß ihres Geburtstags meine Großmutter besuchte und mit der Eisenbahn von South Brisbane zu ihr fuhr und am folgenden Abend zurückkehrte, zumindest einmal das Bild aufsuchte und vor ihm stand. Obwohl es überhaupt keine Ähnlichkeit mit der Landschaft Southports aufwies, die nur aus flachem Wasser und hellem Himmel bestand, fand ich in ihm doch das genaue emotionale Gegenstück zu jenem Ort, den ich während der großväterlichen Krankheit kennengelernt hatte. Die Atmosphäre jener Zeit, der ich noch immer nachspürte und nachtrauerte, war mir so gegenwärtig, daß ich das vordere Schlafzimmer fast mit der Erwartung betrat, ihn dort ganz wiederhergestellt zu sehen. Es war, als würde er inmitten seiner Kissen im Bett sitzen und ich würde ihn wieder mit offenem Mund und geschlossenen Augen schnarchen hören oder, wenn ich einmal durch Loquotblätter dem Mond zusah, auf der Hintertreppe meinem jüngeren Selbst begegnen, wie es zu einem kurzen Ausflug hinausschlüpfte.

Jetzt bewohnte meine Großmutter dieses vordere Schlafzimmer. Bald nach Großvaters Tod war sie dorthin zurückgezogen – es war schließlich das Elternschlafzimmer des Hauses, in dem sie ihre verschiedenen Kinder gezeugt hatten. Und am Ende verbrachte auch sie ihre meiste Zeit hier, nicht mehr dazu in der Lage, nach unten zu gehen, aber per Telefon immer noch mit den geringsten Firmenangelegenheiten beschäftigt, deren Kontrolle sie nie aus der Hand gegeben hatte. Einmal in der Woche, am Freitag, fuhr mein Vater zu ihr, um sich bei einem Arbeitsfrühstück mit ihr zu besprechen.

Das Zimmer war neu hergerichtet worden. Der große altarähnliche Toilettentisch mit den in Silber gerahmten Familienphotos, der Waschtisch und das Nachtschränkchen, der Schrank mit seinen facettierten Spiegeln, Schnörkeln und Blattverzierungen waren hinausgeworfen und durch moderne Einbauschränke aus hellem Holz ersetzt worden. Wie um alle Schatten und jedwedes Geheimnis zu vertreiben, das einst in den Ecken oder hinter Regalen gelauert haben mochte, war das Licht gleißend hell. Der Raum sah so aus, als würde er für ein Photo ausgeleuchtet. Das gelbe Röhrenlicht vertrieb sein natürliches Blau (das Meereslicht, nachdem es durch die hin- und herschlagenden Zweige der spitzen und groben Bunyahs gelangt war) und beraubte den Raum so rigoros seiner natürlichen Wärme, daß wir genausogut in einem anderen Haus hätten sein können, mit einer anderen Aussicht und einem anderen Aussehen. Nur das Messingbett war dasselbe. Das hatte sie behalten. Um richtig bequem zu sein, war es zu hoch, es paßte nicht hier hinein, doch sie schlief in ihm.

Früher hatte ich vor meiner Großmutter Angst gehabt. Sie zeigte für vieles eine solche Verachtung und war selbst eine so strenge, überordentliche kleine Person. Jetzt, nach so langer Zeit, entdeckte ich eine Art Nachgiebigkeit in ihr. Trotz des veränderten Lichts und der neuen Möbel und trotz der Strenge ihres Mienenspiels, in diesem Zimmer begann sie meinem Großvater zu ähneln. Diese Ähnlichkeit war schlagend, fast schockierend.

Ich hatte sie nie bemerkt, als Großvater noch lebte. An nichts hatte ich erkennen können, daß sie mit ihren gegensätzlichen und unnachgiebigen Stilen ein gemeinsames Leben geführt hatten. Doch das hatten sie, und meine Großmutter sprach jetzt von ihm, als wären sie wirklich ein Paar gewesen. Die meisten ihrer Erzählungen waren oft grausam und mitunter nachtragend, doch in anderen erschienen sie und mein Großvater als zwei junge Leute, die eine leidenschaftliche Zuneigung verband, und aus diesen Geschichten, die ihren Mund sanft und fügsam werden ließen, ging die Ähnlichkeit klar hervor. Von der Bedrohung durch seine Schwäche befreit, ließ sie ihrer eigenen freien Lauf und war dabei, sich ihm, wenn auch schüchtern, wieder anzunähern.

«Er war der bestaussehende Mann, den ich je zu Gesicht bekommen hatte, dein Großvater. Und ich war nur – meine Güte! – so ein kleines simples Geschöpf. Er war sehr sanft und hatte die besten Manieren, doch es gab auch eine andere Seite an ihm. Man konnte ihm ansehen, daß er ein kleiner

Teufel gewesen war – zu Hause in Gloucestershire. Mir gefiel das. Aber da unten beim Ridge hatte er wie ein Kanalarbeiter schuften müssen. Du hättest sehen müssen, wie seine Hände ausschauten! Sie waren ganz rissig und geschwollen – wie sehr er auch schrubbte, sie wurden nicht sauber. Er versuchte, sie niemandem zu zeigen. Er schob sie immer in seine Taschen oder klemmte sie unter seine Arme und lehnte alles ab, was man ihm anbot, damit er sie nicht zu zeigen brauchte – er schämte sich. Ich aber liebte sie, das ist die Wahrheit! Ich schaute immer wieder hin und wollte sie anfassen und sagte mir, daß ich meine Hände für ihn bis auf die Knochen abarbeiten wollte. Wenn er nur mir gehörte, wollte ich alles für ihn tun. Er sollte seinen Rücken nicht kaputtarbeiten oder seine Hände nie wieder so zurichten müssen, nie wieder! Er konnte nicht wissen, der Ärmste, daß er ohne sie einfach *zu* gut ausgesehen hätte. Es hätte mich verschüchtert. Nun, ich war nur so 'n albernes Schulmädchen und gerade sechzehn. Ich wußte nicht, was ich sagen sollte, ich wußte nicht, was Arbeit heißt. Und am Ende traf alles so ein, wie es ist, jedes bißchen. Wie du ja weißt.»

Sie senkte ihren Blick, strich die Decke mit ihrer beringten Hand glatt, und ihr Mund begann, wie schon öfters, zu zittern. Sie hob ihre Hand, um ihn zu beruhigen, die Ringe glitzerten.

«Ich hatte nicht immer genug Geduld mit ihm – am Ende. Es dauerte alles zu lange. Wie das ganze Leben.»

Der Haushalt hatte sich sehr verändert. Della war fortgegangen, übrigens nicht mit dem Eismann, sondern zu einer Nichte in Mullimbimby, wo sie drei Großneffen bekochen konnte. Tante Connie war ebenfalls fort, zurück zu ihrem Garten. Sie lebte bei Chelmer in einer Hütte und hatte sich erneut damit abgefunden, daß er dreimal die Woche zu «Chorproben» verschwand und mit schwerer Zunge und amourös belebt nach Hause kam. Der untere Teil des Hauses war mit Brettern vernagelt, und Tante Ollie kochte nun in einer modernen Kochnische, mehr brauchte sie nicht, um Krankenkost für ihre Mutter und ein Steak mit Salat für Onkel Gil zuzubereiten; es gab keine Besucher mehr. Sie und Onkel Gil waren sich nähergekommen, sie gewöhnten sich, so schien es mir, wie jedes alte Paar an die Vorstellung, ihre letzten Tage miteinander zu verbringen. Einmal in der Woche, am Donnerstag, fuhr er sie zum Einkaufen zum Supermarkt. Dabei ließ er den großen Super Snipe mit einer Schrittgeschwindigkeit laufen, bei der sie mitbekommen konnten, «was sich alles geändert hatte». Southport, diese Kolonialausführung eines englischen Seebades, blieb hinter dem fortschrittlichen Geist zurück, der die Brandung entlang nach Süden fegte. Onkel Gil hatte die Geschwindigkeit gedrosselt. Die Aufregung, die einmal in seinem Kopf ausgebrochen war, hatte sich wieder beruhigt, wie sich nach einem Sturm die Platte eines Eisendachs legt, oder sie hatte sich von ihm gelöst. Er lebte von seiner Pension und verbrachte seine Tage in einem Schlauchboot auf dem Broadwater oder auf ruhigeren Flußstrecken. In seinem Ruhestand hatte er sich in seine Jungenjahre zurückgezogen.

Nur Tante Roo hatte sich befreit. Nach einigen Spannungen und Zweifeln hatte sie einen Börsenmakler namens Harry Price geheiratet. Nach Brisbane versetzt, in ein protziges Haus im Pseudotudorstil auf den Hamilton Heights, büßte sie ihre schändlichen Unwahrheiten ab, indem sie sie verwirklichte: ihr Name schmückte die Gesellschaftsspalten, sie war die Präsidentin einer kleinen Theatergruppe, Harry Price hatte sie zweimal nach England mitgenommen. Vielleicht weil sie diese Ereignisse in ihren Erzählungen bereits seit zehn Jahren vorweggenommen und sie sich so schon lange vor ihrem Eintreffen anverwandelt hatte, saßen sie ihr wie angegossen. Sie zog sich weiterhin zehn Jahre jünger an, als sie war (und sah fast dementsprechend aus), gab ihre Hysterieanfälle auf, verlor ihren scharfen, trotzigen Blick. Und wenn sie das blieb, was die Leute theatralisch nannten, war es nun die Theatralität einer einstmals berühmten Schauspielerin im Ruhestand, die durch eine seltsame Modulation ihrer Stimme oder die Art, wie sie gelegentlich ihre Arme hob, ein Echo der einst von ihr gespielten Charaktere wachrief: Hedda, Frau Alving, Olga aus *Die drei Schwestern*, Lady Macbeth und, aus noch früheren Zeiten, Julia. Junge Leute fanden sie wunderbar. Sie konnte Zeilen zitieren, Posen improvisieren, die denen großer Schauspieler aufs Haar glichen, und hatte anscheinend jeden und alles gesehen: die Pavlova und Oscar Asche, Dame Edith Sitwell, Flora Robson und die Oliviers in London, Marie Bell in Paris, die Lunts in New York. Tante Connie war überrascht, in welchem Ausmaß ihre Schwester in so wenigen Jahren ihrer Vergangenheit entfliehen konnte (oder sie mit waghalsiger Wirklichkeitstreue zurückeroberte) und selbst ihre kühnsten Vorstellungen übertraf. Gelegentlich und nach Zögern nahm sie eine von Tante Roos Einladungen an. Sie saß dann schweigend und gebannt auf glanzrosa Plüsch, zwischen Vasen und unter all den Berühmtheiten, und starrte. Als ich alt genug war, wurde auch ich eingeladen. Ich beeindruckte niemand. Tante Roo, deren Vertrauter ich in früheren Zeiten gewesen war und die mich für einen gleichgesinnten Geist mit exotischen Träumen hielt, war zutiefst enttäuscht. «Mein Neffe studiert Jura», erzählte sie den Leuten, als ich auftauchte, so wie sie von Harry sagte: «Mein Gatte, der Börsenmakler.» Doch gelegentlich stellte sie mich zu allgemeiner Verwunderung als «unser Junior an der Axt» vor. Und fügte mit Flötenstimme hinzu: «Wir gehen davon aus, daß er eines Tages australischer Meister wird, nicht wahr, Schatz?»

Tante Roos Parties waren locker und informell. Ganz nach der Laune eines Augenblicks wurden sie rasch nach einer Kostümprobe oder einer Vorstellung organisiert und waren für alle offen, die kommen wollten – Fremde eingeschlossen, die am Haus vorbeikamen und nur hereinschauten, um nachzusehen, was los war. Ihr Tonfall war der der Laienschauspieler, die tagsüber als Sekretärinnen oder Bankangestellte arbeiteten. So hatte dann eines der spätabendlichen Feste die nachlässig-schlaffe Atmosphäre der Versammlung in einem französischen Château, mit romantischen Zynismen und gedämpften Endlauten, denn die Hälfte der Gäste gehorchte noch den Lebensrollen, die Jean Anouilh ihnen zugedacht hatte. Ein anderer Anlaß mit gleichen Gesichtern besaß dann die überspannte Stimmung eines puritanischen Grenzpostens am Rande der Wälder, der von wirklichen Teufeln angegriffen oder von innen durch dunklere Kräfte bedroht wurde, als selbst die Wildnis sie kannte.

Es war alles recht lebhaft. Oft dehnte sich die gehemmte Atmosphäre, wurde elastisch und riß schließlich unkontrollierbar auseinander; Geschöpfe, die in eine Erregung ausbrachen, die jene eher förmlichen Theaterereignisse nicht in sich getragen hatten. Die Schauspieler wollten nicht abtreten. Genausowenig wollten sie sich nun, da sie diese zauberhafte Veränderung ergriffen hatte, an ihre Rollen halten. Ein junger Bursche auf unsichtbar hochhackigen Schuhen, der einen Chauffeur gespielt hatte und immer noch mit Maske, Ledermütze und Handschuhen daherraste, nahm auf einmal die Attitüde – die europäische Überfeinerung und einstudierte Herablassung – der Gräfin an, die er gerne sein wollte (im wirklichen Leben war er ein Schaufensterdekorateur namens Noel Clark); oder ein zum Kurschatten wie geschaffener, sensibler Bibliothekar erhob sich ins Riesenhafte, ins Knorrige und brachte die Gesellschaft mit einer Flut tödlicher Beleidigungen zum Schweigen – ein geborener König Lear. Das alles war so, wie es sich Tante Roo gewünscht hatte. Durch ihre Parties sollte alles er*scheinen* können. Sie selbst erschien als pompöse Herrscherin der Geisterwelt, während Harry – beeindruckt und, wie er aber zugegeben hätte, zumindest auch ein bißchen verschüchtert – stöhnte und zuschaute. Er war stolz auf sie. Sie besaß soviel Verve. Und sie entdeckte immer wieder neue Leute. Sie hatte ihn entdeckt. Er fand heraus, daß er den Geruch von Theaterschminke mochte, und bedauerte, wenn die Leute, denen er sich anschloß, durch seinen Anzug, seine Solidität oder ihre karminroten Wangen in Verlegenheit gerieten. Er kam sich dann wie ein Eindringling vor, wo er sich doch vor allem wünschte, in seinem eigenen Haus, dazuzugehören.

Er war ein ernster und eleganter Mann, sechzig Jahre alt, früherer Fußballspieler und geborener Junggeselle.

«Harry ist ein Klotz», betonte Tante Roo, und er lieferte zu dieser Behauptung den Beweis, indem er die betreffende Form annahm. Doch ich glaubte, unter seinem zweiteiligen Jackett einen dunkel schwelenden und ganz und gar nicht presbyterianischen Traum zu spüren, dessen Zipfel er bei Tante Roos Theaternächten erhascht hatte, und daß er nach diesem Traum suchte – in der Menagerie, in die sich sein Haus bei solchen Anlässen verwandelte, und in den üppig verzierten und herrischen Armen meiner Tante.

Bei einer der lärmigsten Veranstaltungen fand ich mich einmal auf dem Sofa neben einem blassen, aufgeregten Mädchen mit Sommersprossen und einem Jungen in Uniform, der betrunken an ihrer Schulter schlief. Das Mädchen aß einen Apfel. Immer wieder warf sie wütend ihren Pferdeschwanz von einer Seite auf die andere, bis sie auf einmal ausrief: «Oh, diese Schauspieler! Ich gehe noch die Wände hoch. Ich könnte sie alle umbringen!» Sie richtete sich an niemand bestimmten, aber ich nahm natürlich an, daß sie sich an mich wandte.

«Gehörst du etwa nicht dazu?» fragte ich.

Sie rollte ihre Augen und biß an ihrem Apfel. «Ich nicht, ich bin zu *sensibel.*»

Vielleicht zitierte sie eine Bemerkung, die sie über sich gehört hatte, etwas, das ihre Mutter Besuchern erzählt hatte, jedenfalls musterte sie mich genau, um zu erkennen, wie ich es aufnahm, ob als Empfehlung oder als schwerwiegenden Einwand. «Wie ist es mit dir?» forderte sie mich heraus.

«Ich bin nur ein Neffe», sagte ich ihr. «Meiner Tante – von Frau Price. Ich bin der Neffe von Frau Price. Sie ist meine Tante.»

Sie brach in Gelächter aus, ließ dabei alle Zähne und einen Apfelbissen auf ihrer Zunge sehen, und als sie sich beruhigt hatte, deutete sie auf den Jungen an ihrer Seite. Auch er war rothaarig, aber dunkler. Er trug eine Uniformjacke mit Blechorden, eine Hose aus grobem Khaki und schlief mit ausgestreckten Beinen, zwischen denen seine Hände baumelten. Ich bemerkte jetzt, daß er seinen Militärdienst ableistete.

«Er ist auch ein Neffe», teilte sie mir mit. «Von Frank Harland, dem Maler – obwohl ich nicht glaube, daß du je von ihm gehört hast.»

«Oh, natürlich», entgegnete ich, erstaunt, diesen Namen wiederzuhören. «Um die Wahrheit zu sagen, wir waren mit ihm bekannt. Gut bekannt.»

Sie schien beeindruckt zu sein, hielt sich dann aber zurück; bei diesen Treffen wurde nicht allzuviel gesagt, was man ohne weiteres glauben konnte. Sie warf mir von der Seite einen kurzen Blick zu, der sie der Verpflichtung enthob, mir Glauben zu schenken, und biß ungestüm in ihren Apfel.

«Naja, *ich* habe ihn nie getroffen, und Gerald will mich nicht mitnehmen. Ich habe ihn oft genug darum gebeten, tausendmal, aber er will nicht. Ich glaube, er schämt sich. Gerald, los, wach mal auf! Hier ist ein Junge, der deinen Onkel kennt.» Aber Gerald gab nur ein Gebrummel von sich und ließ sich in seinen Schlaf zurückfallen.

«Schau mal genau hin», sagte das Mädchen, lehnte sich hinüber und legte ihr Gesicht neben das seine – seines gebräunt, in verdrossener Schläfrigkeit, mit ziemlich weißen Lidern und einem etwas zu vollen Mund, ihr eigenes ganz Backenknochen, pointiert und wachsam –, «findest du auch, daß wir uns ähnlich sehen? Das sagen alle. Die Leute denken immer, daß wir Geschwister sind. Oder Zwillinge. Dabei ist Gerald neunzehn, und wir sind gar nicht verwandt. Manchmal nehmen wir ein Taxi und fangen auf dem Rücksitz an rumzumachen – du weißt schon, kuscheln und schwer atmen, und dann reden wir über Inzest. Du solltest mal einige von diesen Fahrern sehen, die können ihre Augen kaum noch vom Rückspiegel nehmen. Gerald ist ein toller Schauspieler, selbst deine Tante sagt das. Ich stell mich einfach blöd und hole tief Luft.»

Gerald Harland war eine der «Entdeckungen» meiner Tante, und sie kam einige Wochen danach von selbst auf ihn zu sprechen.

«Hör mal, Schatz», fing sie an einem Nachmittag an, an dem wir in die Vertrautheit der Zeit in Southport zurückgefallen waren, als sie ihre Illusionen nur mit mir teilen konnte, «ich möchte, daß du nett zu ihm bist. Wirklich, das mußt du, ich weiß nicht, was du gegen den Jungen hast. Er ist zu bedauern. Er lebt mit zwei schrecklichen Onkeln zusammen. Der eine ist Frank Harland, der bei uns in Southport oft ins Haus kam, eine von den lahmen Enten deines Vaters, ein Maler, der überhaupt nicht durch die Welt gekommen ist!» Damit meinte sie, daß er fast fünfzig war und noch nie in Sydney gewesen ist.

«Vielleicht überrascht es dich», sagte ich, «aber man hält von ihm eine ganze Menge.»

«Von wem?»

«Von Harland – dem Maler.»

Sie verzog ihren Mund. «Nun, Gerald jedenfalls sagt, daß er ein Scheusal ist, und ich glaube das auch. Das Haus ist ein Schweinestall, und er hackt auf dem Jungen immer nur rum, schlimmer noch als die Mutter – ja, eine Mutter gibt es auch noch zu allem Überfluß! Nein, Schatz, wirklich, versuch mal, nett zu ihm zu sein. Er ist so empfindlich und hat schon einiges durchgemacht. Alles, was ich von dir will, ist nur, daß du manchmal mit ihm redest oder ihm zumindest zuhörst. Nein, Phil, guck nicht so komisch, das steht dir nicht. Du bist überhaupt kein Zyniker. Du bist in Wirklichkeit so weichherzig wie dein Vater. Wenn du nicht genau aufpaßt, was du aus dir machst, wird aus dir ein rundes hübsches Nüllchen.»

«Also ehrlich, Tante, ein Nüllchen! Wie kommst du auf so eine Idee?»

«Dadurch, daß ich gescheiten Leuten zuhöre.»

«Fünftklassigen Schauspielern, wolltest du sagen, die immer so tun, als wären sie jemand anderes.»

«Nein, mein Kleiner», sagte sie ernst, «da irrst du dich. Schauspieler tun nicht so, als wären sie jemand anderes. Sie werden es, indem sie andere Leute in sich wiederfinden. Jemand, der so tut, als sei er ein anderer Mensch, ist keine Null. Jetzt versprich mir, daß du Gerald mal zuhörst, und versuch nicht, mich aufs Kreuz zu legen. Dafür kenn ich dich zu gut. Das beeindruckt mich nicht.»

Er war ein oder zwei Jahre jünger als ich, schlank, athletisch und mit einer trotzigen Nachlässigkeit; es war ihm egal, welchen Eindruck er hinterließ, doch hatte er Sinn für Effekte. So gestand er etwa mit entwaffnender Ehrlichkeit, daß er «als Schauspieler nicht viel brachte, weißt du», oder «im Büro ein kompletter Versager war» (er war in der Ausbildung, wie ich). Aber diese Unzulänglichkeiten wurden von ihm so fröhlich und mit so viel jungenhafter Offenheit und Charme behauptet, daß man sich verpflichtet fühlte, ihnen zu widersprechen, oder sie als Niederlagen auf Gebieten betrachtete, auf denen er Erfolg verachtet hätte. Er war, wie mir schien, von seiner Überlegenheit zutiefst überzeugt. Was seine Selbstverunglimpfungen wirklich sagten, war: «In euren Augen bin ich vielleicht all das und dazu auch noch oberflächlich, aber eure Augen, müßt ihr wissen, sind zu grob, um meine eigentliche Größe zu erkennen. Was soll's, ich nehm's leicht, ich bestehe nicht drauf.» Er trug seine Jacken über der Schulter wie ein Husar, fuhr eine CZ mit Zweitaktmotor und war ein guter Sportler, besonders im Tennis. Wir spielten bei meiner Tante miteinander, auf einem Platz hinter einem von rosarot blühenden Antignonen erdrückten Zaun. Er war ganz konzentriert bei der Sache, voller Siegeswillen, und lümmelte sich herum, als sei er außer Konkurrenz. Er lehnte sich mit gekreuzten Beinen, den Schläger in den Armen, gegen die über und über grüne Wand oder setzte sich zwischen den Spielen hin und stützte sich mit dem Ellenbogen auf seine Knie; sein leuchtendes volles Haar war vom Wasser dunkel und klatschte nachlässig hin und her. Ich weigerte mich, zuzugeben, daß alles, was er tat und fühlte, interessant sein mußte.

«Hör mal», sagte er ruhig, wenn man mit ihm zusammen einen Schluck zu sich nahm, «ich muß mal kurz nach draußen, um 'ne Stange Wasser wegzutragen.» Oder er fing auf einmal an, von seiner Kindheit in Albury oder Glen Innes zu erzählen oder von der Zeit am Ende des Krieges, als er und seine Mutter in einem einzigen Jahr in elf verschiedenen Pensionen gehaust hatten.

«Weißt du», sagte er ernst, «wir waren sehr arm, wir hatten überhaupt kein Geld – nur das, was meine Mutter durch die Arbeit in Geschäften und anderswo zusammenbringen konnte, wobei sie andauernd belästigt wurde – du weißt schon, Männer. Jedesmal mußten wir in der Nacht packen und verschwinden, und jedesmal gab es etwas, das wir dalassen mußten. Wir waren immer dabei, irgend etwas *aufzugeben*. An einige dieser Orte erinnere ich mich am besten durch das, was dableiben mußte. Ich wollte etwa immer eine Uhr haben, eine echte Uhr, die tickte – ich hatte gerade gelernt, wie man die Zeit abliest –, wir konnten uns aber keine leisten, also kaufte mir meine Mutter eine Eieruhr. Sie war voll blauem Sand, und die Sandfläche höhlte sich aus – davon war ich ganz begeistert –, und die Körner rollten im Uhrzeigersinn hinein und schwanden, dann drehte man das Ding um, und alles geschah wieder von vorne. Ich zählte damit die Minuten, vor allem nachts, wenn meine Mutter nicht da war. Sie mußte immer ausgehen und ließ mich alleine – ich hatte Angst, daß eines Tages *ich* beim Umzug dableiben mußte – ich sah immer dem Sand zu und hielt den Atem an. Na, eines Tages ließen wir natürlich die Eieruhr zurück, und als ich das entdeckte, war es schon zu spät, wir konnten nicht mehr zurück. Ich heulte eine ganze Woche. Es war so, als hätte ich ein Lieblingstier verloren. Das war um die Zeit herum, als mein Vater gerade vermißt gemeldet wurde – im Krieg, du weißt schon –, und meine Mutter gab Anzeigen in die Zeitung auf mit der Frage, ob ein Soldat, ein Kriegsgefangener oder jemand anders ihn gesehen oder einer irgendwas von ihm gehört hatte.

Viele Leute antworteten, viele Männer. Ich kriegte auf diese Art mehrere *Onkel*, du verstehst. Natürlich nicht wirkliche. Ich nannte sie nur so.»

Geralds Geschichten machten einen verlegen. Man konnte schwer sagen, mit welcher Absicht er sie vortrug oder was man mit ihnen anfangen sollte. Sie gingen zu weit. Sie begannen als schüchterne Versuche, sich interessant zu machen, und endeten als Traummonologe, deren Erzähler immer mehr vereinsamte und sich in ein Schweigen zurückzog, das man nur schwer brechen konnte, sofern es der Erzähler nicht selber brach – durch ein gewisses Kichern. Dann wurde er auf einmal rot, schluckte sein Bier herunter, schaute einen von der Seite mit seinen hellen runden Augen an. Und fünf Minuten später begann alles von vorne.

Mädchen ließen sich durch all das rühren – durch sein Leben, seine Verlegenheit –, besonders die, die für ein Paar Backenknochen und einen Adamsapfel empfänglich waren; und bald hatte er es raus, wie man ihnen schöntat. Doch Jacky war die einzige, die ihm nahestand.

Sie waren oft zusammen und hätten mit ihren roten Haaren und Sommersprossen tatsächlich Zwillinge sein können. Selbst ich konnte das jetzt erkennen. Es war gar nicht so sehr ihr Aussehen, sondern die Andeutung, als wenn sie wichtige Geheimnisse miteinander hätten, gemeinsame Scherze und Wahlverwandtschaften, die ihnen zur zweiten Natur geworden waren und in eine Zeit zurückreichten, an die selbst sie sich nicht erinnern konnten. Sie hingen flüsternd zusammen; oder sie brachen, nachdem sie viele Minuten schweigsam zusammengesessen hatten, gleichzeitig in Gelächter aus. Sie hatten eine Sprache, die ich nicht ergründen konnte. Sie brachte mich aus der Fassung.

GeraldndJacky.

Ich haßte die Leichtigkeit, mit der man ihre Namen in

einem Atemzug zusammenschweißen und von der Zunge rollen konnte. Etwa wenn sie mit der CZ vordröhnten, Jacky auf dem Soziussitz, und die Leute ausriefen: «Da sind GeraldndJacky!» Oder wenn jemand, nachdem er seinen Blick über die Gesichter in einem Zimmer schweifen ließ, ganz niedergeschmettert fragte: «Wo sind denn Geraldnd-Jacky?» Diese übergeläufige Verbindung der zwei, die Schaffung einer gemeinsamen Person mit einem Wesen, machte mich verrückt. Es war, als hätten die Namen selbst eine eigene Macht – wenn sie einmal verbunden wären, müßten auch ihre Besitzer zusammenkommen. Jedes Mal, wenn ich sie hörte, diese fünf Silben in einem Atemzug, zuckte ich zusammen und fühlte mich verraten.

Aber das Namenspaar war nur eine der Möglichkeiten, sie zu vereinen. Sie hatten ein Spiel, und nicht nur für Taxifahrer, in dem sie eine vollständige und vollständig erfundene Kindheit von Onkeln, Tanten, Familienanekdoten, Krankheiten miteinander teilten. Sie wetteiferten darin, wer mit den unerhörtesten Erinnerungen herausrücken würde. Sie erzählten sie mit einer solchen gespielten Unschuld und einer solchen Unverschämtheit, daß selbst die Eingeweihten durch sie schokkiert wurden; nicht so sehr durch die Ereignisse, die ja schließlich nicht stattgefunden hatten, als durch die Kraft ihrer Phantasie. Ich war vor Eifersucht fast verrückt.

«Phil ist eifersüchtig», spottete Jacky. «Du mußt nur sein Gesicht ansehen!»

«Ist das wahr? Bist du, Phil?»

Gerald, seine Pupillen geweitet wie die einer Katze, fragte mit einem Ausdruck vollendeter Unschuld: «Aber warum? Hast doch gar keinen Grund dazu, ganz ehrlich, gibt doch gar keinen Grund.» Und er legte seinen roten Kopf neben ihren, so daß sie wirklich wie die Geschöpfe einer magischen Vereinigung wirkten.

Solche Demonstrationen einer esoterischen, verbotenen und vielleicht deshalb doppelt begehrenswerten Beziehung zerrissen mich immer mehr zwischen Selbstvertrauen und jener Art düsterer Verzweiflung, die Jackys ursprünglicher Beschuldigung nur recht geben konnte. Ich hatte Angst, daß sie bei der Erfindung dieser Phantasien eines leidenschaftlichen Lebens auf die Wahrheit stoßen würden. Wie könnten sie sich diese Gelegenheit entgehen lassen? Ich sah zu, wie sie sich jeden Tag näherkamen, in einer Vergangenheit, die – außer als erregtes So-tun-als-ob – nie existiert hatte, und fragte mich, wann diese zuletzt als Zukunft zur Welt kommen würde. Wie konnten sie bei diesen Dingen so ruhig bleiben? War es Verstellung? Perverse Hinterlist? Waren sie noch raffinierter und gemeiner, als ich mir hätte träumen lassen?

«Hör mal zu», sagte Gerald, «ich weiß was. Warum tust du nicht so, als seist du Jackys eifersüchtiger Freund? Du hast den Verdacht, daß sie und ich – du weißt schon, und du bist ganz schön eifersüchtig.»

«Laß mal, Gerald, hörn wir mal auf zu spielen», riet Jacky.

«Nein, das ist eine gute Idee. Wir sind Bruder und Schwester, so wie immer, siehst du, und Phil kann dann –»

«Warum nicht du?» fragte ich.

«Warum ich nicht *was*?»

«Warum kannst du nicht der eifersüchtige Verlobte sein?»

«Und du und Jacky Bruder und Schwester?»

«Warum nicht?»

«Das also willst du?» Er schien ehrlich überrascht.

«Nein, aber warum nicht? Warum muß ich der *Dumme* sein?»

«Du brauchst überhaupt nicht der Dumme sein.»

«Aber ich wär es trotzdem, oder nicht?»

«Also um Himmels willen», explodierte Jacky, «laß uns einfach überhaupt nicht mehr spielen.»

«Du mußt nicht der Dumme sein. Du bist einfach nur eifersüchtig.»

«Gerald, hörst du *endlich* auf? Ihr seid richtig kindisch, ihr beide.»

«Also gut, wir spielen nicht. Ich dachte nur, es sei vielleicht ein neuer Effekt.»

Er saß da und schmollte. Er war verletzt, dabei schien es mir, als wenn ich, dem man die Rolle des betrogenen Liebhabers zugedacht hatte, viel mehr Grund zum Gekränktsein hätte.

«Nun komm schon, Gerald, hör auf zu schmollen, jeder würde glauben, du bist erst fünf Jahre alt.» Jacky zupfte ihn am Arm. «Jetzt *komm schon.*» Ich konnte nicht ganz verstehen, warum sie ihn so schnell aufheitern wollte.

«Komm, wir nehmen einen Milkshake bei Con's. Ich geb einen aus, wenn du's dir nicht leisten kannst.»

«Ich kann's mir leisten.»

«Also, um Himmels willen, los dann und ran. Komm mit, Phil. Zumindest du schmollst nicht. Ehrlich, Gerald, manchmal bist du unmöglich. Ich weiß nicht, warum wir uns das gefallen lassen.»

Wir, sie hatte *wir* gesagt. Der Himmel weitete sich über mir und leuchtete – das war besser als jedes Spiel. Aber sie nahm Geralds Arm. Sie gingen zusammen voran, und ich lief hinterher und wartete darauf, daß sie sich mir zuwendeten. Für die ganze Welt war ich wie der eifersüchtige Verlobte, der ich mich geweigert hatte zu sein.

Ich fiel immer wieder in solche Fallen, von denen ich mir viele selber gestellt hatte. In Restaurants und im Kino achtete ich darauf, daß ich mich zuerst hinsetzte, und geriet in Verzweiflung, wenn Jacky sich nicht neben mir niederließ. Wenn wir drei zusammen waren, tat ich alles, damit Gerald sich von seiner schlechtesten Seite zeigen konnte, seinen

Hang zum Quengeln, Prahlen oder Schmollen. Ich fing Streit über Themen an, über die er nichts wußte, und wenn er angebissen hatte und erst herumpolterte, dann steckenblieb und am Ende herausplatzte, lehnte ich mich zurück und blieb ganz cool. Wie meine Tante vorgeschlagen hatte, legte ich meine Treffen mit ihm in die Stunden nach seiner Arbeit, weil ich hoffte, daß er bei unserem Alleinsein und unter Alkoholeinfluß etwas von sich preisgeben würde – etwas, das ihn belastete, meine eifersüchtigen Verdächtigungen rechtfertigte oder Jacky ganz mir gehören ließ. Dabei bemerkte ich nicht, wie Gerald und ich uns im Laufe der Monate immer näherkamen, wie sehr er mir bereits Vertrauen schenkte.

«Hör zu», sagte er eines Nachts, als wir alleine im Criterion waren, «mein Onkel liegt mir in den Ohren, daß er dich wiedersehen will. Er erinnert sich an dich aus Southport.»

Wir waren bei unserem dritten oder vierten Bier angelangt und in diesem Moment mitten in einer jener mißtrauischen Diskussionen, eines spielerischen Schlagabtauschs, mit dem junge Leute sich gegenseitig testen. Man stößt ein wenig vor, dann sticht man weiter, zieht sich zurück, stößt wieder vor, aber immer mit der Gewißheit, daß der Abstand zum anderen gewahrt bleibt, den die Kampfplätze und ihre Rituale vorschreiben. Gerald verletzte mit seiner halbschüchternen Beharrlichkeit die Regeln.

«Kommst du?» drängte er, «mein Onkel fragt mich immer wieder. Ich hoffe, du kommst.»

Er sah mir in die Augen, lächelte schwach, schaute dann weg. Aus irgendeinem Grund war es ihm wichtig.

«Du würdest mir einen großen Gefallen tun», sagte er. Dann geheimnisvoll: «Es ist etwas, über das ich nicht sprechen will.»

Er legte die Stirn in Falten, nahm einen Schluck Bier.

«Egal, du schaust einfach mal selbst», sagte er, «ob du kommen kannst. Ja?»

Ich schob einen Finger in meinen Kragen und lockerte ihn. «In Ordnung, ja. Demnächst mal, am Abend.»

«Nein», beharrte er, «ich meine jetzt, heute. Ich weiß, es klingt ziemlich dumm, aber ich geh ohne dich nicht nach Hause. Bitte sag, daß du kommst. Er fragt nach dir, das ist die Wahrheit. Er vergißt nie jemand – oder überhaupt etwas –, es ist erschreckend, wie er alles und jedes im Kopf behält. Du denkst, daß er es vergessen hat oder gar nicht gesehen oder gehört, und eine Woche später kommt alles wieder hoch, er hat seine ganze Zeit damit verbracht. Ich mein damit nicht, daß er viel redet. Er brütet einfach vor sich hin und stiert – das ist schlimmer als reden –, und was du auch tust, du hast nie recht. Er foltert die Leute. Das ist seine Lieblingsbeschäftigung. Ich muß lachen, wenn ich den Scheiß lese, den die Leute über ihn schreiben.» Er lachte gereizt und schwieg, konnte aber mit dem Reden nicht aufhören. «Du kennst ja das Zeug, das die Zeitungen verzapfen. Im Süden, meine ich, hier nehmen sie ja keine Notiz von ihm. Ist alles Unsinn. Er ist so ungebildet wie Dreck. Sein Kopf ist voller Spinnereien. In Wirklichkeit ist ihm jeder gleichgültig. Alles, was er kann, ist mit seinem Geld herumknausern, um sich nachher zu beschweren, daß die Leute ihn aussaugen, und er hat sich wieder geopfert, und man sagt nicht mal Danke. Und dann überhäuft er dich mit –» Er schüttelte den Kopf und nahm noch schnell einen Schluck Bier. «Er ekelt mich an, ich meine es ernst! Ich will mich nicht wichtig tun oder so. Ich weiß, daß du das denkst, aber es ist nicht wahr. Du wirst das noch merken.»

Ich wußte zu diesem Zeitpunkt bereits eine ganze Menge über Geralds Leben und hätte schon früher merken müssen, daß seine Wechselbäder von übermäßigem Selbstvertrauen und verzagter Hoffnungslosigkeit nichts Neues waren und daß seine Ängste, so unvernünftig und kindisch sie manchmal schienen und so sehr er sie dramatisierte und ausnutzte, in seine eigene Kindheit zurückreichten – in die Jahre, als er in Randwick oder Petersham die Stufen einer Pension nach der anderen hochgeführt worden war und viele Scheinonkel kennengelernt hatte, bevor ein echter auf der Bühne erschien. Nicht alle waren Ungeheuer gewesen, aber in seinen Erzählungen wurden sie es.

Es hatte da einen walisischen Zimmermann gegeben, dem an der linken Hand drei Finger fehlten und der hinten in einem Bauhof eine Werkstatt hatte. Als Gerald sechs war, hatte er ihm beigebracht, wie man mit einem kleinen Hobel arbeitet.

Der Junge hatte bis dahin niemals etwas so Schönes wie die fast durchsichtigen Späne gesehen, die er einem Brett abschmeicheln konnte; sie gaben ein so wunderbar klagendes Geräusch von sich und sammelten sich auf dem Boden zu einem Haufen engelhaft geflügelter Locken – jede trug in sich die Maserung, die, wie der Mann erklärte, alle Lebensjahre der Kiefer zeigte, ganze Winter und Sommer, viele mehr als seine eigenen. Dies verstand er; doch ebenso stellte er sie sich vor, wie sie vom Kopf eines verborgenen Kindes fielen, seines Spielkameraden, für andere unsichtbar, doch für ihn immer da. Goldblond fielen sie, wie seine eigenen beim Friseur rund um den Stuhl fielen.

Der Waliser war sentimental. Er roch nach Holzleim, hatte reichlich Haare auf den Schultern, sang laute Gesänge, wenn er Freitag nachts betrunken nach Hause kam, und schlug Gerald einmal mit einem Streichriemen, weil dieser «sich angefaßt» hatte. Einer seiner Nachfolger, ein junger Eisenbahnarbeiter mit strenger Lebensweise – ein gutaussehender, frischer Junge, der eine Sergeweste und Hut trug und einen Stab mit einem Wimpel schwenkte, um die Züge anfahren zu lassen –, hatte Gerald verschont, aber die Frau geschlagen, ohne Hemmungen und mit geballten Fäusten, aus dem einfachen Grunde, daß sie bereit gewesen war, sich mit ihm einzulassen.

«Oh, diese Onkel, die sind eine Sorte für sich», teilte mir Gerald mit. «Ich weiß alles über Onkel.»

Es stimmte, es mochte stimmen. Ich war bereit, ihm seine Verzweiflung zu glauben, auch, daß überall eine unvermeidliche Ungewißheit herrschte, die er zur Genüge kannte und die ich bis dahin nicht bemerkt hatte. Aber mit Frank Harland hatte ich meine eigenen Erfahrungen.

«Also gut», sagte ich leise. «Ich komme mit. Stören wir ihn denn nicht?»

Er lachte. «Oh, da mach dir mal keine Sorgen, der wird uns schon sagen, wenn wir ihn stören. Der verliert keine Zeit, wenn er merkt, daß du ihm bei seiner wertvollen Arbeit im Weg stehst. Aber das Haus darfst du dir nicht allzu genau anschauen, du weißt, es ist ein Schweinestall, wir leben wie die Schweine. Nur Onkel Tam kümmert sich überhaupt darum – keine Frau –, also wird nichts richtig gemacht. Und der läßt gar keinen in *sein* Zimmer, also wird da überhaupt nicht aufgeräumt. Aber das wirst du ja sehen! Hauptsache, es stößt dich nicht ab, das ist alles.»

Er stellte sein Glas hin, es war halb voll. «Du kommst auf den Sozius von der CZ.» Er war bereits aufgestanden. «Können wir los?»

2

Das Haus lag in einer Straße hinter dem Dutton-Park-Bahnhof, auf einer hohen Hügelkette über dem Fluß. In dem einstöckigen Schindelhaus führte ein Flur direkt von der Veranda mit Holzgitter zu einem quadratischen, an allen Seiten überdachten und mit Geländern versehenen Innenhof. Das Haus saß auf vorne zwei und hinten sechs Meter hohen Stelzen an einem abschüssigen Hang. Über eine hölzerne Fußbrücke gelangte man zu ihm und hatte die Aussicht auf einen niedrigen Mangrovenhain auf dem gegenüberliegenden Ufer und den schlammig graubraunen Fluß dazwischen. Zwei Bretter der Fußbrücke waren lose. Sie hüpften unter unseren Stiefeln. Farbe blätterte von dem Verandagitter und ließ die Köpfe rostiger Nägel sehen. Das Holz selbst war geborsten und verwittert, die Regenrinne hing durch. Unter der Fußbrücke fiel der Boden in eine Purpurwindenwildnis ab, die unter der Nachmittagssonne einen Hauch von Dunst ausströmte und schwach und träge zischte.

Gerald war vor der offenen Tür stehengeblieben. «Sieh dir das an», sagte er.

Mitten in den Verandabrettern klaffte ein Loch. Jemand hatte vor langer Zeit einige Latten in Form eines ungestalten Kreuzes darübergenagelt. Ich kniete mich neben ihn und schaute hindurch. Der offene Raum unter dem Boden war wie eine Höhle. Der Hang fiel in fast völliger Dunkelheit durch Wälder schwarzer Stümpfe, bis auf sein hellerleuchtetes Ende hier oben. Irgend etwas, das ich nicht entdecken konnte, beschäftigte Gerald.

«Ist das nicht zum Angstkriegen», sagte er. Er meinte es ernst. Als ich wieder auf die Beine geklettert war, kniete er immer noch, das Auge am Loch.

Ich wurde langsam ungeduldig. Er überzog einfach alles. Aber als ich den Flur betrat, merkte ich, wie wackelig alles war, ein leichtes Schwanken des ganzen Gebäudes mit allen seinen Stützen, unheimlich, wenn man im Hinterkopf immer noch den Anblick des Abhangs hatte. War es das, was Gerald gemeint hatte? Man war sich hier, wo das Licht durch die Bretter des Bodens lugte, immer der zweifelhaften Verankerung bewußt, die jene Stelzen in der abbröckelnden Erde hatten, und ebenso jener pelzartigen und greifbaren Dichte des finsteren Keils. Ich hatte mein ganzes Leben in ähnlichen Häusern zugebracht, in denen der Raum unter dem Boden eine andere und immer gegenwärtige Ebene war, eine Luftschicht zwischen den erleuchteten Zimmern und der klammen Erde: ein Ort früher Ängste, Geheimnisse, Kindheitsexperimente, geflüsterter Sätze, eine dünne Schicht über dem Lehm oder dem Sandlehmboden, die aus Staubflocken bestand, aus rostigen Nadeln, die durch die Ritzen der Bretter gefallen waren, Pfirsichkernen, Hundehaaren, alten Nägeln und Scharnieren und den Henkeln von Tassen. Das alles war mir vertraut. Es war die zivilisierte Finsternis, ein Teil der heimischen Wirklichkeit, die Unterseite des Ganzen. Aber unten in New England, wo Gerald herkam, und in Sydney und Albury, wohin seine Mutter ihn als Kind mitgenommen hatte, saßen die Häuser fest auf dem Boden und waren aus Stein. Für ihn war diese Unterwelt voller Gefahren.

Der wacklige Flur und seine knarrenden Geräusche hatten aus der Küche an seinem hinteren Ende eine blasse, barfüßigleichte Gestalt hervorgelockt, die eine Bratpfanne in der Hand und auf dem Kopf eine hübsche Menge blonder oder graublonder Haare hatte. Er sah aus, als hätte man ihn mit der geschwärzten Pfanne direkt aus einem Strohbett gerufen. Er blinzelte in Richtung Flur, wo der Sonnenuntergang zwei dunkle, ununterscheidbare Silhouetten aus uns machte.

«Ah, du bist das, Liebling», sang er im Tenor. Ich wurde unmittelbar und unangenehm an Della erinnert.

Er sah stattlich aus und hätte unter anderen Umständen vielleicht kräftig gewirkt, aber es ging so viel häusliche Gemütlichkeit von ihm aus, er hatte so bleiche Handgelenke und Unterarme und verbreitete einen solchen Eindruck von Seifenlauge, gekochter Milch mit Häutchen und übelriechendem Wasser in Zinkeimern, daß ich ihn sofort weibisch fand, obwohl sein Körper dazu keinen Anhaltspunkt gab. Er war gerade dabeigewesen, die Pfanne mit Stahlwolle auszuschrubben, die einen intensiven Rostgeruch verströmte. Als Gerald mich vorstellte, machte er eine Geste – ein hilfloses Heben der Ellenbogen –, um anzudeuten, daß er zu seifigschmierig war, um mir die Hand zu reichen, und sofort danach nickte er mit dem Kopf kurz zur anderen Seite des Flurs und deutete damit, nicht unbedingt respcktvoll, an, daß der Herr des Hauses dort bei der Arbeit war und besser nicht gestört werden sollte.

«Stürmisches Wetter da hinten.» Er verzog das Gesicht und kicherte. «Der alte Donnergott hat seinen *launischen* Tag.» Er hörte sich wie Della an, die anläßlich eines abgeräumten Tabletts über das Klima im Zimmer meiner Großmutter Bericht erstattet. Dieselbe Vertraulichkeit des Tonfalls; so wie sich Kinder gegen die Tyrannei eines Erwachsenen wehren.

Über den Flur führte eine offene Tür durch ein mit Zeitungen überhäuftes Zimmer zu einer, wie ich von der Straße gesehen hatte, großen, überdachten Veranda. Dort konnte man ein seltsames Krachen und Prallen hören, als würden Dosen zerdeppert oder Möbel verrückt. «Das wird noch 'ne Explosion geben», kicherte der Mann. «Wir kennen das, nicht wahr, Jed? Ich hoffe, du hast dir 'nen Fallschirm mitgebracht!»

Doch als Frank Harland schließlich in einem Hemd mit kurzen Ärmeln und einem Arbeitsanzug herauskam, war er überhaupt nicht der zornige Demiurg, den sein Bruder beschworen hatte. Er war ein wenig abwesend und nahm kaum Notiz von uns, stellte sich mit dem Rücken zum Waschbecken, wo aus einem Loch in der Ecke eine Ameisenreihe strömte, und strich sich über seinen Schnurrbart. Tam blinzelte mir zu und stülpte sein Kinn vor. *Jetzt wirst du was erleben.* Doch ich bekam nichts zu erleben. Frank Harlands Gesicht hellte sich plötzlich auf und ließ das schüchterne, eher jungenhafte Grinsen sehen, an das ich mich aus Tante Ollies Küche erinnerte.

«Donnerlüttchen», sagte er, «kann's kaum glauben. Das ist lange her, eh? Dieses alte Kino? Und deine Tanten. Und Tante Della und der Eismann. Und dann war da noch ein schrecklicher Mann mit Augenbrauen, so ein Bekannter. Wie hieß der noch?»

«Onkel Haro.»

«Ah ja, Onkel Haro.» Er wiederholte die Töne, als seien sie die Formel eines üblen Geruchs. «Oh, ich erinnere mich an alles, ich habe nichts davon vergessen. Du wirst sehen! Ich werde es dir zeigen!» Er tanzte mit seinen hornigen Füßen hager und ungeschickt auf dem Linoleum herum, in einer Stimmung, die für Tam, der seinen Mund zu einem mißtrauisch-skeptischen Strich verzog, vollkommen neu sein mußte, eine Verwandlung. *Was ist das denn jetzt,* sagte Tams Blick, *was hat er denn jetzt vor?* «Wir», teilte er Tam mit, «müssen das sofort feiern.»

Und während Tam Würste und Bier kaufen ging und

Gerald es sich nun etwas gelassener auf dem Fensterbrett bequem machte, wo goldweiße Fensterflügel das Grün von Maulbeerblättern einfaßten, war Frank Harland überfreundlich und eifrig darum bemüht, mich zufriedenzustellen. Er zeigte mir seinen Arbeitsplatz und einige der Bilder, die er (aus Anhänglichkeit oder weil er nie dazu gekommen war, sie zu verpacken und abzuschicken) aus der Zeit vor zehn Jahren in Southport behalten hatte.

Sein Arbeitsstil hatte sich nicht geändert. Da war derselbe niedrige grobe Holztisch – derselbe oder ein anderer nach demselben Muster, die hölzernen Bretter, die in allen Schmutzfarben schillerten, die gleiche Versammlung von Erdnußbutterdosen mit einem Fächer aus Pinseln; die angeschlagene Emailletasse, die vor Farbe steifen und fleckigen Lumpen und am Boden ein Tablett mit den Resten einer Mahlzeit. Skizzen auf Papier und Pappe waren mit Reißzwecken an die Wand geheftet oder lagen in Haufen auf dem Fußboden. Andere, größere Arbeiten, auf Karton oder in Rahmen, lehnten stapelweise gegen die Tür eines halboffenen Schranks mit bereits vollgepfropften Brettern. An der Schranktür und auf Kopfhöhe entlang den Wänden hingen Zeitungsausschnitte und Seiten aus Illustrierten, und auf dem Boden waren entlang der Fußleiste Bücher aufgereiht, von der Art, wie man sie in Trödelläden und auf Flohmärkten ergattern kann – mit an den Rändern zerschlissenen Umschlägen und weißen Flecken, wo die Schaben gewesen waren. In einer Ecke – sein Feldbett. Die untere Querstange war aus ihrem Gelenk geknackst und hing lose. Das Kissen war ohne Tuch. Die Decken hätten dieselben schmutziggrauen Armeedecken von vor zehn Jahren sein können.

Ich hatte den seltsamen Eindruck, nach so langer Zeit wieder auf die Bühne des Lichtspiels am Pier geraten zu sein, mit der großen Höhle des leeren Zuschauerraums vor und der See unter mir, die an den Pfeilern auf- und abspülte. Die sonnenbeleuchtete Veranda mit den fleischigen Maulbeerblättern und dem goldweißen Widerschein der Fensteröffnungen hätte die Zauberschachtel meiner Kindheit sein können. Sie hing genauso in der Luft und schwebte und schwamm, und der Maler selbst, ihr Hüter, schien sich überhaupt nicht verändert zu haben – er war kaum älter geworden, er hatte immer schon alt ausgesehen. Ungewöhnlich leichtfüßig und mit aufgeregter Behendigkeit zog er einen Stapel Gemälde hervor, und mit gemurmelten Kommentaren, Glucksern und verächtlichem Schnalzen wählte er die einen aus und verwarf die andern. Es hatte ganz den Anschein, als wenn er unsere Anwesenheit vergessen hätte.

Mit Spannung verfolgte Gerald vom Fensterbrett aus die Bewegungen seines Onkels; er konnte anscheinend nicht erkennen, was er vorhatte, oder den Grund für solche Leutseligkeit erraten. Er signalisierte mir einige Gesten, die mich nicht besonders überzeugten und *Siehst du? Hab ich doch gesagt* bedeuteten.

Endlich hatte Frank Harland gefunden, was er suchte. Er lehnte drei oder vier Bilder gegen die Wand und stapelte den Rest wieder in den Schrank. «Hier», sagte er und drehte eines ins Licht. «Das ist von denen, die ich damals gemacht habe. Eine Serie, siehst du?», und er zog ein anderes hervor und stellte sie nebeneinander.

Sie waren fast fertige Skizzen eines Boxers, eines dünnen, hingekauerten, halbblütigen Jugendlichen. Eine zeigte ihn in Umarmung mit dem Sandsack, als müßte er sich gegen Kräfte wehren, die ihn von ihm wegzerren wollten. In einem anderen, beim Schattenboxen, sah er verwirrt und verzweifelt, wenn auch noch nicht geschlagen aus. Er machte gerade einen wilden Ausfall gegen den Schatten, während der Sack selbst, schlaff und gedunsen vor Bosheit, einfach nur schwerfällig-passiv dahing, ihn halb verdeckte und an den Rand des Bildes schob. Oben eine nackte Glühbirne. Und rundherum standen die schweigenden Zuschauer, Baumstämme, Hausstümpfe oder verwandelte Stammesältere oder Götter in Holz.

Der Buckel des Jungenkörpers, seine bereits hoffnungslose Kraft, die sich in einer Spirale gegen ihn kehrte, und das wilde Leuchten, aus dem Weiß seiner Augen, beeindruckte mich. War es derselbe Junge? Er mußte es sein. Irgendwo außerhalb des Rahmens tänzelte der weiße Mann, sein besoffener Vater, und irgendwo dahinter waren mein Vater und ich.

Der Maler war ernüchtert. Die Bilder hatten ihn übermannt. Sie hatten sich ihm aufgedrängt. Gerald ließ sich vom Brett gleiten und kam näher. Auch er war beeindruckt. Der Kampf war zu ungleich. Das junge Halbblut warf seinen ganzen Körper in die Waagschale; er spannte alles an, er riß alles zusammen, er forderte jedes Gramm Willen und Muskeln, seine Leidenschaft ballte sich zu einer Faust, und mit Mut und Verzweiflung schlug er zu. Doch der Gegner, einfach weil er sich zu erscheinen weigerte, war immer der Stärkere. Der Junge war schon erledigt, bevor er noch anfing. Aber sein Mut blieb merkwürdig unangefochten. Er erstand nicht nur aus ihm selbst, sondern auch aus dem, wogegen er ankämpfte, und enthüllte sich erst im Augenblick der unvermeidlichen Niederlage ganz.

Im Zimmer entstand eine eigentümliche Stille, und ich spürte wieder das, was ich schon vor Jahren bei der nun gemalten Szene selbst gespürt hatte, die Anwesenheit einer Finsternis, die auch durch die nackte Glühbirne an ihrer Schnur nicht verscheucht werden konnte.

«Jaah-wohl», sagte Frank Harland. Er griff nach dem Bild

und faßte mit einem Finger nach den Farben. «Die sind – in Ordnung. Sind in Ordnung.»

Langsam, kopfschüttelnd, nahm er sie wieder an sich und drehte sie gegen die Wand.

«Hier», sagte er, «das kennst du besser. Das wirst du wiedererkennen.»

Ich spürte, wie das Blut mir bis in die Haarwurzeln stieg.

Es waren Della und meine Tante Ollie, ich erkannte sie sofort, obwohl er sich keineswegs um Ähnlichkeit bemüht hatte, es sei denn, zwischen den Frauen selbst.

Ihre breiten Körper waren ineinander verschlungen. Das Muster verschränkter, sich überlappender Kurven und Striche, durch das sie auf der Oberfläche des Kartons erschienen und das auf kühne Weise ihre Arme, Brüste, Schultern, Hälse, Köpfe in sich trug, hielt das Auge gefangen, um es zuerst zu verwirren, dann zu stillen. Sie schwebten, waren aber am Erdboden verankert – durch Millionen kleiner Mehlklümpchen, die auf den Armen der einen zu sehen waren und einmal Samenzellen und davor Sonnenlicht und Erde gewesen waren, oder durch die dicke irdisch-metallische Farbe selbst. Sie lehnten aneinander. Sie spiegelten sich ineinander. Sie verließen ihre Form, nahmen die der anderen an, kehrten in die ihre zurück, blieben aber immer sie selbst. Sie kommunizierten durch ein Spiel gemeinsamer Striche, beherrschten ein gewöhnliches Geheimnis, einen blauen, ballförmigen, tunnelartigen Raum – er mochte einfach ein Gebiet sein, den zu durchqueren kein Strich die Kraft besessen hatte, er mochte aber auch ein Eingang zu weiteren Tiefen sein, oder wenn er etwas war, das man anfassen konnte, dann vielleicht eine noch nicht ganz runde Sache, die die zwei Frauen durch Patschen und Pressen und Hin- und Herreichen zu einem Schicksal verformten.

Die Geschicklichkeit und Waghalsigkeit dieser Sache erstaunte mich, aber das Vergnügen, das sie mir eingab, hatte nichts damit zu tun, daß ich die Gestalten wiedererkannte oder daß ich etwas zu wissen glaubte, was ein anderer Betrachter übersehen konnte. Noch hatte es etwas mit der Zuneigung zu tun, die ich für Tante Ollie empfunden hatte, oder damit, daß ich oft genug an der beiderseitigen Zuneigung der Frauen teilgenommen hatte. Es lag in etwas, das reiner war als Wiedererkennen oder sogar Wissen. In der Freude des Malers an dem, woran *er* gearbeitet hatte: seinen «Zwei Parzen», wie das Bild hieß, dessen ungefüger, von den Frauen beherrschter Raum der im Entstehen begriffene Dritte im Bunde war.

«Jaah-woll», sagte er erneut mit einem langanhaltenden Atemzug und betrachtete das Bild schräg aus der Nähe. «Das ist es!»

Für kurze Zeit war er in sich versunken und dachte nach. Nach einer Weile, ohne weiteren Kommentar, stellte er die «Zwei Parzen» beiseite.

«Noch eins, eh? Ich nenne das hier – ich nenne es ‹Der Eismann» – er hielt inne, es erschien sein jungenhaftes Grinsen – «als himmlischer Bräutigam›.»

Es war leicht herauszufinden, warum er es während der Präsentation mit solch fragwürdigem Humor bedachte. Er blieb zuerst noch, wie er war, doch als das Bild ganz zu sehen war, wurde auch er ernst, er war selber beeindruckt.

Es war ein Selbstporträt, Bruchstücke waren das Gesicht. Eine Kraft «von draußen», die unwiderstehlich, aber vielleicht am Ende doch nicht zerstörerisch war, hatte es in Splitter gehauen, die in jedem Winkel auf der Fläche aufgetroffen waren, so daß die Gestalt auf vielen verschiedenen Ebenen gleichzeitig erstand. Dem Beobachter wendete sie wie durch Eis oder Stein eine Schulter zu, die sich bereits aufgelöst hatte, und zugleich wendete sie sich ab. Man konnte sie sofort erkennen. Es lag in der Haltung. Ich bemerkte sie in späteren Jahren noch oft in seinem Widerstreben, die eigene Distanz aufzugeben. Er stand dann genau wie dort: seitlich gewendet, in Schrägsicht.

Aber es war noch mehr zu entdecken, eine ironischere Wendung. Sie betraf den Eismann selber – Dellas Eismann, mit dem meine Tante ihn einmal auf ihre spöttische Weise verglichen hatte: der Freier, der seinen Besuch zwar abstattet, aber ohne einen Antrag zu machen, der niemals (anders als bei Della, das hätte ich ihm beibringen können) die entscheidende Frage stellte. Er sah sich in jenem komischen Licht: als eingetretener, aber nichts verkündender Engel.

«Gut», knurrte er, nicht mehr amüsiert, «das genügt, glaube ich. Genug fürs erste.» Er warf einen kurzen Blick in Richtung Fenster, machte sich dann daran, die Bilder ins Regal zurückzustellen und schien es nicht mitzubekommen, als Gerald gymnastisch herabglitt und leise davonschlich.

Doch sein Auge übersah nichts, da war ich mir sicher. Trotz seiner Versenkung in die Bilder war er sich meiner Reaktionen bewußt gewesen und eifrig an ihnen interessiert; was er tat, bewies eine präzise List. Ich sollte in diese Welt einbezogen werden, doch aus welchem Grund hätte ich noch nicht sagen können; und Gerald, der so unbeschwert auf dem Fenstervorsprung gesessen und so selbstzufrieden, wenn auch verwirrt ausgesehen hatte – genau mit dem Gesichtsausdruck, der mich an ihm abstieß, wenn ich ihm bei Tante Roo zusah –, er hatte die Rolle des Kupplers gespielt. Es gab zwischen ihnen ein genaues Verständnis darüber, warum man mich hierhingeholt hatte und wie man mich zurücklocken konnte. Gerald hatte den Raum nach seinem Stichwort verlassen.

Jetzt drehte sich Frank Harland um und wollte etwas sagen. Er nahm, wie ich amüsiert feststellte, die seitliche

Haltung des Selbstporträts an, das Gesicht mir halb zu-, doch den Blick abgewandt. Er hustete, wand sich und zeigte auf einen tragbaren Plattenspieler, den die Schranktür bis dahin verborgen hatte. Als wenn er mir Rechenschaft ablegen müsse, teilte er mir mit, daß es sich um ein Geschenk handelte: «Von einer Verehrerin. Aus Melbourne geschickt.»

Er grinste mit einer Mischung aus Verlegenheit und geradezu kindlicher Eitelkeit und blieb stehen, um sich die Maschine anzusehen, als käme er nicht dahinter, wie sie funktioniere.

«Ich hab sie natürlich nicht einmal kennengelernt. Unmöglich! Ich sehe die Leute nie. Aber als sie hörte, daß ich Musik liebe, hat sie mir das geschickt. Aus Chandlers. Das war sehr nett von ihr. Die Leute können freundlich zu dir sein, es ist erstaunlich.»

Er untersuchte sie weiter, faltete hinter seinem Rücken die Hände, schaukelte ein wenig auf seinen Fersen und fing an, leise und ohne Melodie daherzuflöten. Dann sagte er plötzlich, ohne sich umzudrehen: «Ich würde dich gerne hier wiedersehen. Ab und zu muß ich was Geschäftliches erledigen, du könntest mir helfen. Ich verstehe wirklich nichts von diesen Dingen. Ich brauche jemand, dem ich vertrauen kann.»

Jetzt schaute er mich an und fixierte mich mit seinen tiefblauen Augen. «Es gibt niemand – niemand, dem ich – Hier! Guck dir zum Beispiel das mal an.»

Er wandte sich abrupt ab, entnahm seiner Tasche ein Blatt Papier und warf es mir zu.

«Nein, nein, ich will nicht, daß du es *liest*! Ich will nur, daß du siehst, um welche Sachen es sich handelt –» Er schluckte hart an dem, was er an diesen Dingen als pervers und zutiefst ungerecht empfand.

Es handelte sich um einen Brief. Die Handschrift war zu

Beginn klein und zierlich, entartete dann aber fast übergangslos in ein leidenschaftliches Gekritzel:

Lieber Frank,
ich schreibe wieder, weil ich nicht anders kann, ich habe kein Vertrauen in Dein sogenanntes *Herz*, also erwarte nicht, daß das Dir irgendwas nützt – nicht mehr als allen andern. Ich hab Deinen Brief erhalten, den mir dieser Rechtsanwalt für Dich schicken sollte. Warum ich mich wundere? Hältst du mich für einen Dummkopf, daß ich nicht weiß, in was für einer Lage ich bin? Du bist ein Feigling, wenn Du Dich nicht einmal traust, selbst mit mir fertigzuwerden. Das hier ist eine persönliche Angelegenheit zwischen uns beiden, nicht die Sache eines Rechtsanwalts. Ich hab schließlich nicht geschrieben, was das Gesetz dazu sagt, sondern was mein Herz dazu sagt und was Deins sagen würde, wenn Du eins hättest. Ich schrieb als eine *Mutter*! Ich spreche über das, was die Natur sagt, Frank – und nicht das Gesetz. Kennst Du den Unterschied? Gerald ist mein Sohn – mein Sohn und *Jims* – nichts kann daran etwas ändern. Du warst nicht beteiligt und kannst es nie sein. Bis zu dem Tag, wo ich sterbe, stehe ich Gerald näher, als Du es je kannst – und auch Jim, der Tote, denn er ist von Natur aus der Vater des Jungen. Ich hab ihn Dir überlassen müssen, weil er sonst keine Bildung und keinen Unterhalt gefunden hätte, das weißt Du genau. Aus purer Herzensfreundschaft – was für ein Witz! – hast Du mir angeboten, ihn zu adoptieren und dafür zu sorgen, daß er eine anständige Schule besucht. So wie es mir damals ging, keine Familie, an die ich mich wenden konnte und keinen Unterhalt, außer durch harte Arbeit, wer kann mir das übelnehmen, wenn ich reingelegt wurde? Schließlich warst Du aus der Familie, Jims eigener Bruder, und Blut bindet

stärker als Wasser, wie man so sagt. Wie hätte ich wissen können, daß Du gar kein Blut in Dir trägst, Frank, nicht einen Tropfen! Du mußtest mir den Jungen stehlen, von Anfang an, um aus ihm das zu machen, was Du selbst nicht schaffen kannst – das ist die ganze Wahrheit, darum mußtest Du stehlen und das Gesetz dazuholen, und die Rechtsanwälte machten einen Sohn für Dich. Schön, aber nicht mit mir. Es gibt auch noch die Natur, Frank, Du kannst nicht alles verdrehen. Zweiunddreißig Stunden Wehen – das hat mich Gerald gekostet. Du kannst nicht ahnen, was das bedeutet, aber das macht was aus. Von den neun Monaten ganz zu schweigen. Das wirst Du nie verstehen, da kannst Du Dich bemühen, wie Du willst. Das geht über Deinen Verstand und da bleibt es. Fleisch bleibt Fleisch. Und was Deine sogenannte Liebe angeht – und was Du alles aus ihm *machen* willst –, der Junge hat's mir selbst erzählt, was das bedeutet, wenn ich's nicht schon gewußt hätte. Es bedeutet, daß Du ihn solange verdrehst, bis er die Dinge so sieht wie Du, denn Du glaubst, daß er Dir gehört. Ein Mensch, der kaum noch zurechnungsfähig ist! – das ist wahr, Frank, ich bin eine Frau, Du kannst Dich nicht vor mir verstecken – Du liebst niemanden und kannst den Jungen nicht zwingen, Dich zu lieben. Ich brauche nicht um Liebe zu betteln, Frank. Das ist die Stärke einer Mutter. Deine Rechtsanwälte sollen schreiben, was sie wollen, mit ihren hochgestochenen Wörtern, die niemand versteht, und all ihrem Anbetracht und gebührlichem Unsinn – Deinen Tod werd ich noch erleben, Frank, du Vampir! Tust so, als seist Du ein guter Bruder und die Rettung in der Not. Du bist ein Monster. Wenn es Dir sonst niemand sagt, dann tu ich es und zwar als die Wahrheit. Wenn Du wüßtest, wie oft ich hier gesessen habe und mit was für Ausdrücken ich Dich verflucht habe, dann könntest Du nie mehr einschlafen. Ich verfluche Dich jetzt, in dieser

Minute. Ich hoffe, daß Du es spürst. Ich spucke auf den Brief Deines Rechtsanwalts und ich spucke auf Dich ...

Es folgte noch mehr. Die letzte Seite war ganz unentzifferbar und ging in Obszönitäten über. Ich nahm an, daß der Brief nüchtern begonnen und betrunken beendet worden war, doch es hätte sich auch um reine Gefühlsüberwältigung handeln können. Er endete in einem Delirium hexenartiger Verwünschungen, die eine unheimliche und schauerliche Kraft besaßen, als wenn Worte, die nur selten ausgesprochen werden, in besonderen Mündern und bei besonderen Gelegenheiten ihren ursprünglichen Zauber behielten. Ich gab den Brief wieder zurück.

«Nun, da siehst du, womit ich fertig werden muß», sagte er leise. Er hatte, wie ich wußte, jedes von mir gelesene Wort genau verfolgt. Er kannte den Brief auswendig. Sein Kinn war in seinen Kragen versunken. Er war schwer getroffen. Er krümmte sich unter den Verhöhnungen der Frau.

«Du kannst jetzt sehen, was für eine –. Ich meine, gebraucht eine anständige Frau solche Wörter? Solche Obszönitäten?»

Er verzog seinen Mund wie eine alte Jungfer. Was Sitte und Anstand anging, war er streng, so gewagt er auch in seiner Phantasie und zu welcher «Barbarei» er auch immer fähig war, wenn es ums Malen ging. «Sollte ich einen Jungen, für den ich verantwortlich bin, dem Einfluß einer solchen – einer solchen Zunge aussetzen? Ich kann dir nicht erzählen, was für eine Geißel diese Frau gewesen ist. Ich habe den Jungen adoptiert. Vor zehn Jahren! Keinen Ton hat sie von sich gegeben. War nur zu froh, ihn loszuwerden. Jetzt war sie endlich frei, zu tun und zu lassen und konnte was vom Leben haben, so sagte sie – und zwar was? Männer! Jetzt beschuldigt sie mich, ihn gegen sie aufgehetzt, ihn ihr entfremdet zu haben, nur weil ich nicht möchte, daß er eine Frau trifft, die nicht viel besser ist als eine Hure.»

Dieses Wort verschluckte er halb, vielleicht selbst überrascht, daß er es sich gestattete.

«Sie hat ihn als Kind bis zur Verdummung verzogen. Sie brachte ihm bei, daß er auf Sachen ein Anrecht habe, für die man etwas tun und für die man kämpfen muß. Durch sie glaubte er, alles mögliche zu sein. Ich habe Jahre gebraucht, damit so ein Junge wenigstens etwas Rückgrat bekommt. Er hätte schon selbst genug Charakter besessen, wenn seine Mutter nicht immer versucht hätte, sich seine Zuneigung zu erkaufen oder sich für ihre eigene Dummheit und den ewigen Wunsch, was vom Leben zu haben, schadlos zu halten, indem sie ihn *verwöhnte* – sie bestach ihn mit Süßigkeiten und Spielzeug und was nicht allem, bis er schon glaubte, daß das Leben eine Art Weihnachtsbaum ist, wo man nach den Geschenken nur noch greifen muß. Er hat was gegen mich, ich weiß. Er glaubt, daß ich hart bin. Und zwar weil ich will, daß er was *ist*. Daß er nicht einfach so weitermacht – diese Überempfindlichkeit und der Glaube, er braucht nur mit dem Finger schnipsen, und schon ist alles da, und Schweiß und Kummer kann's nicht geben. Ich weiß, daß er sie trifft. Ich kann es sofort sehen, wenn er hereinkommt. Er hat dann so einen blasierten Gesichtsausdruck – daß er endlich wieder was Besonderes ist, durch all die falsche Liebe, mit der sie ihn überschüttet, süße und klebrige Liebe. Natürlich geht er zu ihr! Wer täte das nicht? Ich kann ihm das nicht geben, denn es ist Lüge, all diese ganze Unwirklichkeit, in der er noch ertrinken wird. Unsere Familie» – seine Stimme hob sich zu einem langen Seufzen; er sprach nun aus vorväterlichem Gram – «wird von Schwäche oder Pech verfolgt – ich weiß nicht, was es ist, aber man muß dagegen *ankämpfen*. Einer von uns muß daraus ausbrechen! Ich würde den Jungen lieber verlieren, als ihn dieser Frau überlassen. Er ist der letzte von uns.»

Er kniff seinen Mund zu, und seine Augen waren wie Feuersteine. Doch er gab sich geschlagen. Als seine Stimme wieder sprach, war sie schroff vor Selbstverspottung.

«Der ist toll, der auf die Zahmheit eines Wolfs baut, auf die Gesundheit eines Pferdes, eines Knaben Liebe oder einer Hure Schwur. Erkennst du das? Ist der Narr in *König Lear*. Ich war so unwissend wie ein Stein, als ich jung war, nichts als – Empfindlichkeit. Doch ich habe mich gebildet. *Lear* nicht kennen heißt – nicht wissen, was im Leben auf einen zukommt. Zumindest die Wölfe und die Pferde sind mir bis jetzt erspart geblieben.»

3

In den folgenden Monaten lernte ich einige der für mich vorgesehenen Aufgaben kennen; doch entweder kannte er weder den genauen Umfang seiner Geldmittel noch der von ihm erworbenen und getauschten Besitztümer, oder aber eine natürliche Heimlichtuerei, mit der eine alte Furcht vor Betrug und Übervorteilung verbündet war, ließ ihn nicht offen mit mir sprechen. Er hielt Tatsachen zurück, dann enthüllte er sie nach und nach und schämte sich ein wenig über seine eigene Doppelzüngigkeit. Es kam immer noch was dazu. Ich lernte aus seinen scheuen Blicken und listigen Ausweichmanövern erkennen, wann er etwas vor mir verschwieg, das wesentlich sein konnte für das, was wir in der Hand hatten, doch er war außerstande, zu jemandem frank und frei zu sein. Er konnte sich nicht für unehrlich halten, schließlich waren es seine Geschäfte; er schuldete mir nichts, und er hatte die höchste Achtung vor der Wahrheit. Es war eine Art Schutz. Ich hatte ihn im Verdacht, Geld im Haus zu verstecken, und zweifellos an den auffälligsten Stellen. Er hatte sicher noch andere Sachen am Laufen, und vielleicht wiederum andere, die er ganz aus den Augen verloren hatte.

Da er immer über Agenten verhandelt und nach Möglichkeit seinen Namen aus dem Spiel gelassen hatte, war schwer herauszufinden, was er besaß und wieviel er über die Jahre dafür bezahlt hatte. Oft brachte mich das zur Verzweiflung. Er saß dann vor mir, verdrehte seine knöchrigen Hände, entschuldigte sich ohne Reue und war nur wie ein Kind besorgt, daß er vielleicht zu weit gegangen war. Ich staunte darüber, wie unschuldig und unpraktisch er war, und obwohl er seine Ausflüchte entweder durch einen blauäugig geweiteten und nicht ganz echten Naivitätsblick oder mit leichten Schmeicheleien zu decken versuchte, durchschaute ich ihn sofort.

«Wir kommen gut miteinander zurecht, oder?» sagte er einmal. Ich lachte. Es war an einem Tag, an dem er besonders verdreht und trotzig gewesen war. Ich hatte eine gute Stunde gebraucht, um ihm die Einzelheiten eines Grundstückkaufs aus der Nase zu ziehen, von dem ich bereits wußte und den er bis zum letzten Moment abstreiten wollte.

«Frank, du bist unmöglich», sagte ich ihm.

«Bin ich das?»

Er war entzückt, versüßte aber jede von mir vielleicht empfundene Bitterkeit, indem er mir, bevor ich ging, ein kostbares und sorgfältig ausgewähltes Buch schenkte.

Er selbst trug mir meine Triumphe nie nach. Im Gegenteil, sie schienen ihn zu erquicken und zu erleichtern, als hätte ich ihn von einer hartnäckigen Unehrlichkeit geheilt. Oder er freute sich über *mich*, der ich eine Charakterstärke und Durchsetzungskraft gezeigt hatte, die er ehrlich bewunderte und die die Klugheit seiner Wahl bewies.

Alle unsere Verhandlungen hatten etwas von einem Drama mit seinen Konflikten, von mit Mühe abgerungenen Geständnissen, von einer Schlacht, welche die beteiligten Charaktere enthüllte und sie zu einem Kampf zwischen Wille und Wille antreten ließ; trotzdem konnte ich nie verstehen, warum das alles überhaupt notwendig sein sollte, da ich doch schließlich nur ein ausführendes Organ seines Willens war. Vielleicht war solch ein Schlagabtausch über unpersönliche und öffentliche Angelegenheiten die einzige persönliche Beziehung, in der er sich wohl fühlte. Soviel konnte ich immerhin erkennen, sie war für ihn eine echte

Passion, in jedem Sinn des Wortes, und dies gab der Ausübung des Gesetzes, zu der mich ursprünglich nichts hingezogen hatte – es war der Entschluß meines Vaters, nicht meiner – eine Dimension, die zum ersten Mal alle meine Interessen und mein ganzes Wesen in Beschlag nahm. Ich war abwechselnd verwirrt, befriedigt, erbittert, bewegt, amüsiert; wurde in eine Welt eingeweiht, dann wieder grob vor die Tür gesetzt, von der Größe seiner Sicht überwältigt, dann von einer seiner Kleinlichkeiten wieder arg abgestoßen, einer kleinmütigen Furcht oder abergläubischen Besorgnis, die auf keine Weise der Kühnheit und Weite seines Denkens oder dem Edelsinn seiner Träume entsprach.

Erst nach mehreren Monaten erkannte ich das ganze Ausmaß der Angelegenheit: daß es hier, obwohl wir nur über Urkunden, Verträge, Zahlen sprachen, um eine Sache ging, die seine innersten Gefühle berührte und der er nur auf diese Weise Ausdruck verleihen konnte.

Er summte und stellte sich dumm, tänzelte mit unterdrückter Erregung durch den Raum, machte Anspielungen, ohne mir zu verraten, worum es ging, bis er mich so weit gebracht hatte, ein bestimmtes Stück Land zu erwähnen – einen Morgen hier, einen Morgen dort – von denen er so tat, als seien sie ihm eben erst eingefallen.

«Du denkst an Warlock's Spinney», sagte ich endlich. «Das ist es? Warlock's Spinney?»

«Jaah – das ist es.» Und als er mich endlich dahin gekriegt hatte, diesen Ort zu beschwören, seufzte er, lächelte scheu und ließ sich freien Lauf.

Es war immer so. Was für mich bloße Namen waren, Pläne, Zahlen – Rollen in meiner Urkundentruhe –, war für ihn so gegenwärtig und wirklich, daß durch die bloßen Silben, die auf sie Bezug nahmen, Koppeln aufleuchteten, auf denen Vieh mit Stümpfen und geisterhaftem Wasser weidete, das knapp unter dem Boden lag, oder Buschflekken, von denen er bis zur letzten Ameisenfährte zwischen den Steinen jeden Zoll kannte.

Seinem Geist war alles gegenwärtig, und die Namen waren Magie. Weshalb er sie nach altem Aberglauben nicht aussprechen wollte. Mackay's Bend, West Glen, Pink-Pot Creek Farm, Warlock's Spinney: «Jaah, das ist es», sagte er und stieß dabei langsam seinen Atem aus.

Es war zwischen uns immer dasselbe Spiel. Ich gewöhnte mich daran. Und nach und nach erkannte ich, daß all das nicht zufällig war, sein Hunger nach Land. Wie sich herausstellte, gab es einen Plan. Er vertraute mir nicht nur Geschäftsvollmachten an, sondern machte mich auch zum Mitwisser an einem Traum, der ihn gelegentlich vor mir erröten und seine Augen niederschlagen ließ – ein so großer und jungenhafter Traum. Oder manchmal ließ er ihn verzückt vor dem zurückschrecken, was er mir allzu unverhüllt vor Augen gestellt hatte. Unser Umgang miteinander besaß von Anfang an Vertraulichkeit. Sie war nicht ganz geschäftsgemäß, oder nicht bloß, und trieb uns in eine Partnerschaft, die zu intensiv wurde, um zerbrochen werden zu können, es sei denn durch einen Vertrauensbruch meinerseits oder eine entscheidende Unvernunft seinerseits. Er hatte sich preisgegeben. Ich teilte nun mit ihm seine Passion, ich war der Bevollmächtigte, um einen Ehrgeiz zu erfüllen, dem er bereits mehr als die Hälfte seines Lebens gewidmet hatte.

Warum ich? Das habe ich nie verstanden. Doch seine Schüchternheit, seine allmähliche Entblößung vor mir, als es mir möglich wurde, aus ihm die letzten Einzelheiten darüber herauszuschütteln, was er wollte oder was er war, die Sanftheit dieses Mannes unter dem kratzigen Äußeren, seine echte Unschuld hinter all der rohen eingeborenen Verschlagenheit – all das rührte einen, wie es einen ärgerte, und ohne je Boden unter den Füßen zu spüren, begann ich ihn gerne zu haben und, so glaube ich, er auch mich. Vielleicht hing er einer Empfindung aus den Tagen in Southport nach oder erinnerte sich an ein früheres Geheimnis, das wir unausgesprochen miteinander teilten und das uns vereinte. Noch wahrscheinlicher war es, daß er sich durch Gerald zu mir hingezogen fühlte. Denn es verstand sich von selbst, daß das eigentliche Thema unserer Unterredungen, wie auch zu gegebener Zeit der Empfänger all dessen, was wir Stück für Stück erwarben, der einzige Erbe des Traums Gerald war. Auch das erklärte die beteiligten Gefühle und ihre Stärke. Messungen, Urkundenziffern, Namen waren ein Geheimcode, durch den Frank Harland ausdrücken konnte, was er sonst nur in den Liebesbegegnungen mit Farbe und Leinwand oder in einem Schweigsamkeitsausbruch eingestand.

All das jedoch hatte auch Seiten, die mich entnervten. Da waren zuerst die Briefe der Frau, Geralds Mutter – Schmerzensschreie, auf die ich, in Frank Harlands Namen, knappe, geschäftsmäßige Erwiderungen abfaßte. Es störte mich, daß sie sie bei ihren sicherlich stattfindenden Treffen Gerald zeigen mußte, als Beweis für die Hartherzigkeit seines Onkels und als Weigerung, ihre Rechte oder ihren Kummer ernst zu nehmen, und daß sie auch mich, insofern ich sie geschrieben hatte, nennen mußte. Obwohl Gerald die Sache nie erwähnte, warf sie über unsere Beziehung einen Schatten. Nicht er, Tante Roo griff mich offen an.

«Phil, Liebling, du überraschst mich. Ich weiß, du bist ein Jurist und nur an Fakten interessiert – umbringen werden uns diese Fakten, wenn wir nichts dagegen tun, und du weißt das auch, das schockiert mich so –, aber du könntest zumindest einem Freund treu bleiben.»

«Aber niemand anders als Gerald selbst hat mich doch zu seinem Onkel gebracht. Er wußte ganz genau, was er tat.»

«Tatsächlich? Glaubst du? Oh, du hast kein Herz, Phil, tut mir leid, das zu sagen, aber es ist wahr. Der Junge ist von allen Seiten unter Beschuß, und du bist dabei. Siehst du das nicht? Er weiß kaum, wo er sich hinwenden soll.»

Ich ließ diese Anschuldigungen über mich ergehen und Tante Roo gerne in dem Glauben, ich sei kalt und geschäftstüchtig, wenn sie das so sah. Aber in einem Punkt hatte sie recht. Meine Beziehung zu Gerald geriet zunehmend durcheinander.

Durch meinen Umgang mit Frank verdrängte und hinterging ich ihn. Aber war das nicht, was er wollte? Ließ ihn das nicht gerade aus dem Spiel?

Ich war schwächer, als ich schien oder jemals zugegeben hätte. Gerald hatte in mir eine Zuneigung geweckt, die viel mit meinem Wunsch zu tun hatte, kein Einzelkind zu sein. Indem er sie ausspielte, hatte er aus mir einen älteren Bruder gemacht und mich Frank als den Neffen angeboten, den er wirklich wollte, und mir, zu Beginn unserer Rivalität, sein Erstgeburtsrecht wie sein Mädchen überlassen. Das war es, was mich durcheinanderbrachte. Gerald und ich hatten etwas abgemacht. Jacky gehörte jetzt, durch wortloses Übereinkommen, mir. Es war eine Abmachung, der ich mich schämte – sie kränkte meine Männlichkeit und beleidigte Jacky, aber ich war zu schwach, um zu widerstehen. Und darum behielt ich meine Gefühle mehr als je für mich und blieb so eifersüchtig, so unsicher wie zuvor.

Gerald hatte mich benutzt, das wußte ich; aber ich ließ mich mit voller Zustimmung benutzen, so wie er sich mit vollem Einverständnis hatte verdrängen lassen. Und, um ihm Gerechtigkeit widerfahren zu lassen, er war durch ein vergleichbares Verlangen befangen wie ich, dem nach einem älteren Bruder, der ich für ihn geworden war. Ich ärgerte mich noch immer über seine Position in unserem unbehaglichen Dreieck, doch mein Verdruß nahm nun eine finstere Form an: wie der vor einem Bruder, dessen Mädchen durch Verstellung und gemeinen Diebstahl meines geworden war – wie konnte sie das je verzeihen? –, oder, da Gerald und Jacky immer noch auf alte Weise weitermachten, wie der vor einem Bruder des Mädchens, der schon vor mir dagewesen war.

Nichts von alledem hätte ich Tante Roo erklären können. Sie tat mir unrecht, und das spürte ich, doch ich konnte mich nicht verteidigen.

«Du steckst da tief drin», fuhr sie hartnäckig fort, «und du bist für alles verantwortlich, wenn der arme Junge einmal zum Äußersten gedrängt wird. Dieser schreckliche Frank Harland auf der einen Seite, die schreckliche Mutter auf der anderen, und jetzt auch noch du! Spielst für den Onkel den Handlanger, in grausamen Briefen, die auf Gefühle keine Rücksicht nehmen. Diese Frau hat auch ein paar Rechte, sollte man meinen.»

«Ich dachte, daß du sie mißbilligst.»

«Ja, ich mißbillige das Leben, das sie führt – soweit ich von ihm gehört habe. Sie lebt mit einem dubiosen Wettbuchhalter zusammen, irgendeinem Syrer oder Albanier, aus der Richtung. Aber eine Mutter hat *Gefühle,* und die muß man respektieren. Gerald hat sie gern. Es zerreißt ihn, den Ärmsten.»

«Ich tue nur, was man von mir verlangt.»

«Ah ja, so willst du entwischen, du bist nicht beteiligt. Bist du doch! Der arme Junge kommt zu mir, weil er sonst niemand hat. Er ist manchmal in Tränen aufgelöst, hin- und hergerissen zwischen euch allen. Wenn du ihn dann sehen würdest oder mal die Augen von deinen verdammten juristischen Akten heben würdest – tut mir leid, solche Wörter zu gebrauchen, aber du verdienst sie – und der Frau ins

Gesicht schauen müßtest, dann würdest du das nicht tun, ich weiß, daß du das nicht würdest. Wie kommst du dazu?»

In Wirklichkeit hatte ich die Frau bereits zu Gesicht bekommen. Als ich eines Nachmittags vor einem Unwetter ins Astoria flüchtete und geblendet unter den altmodisch karierten Tischen und Rohrstühlen stand, hatte ich mich Gerald und seiner Mutter direkt gegenüber gefunden. Sie saßen bei einer Kanne Tee, aufgehäuftem Teegebäck und nachmittäglichen Kuchen mit Schlagsahne beieinander. Wie ich ihrem scharfen Blick entnahm, erkannte mich die Frau sofort. Vielleicht war ich ihr schon bei einer früheren Gelegenheit gezeigt worden.

Sie war schick angezogen, in einem Stil, den meine Mutter «flott» genannt hätte: ein knallroter Hut mit schwarzweiß karierter Schleife, marineblauer Anzug, weiße Plastikohrringe. Sie rauchte, sie trug zuviel Make-up. Niemand hätte aus ihrer frechen Selbstsicherheit auf die verzehrende und, auf ihre Weise, arglose Leidenschaft ihrer Briefe schließen können, die sofort zwischen uns aufstieg und mich erröten ließ.

Was Gerald anging, brachte ihn vielleicht der Teller voller Sahnetorte noch mehr in Verlegenheit, von der er ein Stück halbgegessen in seiner Hand hielt, den Mund mit Puderzucker verschmiert. Ich konnte sofort erkennen (zumindest schien es mir so), was Frank von ihrem Einfluß befürchtete. Sie brachte das pummelige Kind in ihm zum Vorschein. Doch ich erkannte in ihr auch etwas anderes, vor dem mich Frank gewarnt und dem ich vielleicht nicht genug Beachtung geschenkt hatte: Gerald hatte sie vollkommen in der Hand. Sie sahen eher wie ein Liebespaar aus als wie Mutter und Sohn – der verwöhnte junge Mann und die ältere Frau, die bezahlt.

«Der Junge strahlt Faszination aus», sagte mir Frank, «er kann nichts dafür. Es ist eine Stärke oder Schwäche, die er geerbt hat. Er benutzt sie, um alles leichter zu haben. Er versucht es mit jedem. Auch bei dir, ich hab's bemerkt, du nimmst dich besser in acht. Er zieht dich am Ende auf seine Seite, er kann nicht anders. Also ich kann es mir nicht leisten, auf *seine Seite* gezogen zu werden. Sie steht schon auf seiner, aber das hat keine große Bedeutung, weil *sie* so oberflächlich ist – eine Frau, die dir jeden Augenblick erzählt, wie sehr sie liebt und wieviel sie leidet! Über echte Liebe spricht man nicht, nicht so. Oh, was diese Leute alles leiden! Sie spulen dir das Zeug meterweise ab, während du gerade Hallo sagen kannst!»

Ich hatte eine andere Meinung von Gerald.

Obwohl ich nun genau darauf achtete, wie er mich bearbeitete oder wie er mich, Frank zufolge, auf seine Seite zog, konnte ich mich nicht so recht davon überzeugen – zumindest nicht in diesem Fall. Genausowenig überzeugte mich auch Geralds Ressentiment gegenüber Franks anerkanntem Ruhm, obwohl auch das – eine Mischung aus Ehrfurcht vor dieser Tatsache mit der Weigerung, an ihre Wirklichkeit zu glauben – bei seiner Wut auf diesen Mann mitspielte. Gerald war, auf eigene Weise, der Empfindlichere von beiden, der durch seine Nervosität Aufnahmefähigere und Aufmerksamere, und besaß ganz offensichtlich das sensible, das «künstlerische» Temperament. Was er aber nicht einsehen konnte, war, daß all dies nichts mit der Sache selbst zu tun haben sollte. Franks Verstehen entstand nicht in seinen Nerven. Es war zu umfassend und zu stark dafür. Es bestand nicht aus flüchtigen Blicken oder übereilten Angriffen, war überhaupt nicht rasch. Es geschah durch eine langsame und ununterbrochene Absorption. Was Gerald wollte, war Rätselhaftigkeit, und in seinem Leben mit Frank hatte er gelernt, daß es bei ihm keine Rätsel gab – nur die Frage, wie Größe – wenn sie es war – eine Seele bewohnen konnte, die dabei so kleinlich, nachtragend, egoistisch, unwissend und verdreht war. Er verachtete Frank, kam aber nicht über ihn hinweg.

Doch jetzt gab es noch etwas anderes, Schauderhaftes, und er versuchte es mir beizubringen.

Wir waren, wieder einmal, in einer Ecke des Criterion. Er saß über einem Glas Bier. Sein Gesicht war bleich und fleckig, seine Stimme so leise, daß ich sie kaum hören konnte.

«Hör mir zu», sagte er, «du hast keine Ahnung, überhaupt keine Ahnung, was das *wirklich* heißt, wie schmutzig und schrecklich es ist, in einem Haus mit alten Männern zu leben. Ich weiß, du denkst, ich bin verwöhnt und kindisch und quengele über die kleinsten Sachen. Aber du weißt nicht Bescheid! Onkel Tam ist halb verrückt – siehst du das nicht? Er hat sein ganzes Leben als Kindermädchen für meinen Großvater zugebracht, in einem Zimmer mit ihm oben in Killarney – er ist wie eine alte Frau. Ekelhaft! – das ganze weiße Fleisch, die Brüste! Wenn er einkaufen geht, macht er im Park eine Pause, ich hab's gesehen, um den Schulmädchen beim Korbball zuzugucken. Und nachts – sein Bett ist auf der anderen Seite meiner Wand. Die Wände sind bei uns aus Pappe, du hörst jeden Atemzug. Ich muß mir sein Keuchen und Stöhnen anhören – du weißt, was ich meine. Es ist scheußlich. Ich kann's selber nicht mehr, wegen dem, was ich von *ihm* zu hören kriege, es ekelt mich an, schlimmer als in einem Internat. Das ganze Haus ist nur ein Pferch mit Trennwänden. Nachts knarren die Bretter und die Dachbalken, das ist der Tau oder die Tageshitze, die aus ihnen entweicht, hört sich aber wie Leute an, die durch den Flur laufen oder über deinem Kopf durch die Balken klettern.

Ihn kann ich auch hören – den andern. Du wärst überrascht, wieviel Lärm alte Männer in so einem Haus machen – der Schleim in ihren Kehlen, die Fürze, die Sachen, die sie sich im Schlaf zumurmeln, die Geräusche, die sie am Morgen machen – Anziehen, in die Schüssel pissen. Du kannst dem nicht entkommen, du kannst es nicht aussperren.

Nachts schleicht er durch sein Zimmer und hält sich in den Armen – er tut das immer, ist dir das schon mal aufgefallen? Er hält sich seine Rippen und zischt durch die Zähne. Ich glaube nicht, daß er jemals schläft. Ich liege oft da, höre zu, wie die Bretter knarren, und frage mich, wo er ist. Und manchmal, wenn er glaubt, daß ich schlafe, kommt er, stellt sich in den Türrahmen und starrt mich an. Dann schleicht er bis an mein Bett und hockt sich davor, sein Gesicht ganz dicht vor meinem – ich spüre seinen Atem –, und stöhnt, und zwar auf eine Art! Er faßt mich nicht an oder so, es ist schlimmer. Er – ich kann's nicht erklären –, er macht es mit den Augen. Ich drehe meinen Kopf weg und tu so, als ob ich schlafe, aber ich kann's spüren. Er starrt auf die Innenseite meines Ellenbogens, wo mein Arm auf dem Laken ist. Ich kann's spüren, es ist, als sei er ein leckender Hund. Ich kann seinen Atem spüren, ich krieg davon eine Gänsehaut. Als ob dich ein alter Hund lecken würde. Ich lieg, so still ich kann, versuche normal zu atmen – du verstehst, tief, wie tiefer Schlaf –, aber in Wirklichkeit will ich schreien. Und manchmal, weißt du, glaube ich zu ersticken. Ich könnte weinen, weinen – vor Scham! –, kannst du das verstehen? Ich *schäme* mich! Ich hasse ihn, denn ich weiß, was er will. Oh, ich weiß, was er will. Er will, daß ich ihn liebe, das ist es, und das widert mich an. Es ist eine Art Liebe, wie er da über mir schwebt, wie er leckt – er hält das für Liebe, mich aber widert sie an. Er hält sich für selbstlos und rein, und irgendwie ist er es auch, aber für mich ist das – ich kann es nicht sagen. Wenn er wieder weggeschlichen ist, habe ich das Gefühl, da ich aufstehen und mich waschen muß, doch ich muß da liegenbleiben, in dem ganzen Schmutz. Ich höre, wie er auf seinen scheußlichen nackten Füßen davonschleicht – ich höre, wie sie kleben und das saugende Geräusch, wenn er sie vom Linoleum hebt. Und ich bin nicht einmal angefaßt worden, das ist das Schlimmste. Ich schlafe nur in *eingebildetem* Schmutz. Und was noch schlimmer ist, manchmal muß er kommen, wenn ich wirklich am Schlafen bin. Ich kann diese Vorstellung nicht ertragen. Wenn ich aufwache, bin ich halb tot, weil ich im Schlaf versuche, genug wach zu bleiben, um noch mitzubekommen, ob er dagewesen ist und was er – Kannst du das nachvollziehen? Manchmal fühle ich, daß ich genauso werde wie sie. Am Ende werde ich mir den Bauch genauso kratzen wie Onkel Tam, wenn er mit dir *redet*, und mein Haar nicht mehr kämmen und mir Brüste wachsen lassen und im Park sitzen und kleinen Mädchen nachstieren. Oder ich werde genauso werden wie *er*, vollkommen von dem Wunsch verzehrt, jemanden zu lieben, und unfähig, es jemandem zu zeigen. Das ist das Schlimmste, mußt du wissen, nicht zu wissen, was ich bin, und eine Scheißangst vor dem, was ich auf dem besten Wege bin zu werden. Außer daß ich nicht sein kann wie er, weil ich kein Talent habe und nicht bereit wäre – keine Angst, ich weiß, was ich sage –, den Preis zu bezahlen.

Armer Tam! Er ist so gutwillig und hat nie viel vom Leben gehabt. Er leidet, kann aber nicht ausbrechen. Ich hab ihn gern. Nur kann ich ihm manchmal nicht zuschauen, und ich will nicht, daß wir Verbündete oder Verschwörer oder *Kumpel* werden, ich will nicht so werden *wie er*. Ich kann es nicht ertragen, wenn er glaubt – nur weil ich ihn verstehe und wir eine Art Bündnis gegen *ihn* haben –, daß wir uns schon ähnlich sind. Sind wir nicht. Werden wir nie sein, auf keine Weise! Eher würde ich –»

Seine Wangen fieberten, er sah nicht mehr wie ein Junge aus. Einen Augenblick lang spürte ich, und die Vorstellung jagte mir Angst ein, daß ich ihn vielleicht gar nicht kannte. In seinen Augen flackerte ein weißes Licht, und ein seltsames Weiß lag auch um seinen Mund, er wirkte fast wie ein Fanatiker. Doch für welchen Glauben?

«Ich will sauber sein», sagte er. «Weißt du, was ich damit meine?» In seinen Augen waren Tränen der Wut. «Ich will einfach und direkt und offen sein und ein Leben führen, das – aber um mir herum ist alles schmutzig. Nichts als Lügen und Geheimnisse und gemeine kleine Intrigen, und ich muß mir auch Lügen und Intrigen ausdenken. Ich hasse das! Wie kann ich sauber oder direkt sein, wenn alles so schmutzig ist und jede Sache so krumm und gemein!»

Ich hatte keinen Grund, an seiner Aufrichtigkeit zu zweifeln. Die Wahrheit war hier zu leicht, zu schmerzlich leicht an seinen gekrümmten Schultern und dem häßlich verzogenen Mund abzulesen. Doch in allem, was Gerald tat, war auch ein Moment von Übertreibung. Er schützte sich vor der Wirklichkeit seiner Gefühle, indem er sich in sie hineinsteigerte – bis zur Schauspielerei. Ich glaubte ihm, doch war jede Erwiderung unmöglich.

Also kam ich ihm nicht so entgegen, wie ich es sonst vielleicht getan hätte. Ich saß stur und schwerfällig vor ihm und ließ nichts von der Unruhe erkennen, die er in mir ausgelöst hatte. Einen Augenblick später stieß er ein ungehemmtes und verächtliches Gelächter aus. So wie es klang, überzeugte es mich mehr als alles, was er gesagt hatte, daß er echte Probleme hatte. Doch da war es schon zu spät. Er schob trotzig sein Kinn vor. Er weigerte sich, von mir getröstet zu werden. Ich glaube, wenn ich es getan hätte, hätte er mich geschlagen.

4

Es kam dazu, daß ich ein außergewöhnliches Ereignis in dem Haus am West End miterlebte, oder vielleicht hatte Frank aus einem seiner Gründe dafür gesorgt, daß ich dabei war.

Es war der Besuch des Vaters, Clem Harlands, der auf einer Reise zu einem Augenarzt in Brisbane war, und der Frau, deren Eintritt ins Leben des Alten nach dreißig Jahren Witwerstand den Haushalt auseinandergerissen und Tam Harland vertrieben hatte.

Als ich ankam, waren die Besucher noch nicht da. Tam lief in hochnervöser Stimmung und mit Schürze umher und tauchte mehrmals seinen Kopf in den Ofen, um nach den Scones zu sehen. Gerald war am Küchentisch. Er schien amüsiert. Ich begriff, daß er den älteren Mann aufgezogen hatte.

«Tam ist in so 'ner *Aufregung*», teilte er mit einer Art Singsang mit. «Nicht wahr, Tam? Hast Angst, dich vor der Dame zu blamieren. Du wirst ihr zeigen, was *echte* Scones sind, nicht wahr, Tam? Der arme Papa wird sich daran erinnern, was er an dir verloren hat.»

«Halt den Rand!» sagte ihm Tam, «oder ich hau dich mit dem verdammten Blech.»

«Oh, du spielst den starken Mann! Wir werden Papa damit beeindrucken, was für ein starker kleiner Junge wir geworden sind, seit wir von zu Hause weg sind, oder wollen wir die Dame beeindrucken? Meine Güte, was für Scones! Herr Harland – ich meine – Taaam, wo in aller Welt –?»

Tam drehte sich um und wollte ihn treffen, aber Gerald

war bereits auf den Füßen und tanzte mit gehobenen Fäusten davon. Der ältere, wenn auch leichtfüßige Mann keuchte und schlug mit schweren Fäusten nach ihm durch die Luft, Gerald aber ließ seinen Kopf von rechts nach links durch die Luft sausen und lachte dabei.

«Schon gut, Tam, schon *gut*, du kleiner Dummkopf! Ich weiß, wie temperamentvoll du bist. *Mich* brauchst du nicht zu beeindrucken.»

«Um Himmels willen!» donnerte Frank aus der gegenüberliegenden Tür. «Könnt ihr damit aufhören? Tam! Laß das. Gerald, ich hätte mehr Vernunft von dir erwartet. Dein Onkel Tam ist kurz vor der Verzweiflung.»

Gerald lachte.

«Tam», sagte der ältere Bruder ihm sanft, «es tut mir leid, daß das alles dir überlassen wurde. Mir würde das Ganze auch besser liegen, wenn nicht – Tatsache ist», erklärte er, während er sich mir zuwendete, «daß mein Vater Tam schäbig behandelt hat. Er ist ein ungewöhnlicher Mann, nur – Gerald, ich wäre dir sehr zu Dank verpflichtet, wenn du dich frisieren und das Hemd wechseln würdest.» Er kam, mit einem Stirnrunzeln, auf das Thema seines Vaters zurück. «Es gibt Leute, mußt du wissen, deren Ausstrahlung und Kraft man nur schwer widerstehen kann. In manchen Dingen ist es ein Zeichen von Größe. Aber wenn sie nicht nutzbar gemacht wird, wenn sie nicht *gebraucht* wird, dann macht sie – gefährlich.»

Er fing aus Nervosität an, mit der offenen Handfläche auf sein dünner werdendes Haar zu schlagen. Es war naß in einem Scheitel über den Schädel gekämmt, und sein Hemd war, wenn auch ohne Krawatte, bis zur Kehle zugeknöpft, wie das eines kleinen Jungen. Ich hätte es damals noch nicht ahnen können, aber in Frank Harlands Geist war dies eine Wiederholung all jener Besuche vor mehr als vierzig Jahren, als sein Vater nach Stanthorpe kam und seine Tante ihn genau auf diese Weise präpariert hatte. Haar wäßrig gemacht und zu einem schneidigen Scheitel gekämmt, ein Hemd mit langem Kragen korrekt zugeknöpft.

Tam, der barfuß am Ofen ein Theater machte, durchlebte, ungewaschen und geblümt beschürzt, andere alte Anlässe.

Gerald hörte die hüpfenden Bretter der Fußbrücke zuerst. Während er sich sein sauberes Hemd noch in die Hose stopfte, ging er in den Flur, um sie zu empfangen.

Der Alte – er mußte beinahe siebzig sein – war prächtig. Er hatte das Aussehen, aber auch den Stil eines wohlhabenden und mächtigen Siedlers, des einstigen Erben und jetzigen Beherrschers eines großen und mächtigen Staatslehens. Wie er auf der Schwelle der verfallenen Veranda stand, kräftig, in einer Harris-Tweed-Jacke, mit Krawatte, glatten Wangen, dickem, vor Vitalität federndem grauem Haar, hätte er als Vater einem Paar von Taugenichtsen einen Besuch abstatten können, die die Familie im Stich gelassen hatten, um für eine Weile Slumbewohner zu spielen. Die betreffenden Söhne erschienen einer nach dem anderen am Ende des Flurs und sahen so mager und schäbig-anständig der eine und so weich und schlampig der andere aus, daß man die Gutmütigkeit des alten Mannes bewundern mußte, der einen Ort besuchte, wo jeder Flicken auf dem Linoleum, jedes fehlende Brett und der Geruch nach Resten, ungewaschenen Kleidern und muffig-feuchten Stellen ihm zutiefst unangenehm sein mußte.

«Frank!» rief er sanft und breitete seine Arme aus.

Frank Harland schrak sichtlich zurück. Aber irgend etwas stieß ihn zuletzt nach vorne. Seine Füße, in den schlotterigen Stiefeln, scharrten und hoben sich. Es zog ihn den Flur hinunter und in eine Umarmung.

«Gut, gut», gluckste der Mann, «Frank! Ich kann es kaum

glauben.» Die beiden in dem engen Durchgang ineinander verschlungenen Gestalten schienen sich nicht mehr voneinander trennen zu können. Frank Harland war, nachdem er sich einmal in die väterlichen Arme hatten fallen lassen, nicht willens oder fähig, beiseite zu treten. Der Alte machte gluk-kende Geräusche, wie um ein Kind zu beruhigen, und tätschelte den Rücken seines Sohnes, während Frank sich an ihn klammerte und schluchzte. Gerald, an der Tür zu seinem Zimmer, war gelähmt. Sein Gesicht war dunkel vor Verlegenheit und zeigte gequälte Ungläubigkeit.

«Gut, gut», schniefte der Alte, machte sich endlich los. «Tam – mein Sohn –, komm und sei nett zu deinem Vater. Du schmollst hoffentlich nicht mehr. Du hegst doch keinen Groll?»

Auch Tam bewegte sich nach vorne, als sei er bezaubert, er schüttelte seinen Kopf, hielt sich an einem Spültuch fest und ließ sich von der Umarmung überwältigen. Er sah aus, als müßte er gleich seinen Kopf heben und heulen.

«Du kennst Elaine», sagte der Alte streng.

Tam nickte. Er hielt seine Hand hin.

«Das ist meine Frau, Elaine», teilte er uns anderen mit, und die schüchterne, hübsche Frau, die sich mit ihrem besten Kleid für die Stadt herausgeputzt hatte, schritt über die Schwelle.

«Frank», sagte sie, «Gerald.» Ihre Zunge befreite sich von diesen Namen, als wenn sie so mit der großen und unberechenbaren Männlichkeit fertig werden könnte, die sich hier im Flur versammelt hatte – diese Familie, die sie mitsamt drei Söhnen und einem Enkel erworben hatte –, oder als ob sie so einiges von dem Gefühl, das in dem engen Durchgang mit der Sicht auf den Abhang entstanden war, abschütteln könnte.

Ich konnte das nachempfinden. Sie hatte vor Frank eine

Heidenangst. Selbst als wir uns zu Tams Scones und seinen Tassen mit kochendheißem Tee niedergelassen hatten, schien sie in seinem groben Haushalt keinen Spielraum zu finden. Ihre Glieder waren zu zerbrechlich. Wenn sie ihren kleinen Finger hob, sah dieser aus, als ob er abbrechen könnte. Sie hatte Angst, sich durch die Berührung von irgend etwas staubig oder schmutzig zu machen und so die Frage in den Raum zu stellen, wieviel hier geschehen mußte, um dem Ort wieder zu etwas Anständigkeit und nur einer gewissen Gemütlichkeit zu verhelfen. Keine Deckchen in Sicht, und der Deckel paßte nicht zur Teekanne. Genau wie die Tassen. Nicht einmal als unvollständiges Service.

Tam wartete wie wild auf das geringste Zeichen von Herablassung.

«Gut», sagte der Alte, «ist das nicht großartig! Ein echtes Familientreffen.»

Tam goß ein, er wartete auf. Er wurde endlich etwas gelassener, als die gute alte Teekanne in seinen Händen war, die Scones Bewunderung gefunden und sich ihre Gestalt und Beschaffenheit auf die Wahl der Worte ausgewirkt hatten, die über solch bebutterten Brocken gewechselt werden konnten. Als alles vorbei war, saß er groß und traurig auf seinem Schemel.

Frank hatte sich inbrünstig schweigend ans Fenster zurückgezogen.

Der Alte erzählte Erinnerungen, und unmittelbar lud seine Stimme den Raum mit seiner Kraft auf; sie war von wundervoller Sanftheit. Tams Schultern sackten. Frank krümmte sich.

Clem Harland sprach über die erste Zeit nach dem Tod seiner zweiten Frau, als er und alle seine fünf Jungens in der einräumigen Hütte bei Killarney wohnten. Nun, jetzt würden sie das alte Haus kaum wiedererkennen. Es war renoviert worden. Neues Badezimmer und Klo – drinnen natürlich; eine richtige Küche, eine Veranda mit Jalousien. Nicht wie in den alten Tagen: die langen Abende bei Lampenlicht, wo sie zusammen um den Küchentisch saßen, während er ihnen Geschichten erzählte oder einige Melodien auf der Mundharmonika vorspielte. Frank war schon dabei, seine ersten Skizzen zu machen. Ja, seine ersten künstlerischen Gehversuche geschahen in jener Zeit, und wer weiß, vielleicht schuldeten sie einiges dem alten Ort – Frank hatte ihn immer gerne gehabt. Gewiß hatte Killarney auf ihn Einfluß gehabt. Es konnte nicht anders sein. Der frische Morgen, wenn sie im Wintermief alle zusammen aufwachten, im Halbschlaf herumtapsten und im Dunkel aneinanderstießen. Sie alle haßten das Aufwachen, die Kleinen – nun, auch er! – sie liebten ihre warmen Betten – und vor allem der arme Jim. Und an einigen Tagen war der Frost fürchterlich, der Boden knackte unter den Stiefeln, und die Kühe trudelten schwerfällig durch den Nebel, der halb aus ihrem Atem bestand und der Wärme ihrer Flanken, und deine Hände waren so steif, daß man sie kaum spüren konnte, bis sie an den Eutern ein wenig warm geworden waren. Wenn man die verdammten Biester erst einmal im Stall hatte, heißt das! Oh, und die Badeabende, die Zinkwanne neben dem Waschbecken. Und wie viele, Frank? – sechs, sieben Wasserkannen in dem alten Kessel – die Kleinsten, Tam und Pearsall zusammen, als letzte in die Seifenlauge.

«Die Kleinsten!»

Der alte Mann zeigte auf den breiten, Unwohlsein ausstrahlenden Tam und erinnerte seine Frau an Pearsall, den sie am Abend davor getroffen hatten. Er hielt das für einen gelungenen Witz.

«Na, die Zeit wirkt Wunder, eh?»

Doch es war wundervoll gewesen, all das. Den Nacken

einseifen, ihre Haare richtig walken und abspülen – damals kriegten die Kinder aus der Schule Läuse mit, man konnte nicht vorsichtig genug sein –, während er ihnen dabei einige seltsame Sachen erzählte, die ihm passiert waren. Seltsame Sachen – und zwar ziemlich! Wie etwa eine Geisterdame, die er einmal gesehen hatte, oben in den Ruinen der alten Farm, die geradewegs durch ihn hindurch gesehen hatte, als sei *er* der Geist, denn damals war er so verzweifelt gewesen, so jung und arm und mit so wenig Hoffnung für diese Welt, daß er überlegt hatte – *ernsthaft* überlegt –, sich aus der Welt zu schaffen. Na, das waren harte Zeiten. Und jetzt schaut ihn euch an! Fünfzig Jahre danach – nein, mehr, *mehr* –, und er war gut in Schuß, er war den düsteren Prophezeiungen der Geisterdame entkommen, und hier waren sie alle wieder vereint. Nun, nicht ganz alle. Nicht Clyde, der arme Kerl! Vielleicht war es er, auf den sie ein Auge geworfen hatte. Konnte das denn sein? Konnte das? Konnte sie an Clyde gedacht haben, so viele Jahre, bevor man überhaupt an den Jungen denken konnte? *Dieser* Kummer – der Selbstmord Clydes, obwohl er ihn sich nicht hätte vorstellen können, so viele Jahre im voraus – war so viel größer als der, wegen dem er damals verzweifelt vor der Geisterdame hockte, der Trübsinn eines armen Jungen voller Ehrgeiz und ohne Aussichten. Na, nicht Clyde, Gott hab ihn selig! Und auch nicht Jim, sein Ältester. Jim war auch nicht hier: um teilzunehmen an der –. Nun, das waren die Japsen, das hätte keiner prophezeien können. Das hätten sie nie geahnt, keiner von ihnen, daß sie im Schatten eines Krieges standen. Aber Pearsall. Was war mit ihm?

«Was Pearsall angeht, hast du unrecht, Frank, mit ihm bist du zu hart! Ich will selbst nicht sagen, daß es mir *gefällt*, daß er seinen Lebensunterhalt als – Wettipper bei Pferderennen verdient, nicht bei der Erziehung, die er bekommen hat.

Für mich ist es auch eine Enttäuschung. Doch er hat uns ein erstklassiges Essen ausgegeben, nicht wahr, Liebling? Krabben! In so einem Lokal in Sandgate. Und seine Freundin, Frau Welles, ist eine echte Dame. Wirklich kultiviert, und sie hat Humor, was immer man ihr auch nachsagt. Jedenfalls schien uns das so, nicht wahr, Liebling?»

Tam hatte diese ganze Zeit über auf seinem Schemel gekauert, sichtlich eingeschüchtert von der körperlichen Gegenwart seines Vaters und von der Welt, an die er ihn erinnerte und die immer noch das einzig Sichere war, das er je gekannt hatte; er sah aus, als könnte er in seinem Exil zu weinen anfangen oder weil es um ihn herum so in Trümmer fiel.

Frank war zappelig. Weder unterbrach er den Alten, noch bestritt er seine Sicht der Dinge, nicht einmal um sich wegen der Sache mit Pearsall zu verteidigen, doch er fühlte sich nicht wohl. Er hielt seinen Kopf halb abgewandt, als ob er es nicht wagte, den Augen des alten Mannes zu begegnen, und als könnte er so verbergen, wie sehr ihm diese alten, so schmerzlich glücklichen Szenen Kummer bereiteten und Ärger, den er über die leutselige Sentimentalität seines Vaters empfand. Er wand sich. Einige Male hielt er seine Hand hoch, wie um etwas abzuwehren. Am Ende saß er genau wie Tam, zusammengekauert und geschlagen, während Clem Harland in voller Fahrt war und ein wenig protzte, jetzt, da er seine Ansicht über Pearsall durchgesetzt und sein Primat klargestellt hatte – nicht nur für seine neue, sichtlich beeindruckte Braut, sondern auch für Gerald und mich. Einen tieferen Eindruck als die außerordentliche Lebendigkeit des Mannes und die Verführungskraft seiner Reden hinterließ bei mir die Tatsache, daß er nicht nur körperlich das fehlende Verbindungsglied zwischen den Brüdern war. Ich hatte bis dahin keine Beziehung zwischen

Tams weicher Passivität und jener strengen und düsteren Selbstdisziplin sehen können, die Franks inneres Gegenstück zu seiner ledernen Zähigkeit war. Hier aber war ihr gemeinsamer Ursprung.

Was an dem Alten glatt und rundlich war – wie man spürte das Ergebnis von jahrelanger Verwöhnung und Selbstachtung –, zeigte sich bei Tam als fatale Schlaffheit. Die entscheidende Eigenschaft hatte er nicht geerbt, den Glauben, im Mittelpunkt zu stehen. Tam besaß ihn nicht, da er ihn von Anfang an seinem Vater zugestanden hatte.

Bei Frank war es umgekehrt. Er hätte seinen Vater als Muster für all das nehmen können, was er nicht war oder sein würde; oder, wenn man von dem Platz ausging, den sein Vater in der Welt einnahm und den auch er ihm zugestand, er hatte in sich Eigenschaften gesucht, die Clem übriggelassen hatte, und sie möglichst gut genutzt. Wenn Frank mich für eine Täuschung oder einen Mißbrauch meiner Zeit oder meiner Geduld entschädigen wollte, hatte ich an ihm einen Charme bemerkt, der dem sehr ähnlich war, den sein Vater jetzt zeigte. Aber in Franks Fall war er schüchterner Art; er mißtraute ihm, er kam seiner Eitelkeit zu nahe, deren Ursprung ich hier ebenfalls sah und der er ebenfalls mißtraute. Ich glaubte jetzt auch zu verstehen, was er gemeint hatte, als er einmal sagte: «Wenn du irgendwas in dieser Welt erreichen willst, muß du gegen die Natur handeln. Gegen *deine* Natur.»

Solch eine radikale Sicht ging über Geralds Verständnis, und aus diesem Grund fehlte ihm vielleicht Franks durchschlagende Originalität. Was seine eigene, immer problematisch gebliebene, anging, so schien sie durch diesen geschwätzigen alten Mann äußerst gefährdet, dessen Charme sein eigener Charme war, aber auf die Spitze getrieben und schamlos ausgenutzt. Er errötete, als er sich so rücksichtslos bloßgestellt sah. Der Alte kümmerte sich nicht um so etwas und redete weiter. Er war zu sehr mit sich selbst und dem Anlaß zufrieden, zu sehr in die eigene Stimme und seine Gefühlswärme verliebt, um die Bestürzung mitzubekommen, die er auslöste. Auf einmal, ohne Vorwarnung, stand Tam auf und floh, und Frank bot in einer plötzlichen Anwandlung von Galanterie, die ich an ihm noch nie bemerkt hatte, Elaine an, ihr «unseren Busch» zu zeigen. Gerald und ich blieben mit dem Alten alleine.

«Nenn mich Großpapa», drängte er mit einer Art Weinerlichkeit. «Ich *bin* dein Großpapa, weißt du, und du bist mein einziger. Ich würd's gerne mal hören. Großpapa. Ist schon lange her, Junge, so lange.» Er wollte eine Hand auf Geralds Schulter legen, aber Gerald duckte sich. «Du bist wie dein Vater», sagte der alte Mann sanft, «als er so alt war wie du. Mein Junge Jim.»

Frank hatte die Frau auf die Hinterveranda geführt, wo sie für einige Zeit stehenblieb und den Hang bewunderte. Als ich sie einige Minuten später auf der Dschungelböschung einholte, die zum Fluß hinunterführte, hob er seine Hand, um Spinnenweben aus dem Weg zu räumen. Er schaute grinsend zurück. Aus Galanterie oder aus einer gewissen Arglist – aus der Entfernung ließ sich das nicht sagen – nickte er ihr zu.

Der Alte war mittlerweile mit einer neuen Gespenstergeschichte im Gange. Ich hatte den Anfang verpaßt.

«Du verschwindest kurz und machst dich mal 'n bißchen fein, sagt sie, und bevor du noch Pap sagen kannst, ist alles auf 'm Tisch, dein Leibgericht, Nieren und Gehacktes. Also ich war erstaunt! Weißt du, Nieren und Gehacktes war wirklich mein Leibgericht, aber wie konnte die Frau das wissen? Sie hatte mich ja im Leben noch nicht gesehen und ich sie auch nicht. Ich hatte bei dem Haus nur angehalten, weil es sauber aussah und billig und weil ich den ganzen Tag auf der Straße gelaufen war und mir dachte, na, jetzt hab ich genug, ich muß mal an die Nacht denken. Und so gehe ich aus der Küche, wasch mich ein bißchen – das Badezimmer war im Flur gerade gegenüber –, und als ich zurückkomme, ist schon alles fertig auf dem Tisch. Nieren und Gehacktes – so gut, wie ich es in meinem Leben nicht mehr gegessen habe.

Wir sitzen uns am Tisch gegenüber, hauen rein und sagen kein einziges Wort. Was für mich eine ziemliche Ausnahme ist – ich rede schon gerne, wenn ich was esse, ist gemütlicher. Aber sie war nicht der Typ. Sie guckt nur zu, wie ich esse, und fragt mich ein-, zweimal, wie es schmeckt und ob ich noch eine Portion will, und als wir fertig sind, räumt sie den Tisch ab, stellt das Geschirr ins Waschbecken und sagt: Geh ruhig, wenn du müde bist, ich brauch nicht lange. Okay, sage ich. Als ich aber raus in den Flur gehe, weiß ich ja nicht, wohin ich gehen soll, und als ich zurückschiele, steht sie mit einem Spültuch an der Küchentür und behält mich im Auge. Als ob sie sehen wollte – du weißt schon, ob ich das Zimmer finde.

Na, es gab nur zwei Zimmer. Ihres lag rechts. Das andere links mußte ihrem Sohn gehört haben – oder ihrem Bruder, ich weiß nicht. Ich ging 'rein, und ich spürte, wie sie immer noch an der Küchentür stand und zuhörte. Ich wußte, daß sie nicht zu mir hochgekommen war, weil ich gehört hätte, wie die Bretter knarren. Doch sie wartete und hörte mir zu. Unheimlich, dachte ich. Ich kriegte es mit der Angst zu tun.

Ich machte das Licht an, und das Zimmer war ganz und gar sauber, was ich mir schon gedacht hatte, als ich das Haus von außen sah. Gutes Bett, gute Matratze. Nur, alles *fühlt* sich nicht ganz richtig an. Ich weiß nicht, ich kann's nicht erklären. Vielleicht waren's die Schuhe. Denn siehst du, rundum, an allen Wänden, waren diese Schuhe, ein Paar hübsch neben dem anderen, und alle geputzt und poliert. Die Schuhe eines Toten! Das war es, was mir als Erklärung einfiel. Und mit einem Mal sah ich, was hier Sache war. Die Frau dachte, daß ich jemand anders war – der Geist von einem Bruder oder Sohn, der im Krieg umgekommen war. Das war es und nichts anderes. Ich hatte die Nieren und das Gehackte gegessen, und jetzt wollte sie sehen, ob ich ins Bett ging. Na, ich tat's nicht! Ich kann dir sagen, ich hatte auf einmal so viel Angst, und als ich in den Flur runterging, hätte ich ihr vielleicht wirklich wie ein Geist vorkommen können, ich war bleich wie einer und zitterte so stark, daß ich mich kaum auf meinen Zehenspitzen halten konnte. Ich stürzte mich durch die Eingangstür und lief bis zur nächsten Stadt.

Aber leid tat sie mir schon, die Frau, meine ich. Es gab damals viele solche alleinstehende Frauen nach dem Krieg. Vielleicht hatte sie nie endgültig Bescheid bekommen und hatte die Hoffnung einfach nicht aufgegeben. Ich weiß es nicht. Später habe ich manchmal gedacht, na vielleicht warst du ein ganz schöner Dummkopf, dir diese Gelegenheit entgehen zu lassen – du weißt schon –, ich hatte wohl zu viele Witze über Handelsreisende zu hören bekommen. Aber das war's wohl nicht. Sie versuchte nicht, mich dazubehalten oder so. Ich flog richtig an ihr vorbei. Sie stand immer noch da, mit dem Spültuch in der Hand, nicht mal daß sie zu schreien anfing. Es war schauerlich. Ich habe oft daran gedacht.»

Frank und die Frau waren zurückgekommen – sie lächelte jetzt übers ganze Gesicht, recht bezaubert von ihm –, und ihr Erscheinen im Zimmer brach eine Art Bann. Es lag etwas in der Stimme des Alten – eine besondere, gedämpfte Atemlosigkeit und ein Staunen über das eigene Leben –, das einen hypnotisierte und anzog.

Kurz danach gingen sie in das gute Hotel, in dem Frank ein Zimmer besorgt hatte. Wir brachten sie bis zum Tor, und Frank bat mich ein wenig besorgt, nach Tam zu schauen. Als ich zu seinem Lieblingsversteck genau unter dem Haus hinunterging, saß er im Halbdunkel auf dem alten Holzklotz, zusammengekauert wie ein schmollendes Kind, eine Flasche Fourex im Arm.

«Sind sie verschwunden?» fragte er. Ich sagte ihm, daß sie auf sein «Auf Wiedersehen» warteten, aber er wollte sich nicht von der Stelle rühren. «Na, du hast sie ja jetzt gesehen», sagte er weinerlich, «du verstehst, warum ich mich so aufrege. Wie diese Frau ist, kann sie nicht so gut für ihn sorgen wie ich. Ich habe diesen Ort geliebt. Er war alles, was ich hatte. Niemand will mich hierhaben!» Ich versuchte, ihm gut zuzureden, aber er wollte nicht mit hochkommen, und am Ende mußte Frank zu ihm heruntersteigen.

Gerald, immer noch düster und gedämpft durch das, was er erlebt hatte, kam mit mir bis zur Tür. Bei dem Loch in der Veranda hielt er, lugte hinunter, an dem Wald von Stümpfen vorbei, dorthin, wo Frank und Tam Seite an Seite auf einem Holzblock saßen.

«Schau sie dir an», sagte er.

Ich schaute. Die zwei Gestalten hatten sich aneinandergelehnt. Frank hielt Tam wie ein Kind in seinen Armen, besänftigte seine Schluchzer mit einem leisen Säuseln, das so sanft war, so warm und feminin, daß ich einen Augenblick lang Geralds Staunen teilte, wenn auch nicht seinen Abscheu oder seine Scham oder gar die verwirrte Wut, mit der er sich plötzlich losriß und an mir vorbei in sein Zimmer stürmte.

Eine Woche später war Gerald mit hundert Pfund, die er aus einer Teebüchse gestohlen hatte, verschwunden. In Sydney wurde er aufgespürt und nach Hause gebracht. Frank wollte ihm keine Vorwürfe machen, und es gab, wie mir Tam versicherte, keine Szene; aber als Tam am nächsten Tag hinunterstieg, um sich, zum Trost oder aus Schmollerei, auf den Holzblock unter dem Haus zurückzuziehen, war da etwas anderes, Neues, das mit den Füßen nach unten von einem der Balken baumelte.

«Bei Gott und allem, Phil, das werd ich nie vergessen, darüber werde ich nie hinwegkommen. Und auch Frank nicht. Ich schaute nur so nach oben und –» Er schloß die Augen, schüttelte den Kopf und vertrieb das schreckliche Bild. «Ich geh nie wieder dort hinunter, niemals im Leben. Ich bekomme eine Gänsehaut, wenn ich nur daran denke. Ich könnte nicht! Für mein Leben nicht.»

Ich dachte daran, wie fasziniert Gerald von diesem Ort gewesen war, die Art, wie er mit seinem Auge durch das Loch in den Verandabrettern gestarrt hatte, ohne ihm nahezukommen; vielleicht fühlte er bereits einen Sog von dem, was in dem Wald aus Stümpfen geschehen sollte, ohne zu wissen, was es war. Ich erinnerte mich an das Zittern in seiner Stimme, «Ist das nicht zum Angstkriegen?», als er mich einlud, hinunterzuschauen und den Staub zu atmen. Er bat mich damals, so schien es mir jetzt, Sinn aus dem zu machen, ihm zu versichern, daß es da unten so sicher wie zu Hause war, und nur seine eigene überlebendige Phantasie daraus einen Ort machte, dem er sich nicht zu nähern traute. Es war mehr dieser Schrecken als die Tat selbst, der mich jetzt verfolgte. Ihn konnte ich nachvollziehen. Die Sache mit dem Seil nicht. Er mußte durch den Staub so weit hochgekrochen sein, bis der Abstand zu den Brettern groß genug war und die Leiter, die er mit sich schleppte, auf dem Hang einen festen Stand fand. Diese Einzelheiten! Ich konnte es mir doch vorstellen. Wenn ich daran dachte, stieg mir das Blut. Ich würgte.

«Ich weiß nicht, Phil», sagte mir meine Tante, als ich an ihrer Tür erschien, «ob ich dich überhaupt sehen will. Ich will eigentlich überhaupt niemanden sehen. Und gerade dich.»

Ich setzte mich in das große düstere Wohnzimmer. Bei Tageslicht und ohne die vertraute Menschenmenge schien es trostlos, trotz all seiner sorgfältig verteilten Objekte. Tante Roo schritt mit einem Kaschmirschal über der Schulter durch das Zimmer. Sie war zu erregt, um sich zu setzen.

«Ich hatte es nicht erwartet», sagte ich. «Wie hätte ich das auch gekonnt?»

Ich meinte damit nicht nur, daß ich Gerald mißverstanden oder es versäumt hatte, ihn ernst zu nehmen, sondern daß Selbstzerstörung so weit von meinem eigenen Weltverständnis ablag, daß der Gedanke an sie mir nie durch den Kopf gegangen war. Phantasielosigkeit, vielleicht. Doch andererseits hatte ich das Leben bereits im Griff gehabt. Ich war erschüttert, und der Schock hatte mich in meine Jugend zurückgeschleudert.

«*Ich* hatte es erwartet», sagte meine Tante, halb zu sich. «Nun, nicht genau dies – aber ich hatte dir gesagt, Phil, immer wieder hatte ich dir gesagt, daß der Junge verzweifelt war. Du wolltest es nicht wahrhaben, du dachtest, ich würde das nur dramatisieren. Schön, worum, glaubst du, geht es in einem Drama? Es geht um die Qualen, an denen die Leute leiden, um das, was sie sich *antun*. Hast du das nicht gewußt?»

«Ich wußte es nicht.»

«Nun, jetzt weißt du es, oder? – Nicht daß das uns jetzt was helfen würde. Armer Gerald. Ich kann nicht –» Einen Moment blieb sie händeringend stehen, kam dann eilig durchs Zimmer. «Hör zu», sagte sie und setzte sich so auf einen Schemel, daß sich unsere Knie berührten, «ich würde jetzt nicht versuchen, Jacky zu treffen, wenn ich du wäre.

Oh, ich weiß, wie sehr du das willst, aber es ist der falsche Zeitpunkt, Schatz. Das war für sie ein harter Schlag, sie hat großen Kummer. Sie hatte den Jungen so schrecklich gern.»

«Glaubt sie, ich etwa nicht?»

Tante Roo legte ihren Kopf auf die Seite und sah mich an. Schon mein bloßes Aussehen ließ sie anscheinend daran zweifeln.

«Nun, ich weiß, du hattest ihn sehr gern, Phil, denn ich kenne *dich*. Aber du hast dich auf die andere Seite geschlagen, oder nicht? So sieht das Jacky. Du warst *sein* Mann – der Mann dieses Onkels.»

«Ich dachte», sagte ich mit Bitterkeit, «daß ich mein eigener Mann war. Das habe ich dir schon gesagt.» Ich empfand es als ungerecht, mit so vielen Stricken gefangen zu sein. Es gab zu viel zu erklären: meine Treue gegenüber Frank, der Respekt, den ich seinem Werk schuldete und auch der Person – auch er hatte gelitten –, meine Gefühle für Gerald, jene mißtrauischen Gefühle von jungen Männern, die sich gegenseitig auf die Probe stellen, eine niemals ganz behagliche Angelegenheit, doch auf eigene Weise voller Leidenschaft und schmerzlich echt; und schließlich, mehr als alles, meine Verehrung für Jacky. «Wird sie sich weigern, mich zu sehen?»

Meine Tante schüttelte den Kopf. «Sie sagt, daß sie es wird, doch wer weiß das schon? Das mußt du für dich selber herausfinden.»

Gegen Ende der Woche, an einem Nachmittag, suchte ich Jacky auf. Ich war noch nie in ihrem Haus gewesen. Es war ein windiger, noch nicht winterlicher Tag. Ein Wind blies vom Westen, der alle Palmenblätter in eine Richtung fließen ließ, als seien sie Meeresgeschöpfe, die vom Pazifik hereinschwammen. In der Luft lag eine seltsame elektrische Spannung, die Dinge rieben sich, sie waren geladen, sie gaben Funken.

Jackys Mutter schien mir nicht zu trauen. Sie führte mich bis zu einem verschlossenen Zimmer nahe der Veranda, wo Jacky an einem alten Schultisch arbeitete, wie ein Kind tief über ihren Farben versunken. Draußen schlugen sich grüne Schatten und rissen sich in Stücke, brachen Zweige ab und warfen sie auf Wege; doch das Zimmer war vor all dem sicher. Als ich hereinkam, legte sich meine Unruhe von selbst und war gestillt.

Jacky schaute kurz auf und dann weg.

«Ich wußte, daß du kommen würdest.»

Ich setzte mich mit dem Rücken zum Unwetter, sie fuhr in ihrer Arbeit fort. Sie war dabei, eine Serie von Kostümentwürfen für ein Stück zu kolorieren, ihr rotes Haar fiel auf beiden Seiten ihres Gesichts in geraden Strähnen hinunter. Sie war über den Tisch gebeugt. War sie kurzsichtig? Daran hatte ich nie gedacht. Ich wußte von ihr so wenig. Lange saß ich da und sah ihr zu, wie sie den feinen Pinsel in sich blau bewölkendes Wasser tauchte; die Wolken lockerten und lichteten sich, ganze Nachmittage vergingen dort in den hellen Räumen eines leuchtenden Himmels. Einige Male nahm sie den Pinsel in ihren Mund und zog ihn durch die Lippen.

Es war die erste ruhige Begegnung, die ich mit ihr erlebte. Ich hatte bis dahin gezögert, mit ihr alleine zu sein, weil ich nur von meinen Gefühlen hätte sprechen können, und von denen hätte sie nichts hören wollen. Also war Gerald immer zwischen uns gewesen. Er war es noch, sein Tod jedoch war für den Moment so viel wichtiger als alles, was wir uns hätten sagen können, daß ich mich geradezu befreit fühlte;

wir konnten ohne Angst zusammensein. Die Minuten öffneten sich zu Stunden, schienen Jahre. Ich legte meinen Kopf zurück. Ich hätte schlafen wollen.

Mit einem Mal schaute sie auf und sah mich von der Seite her an, durch herabfallendes Haar.

«Warum?» forderte sie.

Mein Gesicht muß ganz besonders leer ausgesehen haben.

«Warum hast du zugelassen, daß das geschieht? Ich dachte, daß du ihn kennst!»

Eine Minute verging, noch eine. Sie zog ihre Strickjacke um ihre Schultern und ging wieder an die Arbeit.

«Am liebsten wäre es mir, du würdest verschwinden», sagte sie nach einer Weile.

Aber ich blieb sitzen. Ich war in einem Traum, mein Kopf war leicht, doch ich war mit Blei geschlagen. Selbst nun, da noch so viel zwischen uns ungelöst und ungesagt war und ich im Schatten ihrer Fragen saß, fühlte ich mich leicht. Ich war durch ihre Anwesenheit und meine eigene gebannt, dadurch, daß wir endlich inmitten eines solchen Aufruhrs so still und einfach zusammensaßen. Sie machte eine Geste der Ungeduld. «Ich will, daß du *gehst!* Verstehst du denn *überhaupt* nichts?»

Sie stieß ihre Arbeit zur Seite und starrte wild vor sich hin.

«Ich will dich nicht mehr sehen. Nie wieder! Warum bist du immer so dumm? Du *sagst* nie etwas, du sitzt nur da wie im Traum, als sei schon alles gesagt. Nun, es ist nichts gesagt, es ist Zeit, daß du aufwachst. Du siehst nie, was wirklich passiert, weil du vollkommen von dir eingenommen bist. Ich war nicht in Gerald verliebt – nicht richtig. Du weißt, was für Probleme er hatte, er vertraute dir, du wußtest ebensogut wie ich, was der für ein altes Scheusal ist – dieser Frank Harland –, und du hast nichts unternommen!»

Sie war aufgestanden und hatte das Gesicht von mir

abgewandt, bleich und verzerrt. Ich ging zu ihr, doch erwachte nicht aus meinem Traum. Noch nicht. Ich hatte mich zu weit in ihn verloren. Ich berührte ihren Arm, und sie schob ihn weg.

«Laß mich alleine, rühr mich nicht an! Du bist ein solcher Narr. Warum verstehst du nicht, daß ich dich nicht hier haben will?»

Einige Minuten lang ging das so weiter. Sie schalt mich aus, gab mir die Schuld, häufte Anklagen auf mein Haupt, während ich einfach nur dastand; dann brach sie zusammen.

Ich nahm sie in meine Arme, sie ließ mich. Das Glück machte mich fast närrisch. Doch am Ende war alles wieder gleich. Nach einem Augenblick stieß sie mich von sich, weigerte sich, mich je wieder zu sehen, und hielt sich streng an ihr Wort. Es war nach alledem nichts mehr anzufangen.

Harlands halber Morgen

Er lebte nun in einer Serie unzusammenhängender Träume aus Stimmen, in einem Delirium, das nur durch Tage und manchmal Wochen bloßen Daseins unterbrochen wurde oder durch eine Arbeit, der er sich in einem Durcheinander aus Farbe und Papier mit Leib und Seele widmete. Er hörte.

Die Stimmen stammten von Männern, die neben einem mit Kohle gefüllten Ölfaß Geschichten sponnen. Oder sie standen an einem Nebengleis und warteten auf das Rattern des Güterzugs. Oder sie kamen von den Generationen von Männern und Frauen, deren Schichten er in sich trug und deren Schlaf er teilte, wenn er sich zu seinem eigenen niederlegte: die Harlands und McQueens und davor die Currys, und auf der anderen Seite die Walkers und Ranleighs. Sie sprachen von Tagen ruhiger Besinnung, von einem Ausblick über Steine in das Herz eines Mittags oder auf das Licht auf Winterkoppeln an einem leeren Nachmittag oder von dem Leben, das ein Bursche verbraucht hatte, um einen Hügel zu roden; von Pech, Verlust, Triumph, Zorn, Beharrlichkeit und von der dürftigen Aussicht, die man bei Sonnenuntergang vom Sitz eines Traktors – zwischen zwei Pflugscharen mit Stirnrädern – mitkriegte, oder vom funkelnden Licht der Sterne aus den Kieseln in einem Strom.

Die meisten dieser Stimmen kannte er nicht. Andere erkannte er an ihren Geschichten wieder. Es waren die, die sein Vater erzählt hatte. Dieser Gem Harland zum Beispiel, der in einem dreinächtigen Kartenspiel das letzte Zedernstück im Tal verloren hatte, zusammen mit hundertsechzig

Morgen besten Weidelands, an einen aus Warrhamboo gebürtigen Burschen mit stechenden Augen, der bis dahin ein erfolgloser Handelsreisender für Küchengeschirr, Pfannen und anderes gewesen war, nun aber, als Gem Harland Blatt nach Blatt aufdeckte, seinen noch nicht vorhandenen Nachwuchs – die Mackays und die Crams und die Salters – aus dem Dunkel ins Licht steigen sah. – Du hast mich ausradiert, junger Kerl. (Er konnte das deutlich hören.) Du hast mich von der Landkarte radiert.

Das darauf folgende nervöse Kichern mußte dem Jungen gehören, der über das staunte, was er getan hatte. All das Land! Sein Gewicht fiel schwer auf ihn und erstickte sein Gelächter. Die Sorge brachte ihn zum Schweigen, mit seinem dumpfen Kopf einen Plan ausdenken zu müssen, der seinem neuen Leben entsprach. Seine Lenden zitterten: er würde eine Dynastie gründen. Das Schweigen, das ihn voll beanspruchte, gewann an Gewicht, auch es war mit Stimmen erfüllt. Ein anderer Bursche, sagte sich Frank, wird denen lauschen. Sie gehören zu einer anderen Geschichte.

Was er hörte, zeichnete er auf die einzige Art auf, die er kannte. Nicht als Geschichte.

– Ich zog dem Bastard mein Hemd über, er war voll bis zum Überlaufen. Was soll ich denn Milly erzählen? Jeder Mensch rappelt sich wieder hoch – das ist Harlands Glück! Sieh mal, Schatz, hör zu, es ist doch so ... Nein, Schatz, hör zu!

– Schön war sie, ich nahm nur das Beste. Seideneiche, sechs Schilling drei Sixpence. Schon für das Schmirgeln brauchte ich drei Nächte. Dann polierte ich sie und gab ihr den letzten Schliff, drei Samtanstriche und zwischendurch Schmirgeln. Am Ende ölte ich sie. Sie war schön, ich hätte mich hinsetzen und 'ne ganze Woche hinstarren können. Weißt du, du kannst dich in ein Ding fast so gut wie in einen Menschen verlieben ...

– Jack? Bist du das, Jack? Immer noch wach? Hörst du immer noch hin?

– Ja-ah ... Da war dieses Licht. Ich kriegte es nur am Ende der Furche mit, als ich die Pferde wendete, aus meinem Augenwinkel, un' als ich hochschaue, ist es verschwunden. War vielleicht die ganze Erde, die sich vor mir entblößt hatte. *Ich bin eine Schönheit, ich bin*, in einem Blitz ...

– Meinst du das im Ernst, Tom? Wirklich? Ehrlich? ... Nun laß mich, oh, was ist daran so schwierig? Ich hab's gesagt, oder nicht? Es ist nicht das, was du gemeint hast ... Oh, das ist es, für mich ist es das! ...

– Das war der einzige Besitz in dem ganzen Durcheinander und Ruin. Oder in der Besessenheit. Und wir hatten unsere Art, es zu sagen. Dafür braucht es keine Worte. Eine Melodie etwa, mit Fiedel und Löffeln gespielt oder auf einer Quetsche und einem Kamm; und einmal, wenn du innehältst, um Atem zu holen, hörst du es: eine Stimme, *Ich bin eine Schönheit, ich bin*. Oder Schritte auf Kies, und dann eine Handvoll davon gegen eine mondhelle Fensterscheibe – nein, Schatz, weder Regen noch Mondlicht – diese Art Musik. Wir stoßen an etwas, das uns für immer gehören kann. Das ist echter Besitz, die einzige Art, die es gibt. Nur kann niemand was davon weitergeben. Doch das macht nichts, es bleibt gleich, du hörst doch noch zu, oder?

Ein Schweigen zog ihn an sich, aus dem kein Wort mehr kam. Es gehörte kleinen Mädchen in schäbigen Röcken, die in der Sonne auf einem Stumpf saßen und sich ihre Füße anschauten. Magere Kinder um die zwölf, die beim Hochschauen keinen Weg sahen, nur die vertrauten nassen Dächer und eine schuppige Hügelreihe. Dabei sagte ihnen ihr Körper doch, daß die Welt riesig und die Zeit unendlich war und nur darauf wartete, erfüllt zu werden. Diese zwei Blickwinkel konnten sie nicht zusammenkriegen. Die Schwierigkeit erschien zwischen ihren Augenbrauen als zwei feine Linien, die sich nicht treffen wollten.

Aus derselben Quelle – es schien ihm dieselbe, war es aber vielleicht nicht – erhob sich später ein leichtes Summen, ein Wiegenlied ohne Melodie. Eines der Mädchen war jetzt eine ziemlich mollige Frau in einer dicken Strickjacke und sang einen Zweijährigen in den Schlaf. Sie schaute auf und runzelte ihre sommersprossige Stirn, und die Hügel waren immer noch da, sie waren um keinen Zoll verrückt, nicht in sieben Jahren. Sie waren nicht näher gekommen und hatten sich nicht wegbewegt, um ihr Platz zu machen.

Manchmal fühlte er, wie er zwischen den Blick einer solchen Frau und das Gesehene geriet; und wenn sie nicht mehr durch ihn hindurchsah und es ihm gestattete, zu Fleisch und Blut zu werden, fühlte er, wie sich die Reihe der Hügel in ihren Augen verhärtete und ihr Grat zu brennen begann. Er sah die Dinge jetzt deutlicher, durch ihre Sicht. Wenn er diese Frau später traf, an einem Ladentisch, zwischen Eimern und Besen und Pferdegeschirr oder an der Tür eines Stalls, schaute sie vielleicht auf, und es fielen zwischen ihnen Worte. Wortlose, natürlich.

– Schön, du hast es auch gesehen. Hilft mir aber nicht weiter, oder?

– Nein?

Manchmal waren es Axtschläge. Er fühlte, wie ihn die harten Schläge aus dem Gleichgewicht brachten. Irgendwo legte sich ein Junge für sie ins Zeug. Da! Und noch einer! Verdammt! Verdammt! Du Scheiße! Der Schweiß troff ihm von der Stirn, aus seinen Achselhöhlen unter dem Flanellhemd, innen an seinen Schenkeln hinunter. Die einzigen Tränen, die er sich erlaubte.

– Das hilft mir auch kein bißchen!

– Nein?

Egal, er klatschte Farbe drüber.

Einige Male war es, nach so langer Zeit, die Stimme seiner Tante. Beim Zuhören war er wieder ein Kind, bleich, dünn, strohblond, verwirrt, mit Gänsehaut saß er auf der Kante des Betts seines Vetters, vor dem sie kniete, um ihm die Stiefel zuzuschnüren.

Sie schaute nicht gerne hoch. Sie wünschte, daß dies die Stiefel ihres eigenen Jungen waren, die sie zuschnürte, er wieder klein und noch am Leben, sechzehn oder siebzehn – nein, fünfzig Jahre früher. Doch ihre Stimme war nicht mehr böse, und sie warf ihm nicht mehr vor, durchgepaust zu haben.

– Also, das hast du wohl gelernt, Frank, Liebling, nicht wahr? Oder habe ich dir das beigebracht? Wann war das?

Und sein Onkel: «Ja, Junge, das ist es, so ist es richtig. Dein Auge weiß Bescheid, deine Finger wissen Bescheid. Du hast den Dreh raus, ich wußte immer, daß du das kannst. Besser als mit den Streichhölzern.»

– Und besser als eine Galeone, Onkel Fred?

– Na, mein Sohn, es ist etwas anderes, würde ich sagen. Aber nicht schlechter.

– Verzeiht mir, ich habe die Sachen nicht richtig erklärt, nicht so, wie ich es gerne gewollt hätte. Die Worte in meinem Kopf reichen nicht aus, nur die Gemälde könnten alles sagen, und die sind in einer Sprache, die ihr nicht lesen könnt. Was ich euch hinterlasse, meine lieben Brüder – und auch dir, mein lieber Vater, falls ich vor dir sterbe – ist nur der geringste Teil dessen, was ich euch geben wollte. Weil ich euch so sehr liebte, weil ich euch –

Das war seine eigene Stimme. Sie war nicht weniger gespenstisch als die anderen. Er hörte sie aus der Zukunft: verdeckte sie für den Moment mit einem Klatsch Farbe und der hindurchkratzenden Messerklinge, wagte es nicht, innezuhalten.

Die Atemzüge von Vieh wurden zu ihm getragen, das Geräusch einer knarrenden Windmühle, der Flügel einer Elster, schwarz auf weiß, und ihr morgenfarbener Schrei, Rauch ohne Flamme. Und da war eine grünliche Steppdekke. Wenn die Dunkelheit wie eine zweite Decke über ihr lag, zeigte sie ihre wahren Farben. Hände hatten sie aus einer Schublade voller Reste ausgesucht. Die Kuppen seiner Finger fühlten nach den Furchen, nach den Stichen, die mit der Kraft einer ganzen Hand durchs Gewebe gestoßen wurden, und hinter der Hand mit der ganzen Kraft eines Körpers. Wenn er seine eigenen Farben ins Leben rief, ahmte er die Bewegung jener Hand nach.

Die Steppdecke war grüner als grün, ein Inselkontinent im Dunkel seines Schlafs. Er wußte Neuigkeiten über ihn, und diese Neuigkeiten mußten sich verbreiten. In Farbe, in Farben. Wenn alles getan war und die Flicken gesammelt nebeneinanderlagen, Seite an Seite, hätte er gerade einen halben Morgen aufgedeckt. Es war nicht viel, nicht mehr als ein Blick. Soviel, wie ein Mensch mit seinem Blick erfassen kann.

Die Insel

I

Die ersten Stunden nach Geralds Tod lag Frank Harland Tag und Nacht auf dem Feldbett in seinem Veranda-Atelier und wollte niemanden sprechen. Er aß nicht und trank nicht. Er lag einfach da, auf der grauen Decke, ungewaschen, unrasiert, in allen Kleidern, und starrte durch die Dachbalken.

In der ersten Nacht zog ein Sturm auf: der Maulbeerbaum klopfte und trommelte gegen das Fensterbrett. Regen schlug ins Zimmer, es knallte, es gab einen Krach. Ich ging hinein, um das Atelierfenster festzuriegeln; in der Hoffnung, er würde sich regen oder sogar sprechen, saß ich eine Zeitlang auf der umgekippten Kiste bei seinem Bett.

Es war wie die Wache bei einem Kadaver. Das Fleisch war eingefallen, und aus ihm sprangen die Backenknochen und der Kiefer eines Achtzigjährigen hervor. Unter der gesprenkelten Haut waren Adern zu sehen, die Augen waren eisig. Auf dem Boden lagen zerbrochene Gläser, durchnäßte Zeitungen und Pappe, inmitten von Rinnsalen roter und blauer Wasserfarben, Pinseln, Lumpen, angeschlagenen Büchern. Jeder Ort, an dem Frank gearbeitet hatte, war unordentlich gewesen, aber das hier war ein Trümmerhaufen. Eine halbe Stunde blieb ich sitzen, und als ich aufstand, fühlte ich mich, als seien Jahre vergangen. Es lag nur zum Teil an der schädelartigen Maske des Mannes vor mir und an den Verheerungen, die der Sturm anrichtete. Es war auch etwas in mir geschehen, der Beginn eines Prozesses, in dem ich nach Ablauf meiner Jugend das Gewicht der Jahrzehnte auf mich nahm. Als ich mich hingesetzt hatte, war ich immer noch in meinen Zwanzigern gewesen, und als ich über die Schwelle des ärmlichen Zimmers zurückkehrte und den Flur hinunter zur Küche schaute, war es ein Mann von vierzig Jahren. Ich sah Tam Harland grau und schlaff am Ende der Treppe stehen. Er hob den Kopf in meine Richtung, wie ein altes und hilfloses Tier.

Armer Tam. Es war schmerzlich, mit anzusehen, wie der Mann von Zimmer zu Zimmer wanderte und nichts zu tun fand. Er spülte alles, was im Abtropfgestell war, alle Tassen und Untertassen, die Töpfe, Pfannen und die Siebe aus dem Küchenschrank, und wenn sie trocken waren, nahm er sie wieder aus dem Abtropfgestell und begann von vorn. Auf seinen Armen trug er die vergilbten, staubigen, spinnwebüberzogenen Zeitungen zusammen, die so lange stapelweise in dem leeren Zimmer und auf der Veranda gelegen hatten, schwankte mit ihnen durch den Flur und über die Hintertreppe zum Brennofen hinunter, setzte sich mit einem untergeschlagenen, nackten Fuß hin und schaute zu, wie sie verbrannten; ab und zu beugte er sich vor, um mit einer Waschzange in der Asche zu rühren. Sie war selbst von unnatürlicher Farbe, gebleicht und von Seifenlauge aufgeweicht und kupfergrün geworden, und am Ende begann auch sie zu kokeln. Danach schrubbte er den Boden, die bloßen Bretter der Vorderveranda, die Vordertreppe, die Hintertreppe und das Linoleum im Flur, patschte auf seinen Knien mit einem Zinkeimer und einer Scheuerbürste aus Holz und einer altmodischen Seife herum, die im ganzen Haus einen stechenden Geruch nach Karbolsäure verbreitete.

Ich glaube, für ihn wäre es einfacher gewesen, wenn es Blutflecken gegeben hätte. Er hätte sie ein für allemal wegschrubben können, man hätte gegen sie etwas tun können. So aber hatte er es in jedem Zimmer des Hauses, auf jedem bloßen Brett, in den Tassen, Pfannen, Sieben mit unsichtbaren Flecken zu tun, die man weder identifizieren noch abwaschen konnte. Kein einziges Mal ging er wieder zu dem Ort, der ihm sonst eine solche Zuflucht geboten hatte, die finstere Stelle unter dem Haus.

Ich hatte mich bereit erklärt, einen oder zwei Tage zu bleiben, weil ich hoffte, daß Frank sich rühren würde, und um die Beerdigung und die polizeilichen Angelegenheiten zu erledigen.

Ohne Rücksicht auf den Aberglauben, mit dem ich mich nicht einlassen wollte, und mit dem Wunsch, meine Rolle in dem Geschehenen zu vergessen, schlief ich in Geralds Zimmer und lauschte gerade so, wie er es mir vor Augen gestellt hatte, den nächtlichen Lauten des Hauses: dem knöchelartigen Knacken und Knarren der Dachbalken, die nach einem tropischen Sonnentag ihre Hitze von sich gaben, dem Plumpsen der Früchte vom Moreton-Bay-Feigenbaum, die die Abflußrinne auf der Südseite verstopften. Von oben winzige Pfoten, die in Pein und Trübsal scharrten und rutschten und schlidderten, gespenstische Schritte im Flur, auf dem Weg nach unten; an der anderen Seite der Wand Tams Schniefen und das Ächzen der Bettfederung, wenn er sein Gewicht verlagerte. Einmal – doch das bildete ich mir wohl ein – schien es mir, als käme jemand in die offene Tür und bliebe dort stehen, er sah mir zu, wie ich schlief. Eine Gestalt kam näher. Sie hockte sich hin, starrte auf mein Gesicht, und ich spürte die Augen wie greifbare Fingerspitzen, die die Knochen abtasteten. Ich fuhr auf und erwachte.

Es war nichts. Luft strömte durch den offenen Türrahmen schwer von Zimmer zu Zimmer. Mondlicht warf Gitter auf den Boden und Diagonalen an die Wand gegenüber, mit ihren rohen Bücherregalen aus Holz und den frisch gebügelten Hemden, die eins über dem anderen an ihren Haken hingen.

Doch woran ich am meisten denken mußte, wie Gerald selber, das war der große finstere Keil unter den Bodenbrettern, das Luftkissen, auf dem das ganze Haus dahintrieb, die Schicht aus Staub. Sie war eine Schwerkraft, die jeden Gegenstand, und ohne Ausnahme auch meine Gedanken, mit Macht hinunterzog. Das Gewicht von Geralds Körper war nun Teil dieser Dunkelheit, seine Füße zeigten in Richtung Erde. Ich spürte es immer als Gegengewicht zu meinem eigenen, das der Länge nach auf dem Bett lag. Ich schlief ein und wachte auf, schlief und wachte wie gerädert auf, selbst in der Kühle nach dem Unwetter, und hatte große Schwierigkeiten, meinen Kopf hochzuhalten, meine Füße vom feucht-haftenden Boden zu heben.

In der zweiten Nacht, um zwei Uhr, flüsterte Tam durch die Wand.

«Bist du wach, Phil?»

«Jetzt bin ich's.»

«Hör zu, kann nicht schlafen. Solln wir Karten spielen?»

Er machte Tee, und wir setzten uns an den Küchentisch und spielten Euchre, bis das Licht über den Fluß hereinund den verschlungenen Hang zu uns hinaufkroch; es erleuchtete das Gebüsch, das von winzigen, flatternden Zaunkönigen schwirrte, kletterte die Baumstümpfe hoch, öffnete die leuchtenden, taubestandenen Kelche der Purpurwinde. Ich war froh, daß nach diesen zwei Nächten nichts mehr für mich zu tun blieb, als das von Tam zubereitete Frühstück mit Schinken und Ei zu mir zu nehmen und abzureisen.

Am selben Tag, als Tam beim Einkaufen war, ging auch Frank. Er erhob sich von seiner Bahre, schritt aus dem Haus, ohne etwas mitzunehmen, und verschwand.

Und nun verging die Zeit, die in der Nacht an Frank Harlands Bett bloß in meiner Vorstellung vergangen war, wirklich; nicht so schnell wie damals, doch schnell genug. Meine Großmutter starb nach drei Jahren an einer langwierigen Krankheit. Mein Vater war endlich für alles allein verantwortlich. Die Leute waren wegen der ununterbrochenen Präsenz meiner Großmutter davon ausgegangen, daß es ihre Energie war, die das Geschäft am Leben gehalten hatte; mein Vater hatte etwas zu Feines und Vages, war nicht aggressiv oder beweglich genug, als daß sie seinen Fähigkeiten in Männersachen Vertrauen schenkten. Der Abgang seiner Mutter würde die Wahrheit ans Licht bringen.

So geschah es. Aus welchem Grunde auch immer, entweder weil sie tatsächlich die treibende Kraft des Geschäfts gewesen war oder weil seine eigenen Eigenschaften ohne die Ergänzung der ihren nicht stark genug waren, um sich durchzusetzen, mit dem Geschäft ging es bergab; vielleicht auch, weil er sie nun nicht mehr durch das Eingeständnis verletzen konnte, daß die Markthallen für ihn nie das Richtige, nie mehr als eine Pflicht gewesen waren, die er ohne Zweifel gegen seine eigene Natur auf sich genommen hatte. Seine Freunde rieten zum Verkauf des Geschäfts, solange man aus ihm noch Profit schlagen konnte. Der Abbruch der städtischen Markthallen war ohnehin beschlossene Sache, er sollte Platz für einen Park schaffen und das ganze Unternehmen in die Vorstädte umsiedeln. Mein Vater, der den Lärm und das Getriebe der alten Gebäude liebte, hatte keine Lust umzuziehen. Sein Stil – der gute graue Anzug und das Seidenhemd – war nichts für die Vorstadt und paßte heutzutage nirgendwo mehr hin. Er gehörte zu einem alten, mit dem Krieg ausgestorbenen Stil der Treue zum Empire, einem Stil für Gentlemen, deren Stand sie so tun ließ, als ob Brisbane in Queensland ebenso intime Beziehungen zu London hätte wie die Home Counties, von denen man dorthin pendeln konnte. An dem einzig ihm vertrauten Ort war er jetzt fehl am Platz. Eine Möglichkeit, die er für sich und für dieses Land gesehen hatte, war in ihm abgestorben und hatte nur Ambitionen übriggelassen, die in keinem Verhältnis zur Tagesrealität standen. Er verkaufte das Geschäft zu einem guten Preis, und er und meine Mutter fuhren mit dem Schiff nach Europa.

Mit seinem Entschluß, endlich England kennenzulernen, versuchte er nach dem Wunschbild einer Wirklichkeit zu greifen, dem Muster, das diesem Ort zugrunde lag, nach Tatsachen, die beweisen würden, daß seine Sicht der Dinge weder eine sentimentale Anmaßung noch ein leerer Traum war. Er hatte sich von der Welt meiner Großmutter weg der seines Vaters zugewandt, und als ich zum Überseedampfer kam, um ihr Gepäck an Bord zu bringen, war ich bestürzt, wie alt er geworden war. Wir schienen um mehr als nur eine Generation getrennt.

Als mein Großvater im Sterben lag, war er mir wie jemand erschienen, der Tag für Tag einem Land näherkam, das für ihn wirklicher war, als das von uns bewohnte. Ich hatte es England genannt. Jetzt war mein Vater auf dem Weg dorthin. Ich sah zu, wie der Überseedampfer sich vom Kai wegschob, sah, wie sich der Zwischenraum aus braunem Wasser weitete, hörte, wie die Kapelle «Auld Lang Syne» anstimmte, fühlte, wie die straffen Wimpel zerrten und flatterten, während wir nicht aufhörten, zu lächeln und uns zuzuwinken.

Er starb bei Kapstadt. Meine Mutter sorgte dafür, daß er beerdigt wurde, verbrachte an diesem Ort, über den sie nie sprach, zwei einsame Wochen und fuhr wieder nach Hause. England – wie auch immer – war nicht ihr Traum gewesen.

Wir verkauften das Haus und zogen in ein Reihenhaus in Hamilton Heights. Es war in jeder Hinsicht das Ende einer Epoche. Nun, da er gegangen war, stellte ich fest, daß mein Vater fast der letzte seines Schlages war. Man sah sie nirgendwo mehr in der Stadt, in den Bars oder in den Straßenbahnen, jene korrekt gekleideten alten Männer, die in ihrer Zeit für so vieles andere gestanden hatten, für eine feststehende Welt und unnachgiebige Werte. Im Männerabteil der Straßenbahn lasen sie abgegriffene, ledergebundene Klassikerausgaben, ihr Straßenbahnbillett war sorgfältig gefaltet unter einen Ring gesteckt; sie lüfteten den Hut vor Damen, unter keinen Umständen, nicht einmal an den heißesten Tagen des Februars erschienen sie in der Öffentlichkeit ohne Jackett oder Schlips.

Die Männer jener Generation lebten in einer Welt eigener Wahl und trotzten dabei Klima und Umgebung. Moral und Manieren waren nicht voneinander zu trennen, und beide rührten aus einer Wirklichkeit, die über und jenseits der Gegenwart angesiedelt war. Sie waren nicht frei von Torheit, aber ebenso beherrscht von Mut. Ich hatte genug von meinem Großvater, um das Verschwinden der alten Lebensart zu bedauern. Sie paßte, wie meine Tante Roo gesagt hätte, gut zu meinem Hang zum Klassischen; womit sie wie üblich die Seite in mir meinte, die unheilbar romantisch war.

Was Frank Harland anging, so war er einfach auf die Straße zurückgekehrt. Erst nach fast einem Jahr hörte ich etwas von ihm. Er war in Cooktown. Danach in Magnetic Island, dann in Yeppoon. Er hatte bereits Anweisung geschickt, das Haus auf Tam zu übertragen. Dieser war dortgeblieben und nahm jetzt ein halbes Dutzend Studenten auf, um Gesellschaft zu haben und weil er Leute brauchte, die ihn in Trab hielten. Bald hatte ihn das neue Leben mit den Jungen in Beschlag genommen.

«Das Haus war ein Fehler», schrieb Frank. «Häuser sind nichts für mich. Sie waren es nie. Das passiert mir nicht wieder.»

Schließlich kamen die Zettel regelmäßig; er gewöhnte sich daran. Aus Childers, Tin Can Bay, Noosa. Zuletzt bekam ich nach einer langen Zeit des Stillschweigens einen Brief aus Warawun. Er war zurück in unserer Bucht, fast vor der Türschwelle; er hatte sich dort fast ein Jahr in seinem eigenen Gebüsch zwischen der Meeresenge und der Brandung aufgehalten, in einem Zelt, mit einem selbstgemachten Atelier dahinter, aus Stangen und Tüchern. Er arbeitete. Er setzte einen Tag fest, an dem ich zur Insel kommen konnte, um ihn dort anzutreffen, und fügte eine Liste von Dingen bei, die ich mitbringen sollte: Nu-Plastic-Farbdosen.

Er war in besserer Verfassung, als ich erwartet hatte, sehnig, doch gestärkt, und munter wie eine Grille. Er lebte das Leben, das ihm lag, das Leben, das er immer gelebt hatte, selbst in dem Haus im West End – er hatte ein paar Wände niedergerissen, das war alles; die innere Sicht war die gleiche wie je. Zugleich sah ich, daß dies nicht etwa, wie ich beim Hierherfahren gedacht hatte, ein provisorischer Lagerplatz war. Er würde den Rest seines Lebens hierbleiben. Das war, glaube ich, zwischen uns vom ersten Tag an klar.

Sein Zelt glich denen, die ich in meiner Kindheit oft gesehen hatte, eine Zeltbahn, die stramm über einen A-Rahmen aus unbehauenen Jungstämmen gezogen war, die Stützen und Querstäbe waren immer noch mit rissiger Rinde bedeckt und die Taue mit Holzbolzen angenagelt. Man sah solche Zelte aus den langsam rollenden Zügen jener Zeit, Eisenbahnarbeiter standen oft in Flanellunterhemden und Hosenträgern neben ihnen, traten kurz von einem

Kochtopf oder Feldkessel zur Seite, um Grüße zu rufen und nach Zeitungen zu fragen, die man für sie zusammenrollte und auf das reifbedeckte Gras warf.

Zum Schlafen hatte er eine Hängematte aufgespannt, und hinten, unter einem mit Stäben gestützten Baldachin aus Borkenschwarten, hatte er seine Arbeitsbank, die wie üblich aus allem verfügbaren Material zurechtgezimmert war. Das Gebüsch mit den grau, kalkig, pilzig, ocker gefleckten Stämmen schloß sich an den Arbeitsplatz an, und Frank, der selbst ganz braun gefleckt und weiß und rosarot war, gehörte mit seinem Strohhut und seinem ausgefransten Armeehemd so gut dazu wie nur jeder anständige Stamm und knorrige oder papierdünne Ast. Er malte mehr aus sich heraus, als daß er es abmalte – aus einem Seinszustand, in dem eine dieser mißgestalten, doch gänzlich natürlichen Formen einen Weg gefunden hatte, sich selbst als Flüssigkeit neu zu formulieren oder ihr Licht und ihre Farben in dichten Strichen auf eine Oberfläche zu werfen, mit sich und außer sich in selbstverwandelnder Lebendigkeit zu spielen.

Am Anfang blieb er auf Distanz, und ich merkte, daß es immer so sein würde. Wir mußten jedesmal ganz von vorn beginnen. Er stand in Abwehrhaltung am Eingang zu seinem Zelt, seitlich gewendet und mit gekrümmten Schultern, und fixierte mich mit einem Blick, der mich sofort zum Stehen brachte. Lange standen wir so von Angesicht zu Angesicht, manchmal Minuten. Dann lächelte er, drehte seinen Rücken, und ich konnte hereinkommen.

Doch der Raum, den er zwischen uns errichtet hatte, pflegte eine ganze Zeit lang auf uns zu lasten, selbst nachdem ich ihn durchquert hatte. Es konnte eine halbe Stunde dauern, bis wir unbeschwert miteinander umgingen. Wir standen da, zogen langsam Kreise, während er sich überlegte, was ich zu sagen, wozu er mich bestellt hatte. Er war unruhig; wir hätten Verschwörer sein können, die sich am Rande einer Stadt auf einem Streifen Ödland oder auf einem leeren Platz treffen. Schließlich aber nahm er, um wieder vertrauten Boden unter den Füßen zu spüren, einen Pinsel und begann ihn zu reinigen, oder er schob eine Flasche von einem Ende des Tisches zum anderen – er brachte sich nach Hause. Oder er stand auf und starrte auf die Arbeit, mit der er beschäftigt war, stand schweigend und lange davor; untersuchte sie dann näher, griff nach einem Pinsel, und über die Arbeitsbank gebeugt, probierte er etwas aus, probierte etwas anderes, war vertieft.

Ich konnte mich dann niederlassen, durfte sprechen. Und er hörte zu, lachte, ließ einsilbige Explosionen von Widerspruch und Zustimmung vernehmen. Oder ich saß still und sah zu.

Die Stille war tief, aber nie vollkommen. Es gab da hoch oben in den Blättern immer das leichte, ruhige Geräusch einer Brise, selbst wenn alles darunter schwieg, das Geklapper von Banksienzapfen und ein leiser Grundbaß aus Ticken und Tapsen und sprödem Rasseln, Halme oder zarte Knochen raschelten, Eierschalen knackten, Zweige scheuerten und pochten, winzige Flügel flatterten und der Sägefuß einer Heuschrecke raspelte über eine Rinde. Jedes Geräusch an sich war minimal, aber miteinander multipliziert, wurden sie zu einem durchgehenden Schnarrton, so leise und unwandelbar, daß das Ohr ihn außer acht lassen und der Geist sein unaufhörliches Summen für Stille halten konnte.

Ich kam, wenn er mich holen ließ, und blieb so lange, wie er mich da haben wollte: manchmal zweimal im selben Monat, öfter einmal in sechs. Er hatte seine eigenen Jahreszeiten.

Er war abgehärtet und, soweit ich bemerken konnte, gegenüber allen Witterungsumschwüngen, gegenüber Hitze und Kälte unempfindlich. Ich dachte oft an ihn dort draußen im Dunkeln, wie Eltern vielleicht an ein herumirrendes Kind denken. Wir waren an die entgegengesetzten Pole jener Beziehung gelangt, die sich vor vielen Jahren durch puren Zufall in Southport eröffnet hatte; er war in dieser Zeit vom einen Ende der Bucht (dem südlichen, das der niedrige Sandhügel in South Stradbroke abschließt) zur Insel gezogen, seiner Insel, die das nördliche Ende bildet.

Seine Insel – mit den weiten stillen Wassern der Bucht auf der einen, dem Pazifik auf der anderen Seite und dem wilden grauen Gummi-Wald und Banksiengestrüpp dazwischen.

Wenn ich noch spät an meinem bequemen Tisch hoch über dem Fluß saß und an einer Reihe von Vertragsentwürfen arbeitete oder mich an einigen wenigen knappen Tacitussätzen versuchte, die einen Augenblick lang mitten in der ungewissen Gegenwart eine Welt ins Leben riefen, die zweitausend Jahre vergangen und deren Ausgang ohne Ausnahme gewiß und bekannt war, dann trat ich manchmal zur Seite und sah zu, wie die Mondlichtfluten an den letzten Ausläufern der Stadt niedergingen und sich in den Mündungskanälen brachen.

Dort draußen war die Bucht mit ihren Wracks, wie ich sie von Thomas Welsby kannte: die *Sovereign*, Schiffbruch bei der South Passage Bar am 11. März 1847, die *Countess of Derby*, 1853, die *Phoebe Dunbar*, bei Amity an Land geworfen, 5. Mai 1856, die *Young Australia*, bei Cape Morton 1872 auseinandergebrochen; die Bucht mit ihren Schwärmen von Hechtdorsch, Brasse, Perch, Tailor und den großen Fischen – Sailfish, Marlin und die Rochen wie die vielleicht auf den Sandboden geworfenen Schatten von gigantischen, deltaförmigen Raumschiffen. Ich dachte an Frank dort draußen; besonders in Sturmnächten oder während der Wirbelsturmzeit nach der Jahreswende, wenn der Fluß anschwoll und die Feigenbäume und Palmen in den Vorortgärten wühlten und bebten. Die Bucht sah dann aus wie pechschwarze Zeltbahnen. Regengepeitscht und windgeschüttelt saß er unter seinem dürftigen weißen Zelt, alle meine Gedanken kehrten zu ihm zurück. Dort auf seiner Insel: auf seiner Insel, einer von vielen, jede von ihnen mit ihrer Geschichte eines verschwundenen Stammes – den Nooghies und Noonuckle –, von Strafgefangenen, Leprakranken, Walfischern, und jenen alten Damen bei Dunwich, die meine Mutter einmal im Jahr für Pennies tanzen sah, lachend mit geschürzten Röcken. Und in unserer Zeit, mit Frank Harland.

Langsam, über Monate, dann Jahre hinweg, enthüllte er sie mir, alle Einzelheiten seiner Welt: das Gekritzel unter der Rinde, das die unentzifferbarste archaische Schrift hätte sein können, das Zitronengelb und Lemonengrün von neuem Fleisch, wo sich die rostrote rissige Haut von einem Stamm schälte, ein Bienenkorb, seine Honigquelle, Kraniche in einer Lagune, die plötzlich himmelwärts entschwanden, als ob das bleiche Wasser ihrer Spiegelungen Fleisch geworden wäre, und in Scharen an den lianengebundenen, orchideensprießenden Baumkronen vorbeiströmten; die bei Abenddämmerung stattfindende Prozession von Surfern und ihren Mädchen, als seien sie die Geister der Nooghies und Noonuckle, deren Kehrichthaufen er mir gezeigt hatte, als wir eines Sonntagabends zurückmarschierten, über tiefgefurchte Wege hinter seinem Lager.

Sein Leben hier war das einzige, das ich mir für ihn vorstellen konnte. Endlich hatte er sich in seinen Werken niedergelassen, hatte er eine Möglichkeit gefunden, sie um sich herum in Gestalt rostroten, pulvrigen Bluts aufzurichten, sie als Fetzen lederfarbenen Fleisches, als Kritzeleien unter der Haut wiederzufinden, die eine andere, vergangene Existenz verzeichneten als das wandernde Karmesinrot der Ameisenfährten, gesellige Rinnsale. Ich lernte verstehen, wie die Zeit hier verging, wie die körnigen Tage und nachdunkelnden Nächte zu Wochen wurden, zu Monaten, einem Jahrzehnt, einem halben Leben . . .

Er lebte und arbeitete den Rest seines Lebens in diesem nahezu abgeschnittenen Zustand; mit der Stadt über der Bucht hielt er nur Kontakt durch den Kranz ihrer Lichter, die in sternlosen Nächten über die Baumkronen hinwegschienen, und durch die Surfer aus der Stadt, die an seinem Gebüsch vorbeifuhren. Von dem Umbruchjahrzehnt, in das wir gestürzt waren, erfuhr er durch die Zeitungsstapel, die er alle vierzehn Tage vom Geschäft im nächsten Ort mitnahm, auf die er dicke Anstreicherfarbe plantschte und aus denen bei Gelegenheit eine Schlagzeile hervorstach und seinen Blick fing. Einen Moment lang leuchtete ein ganzer Absatz oder eine Spalte hervor, weil lebhafte Striche sie einfaßten; der Rand eines verderbten Traums, ein Zusammenstoß zwischen Demonstranten und Polizei in dieser oder jener Stadt oder ein Totschlag – ein privater, schockierender Tod – in einem Vorort. Er *deckte* seine Farbe dick über diese Ereignisse und schuf seine eigenen Nachrichten. Formen entstanden aus dem Wald um ihn und den Wäldern, denen diese Zeitungsblätter ihre Entstehung verdankten. Neue Erlebnisse und ihnen innewohnende, ungeborene Geschöpfe schwammen an die Oberfläche dieses Papiers wie an die seines Geistes, schoben sich durch Straßenaufläufe und -unfälle, die Rhetorik der Öffentlichkeit, die Reihen von singenden Studenten und Börsenkursen, durch Pferdemäuler und Mörderlippen und die ihrer Opfer, in großen Schlägen und Strichen, mit denen seine Hand das planmäßig beschmierte Zeitungspapier dunkeln und sich der ursprünglichen Erdfarbe angleichen ließ.

Jetzt gab es nur noch selten menschliche Gestalten in dieser Welt. Man mußte sie aus den anderen Formen von Stamm und Flügel erst herauslösen, oder aus den großen senkrechten Massen, den grünblauen, blaulilanen, lilageröteten Wasserfarben. Der Geist, der in ihm hin und her bewegte, war wie die Brise, die zwischen Land und Meer schwang, oder wie die Gezeiten, die die Sandfliegenstiche mit Juckreiz und seinem Ausbleiben wiederholten; oder wie die Gliederung der Welt durch seine Augen: horizontal in Sandlicht, Seelicht, Himmelslicht, jedes ein Königreich bestimmter Geschöpfe, oder vertikal: in den Aufwärtsstößen von Felsen, Baumstämmen, Brandungsschaum.

Wenn er in diese Welt den Menschen einließ, dann im Einverständnis mit der Natur. Picknickgäste, deren Rauch flachem Wasser entstieg, hingekauerte Surfer, einsame Spaziergänger am Meer, mit einem Hund oder einem festen Schatten zu ihren Füßen. Sie gaben ihre Vereinzelung auf, wie auch die harten Umrisse ihrer Art, und nahmen als Teil der Landschaft wieder ältere Verbindungen auf, zwischen Zweig und Knochen, zwischen Hand- oder Fußabdruck und Blatt. Weihevolle oder zerstörerische Kräfte ergriffen sie, strömten durch sie.

Jedes neue Werk, das ich an diesem Ort zu sehen bekam, wenn die zusammengekrallte und bekleckste Hand es bereits an den Ecken ausbesserte, war eine neue aus der Insel entstandene Form, von ihr abgezogen wie die Rinde von einem Baum: als ginge ein einziges Wesen durch alle vereinzelten Dinge dieser Welt, aber auch durch die Bewegung der wirklichen Hand über das Papier, und als müsse jeder geschaffene Gegenstand zuerst an den natürlichen Gegenständen gemessen werden, aus denen er erstand und unter die er zurückversetzt wurde.

Die Zeitungen reagierten auf ihre eigene Art, mit Zeitungsversionen. Sie pfropften ein heimisches Bild auf die volkstümliche Figur des Künstlers im Dachstübchen, des Außenseiters und Sonderlings. Das des Buschkleppers, des Alten, der in erschöpften Creeks immer noch nach Gold gräbt oder einer einzigartigen Vision folgt, die ihn, den zerlumpten, kopfwackelnden, wiehernden, halbvertierten Penner – wenn auch zum sentimentalen Bedauern aller – für immer aus der menschlichen Gesellschaft ausschließt.

Oft brachte ich ihm Zeitungsausschnitte mit. Er bat mich dann, da er nicht zuviel Interesse zeigen wollte, sie ihm laut vorzulesen; doch ich argwöhnte, daß er über einige dieser Notizen bereits gestolpert war, auf von ihm mit Erde oder Rost- oder Scheißfarben besudelten Seiten; ich konnte mir sein rachsüchtiges Frohlocken dabei gut vorstellen. Da der Maler in der Einsiedelei nun für jedermanns Belustigung eine öffentliche Figur geworden war, hatte Frank beschlossen, sie zum Anlaß seiner eigenen zu machen.

«Na, kann se dir was Bessers ausdenken!» sagte er, als ob es um jemand anderes ginge, «ist doch ein starkes Stück! Hört sich interessant an, eh, die Sache mit dem Buschmann? Dem möcht ich aber nich' im Dunkeln begegnen – oder was meinste? So verrückt wie 'ne Fleischeraxt, möcht ich wetten. Und ich weiß wirklich nich', ob ich mir das angucken möchte, was der zu malen hat. Ich meine, was kann der schon malen, was bekommt der denn vor die Augen, *dahinten*? Noch schlimmer, wenn der sich das alles nur ausdenkt. Du siehst dir ja auch nicht gerne an, was eine Fleischeraxt sich ausdenkt, oder? Tut wohl keiner.»

Oder er verließ diesen allzu leichten Parodiestil, stampfte herum und wurde gereizt. «Dummer alter Trottel! Wer glaubt er eigentlich, wer er ist? Wen will er damit zum Narren halten? Ich hab's satt, von ihm zu hören!»

Sein wachsender Ruhm – wenn man das so nennen kann, was in Wirklichkeit so banal war, so sehr auf dem Niveau von dem, was Popstars, Mördern und entlaufenen Strafgefangenen zusteht – war für ihn wahrhaft erstaunlich. Wie groß seine Eitelkeit auch gewesen sein mochte, ich glaube doch nicht, daß er ihn ernsthaft in Betracht gezogen hatte.

«Wie isses denn mit den Sandfliegenstichen», beklagte er sich. «Ich muß feststellen, daß Sandfliegen nicht erwähnt werden. Und sie kommen auch nicht auf meine Rückenschmerzen zu sprechen. Naja, ist ja auch nur mein Rücken. Man kann nicht erwarten, daß die Öffentlichkeit daran Interesse zeigt, nehm ich mal an. Und Sandfliegen sind schlecht fürs Geschäft – das Touristengeschäft.»

Oder anders: «Was hat er denn vor, dieser dein Künstlertyp, was schreiben die Zeitungen? Ich wette, der letzte Wirbelsturm hat ihm übel mitgespielt. Hat den alten Wichser glatt umgehaun, glaub ich mal, richtich so! Nichts Neues darüber im *Kuurier Meehl?* Ich will doch den letzten Stand der Dinge nicht verpassen. Nich' für 'n Blauen!»

Wenn tatsächlich nichts kam, legte er eine halbernste Besorgnis an den Tag. «Dieser Künstlertyp von dir – du weißt, der Einsiedler. Muß wohl abgenippelt sein. Kein Wort mehr über ihn in der Zeitung. Muß den Geist aufgegeben haben. Kein Wunder, bei dem seinem Leben!»

Seine Stellung als öffentlicher Penner, armer Kerl und selbstgewollter Ausgestoßener war um so ironischer, als seine Werke mit dem neuen Wohlstand und dem Griff nach einem «Schutz vor Inflation» pro Stück mehrere tausend Dollar wert waren. Er war das einzig Wahre, jedermann wußte das jetzt (verrückt, natürlich, aber was soll man erwarten? – selbst in Australien), und ich war der Rechtsanwalt, der aus irgendeinem unerfindlichen Grunde zum Treuhänder und Türhüter gemacht worden war: eines Lagerhauses von zerbrechlichen, unvorhersagbaren, phantastisch wechselhaften Geschehnissen, bei denen Verkehrsunfälle, kleine Kriege, Hochzeiten, Todesfälle, perverse Tastversuche, Schlitzereien, Anschläge sich so dick mit Erde und Blut deckten, daß sie als reizvoller Hintergrund für vorstädtische Dinnerparties und internationale Konferenzen in vielstöckigen Bürohochhäusern taugten. Bögen aus Pappe, die einmal als Kartons für Kondensmilch oder Konserven dienten oder Mixer und Kühlschränke enthielten, trugen nun Wälder und das Meer. Überall waren Sammler wild darauf, sie zu erwerben. Museumsdirektoren in allen Hauptstädten des Landes träumten davon, sie in ihre Kulturzentren zu schleppen. Frank Harlands einsame Begegnungen mit sich selbst, mit Zeitungsereignissen und Anstreicherfarben, die auch auf der Terrasse eines Einwanderers oder an der Vorderfront eines Reihenhauses hätten landen können, verkündeten nun die neuentdeckte Identität eines Volkes – von einem Ort aus, von dem dieses Volk kaum wußte, daß er existierte, und dessen Gegenwart wie die des alten Trottels und Schöpfers in seinem Naturzustand nur ein verwöhntes Puh! hervorgelockt hätte.

Nur sehr selten wurde ich gebeten, Besucher mitzubringen – Leute, die seine Galerie im Süden empfohlen hatte; einige von ihnen waren Berühmtheiten, fast alle kamen aus Übersee.

Das waren schwierige Situationen. Die Besucher waren für einen Ausflug in den Busch fast immer zu offiziös gekleidet. Wenn sie durch den Sumpf, der nach dem leichtesten Regenfall verdreckte und unter den Füßen nachgab, gekommen waren, waren sie ausnahmslos schlechter Laune, lange bevor wir an der Böschung unterhalb des Lagers ankamen, durch Hitze, Schweiß und die Schwärme winziger Insekten. Die Mühe, die es kostete, Franks Aufmerksamkeit über eine Pufferzone hinweg zu wecken, in der Fliegen tanzten und größere Insekten im Zickzack schwirrten, während dieser stockgleich mit abgewandtem Blick seitlich dastand und nur widerwillig reagierte, wurde nicht immer durch das darauf folgende Gespräch aufgewogen, genausowenig seine Ungeduld, die er darüber zeigte, daß Leute in seinen «Sachen» stöberten.

Er nahm dann eine gereizte Haltung an, war hörbar nörgelig und versuchte, sie von dem abzulenken, wofür sie offensichtlich hierhingekommen waren, indem er ihnen Wunder trivialster Sorte präsentierte, eine Ameisenfährte, eine Schmetterlingspuppe, wobei er hoffte, sie würden das für «tiefsinnig» halten. Oder er führte sie im Gänsemarsch spazieren, um ihnen «Aussichten» zu zeigen, irgendein Stück nichtssagendes Buschwerk irgendwo, nichts als Holz und Gewirr; sie studierten es mit ungläubigem Stirnrunzeln und wunderten sich nachher – sie waren so *öde*.

Er machte Tee, im Feldkessel natürlich, und die Besucher tranken ihn im Freien, thronten auf Felsen unter den Büschen und wechselten ihre Lage mit der Sonne oder als Folge eines Ameisenangriffs.

Am schlimmsten war es, wenn er im letzten Moment davor zurückschrak, sich überhaupt zu zeigen. Man konnte ihn noch mit einem schmerzlichen Gesichtsausdruck dortstehen sehen, grimmig, gequält; dann lief er mit einem vagen Entschuldigungszucken seiner Schultern davon und gallopierte barfuß durch den Busch; oder er verließ das Lager, bevor wir es überhaupt erreichten, verkroch sich irgendwo, beobachtete uns und wartete ungeduldig auf unser Verschwinden. Einmal leuchtete sein alter Humor oder seine Bosheit (der Besucher war ein Kunstkritiker aus Melbourne) wieder auf, und als einzigen Beweis seiner Anwesenheit hinterließ er eine riesige und unstet beschriftete Notiz: TIEFSCHÜRFERSCHÜRFTIEFER.

Wenn der berühmte Kritiker alleine gewesen wäre, hätte er vielleicht ein Taschentuch ausgebreitet und wäre auf die Knie gesunken. Er ließ sich nie wirklich von meiner Erklärung überzeugen, es sei bloß ein Witz, ein Frank-Harland-Gag, um nicht eines einzigartigen und persönlichen Geschenks beraubt zu werden. Schließlich gab er sich mit der Notiz selbst zufrieden; der Künstler hatte sie durch seine bombastische Signatur der Wertlosigkeit enthoben.

Frank Harland war nun doch, wie meine Tante Roo gesagt hätte, durch die Welt gekommen. Sie hatte ihn endlich.

2

Immer wenn ich dazu einen Auftrag von Frank erhielt, aber manchmal auch schon, um bei einer guten Tasse Tee auszuspannen, schaute ich in dem Haushalt am Dutton Park vorbei, in Tams Studentenhaus – über die Jahre sogar immer häufiger, da mich die dortige Atmosphäre anzog.

Tam war ein geborener Hausmann, und Tams Wandel wie der seines Hauses freuten mich. Seine Küche mit ihren ausgebeulten Töpfen und Pfannen und den eselohrigen Kochbüchern auf ihrem Regal war der richtige Ort, um den Nachmittag rumgehen zu lassen.

Studenten kamen und gingen, riefen aus dem Flur oder kamen herein, um eine Tasse Tee zu holen, und Tam verzog dann hinter ihnen das Gesicht, wie um zu sagen: «Ich sag's dir gleich, wieder nur Ärger!» Diese Jungen und ihre Mädchen waren seine Familie. Sie wurden von ihm bevormundet, verwöhnt, schikaniert; sie hatten unter den Ausbrüchen seiner Schmollaune und seiner Ungeduld zu leiden. Als Ausgleich folgte darauf eine Vorzugsbehandlung, er putzte, kochte, hörte sich ihre Klagen an, ergriff ihre Partei, folgte ihnen auf Demos. Einmal, als ich da war, waren sie mit Transparenten für den nächsten Marsch beschäftigt. Der Hof unten, den eine vergangene Generation gerodet und mit Sonnenblumen bepflanzt hatte, war mit großen einsilbigen Direktiven geschmückt, JETZT RAUS, und Franks Veranda, auf der Tams Maoisten schliefen, troff wieder vor Farbe.

«Es geht voran», erzählte mir Tam, während er hin und her lief, um Tee zu verteilen. «Wird 'ne große Sache, diesmal, ich hoffe, du wirst uns nachher mit 'ner Kaution heraushauen. Weißte», sagte er nachdenklich, «am Anfang dachte ich das nicht, aber ich *liebe* Demos! Jetzt muß ich aber einen Kuchen machen, du kannst mir dabei helfen.» Er griff nach seinen Mixbechern. «Kannste dir das vorstellen, Phil, es gibt Jungs, die noch nie was von Goldsiruppudding gehört hatten, bevor ich einen für sie machte? Alles, was sie kennen, die meisten zumindest, sind Hamburger und Fritten und als Nachtisch – ich sag's lieber nicht, nachher gibt's hier irgendwo Wanzen.» Er hielt Daumen und Zeigefinger an seine Lippen und lutschte. «Ich weiß manchmal wirklich nicht, worauf ich mich hier eingelassen haben, aber ich bin dabei.»

«Nur dahinten, da geh ich nie hin, du weißt schon, unters Haus. Es ist komisch, früher ging ich da immer hin, wie du schon weißt, als Schmollwinkel. Es war wie ein Schoß.» Er warf mir einen scheuen Blick zu und kicherte. Von seinen jungen Freunden hatte er die Gewohnheit leichtfüßiger Selbstanalyse übernommen. «Na, ich brauche das nicht mehr, ich bin da rausgewachsen. Und um die Wahrheit zu sagen, ich hätte Angst. War eine schreckliche, schreckliche Sache das. Schrecklich! Ich komm nie drüber weg. Wenn die Jungens mich nicht die ganze Zeit auf Trab hielten und so viel von mir *wollten* und das Haus durch sie nicht einfach so laut wäre, könnte ich es nicht aushalten, ich würde hier weggehen.»

Ich besuchte Tam, dessen Haushalt oft in Schwierigkeiten geriet, auch dann, wenn er oder seine Freunde eines rechtlichen Beistandes bedurften.

Tam war nun bei den Märschen eine bekannte Person. Er, weichlich, etwas fett, zornig, wehrte voller Verachtung die Provokationen schmerbäuchiger Leute ab, die faul vor Kneipentüren standen, wie auch die Schmähungen einkaufender Frauen mit Regenschirmen, die ihm mitteilten, er solle sich schämen, bei seinem Alter noch Unruhe zu stiften und in einem Mob mitzulaufen.

«Sie sind es, die sich schämen sollten», sagte er mit leidenschaftlichem Nachdruck. «Was für einen Unterschied macht es, wie alt ich bin? Recht muß doch Recht bleiben. Ich geb's ihnen wieder, mach dir keine Sorgen. Alte Schmarotzer! Dumme alte Schlampen! Ich bin im Austeilen so gut wie im Nehmen. So verweichlicht bin ich nicht!»

Mehrere Male wurde er bei diesen Märschen festgenommen, und als er einmal mit einer Gruppe von Studenten auf einer Wache eine Ruhepause einlegen mußte, entdeckte er in einer Nachbarzelle seinen Bruder Pearsall, unter Betrunkenen, Obdachlosen und Halbblut-Jungen in Boxer-Shorts und blutig zerrissenen Unterhemden.

«Es war ein Schock, Phil, ich kann dir nicht sagen wie. Ich wollte es zuerst nicht glauben. Mein Herz sackte mir bis in die Stiefel. Da war ich auf der einen Seite des Gitters mit meinem Haufen und drüben der arme Pearse. Er tat zuerst so, als würde er nicht wissen, wer ich bin – als ob *ich* es wäre, der sich so schlimm verändert hat. Dann weinte er wie ein Baby. Schrecklich! Es war schrecklich! Gottseidank, daß nicht Frank ihn so gefunden hat. Er hatte draußen schlafen müssen, auf Baustellen und in Bushaltestellen und so, er sah gräßlich aus. Du weißt schon – Haare bis über die Schultern und die Fingernägel – wie Klauen. Krank war er auch. Diese Leute tun sich weh und wissen nicht mal, daß sie's tun. Er war voller Schorf. Er sah so alt aus. Und du weißt ja, daß er der jüngste von uns war, Pearse. Kann nicht mehr als fünfzig sein. Ich hab mir immer wieder nur gesagt, Gottseidank kann Frank ihn nicht hier sehen. Du darfst es ihm nicht erzählen, Phil. Ich kann mich um Pearse kümmern, das konnte ich schon immer, ich weiß, wie man mit ihm *umgehen* muß. Frank hat davon genug mitgekriegt.»

Und so kümmerte sich Tam neben allen seinen «Jungs» auch um seinen Bruder Pearsall, einen schrecklichen Menschen. Er war gewalttätig, unberechenbar, schnorrte sich Geld von den Studenten, stahl und verkaufte ihre Bücher, blies Trübsal und hatte Wutausbrüche, belästigte Leute, und wenigstens alle vierzehn Tage mußte man ihn von der Wache auslösen, nachdem er im Park aufgegriffen worden war. Tam hatte unendlich viel Geduld mit ihm. Doch nach einer dieser Saufereien verschwand er zuletzt ganz, ohne daß es eine Spur von ihm gegeben hätte. Drei Nächte lang durchkämmten Tam und ich die Bahnabstellplätze mit ihren herrenlosen Waggons, und alle dunklen Plätze der Stadt, suchten nach ihm und erkundigten uns bei übelriechenden, unflätigen Bündeln, die ihn vielleicht irgendwo gesehen haben oder die Nacht vorher mit ihm zusammengewesen sein konnten. Wenn sie nicht gerade mit Zähnen und Klauen zu toben begannen, sahen sie uns an, als gehörten wir zu einer anderen Gattung Mensch.

Er war eine unangenehme Sache, dieser Weg vom Albert Park, rund um die Sümpfe an der Gilcrist Avenue, die Golfplätze entlang, über kahle dunkle Friedhöfe im Valley, über den Fluß nach South Brisbane. Überall waren Landstreicher, entweder allein oder in Gruppen unter den Bäumen.

«Die Leute wissen das nicht, Phil, oder sie würden es nicht geschehen lassen. Du mußt schon selbst einen von ihnen kennen und mit ansehen, wie er runterkommt, sonst weißt du nich' mal, daß es so was gibt. Du läufst einfach vorbei. Du glaubst, daß es nicht vorkommt.»

Tam blieb in seinem abgetragenen Mantel auf dem Bürgersteig stehen und stöhnte. «Und es gibt von ihnen so viele!

Der ganze Ort ist voll von ihnen. Warum tut niemand was in der Richtung? Das macht mich so wütend, daß ich jemand prügeln möchte, *irgend jemand!* Wie kommt es dazu?»

Er fröstelte, verschränkte seine Arme, hielt sich umfaßt.

«Nein, ich sollte das nicht sagen. Ich *weiß*, wie es dazu kommt. Es ist so einfach. Bring mich nach Hause, Phil, es hat keinen Sinn mehr, weiterzusuchen. Wir werden ihn jetzt nicht finden. Er ist irgendwo untergetaucht.»

Er hob seinen Kopf und sah mich an.

«Du wirst mir das nicht glauben, Phil, weil du ihn nur in seiner schlechten Zeit erlebt hast, als er nicht mehr er selbst war, aber er war so – lieb, Pearse, als er ein kleines Kind war. Er war der Verträglichste von uns allen, du kannst Frank fragen. Nein, das darfst du nicht tun! Ist aber wahr. Und er war auch so gescheit, als er klein war. Es würde Frank umbringen, das mit ansehen zu müssen.»

So kam es, daß meine Tante Roo eines Abends die Gelegenheit ergriff, um mich wegen meiner Reputation zur Rechenschaft zu ziehen.

«Ich habe gehört, daß du dich für Radikale einsetzt», klagte sie, «wie diesen Tam Harland. Ich hab dir schon vor Jahren gesagt, Schatz, diese Leute sind nichts. Selbst wenn er noch so berühmt ist, dieser andere!»

«Also, um Himmels willen, Tantchen! Tam Harland ist kein Radikaler.»

«Nun, zumindest benimmt er sich wie einer, ich habe seinen Namen in der Zeitung gelesen. Widerstand bei der Festnahme! Ich weiß nicht, wie du so handeln kannst, du weißt, was dein Vater davon gehalten hätte! Diese Leute sind nur daran interessiert, die Welt niederzureißen, sie sind nie zufrieden. Und in einem Land wie dem unseren, wo wir *alles* haben! Ich weiß nicht, was in dich gefahren ist, Phil. Glaubst du nicht an Ordnung? Es macht keinen Sinn. Alles verrückt. Ich bin schon zu lange auf dieser Welt.»

Diese heitere Konversation – meine Tante hatte schließlich kein wirkliches Interesse an öffentlichen Angelegenheiten – fand nicht in ihrem Pseudotudorhaus auf den Hamilton Heights statt, sondern auf dem Rasen eines echt georgianischen Hauses in Sydney, unter einer Stange, an der jeden Morgen um acht ein Junge in weißer Uniform eine Fahne hochzog, vor einer Anlegestelle mit Ankerwinde und sauberem weißem Geländer, welche bis weit in die Bucht hinein die Vorrechte des Privatbesitzes verbreitete.

Rosenlicht fiel auf das Dickicht der gegenüberliegenden Landzungen – es hätte echt sein können, denn die von der Tageshitze noch heiße Luft tanzte über Gartenbeeten, die mit Lilien in allen Rostfarben dicht bepflanzt waren. Wir saßen auf Klappstühlen und tranken Tee. Schnelle, rotbrüstige Bulbuls waren in den Bäumen, nickten mit den Köpfen, kabbelten sich, trillerten. Im Hintergrund, auf der Terrasse, deckten zwei Mädchen von einem Partyservice ein Büffet. Ich hatte meinen Stuhl von der Sonne weggedreht, um sie zu beobachten. Sie schüttelten eines nach dem anderen vier sehr steife und leuchtend weiße Damasttücher aus, glätteten sie an den Ecken so, daß sie in runden Falten fielen, dann deckten sie Teller und Besteck. Sie hatten während dieser Arbeit eine Art Diskussion, die zu kleinen Arbeitspausen führte und jeweils eine von ihnen mehrmals dazu brachte, stehenzubleiben, nachzudenken und schulterzuckend fortzufahren. Zuletzt trug die dunklere und lautere der beiden durch die Glastüren eine Tafeldekoration heran, einen Tafelaufsatz mit grünen lilienförmigen Trichtern. Als er nach

Maßgabe des blonden Mädchens genau in der Mitte stand und alle kleinen Körbe aufgehängt worden waren, wurden die Trichter mit Rittersporn gefüllt, die Körbe mit rosaweißen Rosenblüten.

Das blonde Mädchen blieb bewundernd stehen, in einer Art Trance. Mit ihren gefalteten Händen und dem schräggelegten Kopf sah sie andächtig aus. Die andere warf ihr über die Schulter einen Satz zu, gegen den die Blondine protestierte. Sie schritt kühn bis zur Balustrade der Terrasse und streckte ihren Körper so leicht und athletisch, daß ihre Uniform nur eine fadenscheinige Verkleidung wurde, atmete den Ausblick ein – so sah ich den Hafen, die jungfräuliche Küste, die sonnenglänzenden Türme in der Ferne –, das aus dieser Entfernung ganz märchenhafte Panorama der führenden Stadt und den eisernen Bogen der Brücke.

Auch Tante Roo war jetzt durch die Welt gekommen. Und sie hatte es zu etwas gebracht. Vaucluse war das Stichwort.

Im Mineralienboom von 1970 erlebte das ganze Land eine Kauforgie und tauschte riesige Summen oder winzige, mühsam gehäufte Ersparnisse gegen das Versprechen, daß in Teilen des Landes, von denen bis dahin niemand etwas gehört und die außer Eingeborenen nur wenige Leute je gesehen hatten, große, unschätzbare Reichtümer lauerten. So lebte ein letztes, vielleicht sogar ein allerletztes Mal in den Brüsten von Ladenbesitzern, Witwen, pensionierten Lehrern, Bankangestellten, Frischverheirateten und Literaturprofessoren der Glaube auf, daß dieses Land mehr war, als sie sich hätten träumen lassen, und daß es sich nun anschickte, gegen Barzahlung seine letzten und kostbarsten Geheimnisse an mit Abenteuergeist beseelte Männer preiszugeben. In jenen Tagen, die den einen über Nacht ein Vermögen schenkten, um andere zu ruinieren, machte Harry Price,

Tante Roos schweigsamer Buchhalter, die Spekulation seines Lebens: seine Poseidonaktien stiegen bei der Londoner Börse auf zweihundertundsiebzig Dollar.

Er hatte natürlich Tips bekommen, von Leuten, die Bescheid wußten. Die unergründlichen Götter hatten ihm gelächelt, doch das Lächeln eines amtlichen Geologen war ihnen zuvorgekommen.

Diesem schlagartigen Glück folgte eine Woche später ein Schicksalsschlag gewöhnlicherer Art, von dem er keine Nachricht mehr erhielt. Die unergründlichen Götter, wankelmütig wie immer, hatten sich von ihm abgewandt.

Tante Roo hatte ihn sehr gerne gehabt, obwohl er außer zum Geldverdienen kein Talent besaß; sie trauerte um ihn. Doch als sie bemerkte, daß sie eine Witwe mit einem zu großen Vermögen war, um in einer Provinzstadt wie Brisbane angemessen Ausdruck zu finden, entschied sie sich für das Wagnis und die Veränderung. Sie ließ sich bei Darling Point nieder, und nach einer ehrsamen Zwischenzeit, die von keinem unziemlichen Klatsch gestört wurde, heiratete sie einen frisch hinterbliebenen Medienbaron und wurde die zweite Lady Ashburn. Sir Charles, oder Ashes, wie ich gebeten wurde, ihn zu nennen, war ein kultivierter Mann, Sammler der bildenden Künste Asiens und Gründungsmitglied von Musica Viva. Er war Ungar. Seine Familie kam aus Eisenstadt, dem Sitz der Esterhazys und Geburtsort Joseph Haydns, und hatte dort vom Feinsten gelebt. Als er zu Beginn des Krieges ohne einen Pfennig und ohne jede Ausbildung in Australien ankam, hatte er im Eisenwarengeschäft angefangen, war zur Landwirtschaft gewechselt, kaufte billig (für ein paar alte Schuldscheine) einige dahinsiechende Provinzzeitungen und einen Samenkatalog, eroberte eine und dann zwei Tageszeitungen, bekam eine Fernsehkonzession, gewährte und versagte dann einer Regierung seine Unterstützung und war einer der mächtigsten Männer des Tagesgeschehens geworden.

Er selbst hatte nur den einfachsten Geschmack – er trank nie etwas anderes als Carlsberg, doch (anders als die letzte, eine schüchterne und einschüchternde Frau, die, solange sie jemand gekannt hatte, in fünf Sprachen taub sein konnte) stellte sich seine neue Gemahlin als gute Gastgeberin heraus. «Runnymede» wurde unter Tante Roos Leitung das Zentrum einer lauten, betriebsamen Geselligkeit. Tante Roos Treffen waren beliebt, weil sie allen offenstanden und so aktuell und wundervoll «gemischt» waren. Sie war zu neu im Metier, um mit den herrschenden Gastgeberinnen der Wohltätigkeitsbälle in Konkurrenz treten zu können, der Schwarzen und der Weißen Bande, wie sie sie nannte, und die ohnehin nur aus unausstehlichen Snobs bestanden. Also bat sie jeden zu sich: von Richtern des High Court und dem anglikanischen Erzbischof bis zu den jungen Kerlen in Leder und Jeans, die für American Boys arbeiteten (sie kamen in Wahrheit meistens aus Whale Beach, Swan Hill oder Moruya, täuschten aber eine transpazifische Aussprache vor, demonstrierten rohe Kraft und trugen Bürstenschnitte im kalifornischen Stil), neben großen Namen aus der medizinischen Forschung kamen Mannequins, Tussis, Bodybuilder, die sich mit Alchemie beschäftigten, schwule Aktivisten, schwarze Aktivisten, Bauarbeiter, Jünger des Ananda Marg, Männer, die für die Chefs der Videospiele, die Schwulenbars in Oxford Street und die vorstädtischen Massagesalons abrufbereit waren, linke Sozialdemokraten aus Victoria, spießige Nationalisten aus dem Norden, Dichter, die wegen Autodiebstahls gesessen hatten, ehemalige Operntenöre, die mit Ökonahrung oder trainierten Greyhounds ein Vermögen gemacht hatten.

Bei diesen Zufallstreffen war Stil angesagt, und das hohe

Niveau der Schaustellung gab hier jedem und allem die nötige Schärfe und Beachtung, garantierte die weitestmögliche Variationsbreite und den raschesten und radikalsten Wechsel. Verwandlung war hier Gemeinplatz.

So konnte ein junger Surfstar, ein in sich selbst versunkener Junge mit tiefen Augen und sanftem Wesen, der Hermann Hesse las, plötzlich an einem verzogenen Mund die natürliche haiartige Grimasse eines Viehzüchters entdecken, der ans Geschäft denkt, und so an sich etwas Überraschendes feststellen; oder durch einen Schwung seiner blonden Locken die hohle Koketterie eines Medienstarlets, und dabei vielleicht etwas für ihn noch Überraschenderes. Oder ein Richter des High Court sah sich vielleicht für einen Augenblick als American Boy, und nachdem er einige Mitglieder des blonden, blauäugigen Teams von gutgebauten jungen Leuten angequatscht hatte, gewann der Klang seiner Stimme für die Frau eines seiner Kollegen auf einmal etwas Alarmierendes, und noch mehr die seltsame Ausbeulung des Schnitts seiner weiten Smokinghose, die nun an Jockeys und Jeans erinnerte. Lippen, Nasen, Kiefer, Ohren, Brüste hatten hier die Angewohnheit, zu reisen und sich neu zu verteilen. Es war Teil der neuen Offenheit, ein Zusammenbruch im Bau der Dinge, der sie relativierte und flexibler werden ließ. Die Wirklichkeit war genau, wie sie erschien. Ich erinnerte mich an das, was Tante Roo mir einmal gesagt hatte: «Schauspieler tun nicht so, als wären sie jemand anders. Sie werden es, indem sie andere Menschen in sich wiederfinden.» Ihr Talent war es, Anlässe zu schaffen, die den Schauspielern und der von ihr definierten Schauspielerei genug Spielraum gaben. Ich war darüber erstaunt, wie genau und wie früh sie ein Prinzip erfaßt hatte, das jetzt überall seine Wirkungen zeitigte. Wir hatten sie gerade erst eingeholt.

Viele Jahre bevor sich mir mein Leben offenbarte, hatte

ich daran gedacht, mich den klassischen Sprachen zu widmen. Mir gefiel die Vorstellung (so dachte ich zumindest) einer Sprache, die nicht mehr wuchs und jedem Wandel enthoben war. Ich glaubte, mich dort in Sicherheit wiegen zu können. (Ich hatte eine eigenartige, romantische Vorstellung von den Klassikern und eine ebenso eigenartige Vorstellung von Sicherheit). Jetzt, nach so langer Zeit und gerade in Sydney, wurde mir eine zweite Chance gegeben, und zu meiner Belustigung erschien sie – wie ich dachte – in römischer Verkleidung. Nur daß Rom nicht mehr der perfekte Traum eines in seine eigene Zurückgebliebenheit verliebten Provinzjugendlichen war, sondern so, wie es immer gewesen sein muß: eine äußerst unsichere und heikle Welt billiger Geschäfte, skrupelloser Aderlässe, schäbigen Betrugs, von Fleisch, Messern, Kissen, Kostümen, Kleingeld – ich meine die Welt meiner Tante Roo, mit Ashes als einem mit gebrochener Nase und seltsamer Aussprache ausstaffierten Kaiser der Provinzen und meiner Tante Roo, mit ihrem gekräuselten Afro-Look und ihrem flachbrüstigen durchscheinenden Togakleid, als seiner intrigierenden Gemahlin.

«Hör mal, Schatz», sagte sie mir, «dein Onkel Ashes will etwas für dich tun. Er hat in Wirklichkeit ein weiches Herz, was die Leute auch immer von ihm sagen. Er hat Respekt für dich, er schätzt deine Fähigkeiten, er schätzt dich wie einen Sohn. Seine eigenen Söhne, der arme Schatz, sind Monster. Sie haben alles getan, was sie konnten, um ihn zu verletzen – es kommt nicht nur daher, daß sie Ungarn sind.»

(Einer dieser Söhne hatte ein mit ihm konkurrierendes Transportunternehmen aufgebaut und das väterliche Unternehmen an die Wand gedrückt. Ich hatte einen Klienten in Brisbane, einen Freund von Ashes, der durch die Angelegenheit bankrott gegangen war. Der andere arbeitete für eine freiheitliche Zeitung und prangerte regelmäßig seinen Vater an, und mit ihm alles, wofür er stand.)

«Warum läßt du dir von Ashes nicht ein wenig unter die Arme greifen, Phil? Er würde es tun, weil er dich gerne hat und weil er mich auch ein wenig gerne hat und du mein Neffe bist, der einzige, den ich habe.» Sie lächelte schwach und legte ihre Hand auf die meinige, um sie zu drücken. «Ich habe das Gefühl, Phil – es ist schwierig, das auszudrücken – das Gefühl, daß wir etwas für deinen Vater tun müssen. Und auch, damit du es weißt», und sie begann zu weinen, «für deinen armen Großvater. Ich liebte ihn so sehr und ging so schlecht mit ihm um, das ist nur zu wahr! Jetzt tut es mir leid, und nun kann ich es ihm nicht mehr sagen. Kannst du etwas davon verstehen? Kannst du, Schatz? Ich fühle mich manchmal so einsam. Außer dir und der armen Connie ist niemand mehr da, keine wirkliche *Familie.*» Nun brach sie ganz in Tränen aus.

«Tante Roo», sagte ich fest.

«Ja Kleiner, ich weiß. Aber manchmal kann ich nichts dagegen tun. Wirst du mit Ashes sprechen, wenn er es will? Wirst du dir von ihm helfen lassen?»

«Ich hör es mir an, das tue ich immer, oder nicht? Aber, weißt du, mir geht es auch so schon recht gut.»

«In Brisbane?»

«Warum nicht?»

«Bei der Verteidigung von Radikalen und anderem Pack?»

«Tantchen, wir hatten das schon mal. Aber ich verspreche dir, wenn Ashes irgend etwas zu sagen hat, wenn er einen guten *Vorschlag* zu machen hat, denk ich drüber nach, ganz im Ernst.»

Er war ein zurückhaltender Mann, und manchmal, wenn meine radikalen Freunde über ihn sprachen, fragte ich mich, wie er so ein Monster geworden war. Ich hörte ihn nie etwas Schlechtes über jemand sagen. Sie waren eigentlich alles nette Kerle, selbst seine Feinde, «aber weißtu, nicht so kluk, wie sie den-ken». Er tippte mit dem Zeigefinger an seine Stirn und entblößte dabei grinsend seine Zahnlücken.

Er stand jeden Morgen gern am Fenster seines Frühstückszimmers (schaute auf seine Uhr und stand dann vom Tisch auf) und sah zu, wie auf dem Rasen seine Fahne hochgezogen wurde. Er stand feierlich mit zurückgebogenen Schultern und sah zu, wie der bunte Fetzen die Stange hochkroch, erster Diener eines ausgedehnten Imperiums, den dieser Anblick im Innersten stärkte.

An manchen Morgen sah er in seinem abgetragenen Seidenmorgenrock ziemlich geknickt und besiegt aus. Vielleicht war er in der Nacht aufgewacht und hatte gehört, wie sein Gott ihn verließ, wie er sich über den Axminsterteppich verkroch. Er hatte einen verletzten Blick: nicht länger der Kaiser, nur noch das Standbild des Kaisers. Selbst seine gottähnliche Macht war in Gefahr, und die zerbrochene Nase schien von respektlosen Händen verstümmelter denn je. Nachdem er zum Fenster geschlurft war, sah er zu, wie die Fahne emporgezogen wurde, und es schien, als sei der uniformierte Bedienstete nur das allernotwendigste Zugeständnis an die Wirklichkeit – die Flagge stieg vielmehr kraft seiner Aufmerksamkeit, durch einen Akt heroischer Willenskraft. Als er sich umdrehte, sah er jünger aus, frischer, sein Wesen war wiederhergestellt. Er rieb sich die Hände, grinste, stieg wieder auf die Erde hinab, wo sie in Eigestalt auf einem Porzellanteller auf ihn wartete, beklopfte und knackte sie.

Als ich zusah, wie er gebrühtes Weiß in seinen Mund löffelte, dachte ich, daß die Rätsel der Macht vielleicht noch größer sind als die der Liebe.

Und dieser Mann hatte mich tatsächlich gern. Manchmal

nahm er meine Hand in seine behaarte Faust und schüttelte sie so, daß auch ich die animalische Kraft spürte; er war aber zu zurückhaltend, um etwas zu sagen oder ein deutliches Angebot zu machen. Vielleicht hatte er Angst davor, mich in seine Karten schauen zu lassen. Er wollte, daß ich den idealen Sohn spielte, und die Art, wie er seine Macht ausübte, würde vor einem kritischen Auge nicht bestehen. (Seine eigenen Söhne hatten genau das getan, was er von ihnen erwartet hatte: hatten sich als die wahre Wolfsbrut erwiesen.) Er wich meinem Blick aus, sobald sich das Tischgespräch dem Geschäft zuwandte. Er zog es vor, mich bei laufender Plattenspielermusik in seine Höhle zu rufen, mich mit einem Glas zu versorgen, sich ein Carlsberg einzuschütten, und mit mir dann – mit hochgekrempelten Ärmeln, fern von den Wirklichkeiten der Alltagsgespräche – die Triumphe des anderen erfolgreichen Jungen aus Eisenstadt, seines geliebten Haydn, zu teilen.

«Err ister wirk-liche Meisterr, weißtu», teilte er mit leidenschaftlichem Nachdruck mit. «Err ist halb ein Bauer, man kann das hören – hörstu? – dies Gebrumm? – und halb ein Prrinz, doch seinen eigenen Prinzen apsolut überlegen. Kein Frage, kein Frage, das ister Meister.» Er zog seinen massigen Kopf bis an die Schultern herab und formte mit seinen Lippen kleine Trommelgeräusche. «Dies Gebrumm hat err als Junge oft gehört – oh, jeden Sonntag, von der Dorfkapelle. Und er brinkt es in die Säle der Prrin-zen!»

«Also, was hältstu eigentlich davon?» fragte er mich einmal, als wir mit unseren Gläsern in der Hand durch das Gedränge wanderten. Seine Geste sollte vielleicht besagen, daß er die ganze Show soeben hervorgezaubert hatte.

Ich zuckte mit den Schultern und fing mit einem vorläufigen «Oh» an, das ich nie als Antwort gemeint hatte. Er lachte und schlug mir leicht auf den Rücken und erinnerte mich auf gespenstische Weise an Onkel Haro; ich fragte mich, ob Tante Roo die Ähnlichkeit je bemerkt hatte. Eines seiner Geheimnisse, verstand ich jetzt, war es, daß er Leute nicht bewertete und von ihnen nichts verlangte, außer daß sie sich seinem Willen fügten.

«Schau», sagte er mit einem Grinsen. «Dort ist Hector!»

In der Nähe stand in einer Gruppe von überzogen angezogenen Frauen ein Mann auf einem Fuß und hielt den anderen, unanständig nackt und weiß, vor sich in die Luft. Von seinen Fingerspitzen hing wie eine schwarze, abgestreifte Haut die Form des Fußes, eine durchscheinende Socke.

Es war ein Schotte namens Hector McPhail, ein gutaussehender Mann von sechzig mit silbernem Haarschopf, eine unverwechselbare Gestalt. Ich hatte einmal gesehen, wie eine Frau sich bei einer dieser wahllosen Gelegenheiten an ihn heranmachte und atemlos sagte: «Sie sind es, ich weiß, daß Sie es sind! Sie sind Hector McPhail.» «Aber meine liebe Dame», entgegnete er ihr mit Größe, indem er mit der Hand über sein schimmerndes Haar strich, «ich wünschte, ich wäre es. Doch sie tun mir zuviel Ehre an, mich für dieses außerordentliche Genie zu halten!»

Er war ein höchlichst bewunderter Maler und ohne jede Spur von einem Hochstapler; doch sein Talent zum Schauspielern und der unfehlbare Eindruck, den er mit entsprechendem Erfolg hinterließ, ließen ihn befürchten, daß er doch einer sei. Er trank zuviel und gab für Damen Sondervorstellungen.

«Seht ihr», erklärte er jetzt, «wir alle haben so wie die Eingeborenen unser Totem, doch ein verstecktes. Manchmal lassen unsere Körper es natürlich sehen. Ich zum Beispiel habe diese Schwimmfüße.» Er zeigte den einen, während er, wie ein Tänzer, fest und ohne zu wackeln, auf dem anderen stehenblieb. Er hob seinen Kopf auf dem ziemlich rauhen

Hals und stellte seinen Schopf zur Schau. Der nackte Fuß, der allem Anschein nach noch nie Sonnenlicht gesehen hatte, hatte tatsächlich Schwimmhäute.

Die Damen sahen ihn von der Seite an; als ob er etwas anderes bedeuten müßte oder als sollten die Füße eines großen Mannes, wenn sie nicht aus Ton waren, lieber im verborgenen bleiben. Oder vielleicht fürchteten sie, daß sein durchdringendes Auge ihr eigenes Totem erkannte: den Pilz, die Elster, den Kuckuck.

Er schaute auf, fing meinen Blick, reagierte mit einem eingeschüchterten Lächeln und sagte: «Hallo, Phil, wie geht's dem alten Frank?»

Die Damen drehten sich nach dem Angesprochenen um, doch es war niemand, den sie kannten.

Hectors Nachfrage geschah aus Gewohnheit. Er bewunderte Frank und hatte mich oft aus echter Besorgnis gefragt, ob er ihm irgend etwas schicken konnte, irgend etwas, das er vielleicht brauchte. Doch diese öffentliche Frage war gewöhnlich die Folge davon, daß ich ihn bei einer Schauspielerei überrascht hatte, auf die er nicht sehr stolz war, und sollte als eine Art Zauberspruch dienen, um einen fremden und unbehaglichen Geist zu vertreiben.

«Also Sir Charles dort drüben, Ashes», verkündete er, «ist eine Art Riesenpanda, seht ihr?»

Onkel Ashes strahlte.

In der alten Anhänglichkeit an ihre «Fälle» machte mich Tante Roo wieder mit Jacky bekannt, denn auch sie war «durch die Welt gekommen». Sie hatte sich einen Namen (natürlich nicht ihren eigenen) als Designerin hübscher, maßgefertigter Boutiquekleider gemacht. Sie war verheiratet, lebte getrennt und hatte zwei kleine Kinder.

«Arme Jacky. Er war ein so brutaler Kerl, dieser Bailey Gayle, ich kann dir nicht sagen, was für ein Leben sie mit ihm hatte. Sie ist so tapfer! Doch das war sie schon immer, Jacky, sie hat Mumm. Sie hielt zu ihm, wenn jede andere Frau – Oh, ich hätte schon vorher genau sagen können, was für einen hoffnungslosen Menschen sie sich aussuchen würde! Geht runter wie Sahne. Aber hinter verschlossenen Türen fing er an, sie zu schlagen. Sie mußte immer lügen und die blauen Flecken verstecken. Sanft, aber brutal, du kennst die Sorte, sie sind immer gleich. Blond und schwammig. Er hatte hübsche weiße Hände, die so aussahen, als könnte er sie zu keiner Faust ballen – keine Knochen sehen. Aber einmal hat er dem armen Mädchen den Arm gebrochen, und dann machte er bei allen seinen Freunden – und Freundinnen – die Runde und winselte um Verständnis, weil sie ihn dazu gebracht hatte, Gewalt zu gebrauchen. Ja, das war *seine* Art – er erwartete von den Leuten Mitleid, weil er so ein brutaler Kerl war. Sie braucht jetzt eine Erholungspause, sie hat so viel Pech gehabt. Und sie hat etwas für dich übrig, Phil, innen drin, das hatte sie immer. Du bist die Art Mensch, für die sie sich besser entschieden hätte.»

«Was für eine Art?» fragte ich ironisch.

Tante Roo warf mir einen ihrer vielsagenden Blicke zu. Sie hatte für Ironie nichts übrig. «Also zumindest kein brutaler Kerl. Denn du weißt, Schatz, letzten Endes bist du ganz schön hart. Die weichsten Männer greifen zur Gewalt.»

«Ist das wieder eine von deinen Theorien, Tantchen?»

«Nein, das ist Beobachtung. Ich bin weit genug durch die Welt gekommen, das weißt du, um eigene Beobachtungen zu machen.»

Wie dem auch war, Jacky hatte, als wir schließlich darauf zu sprechen kamen, eine andere Geschichte.

«Ist schon wahr, was Bailey sagt, obwohl es ihm nicht viel

hilft, wenn er herumrennt und anderen Leuten Geständnisse macht. Das ist wirklich eher abstoßend. Er sollte mehr Stolz besitzen. Aber wir waren eine Zeitlang schon glücklich.» Ihre Stirn legte sich in Falten. Da sie immer vollkommen ehrlich mit sich war, machte sie einen Zusatz. «Nein, das ist auch nicht wahr – es war die Seligkeit pur. Nur daß ich ihn frustrierte, daß ich mit vielem unzufrieden war, immer etwas anderes wollte, er mußte zuschlagen, um sich davor zu schützen. Dann merkte er, daß ihm das Spaß machte – Nun, vielleicht wollte ich das auch, die blauen Flecken sagten mir was. Aber Roo hat nicht recht, ich hab sie nicht versteckt. Ich bin mit ihnen wie mit Orden rumgelaufen! Die Leute machen gegenseitig aus sich das Schlechteste.» Sie lachte nervös. «Wirklich, ich schau ihn mir oft an, dieses große blonde Ding, wenn er vorbeikommt, um die Jungs abzuholen, und ich denk dann bei mir, er ist immer noch der leckerste Mann, den ich kenne. Das würde Roo schockieren. Sie würde glauben, daß ich verrückt bin. Aber so ist es.»

Bald hatte ich die Gewohnheit, an meinen freien Nachmittagen in dem grünen Lastwagen mitzufahren, mit dem Jacky ihre Kunden belieferte. Wir saßen in kleinen, durch eine Stellwand abgetrennten Räumen am Ende einer Boutique und nippten Weißwein, mitten unter neuen Kreationen auf Kleiderbügeln. Während Jacky und ihre Freundinnen, selbstbewußte und sorglose, meistens so wie sie geschiedene Mädchen, lachten, witzelten, sich neckten und mich in alles einbezogen, fühlte ich mich wie ein unbeholfener Schuljunge aus der Provinz. Ich hatte keine Begabung, aus einer Haut heraus und in eine andere zu schlüpfen; es verlangte einen Witz, der mir vollkommen abging. Ich spürte das Gewicht meiner Ernsthaftigkeit. Obwohl sie nicht unfreundlich waren. Eher amüsiert darüber, daß Leute anderswo anscheinend anders lebten.

Es war mehr als nur ein anderer Stil – das Wort, das sie immer wieder fallen ließen. Es war, dachte ich, eine Charakterfrage – ein altmodisches Wort, das überhaupt keiner hier gebrauchte. Es hatte mit Vergangenheiten zu tun, mit Zukünften. Um mich vor ihnen zu rechtfertigen, hätte ich mein ganzes Leben anführen müssen, meinen Vater mit seiner kleinstädtischen, dandyhaften Extravaganz, meinen Großvater, Tante Ollie, Tante Roo, wie sie früher gewesen war und wie sie jetzt war. Es wäre die Geschichte eines Ortes geworden, der in sich zusammenhängender und beständiger und trotz der tropischen Realität von Hitze und Sturm englischer war – allesamt Begriffe, die hier nichts zu sagen hatten. Vor allem hätte ich Frank anführen müssen; nicht als den Buschklepper der Zeitungsschlagzeilen, sondern so, wie er war.

Meine Ergebenheit gegenüber Frank wäre vermutlich das gewesen, was ich am schwersten hätte begründen können. Was beiläufig begonnen hatte, fast durch Zufall, war eine Berufung geworden – so sah ich es; und nicht nur eine Berufung, ein Schicksal. Wenn ich auf den Anfang zurücksah (Wo hatte es angefangen? In dem Lichtspieltheater am Pier, durch das Interesse meines Vaters an Wunderkindern und lahmen Enten?) und mir über mich den Kopf zerbrach, über mein Temperament und alles, was es geformt hatte, dann stand Frank erkennbar im Zentrum. Alles hatte sich dazu verschworen, ihn dorthin zu versetzen. Ich hatte, so vermutete ich, einige seiner Eigenarten übernommen – auch das war eine sich von selbst beantwortende Frage des Charakters.

In meiner Beziehung zu Jacky war es jetzt Frank, nicht Gerald, der zwischen uns stand. Vor Jahren, als wir auseinander- und unserer eigenen Wege gegangen waren, um statt des Lebens, das wir zusammen geführt hätten, ein anderes zu suchen, hatte ich die Verantwortung für ihn übernommen. Frank. Jacky die für ihre Jungs. Sie waren zwei kleine, hartnäckige, recht verschiedene Körper, stellten zu viele störrische Ansprüche, um ignoriert werden zu können, und hießen Erroll und Mark. Ich hatte sie gerne, ließ sie aber nicht «Onkel» zu mir sagen, obwohl sie es gerne getan hätten; es wäre ihren Freunden gegenüber einfacher gewesen.

Am Ende fanden sie mit jenem Gespür für die Wahrheit, die der Reim, vor allem der von Kindern, so oft heraushört, ihren eigenen Namen für mich: Phil im Dill, Gurkenphil.

3

Die Insel bot ihm immer etwas Neues. Er verbrachte viele Stunden damit, in einem Gestrüpp herumzustöbern, zwischen sandigen Fleckchen, auf denen Blackboys wuchsen, unter schimmernden, vom Sonnenlicht versilberten Grashalmen, immer mit einem Auge für das unwiederholte Detail, im Kleinen wie im Großen: die spiralige Muschelform junger Farne oder die gebuckelte Knötchenreihe auf dem Rücken eines Farnwedels.

Jeden Morgen, kurz nach Sonnenaufgang, machte er einen Spaziergang entlang der Küste. Von weitem sah ich ihn auf dem vom Licht orchestrierten Strand durch Rinnen plantschen; er bückte sich mit seinem alten Hut, um eine auf dem Sand erstarrte Krabbe zu begutachten, die darauf wartete, sich in ihr Nadelöhr zu verdrücken, oder den dreizehigen Abdruck eines Austernfischers oder den Vogel selbst, mit dem Meer zugewandtem Profil, seinem geschlossenen Scherenschnabel und seinem Auge, schärfer als der Schnabel, stechbereit. Möwen zerstreuten sich vor ihm, zogen ihre Füße aus dem Feuchten und hoben jaulend, klappernd ab. Wenn er zurückkehrte, dann immer mit neuen Beiträgen zu seinem Schatz aus Strandgut, der auf Tischen oder wackligen Regalen lag oder in Haufen vor dem Eingang zu seinem Zelt: Landdinge, die die See neugeformt zurückgebracht hatte, die Schoten der Wälder, durchsichtige Krabben- oder Zikadenformen, wo ein Geschöpf aus sich herausgeschlüpft war, Knäuel abgescheuerter Seile, horniges Treibholz, verformtes Plastik, Bimssteinklumpen, Tintenfischknochen.

Eines Nachmittags, als ich die Beweisstücke des Insellebens und des Lebens um sie herum, durchstöberte, fand ich etwas Unerwartetes.

«Was ist das, Frank?»

Er war gerade nicht auf Posten. Wie immer, wenn er angegriffen wurde, baute er gegen jede weitere Untersuchung eine starre Deckung auf, öffnete sie dann mit einem schüchternen Grinsen und ließ mich am Geheimnis teilnehmen.

«Es ist ein Geschenk», erzählte er mir, «von einer jungen Dame.»

Es war ein kleiner schwarz-gold gestreifter Tiger in Nylonpelz, von der Sorte, wie sie über Armaturenbrettern oder in einem Autorückfenster mit dem Kopf zu wackeln pflegt.

«Das sind diese jungen Leute. Sie kommen zum Surfen vorbei. Sie kommen schon – oh, schon lange. Manchmal kommen sie auf 'ne Tasse rein. Jeff und Darren sind die Jungs, und das Mädchen ist Katie. Sie lesen keine Zeitungen, also wissen sie auch nicht, daß ich ein *Sonderling* bin. Sie scheinen mich – naja, sie kommen mit mir zurecht, sie nennen mich –» Er gluckste und hätte das Wort fast verschluckt, doch er kriegte es noch heraus. «Paps! Sie nennen mich Paps.» Er schaute kurz auf, um festzustellen, was ich davon hielt. «Sie sind nicht einfach nur nett, mußt du wissen. Sie behandeln mich wie – nun, du wirst schon sehen. Die Jungs sehen wirklich schön aus. Kann einem fast angst machen.»

Er saß sehr schweigsam, war wieder ernst geworden und schüttelte seinen Kopf über die Vision (worin sie auch bestehen sollte), die er heraufbeschworen hatte; er kam nicht leicht mit ihr zurecht. Er wandte sich wieder seiner Arbeit zu, und wir saßen schweigend, während Bienen um uns auf ihren Runden taumelten, Fliegen summten oder sirrten und die langen, herabhängenden Palmenblätter mit dem Sonnenlicht von Rosa zu Grau wechselten.

Schließlich lernte ich sie kennen. Eines Sonntagnachmittags, als wir miteinander im sinkenden Licht saßen, Frank über seine Arbeit gekauert, ich beim Vorlesen aus einem neuen Buch, kam von unten ein Ruf. Frank ging mit dem Pinsel in der Hand zur Öffnung seiner Werkstatt. Auf dem weißen Strand war eine barfüßige halbnackte Gestalt erschienen und blieb in fünfzig Meter Entfernung stehen.

«Hallo Paps, und tschüß!»

«Hallo Jeff. Kommst du nicht hoch?»

«Na, du hast Leute da, wir sehn dich nächste Woche. Wollte nur wissen, ob's dir gutgeht.»

«Alles O. K.»

«O. K. dann. Bis Sonntagabend.»

Frank hob seine Hand und sah einen Augenblick stehend zu, wie die Gestalt als Silhouette durch die Reihe der Bäume abzog.

«Das war Jeff», teilte er mir mit, als er zurückgekommen war und sich wieder hingesetzt hatte. «Er bearbeitet Blech bei Barnes Auto. Er ist der einzige, der immer redet. Darren is 'n Anstreicher. Alles, was *der* sagt, ist *ächt unheimlich.*» Er gluckste und wiederholte es mit nachgeahmter Jungenstimme: «Ächt unheimlich! Katie sagt *Tach*, dann fängt sie an aufzuräumen. Sie hält mich für einen ganz schönen Schlamper – verstehst du nicht, oder?» Er warf einen Rundumblick auf das Trümmerfeld, das man sein Lager nannte. Ich hatte ihn selten besserer Dinge erlebt. «Sie macht ein Diplom in Bewegungstherapie, was auch immer das ist. Ich denk lieber nicht drüber nach.»

Ich traf sie alle drei, als sie eines Samstagnachmittags auf ihrem Weg zum Surfen vorbeikamen. Sie hatten ihre Bretter und eine Tasche mit Verpflegung am Eingang zur Lichtung liegengelassen und kamen leichtfüßig und halb bekleidet über den schmalen Pfad zwischen den Banksien. Sie waren zuerst verwirrt, weil er nicht alleine war. Sie hielten sich zurück, wie scheue Eingeborene, und nur Franks offensichtliche Enttäuschung schien sie schließlich dazu zu bringen, sich ins Lager einladen zu lassen.

Die zwei Jungs schüttelten meine Hand, kräftig, aber förmlich, dann hielten sie sich zurück. Sie waren es gewohnt, ihn für sich zu haben.

Obwohl sie ernst und vollkommen beherrscht waren, waren sie nicht älter als Schüler, höchstens sechzehn. Sie trugen Surfershorts, sonst nichts, doch ihre Nacktheit war eine Uniform, die ihnen als Rüstung diente; ihnen war sie unbewußt und ihre eigene körperliche Vollkommenheit ihnen so unwesentlich wie jedes äußere Merkmal. Man mußte genau hinsehen, um hinter identischen Muskeln und lederartiger Bräune, blondem sonnengebleichtem Haar und rosagefleckten Gesichtern zu erkennen, wie verschieden sie waren.

Der unerschrockenere von beiden blieb voller Wachsamkeit. Nicht unbedingt feindselig, aber auf der Hut. Das war Jeff, der das Reden übernommen hatte; im Moment aber sagte er nichts, er verengte seine grünen Augen und beobachtete mich. Das absichtliche Geradestehen gab ihm einen Ausdruck kindlicher Aufmerksamkeit, als müsse er sich auf ein schwieriges gedankliches Problem konzentrieren.

Der andere war ganz locker. Seine Augen folgten den Bewegungen des ersten, bereit, ihm zu folgen oder zu helfen, und er versuchte sich in derselben angestrengten Haltung, kam mit ihr aber nicht zurecht.

Katie, die mich nun zu betrachten begann, war als einzige wirklich locker. Sie fühlte sich auf keine Weise unter Druck gesetzt und war nicht im geringsten wegen meiner Kleider oder meiner Sprechweise verlegen oder wegen jener Vorrechte, die ich meinerseits vielleicht besaß. Sie hatte eine Ironie, von der ihre Begleiter nichts verstanden.

Frank tanzte in der Zwischenzeit umher, um Tee zu machen. Er war entzückt über die Ankunft seiner jungen Freunde und über die leichte Verlegenheit, die wir einander bereiteten.

Katie kam näher und stellte sich neben mich an den Tisch. Mit einem leichten Ruck ihrer Hand verscheuchte sie ein halbes Dutzend Wespen. Sie hatten die Überreste irgendeiner kalten Fleischschnitte gefunden und zerrten nicht ohne Beharrlichkeit an den Fettbrocken.

«Paps», sagte sie und warf mir dabei einen ihrer scharfen Blicke zu. «Der ist was, oder? Ist er ein Millionär oder so was ähnliches?»

Ich lachte. «Wie bist du denn darauf gekommen? Er ist ein Maler.»

«Oh, *das* weiß ich. Ich hab was im Fernsehen gesehen, das ist alles. Dieser alte Kerl war ein Millionär.»

«Das ist was anderes», sagte ich, «das kommt von Amerika. Frank ist einfach – Frank.»

Sie grinste und schien es zufrieden. «Das sagt Jeff auch!»

Frank hatte die Jungs inzwischen aus der Deckung gelockt. Sie unterhielten sich jetzt, tauschten dabei Worte aus, die größtenteils ihren Ritualen entstammten. Die Jungs saßen auf umgekippten Obstkisten, Frank auf der Kante seiner Arbeitsbank, mit angezogenen Knien.

«Alles soweit in Ordnung bei dir?» fragte Jeff. «Dieser Regen da am Mittwoch. Hasse von dem was abgekriegt?»

«Ein paar Tropfen. Nichts, wofür man nach Hause schreibt.»

«Regnete wie die Hölle da draußen in Jindalee, eh Darren?»

«Ächt unheimlich! Es war ächt unheimlich.»

Jeff schob sein Kinn vor und ruckte es nach Westen. «Wass'n mit dem Seil von 'ner Hängematte? Muß man mal auswechseln.»

«Joh, hab auch schon dran gedacht.»

«Wir bringen Samstag was mit, eh Darren? Du erinnerst mich dran.»

«Er ist schon toll, nich'?» sagte Katie. Ihre Augen ruhten auf Frank. Er war anscheinend eine Art Wunder, das die Insel hervorgezaubert hatte. Sie ärgerte sich nicht über mich wie Jeff, doch sie konnte nicht herausfinden, wie ich zu ihrer bereits abgeschlossenen Vorstellung von einem Frank paßte, der ganz diesem Ort gehörte und keinem andern.

«Er hat euch alle sehr sehr gerne», erzählte ich ihr. «Ihr bedeutet ihm eine ganze Menge.»

«Tatsache?» Sie grinste. Dann wurde sie sich ihrer Verantwortung bewußt, runzelte die Stirn über den Haufen schmutzigen Geschirrs, mit seinen Brocken verkohlten Fetts, und den ganzen Wirrwarr, in dem alles liegengeblieben war, als sei es für immer.

«Ich sag mir immer wieder, wenn ich erst hier bin, werde ich alles aufräumen», sagte sie, «aber schau dir das mal an! Du weißt nicht, wo du anfangen sollst.»

Sie fing damit an, daß sie vorsichtig einen Teller vom einen Ende des Tisches zum anderen schob. Aber auch das war Teil eines Rituals. Als Jeff «Hey Katie, wir verschwinden» rief, gab sie den Tellern noch einen Stoß, verzog für mich das Gesicht, und dann ließ sie es bis zum nächsten Mal bleiben.

«Also, wir sind dann mal weg», kündigte Jeff an, stand auf und stellte sich kurz in den Zelteingang. «Tschüß dann bis Samstag, Paps, wir bringen dir das Seil mit. Fällt dir zufällig noch was ein?»

Auch Darren war aufgestanden. Sie versperrten den Eingang, und Jeff, der immer noch wachsam, aber nun selbstsicherer war, machte einen Schritt vorwärts und streckte seine Hand entgegen. Sehr förmlich schüttelten wir sie einander.

«Also dann, tschö Paps. Paß gut auf dich auf.»

Frank stand am Zeltpfosten und sah zu, wie sie leichtfüßig über die Blätter verschwanden. Er hob seine Hand. Sie hatten am Ende der Lichtung angehalten, um ihre Sachen mitzunehmen, und alle drei schauten jetzt zurück und winkten. Dann nahmen die Jungen wieder ihre Surfbretter, Katie ihr Handgepäck, und sie zogen weiter.

So kam es dazu, daß ich zwei- oder dreimal im Jahr, wenn etwas Ungewöhnliches geschah, Besuch von Jeff bekam, entweder zu Hause oder im Büro. Er verhielt sich immer sehr förmlich und zurückhaltend, er blieb sich des Unterschieds zwischen uns bewußt, doch über die Jahre gestand jeder sich selbst, und wir uns dann gegenseitig, ein, daß Frank unsere gemeinsame Verantwortung war. Wir hätten Brüder sein können, die nichts gemeinsam hatten außer einem geliebten, schwierigen Elternteil.

«Ich hab versucht, ihn dazu zu bringen, daß er die Hütte abdichtet», erzählte mir Jeff, «aber du weißt ja, wie er ist. Man könnte genauso gegen die Wand reden. Ich hab ihm angeboten, mit Darren vorbeizukommen und es für ihn zu machen, aber der 's so stur, Frank, kam nichts bei raus. Glaubste, du kanns' ihn dazu überreden? Katie hat Angst, daß er sich 'ne Lungenentzündung holt. Wird schon verdammt kalt in der Nacht. Wir machen uns Sorgen, wir beide.»

Einmal wurde er von einem Feuer weggewischt. Eine große Feuerwand fegte durch sein Lager. Er lag in einer Kuhle auf dem Boden und ließ sie über ihn hinwegrasen. Seine Hütte und sein Zelt verbrannten, und der Wald um ihn herum war geschwärzt und mit kleinen pelzigen Tieren überstreut, aus denen verkohlte Ballen geworden waren, doch Frank erhob sich ohne jeglichen Brandfleck, riß die letzten schwarzen Fetzen von seinem Zeltgestänge, rettete von seinen Pfannen, Tassen, Flaschen, was er konnte, und fing von vorne an.

«Nur den Geruch hab ich nicht erwartet», erzählte er uns. «Die Hitze war nicht so schlimm, ging zu schnell vorüber. Ganz gute Übung, würd ich sagen, für 'n anderen Anlaß. Aber der Geruch war schrecklich. Und es bricht dir das Herz, wenn du mit ansehen mußt, wie sich die Ameisenbären aufrollen und in Asche verwandeln. Und die Paddymelons. Und sogar Vögel! Sie müssen gerade vom Himmel gefallen sein. Die ganze Hitze geht nach oben, wißt ihr, also ging ich nach unten.»

Ein anderes Mal, um sechs Uhr abends an einem Samstag, als ein Zyklon heraufzog, der die gesamte Küste peitschte, die Strände mit einer Sturmflut überzog, Wälder überflutete, bekam ich von Jeff einen kurzen Anruf. Er sprach mit mir aus dem öffentlichen Fernsprecher am Parkplatz.

«Er ist O. K.», sagte mir Jeff. «Hat aber ganz schön Dresche gekriegt! Das Dach von der Hütte ist weg, und das halbe Zeug ist den Strand runter verschwunden. Ist nicht so schlimm, wie's sein könnte. Darren ist auch hier bei uns. Wir helfen ihm bei einem neuen Dach, den Rest kann er selbst, oh ja, *er ist* in guter Form, war nie so gut. Zyklon war 'n hübsches Abendprogramm. Du hättest ihn sehen sollen! Sprang rum wie ein Zweijähriger.»

Am nächsten Morgen fuhr ich selbst hin. In dem feuchten Wrack seines Lagers unter zerrissenen Blättern und abgebrochenen, über die Lichtung verstreuten Ästen arbeitete er mit nacktem Oberkörper, er brummte vor Energie und Aufregung.

«Du hättest mal hier sein sollen, Phil. Es war – zuerst konntest du das Meer hören, es summte wie ein großer Schwarm. Dann brüllte es, als wollte es über die Insel brechen. Zuerst nur der Wind. Alle Bäume stiegen hoch, du hättest geglaubt, sie wollten sich ohne weiteres aus der Erde ziehen lassen. Sie stiegen hoch» – er selbst stieg auf die Zehenspitzen und streckte seine Arme himmelwärts –, «der ganze Wald! Es war außerordentlich. Und ich denke mal, daß sie das auch getan hätten, wenn der Regen nicht gekommen wäre. Der Regen, der hielt alles am Boden, stampfte es zurück nach unten, so schwer war er. Du konntest in ihm nicht aufrecht stehen. Ich versuchte es, und jedesmal haute er mich wieder in den Schlamm zurück. Ich dachte, ich würde ertrinken. Und das war wohl auch der Grund, warum die Bäume es nicht geschafft haben, zumindest dieses Mal nicht. Aber meine Hütte. Die schüttelte und rüttelte, dann ging sie in die Luft, drehte beim Abgang ein paar Purzelbäume und segelte über die Bäume hinweg wie ein Drachen. Ich hätte zuviel Angst gehabt, um noch hinterherzulaufen, wenn der Regen nicht schon dagewesen wäre. Ich schlitterte herum, hielt mich an der Zeltstange fest, und der Regen trommelte auf mich wie mit Fäusten, haute mich auf den Boden, und meine Nase und mein Mund waren so voll von Schlamm, daß ich dachte, das war's dann wohl, entweder du wirst hier im Stehen begraben oder du ertrinkst und wirst dabei begraben. Was für 'n Erlebnis! Aber du siehst, mir ist nichts passiert, oder fast nichts.»

Er wies auf die Zeltstange, die im Sonnenlicht schwach dampfende Lichtung und auf sich selber, mit seinen paar Kratzern.

«Natürlich hab ich ein paar Sachen verloren. Die segelten einfach durch das Dach. Ich hielt mich mit der einen Hand an der Zeltstange fest, und mit der andern versuchte ich, sie aus der Luft zu holen, wie sie an mir vorbeisausten. Es war, als würden sie durch ein Loch hinuntergesaugt – nur diesmal eben nach *oben*, wenn du weißt, was ich meine. Meine alte Armeedecke etwa – du kennst sie. Hatte sie seit der Armee.

Naja, die ist futsch. Und mein Armeepullover! Oh, und tausend andere Sachen! Trotzdem, hätte schlimmer kommen können. Die Jungs waren schon da, und wir bauen ein neues Atelier. Ein richtiges. Diesmal bleibt es stehen. Jedenfalls solange ich noch da bin.»

Er schien mir glücklicher, als ich ihn je gesehen hatte. Einiges von der elektrischen Gewalt des Sturms war auf ihn übergegangen, während er zusammengekauert unter seinem Zelt lag, sich an einem der großen Pfosten festhielt und durch sich die Erschütterungen ziehen spürte, die Schläge der Kraft. Aus einem schwarzen Himmel hatte eine Kraft an dem Pfosten gezerrt und gerüttelt, versuchte, ihn aus seinem Griff und aus der Erde zu renken; und nur die Erde hatte in dem schwarzen Getöse stillgehalten, das die See selber war und die Drehung und Windung des Himmels, während der Wald seine Wurzeln tiefer hinabtrieb, doch Blätter und Glieder verlor. Sieben Stunden hatte er am Pfosten ausgeharrt, zuerst im fahlen Licht, dann in der Finsternis. Bis sich kurz vor Morgen der Wind einfach auf die Inselmitte fallen ließ, wie ein Stein. Und als er sich mühsam auf seine Füße stellte und ging, schien die Dämmerung wie das erste Licht der Schöpfung, erstaunlich blaß und klar, auf allem war der Glanz der Neugeburt, auf Schlamm, Blättern, Zweigen, und jedes Ding naß vor Farbe.

«Das war es also, was Hopkins mir zeigen wollte», sagte er träumerisch. «Jetzt seh ich das erst. Ich dachte, ich hätte es schon gesehen, aber es war nicht so. Du brauchst Schwärze, eine Karte, die ganz schwarz ist, und dann springen die Farben dir zum ersten Mal entgegen. Ich war davon so berauscht, daß ich wie betrunken herumstolperte. Ich jauchzte. Es war nicht einfach nur, weil der Sturm mir auf den Kopf gehauen hatte. Und dann kamen auch die Jungs an, Jeff und Darren.» Eine andere Vision kam ihm in den Sinn: Zwei halbnackte Gestalten, die durch die feuchte, regenbogenfarbige Luft hereinkamen. «Sie müssen – na, es war ja eigentlich gut von ihnen. Sie müssen losgefahren sein, noch bevor es vorbei war.»

Die Ankunft der Jungen und ihr Anteil an der Wiedererrichtung der Hütte stärkte eine Beziehung, die bereits zur Stütze seines Lebens geworden war. Die ungeheure körperliche Belastung, die er erlebt hatte, die lange Zerreißprobe, als er so lange am bebenden Pfosten festgehalten hatte, als er durch seine Handgelenke und Rippen und Wirbel die Rhythmen der Insel selbst spürte, wie sie sich gegen Himmel und Meer stemmte, das hatte das Bild der zwei Jungen mit solcher Kraft aufgeladen. Jetzt waren sie eher schon zwei junge Männer, die ohne viel Aufhebens herankamen und ihm vom Pfad zuriefen: «Bist du da, Paps? Alles klar bei dir?» – das Außerordentliche war auf die Erde gebracht und verlor nichts von seiner Schönheit oder Macht.

Als Frank sich an diesen Augenblick erinnerte, zog er sein Kinn herunter. Sein Gesichtsausdruck war der eines Kindes, schutzlos. «Ich hatte sehr viel Glück, Phil. In diesem Lebensabschnitt. Du erwartest so was nicht. Es ist –»

Er machte eine Geste, die das Zelt, die Hütte und alles umfaßte, was von seinem Besitz noch da und zum Trocknen ausgebreitet war und in der Sonne schwach dampfte. «Ich kann's nicht abwarten, wieder anzufangen! Vielleicht habe ich das gebraucht, einmal richtig durchgeschüttelt werden, einmal bis auf die Haut naß werden.» Er lachte. «Na – es war wohl ein bißchen mehr, als ich wirklich brauchte, aber wenn so was passiert, kann man nicht feilschen, oder? Hier, hilf mir mal damit. Ich will wieder ein Dach haben. Man weiß nie, wann diese Leute es dir wieder um die Ohren schlagen.»

Ich legte meine Kleider ab, und wir arbeiteten den ganzen Nachmittag. Als ich ihn verließ, war es nicht ohne die

Befriedigung, daß er wieder einmal ein wenn auch bedenkliches Dach über seinem Kopf hatte.

Um diese Zeit wurde ich einmal spät in der Nacht vom Telephon geweckt. Es war kein so seltenes Erlebnis, aber doch selten genug, daß meine Mutter zur Tür kam. Ich gab ihr ein kurzes Signal, Teil einer zwischen uns verabredeten Sprache, das ihr mitteilte, daß es nicht um die Familie ging, aber daß ich weg mußte. Ich hörte, wie sie zur Küche ging und begann, Tee zu machen. Einige Minuten später saß ich bei ihr auf der Eßbank.

Es war eine seltsame Zeit, zwei Uhr dreißig. Später erinnerte ich mich an den Anblick der Küche zu dieser nachtschlafenen Zeit. Es war eine moderne Einbauküche, wo nichts mehr zu sehen ist, weder Töpfe noch Pfannen noch Teller, keine Haken für Tassen, keine Löffel oder Kellen oder Blechdosen; eine Maschine zum Müllvertilgen war unter dem Waschbecken verstaut. Alles war aus sauberem weißem Plastik und Naturholz, die Maserung poliert und lasiert. Selbst die Griffe der Schubladen und Schränke nahmen an diesem Dekor teil, nichts als eine glatte und verdeckte Greifrille für die Finger blieb übrig. Nichts durchbrach die Glätte der Oberflächen und ihre vollendete Undurchdringlichkeit.

Es war immer noch heiß. Dicht bei der Fensterscheibe waren die oberen Zweige eines Moreton-Bay-Feigenbaums, eines Jahrzehnte alten Giganten, der im Felsen wurzelte. Er reichte drei Stockwerke hinunter, wie das Apartmenthaus selbst, und war in die Planung mit aufgenommen und so gerettet worden. Seine Blätter sahen ebenfalls wie Plastik aus, grünpoliert und zäh; doch die Flughunde, die sich zeit seines Lebens in seinem Dunkel versammelt hatten, länger als einer von uns alt sein mochte, strömten in der Dämmerung immer noch hier zusammen, um sich an seinen samengefüllten Früchten vollzufressen, und hielten mit ihrem kleinen pelzigen Leben die Höhlungen seiner Zweige in unaufhörlicher Unruhe.

Bei Tage, wenn sich im Haus das meiste Leben rührte, war der Baum still, nach Einbruch der Dämmerung aber lebendig, während das Gebäude dunkelte und schlief. Als ob das Leben zwischen ihnen im Wechselstrom floß, geregelt durch die Abfolge von Licht und Dunkel. Jetzt konnte ich es in der fremdartigen Stille der Nacht rascheln hören, ebenso hörte ich vom Fluß unten das Dak-Dak eines Baggers, der die Flußmündung vom Schlamm klärte, regelmäßig wie ein Herzschlag. «Tam glaubt, daß er Pearsall gefunden hat», erzählte ich meiner Mutter schließlich. «Er will, daß ich zu ihm gehe und versuche, ihn zurückzuholen.» Ich schaute schnell weg.

Sie wußte sofort, worum es ging.

«Dieses – Holzlager?»

Ich nickte.

Die Geschichte hatte schon in allen Abendzeitungen gestanden. Frühmorgens am selben Tag waren zwei siebenjährige Schulschwänzer durch einen Zaun in einen Abwasserkanal geklettert und hatten ein Sklavenlager gefunden – so nannten es die Zeitungen. Es war ein vier Morgen großes Holzlager, sechs Meilen vom Zentralpostamt entfernt – so wurden in dieser Stadt alle Entfernungen gemessen –, und lag an einer der stillgelegten Straßenbahnlinien.

Fast einhundert Leute hatte man dort in Ketten gefunden, Gestrandete, Trinker, Landstreicher, Männer ohne Zuhause und Familie. Tagsüber hatte man sie zu arbeiten gezwungen, nachts ließ man sie schlafen, viele dabei an ihr Feldbett gefesselt, in einer rattenverseuchten Arbeiterbaracke. Für einige hatten Wohltäter bei der städtischen Wache die Kaution bezahlt, woraufhin sie sich nur in neuer Gefangenschaft wiederfanden. Andere hatte man im Park oder von der Straße aufgegriffen. Viele waren Rentner; ihre Wärter hatten die Pensionen kassiert und sie für ihre Unterbringung verwendet. Doch die meisten waren ohne finanzielle Unterstützung und mußten sich durch ihre eigene Arbeit unterhalten. Von der Reise all dieser Männer in dieses Sklaven- oder Holzlager – von einer Hintergasse oder einer Bausstelle aus, von den Feigenbäumen im Musgrave Park oder aus Waggons auf den Rangierstrecken in South Brisbane – hatte niemand etwas mitbekommen. Niemand hatte sie jemals vermißt.

Die schon lange genug da waren, hielt man ohne Ketten, weil sie keinen Fluchtwillen mehr besaßen; nicht einmal ein offenes Tor hätte sie gereizt. Wie groß die Schrecken auch waren (Reporter sprachen von Schlägen mit Schläuchen, von Feldbetten mit Säcken voll Maden als Matratzen und Decken), die Stadt des fahrplanmäßigen Busverkehrs und der sauberen Bürger und Polizeiautos war ihnen keine Versuchung mehr. Keiner war je ausgebrochen.

Die ganze Nacht hatte die Polizei mit Hunden und Suchlichtern auf Lastwagen nach Flüchtigen gesucht, in dem Holzlager mit seinen dreißig Fuß hohen Holztürmen und in dem dichten Gebüsch des benachbarten Abwassers. Große Menschenmengen hatten sich aus den Straßen der Umgegend versammelt, um zuzuschauen, wie die Männer – bärtig, barfuß, verdreckt, viele von ihnen mit irrem Schrekkensblick – in Polizeilastwagen oder Krankenwagen getrieben und abtransportiert wurden.

Ich hatte davon nur einige Ausschnitte in den Nachrichten gesehen. Mir war von ihnen schlecht geworden. Die geduckten und verzweifelten Männer, ohne Unterschied, ob jung oder alt, waren zuletzt zum Widerstand getrieben worden. Sie schlugen wild in Richtung ihrer Retter, fluchten, schrien, kämpften mit den Armen des Gesetzes. Einer von ihnen, der seinen Kopf aus Scham von den Kameras wegdrehte, war durch den Griff eines Polizisten, der seine Handgelenke hochhielt, gezwungen worden, die rohen Spuren der Ankettung zu zeigen. Und auf der anderen Seite der Schranke die Zuschauer: Hausfrauen, in ihren Armen kleine Kinder mit großen Augen, Männer in Shorts und Unterhemden, Jungens auf Fahrrädern, die alle auf das starrten, was so lange und in ihrer Mitte geschehen war. Einige von ihnen waren voll Mitleid, andere voll Abscheu oder offener Feindseligkeit, aber alle voller Staunen über das Auftauchen einer Monstrosität – in diesem stillen öden Vorort, wo jeder für sich blieb. Und vor allem wunderten sie sich darüber, daß diese Männer für ihr Hierbleiben kämpften, daß sie nur gegen ihren Willen herauskamen und sich zu ihren geschockten, verständnislosen Nachbarn gesellten. Hinterhöfe stießen bis an den Abwasserkanal, wo diese Männer angekettet und geschlagen worden waren. Niemand hatte etwas gehört oder gesehen. Nichts war gemeldet worden.

Es war eine heiße Nacht, und die Gesichter unter den Laternen hatten vor Leidenschaft einen fettigen Glanz. Rasche, wahllose Gewalt brach immer wieder für einen Moment in der Menge aus – zwischen Polizei und Zuschauern, Polizei und Reportern oder unter den Zuschauern selbst. Ein von niemand erwarteter Geist des Aufruhrs hatte sich endlich gezeigt und brach sich unter uns freie Bahn. Die Kameras fingen sie ein: barfüßige Zuschauer, zerlumpte Wracks, Gesetzeshüter mit abgerissenen Knöpfen, die mit Stiefeln, Koppeln, bereits blutigen Fäusten losprügelten, so warfen sie Bild nach Bild auf einen Haufen. Wir waren alle beteiligt, es gab kein Entkommen.

Am Ende war meine Mutter aufgestanden, hatte das Gerät abgestellt und war aus dem Zimmer gegangen. Im Licht dieses Moments, als das letzte Bild vom Bildschirm ausblendete und das obszöne Geschrei zu Schweigen wurde, fanden wir es jetzt schwierig, dem Blick des anderen zu begegnen. Die Küche war zu still, ihre Oberfläche zu nackt und sauber.

Meine Mutter beugte sich über die Bank und faltete ihre Hände über die meinen. «Ruf mich sobald wie möglich an», sagte sie. «Erzähl Tam, daß ich vorbeikomme, wenn – wenn er das will. Obwohl, ich hoffe es nicht.»

Tam wartete im Dunkel der Veranda. Er saß mit grimmig verzerrtem Mund auf seinem Rohrstuhl und hielt sich mit verschränkten Armen warm, seine Haare, die er sich hatte wachsen lassen, eine verworrene Mähne. Sobald er mich sah, war er auf den Füßen, sein Mund arbeitete, und der Speichel flog um ein Wortgeschnatter, das ich nur mit großer Mühe verstehen konnte. Er nahm einen tiefen Atemzug, der ihn so erfüllte, daß Tränen über seine mehligen Wangen flossen. Ich mußte ihn stillhalten, bis sein Keuchen sich beruhigte.

«Jetzt geht's mir besser», versicherte er mir und schniefte in ein schmutziges Taschentuch. «Laß uns los.»

Er marschierte auf seinen kleinen Füßen los, entschlossen schwankte er über die losen Bretter der Fußbrücke.

«Einer von meinen Maoisten wollte mitkommen», erzählte er mir. «Es war nett von ihm, aber ich hab ihm gesagt, nein, diesmal nicht.»

Wir waren auf unserem Weg zu der Wache, wo sich die gewalttätigen Gefangenen in Verwahrung befanden. Wenn Pearsall nicht dort war, würden wir zu dem Spital fahren, in das sie die Kranken gebracht hatten. Die anderen, die am schlimmsten dran waren, befanden sich in einer Nervenklinik.

Tam saß in sich zusammengekauert, wir fuhren und sprachen nichts. Vielleicht erinnerte auch er sich in dieser frostigen Morgenstunde, in der die Straßen blau waren und nur ein vereinzeltes Zeitungsblatt unter den Laternen aufwirbelte und niedersank, an jene Nächte vor zwei Jahren, als wir auf ähnliche Weise ausgezogen waren, um die Bündel auf den Sitzen an den Bushaltestellen und unter Pappkartonhaufen in leeren Durchgängen zu durchforschen. Damals waren wir bei einer Gelegenheit von einer Gestalt vertrieben worden, nichts als Zähne und Haare, die schreiend aus einem Lumpenhügel aufgefahren war, wie eine Art tollwütiges Tier, während uns eine ganze Schar von Männern und einige Frauen auslachten, auspfiffen und verhöhnten, aus einem verwischten Strahlenkranz von Methylalkohol oder billigem Port.

Die Wache, in der wir ankamen, war schlimmer als all das. Dutzende erschreckter, niedergeschlagener Frauen – vielleicht Ehefrauen, Mütter, Schwestern – und ihre Söhne oder Schwiegersöhne hatten die Polizeidurchsagen mißachtet, die sie baten, bis zur Identifizierung abzuwarten, und drängten sich im Foyer.

Die Zuerstgekommenen waren an die Wände gedrückt worden und schwiegen. Die gerade Angekommenen schrien durcheinander. Der junge Polizist am Auskunftschalter hatte die Kontrolle verloren. Auch er schrie. Er schien kurz davor, in Tränen auszubrechen. Hinter ihm schrien andere die Namen auf und ließen die Leute passieren, jeweils zwei auf einmal, dorthin, wo die Männer in Verwahrung waren.

Heute nacht, draußen in den Parks, unter Brücken, in Bushaltestellen und auf Bauplätzen, schliefen die Verwahrlosten ohne Angst vor Belästigung. Hier gab es keinen Platz mehr für sie und keine einsatzbereiten Männer, die sie hereinholen konnten.

Eine Frau wurde hysterisch weinend durch die Menge geleitet. Sie teilte sich zu beiden Seiten.

Schwer zu sagen, was sie dort gefunden hatte. Die Frage,

welches der beiden wohl schlimmer wäre, Enttäuschung oder Entdeckung, ließ die Menge einen Moment innehalten und verstummen. Doch fast sofort begann das Geschrei und das Gedränge zur Tür von neuem.

Und jetzt war von drinnen ein greuliches Geheul zu hören, verstärkte sich und schwoll in der neuerlichen Stille zu einem wahren Getöse an. Es war, als wäre ein ganzer Hundezwinger geöffnet worden. Es war an ihm nichts Menschliches. Die Türen platzten auf, wie durch eine Explosion oder eine plötzliche Windböe, und ein junger Polizist fiel in die Menge. Er heulte und hielt die Hände vors Gesicht; sie waren mit Blut bedeckt. Fast sofort folgten ihm zwei bleichgewordene Besucher, die buchstäblich hinausgeschleudert wurden. Von drinnen, aus dem Geheul, waren Aufschreie zu hören, tiefe Grunzer und dumpfes Aufprallen; dann schlossen sich die Türen wieder fest. Das Heulen schwoll zu einer Raserei an, und einen Augenblick später hatte auch die Menge im Wartezimmer zu heulen begonnen. Es war ansteckend und erschreckend.

«Tam, das ist unmöglich», rief ich. «Laß uns weg.»

Tams Miene war entschlossen. «Nein, du brauchst nicht zu bleiben, wenn du nicht willst, aber ich bleibe. Ich will es sehen – alles.»

Zuletzt war die Ruhe wiederhergestellt, und drei oder vier gerötete und aufgelöste Polizisten, einer mit auf dem Rücken ganz zerrissenem Hemd, erkämpften sich mit ihren Schultern einen Weg durch die feindselige Menge. Sie waren geladen und aufgebracht, und einer von ihnen brannte noch sichtlich vor Zorn; die anderen versuchten ihn zu beruhigen. Die Atemluft, die mit ihnen hinausströmte, war wie die Ausdünstung eines Schweinestalls. Auf einmal machte sich der zornige Polizist frei und wandte sich zurück, die anderen hatten sichtlich Mühe, ihn zu halten. Er schlug wild um sich, und zwei seiner Kameraden fesselten ihm nach kurzem Kampf die Arme und führten ihn ab. Die Menge wurde still.

Schließlich, nach einer scheinbaren Ewigkeit, wurde auf einer der Bänke ein Platz frei, und Tam schlüpfte auf ihn. Später fand auch ich einen Sitz, lehnte meinen Kopf an die kühle Wand und mußte eingeschlafen sein.

«Phil?»

Tam stand vor mir. Das Zimmer war fast menschenleer.

«Wir können jetzt reingehen.»

Ich kannte den Ort gut, und Tam kannte ihn auch – hier hatten wir Pearsall das erste Mal gefunden, zwei Jahre zuvor; doch so etwas hatte ich noch nie gesehen. Langhaarig und bärtig, so daß es schwerfiel, die alten von den bloß verbrauchten und mißhandelten zu unterscheiden, ihre Gesichter mit Ruß und Schweiß beschmiert oder mit Blut überkrustet, einige barfuß, andere in abgerissenen Schuhen ohne Socken oder Stiefeln mit losen Sohlen, so lagen vierzig bis fünfzig Männer ausgestreckt auf dem Boden der Zellen oder standen wie in Trance bei den Gitterstäben. Sie schienen jetzt restlos in sich versunken zu sein, doch die Gewalt war nicht von ihnen gewichen; sie war nur in der Schwebe. Man spürte sie in den nervösen Stimmen der Polizisten, von denen einige am Rand der Erschöpfung standen. In ihren Körpern bemerkte man eine gerade noch unterdrückte Wut – nicht, seltsam genug, über den Zustand, in dem sich diese Männer befanden, oder auf die für ihn Verantwortlichen, sondern auf die Männer selbst, die nicht aufhörten, sich zu wehren. Und wenn es nicht die Männer selbst waren, dann war es ihre Verworfenheit, die ihren Abscheu provozierte. Aus welchem Grund man sie auch hatte fesseln und schlagen können, andere schlugen sie nun eben deshalb aufs neue. Meine eigene Reaktion angesichts dieser abstoßenden, stinkenden, atmenden Anwesenheit war nicht das von mir erwartete Mitleid, sondern Scham, Panik, ein Gefühl tiefster Unsauberkeit, das in mir den Wunsch erregte, hinauszustürmen und ins Salzwasser zu springen – nur das saubere Salz des Ozeans war dazu geschaffen, meine eigene Reinheit und Sauberkeit wiederherzustellen. Und auch dessen schämte ich mich.

Tam war aus härterem Stoff. Er ging auf die Leute zu und fragte sie leise, ob sie Pearsall kannten oder vor kurzem oder überhaupt etwas von ihm gehört hatten. Er ging von Mann zu Mann und blieb dabei hartnäckig, denn er hatte begriffen, daß es unmöglich sein würde, seinen Bruder in dieser Menge zu erkennen. Alle Männer sahen sich in diesem Dreck ähnlich, und Pearsall würde sich bei Nennung seines Namens verleugnen, er würde sich kriechend unter den zerlumpten, nicht identifizierbaren Körpern verstecken und in Sicherheit bringen.

Als er sich schließlich damit zufriedengab, daß die Männer entweder nichts wußten oder nichts sagen wollten, entschied er sich dafür, zum Spital zu fahren und von dort, wenn wir keine Spur von ihm fanden, zur Nervenklinik. Doch ein Polizist teilte ihm höflich, aber bestimmt mit, daß es dafür keine Erlaubnis gäbe. Die Männer dort müßten zuerst behandelt werden und zu einer gewissen Normalität zurückkehren. All das – er wies auf die Zellen und das Wartezimmer – war eine spätnächtliche Übergeschnapptheit. Sie würde nicht mehr vorkommen.

«Ich weiß nicht», sagte Tam beim Weggehen zu mir, «ob ich froh oder traurig sein soll. Ich hatte schreckliche Angst davor – ihn zu finden, meine ich. Daß er das geschehen lassen mußte – daß sie ihm *das* antun konnten. Aber wenn er bei diesen Leuten nicht war, Phil, wo ist er dann?»

Wir waren auf eine betriebsame Straße geraten. Der Frühverkehr war in Bewegung. Die ersten Busse, der Sechs-

Uhr-fünf, der Sechs-Uhr-elf, brachten Arbeiter in die Stadt, Männer in Overalls mit ledernen Werkzeugtaschen, Jungen mit Kleidersäcken, Mädchen in kleinen Gruppen, die mit frischgewaschenen blonden Haaren über ihre Schulter zurücklachten. Die Morgenzeitungen wurden auf dem Bürgersteig aufgestapelt, in Lastwagen verladen. Eine dünne, grauhaarige Frau mit Kittel richtete Schnittblumen in Eimern, vollgepfropfte Sträuße von Levkojen, Papiertüten voller Rosenknospen in Gelb, Rot und Rosa. Die Frühstückskneipen öffneten ihre Schiebefenster, und die ersten Trinker stellten ihre Gläser auf das Fensterbrett.

Pearsall war nicht unter den Kranken oder sogar den Verrückten. Er war einfach verlorengegangen. Irgendwo zog er bei Tag oder Nacht durch diese Stadt und blieb unsichtbar. «Ich kann es nicht glauben, es ist alles so schnell passiert», flüsterte Tam. «Es scheint kaum lange her zu sein, daß wir zu fünft waren. Jetzt gibt es nur noch mich und Frank.»

«Und euren Vater», erinnerte ich ihn.

Einen Moment schaute er beunruhigt, dann fand er wieder zu seinem bitteren Humor.

«Ich werd dir was sagen, Phil. Ich glaube, der wird uns alle überleben. Und weißt du was? Er weiß es, er hat es immer gewußt, der alte Scheißkerl! Er sitzt da oben und zählt uns ab! Einen nach dem andern!»

4

Es sollte eine Harland-Retrospektive geben, und während mehrerer Monate wurde sie nach und nach zusammengestellt. Ich fuhr zwischen Brisbane und Sydney hin und her, um mich mit Treuhändern zu besprechen, mit Eigentümern zu verhandeln und Botschaften und Entscheidungen des Malers zu übermitteln. Er wollte, wie er meinte, lieber bei seinen Sandfliegen bleiben.

«Zu beschäftigt», reagierte er auf die Einladung, sich einen Stoß Zeichnungen anzusehen. «Ich will von all dem nicht belästigt werden, es würd mich zu sehr abschrecken. Alle diese *Dinge*, sie müssen schon für sich selber sorgen, ich hab was anderes zu tun. Ich hab zuwenig Zeit. Ich falle bald auseinander.» Er grinste und zeigte dabei die Lücken zwischen seinen Zähnen. «Ist nicht so schwierig, damit zurechtzukommen, wirklich, wenn du dich einmal dran gewöhnt hast. Du hast dazu Zeit genug. Man sollte meinen», setzte er hinzu, «nachdem soviel von dir abgefallen ist, fühlst du dich – ich weiß nicht – freier oder leichter oder so was, oder du siehst deutlicher, worum es eigentlich ging. Also *ich* tu das nicht. Es wird einfach ein immer größerer *Schlamassel*!»

Während der Künstler auf diese Weise auseinanderfiel, wurde von Experten ein *Catalogue raisonné* seiner Werke zusammengestellt; unter Leitung jenes Kunstkritikers, der mit mir eines Tages die Insel hinaufgeschwitzt war, nur um das Plakat mit einer Botschaft für Tiefschürfer davonzutragen. Er hatte sich endlich vertieft, er war auf seinen Knien; er grub Fakten, Theorien, Interpretationen, Einflüsse aus; er trug Gruppen von Zeichnungen wieder zusammen, die verstreut worden waren, entschied über Datierungen und Titel. Jeder wollte jetzt alles wissen, was man wissen konnte. Echte Fakten, apokryphe Geschichten, Briefe, alle waren sie relevant, einschließlich eines zerkratzten Tonbands in der Nationalbibliothek in Canberra, auf dem ein Paar anonymer Honigsauger die Stille zwischen Franks griesgrämigen Gesprächsverweigerungen ausfüllte.

«Ja-ah», erzählte er mir, als ich es ihm vorspielte, um ihn vielleicht noch etwas mehr sagen zu lassen, «ich erinnere mich an diese Dame. Hazel Soundso. Hazel. Sie war nett. Wenn auch ein bißchen durcheinander. Ich hatte nichts zu sagen, ich hatte alles schon gesagt, aber die Vögel haben sich gut amüsiert. Hör sie dir an! Sie waren hinter dem Kuchen her, den sie mitgebracht hatte. Den wußten sie wirklich zu schätzen. Das kannst du hören!»

Die Gemälde kamen nun in großer Zahl zum Vorschein. Von einigen hatte man seit fast vierzig Jahren nichts mehr gehört.

«Mein Gott», sagte Frank, als er die Dias betrachtete. Seine Brille saß auf dem Ende seiner Nase, sein Mund war fast bis ans Kinn gezogen. «Hab ich das gemacht? Man hätte mich totschießen sollen. Einiges von dem Zeug erkenne ich nicht mal. Glaubst du, daß es einen Harland-*Fälscher* gibt?» Er ließ ein belustigtes Prusten vernehmen. «Ich glaube nicht, ich bin nicht *berühmt* genug.»

Doch der Anblick so vieler verlorengegangener Erzeugnisse seiner Hand ließ auch eine tiefe Bekümmerung in ihm entstehen. Es war, so vermute ich, trotz all der Vielfalt und Farbenpracht, ein Beweis seiner Begrenztheit. Er wurde zurück an die Arbeit getrieben. «Na», sagte er, und weigerte sich, noch mehr zu sehen. «Das überlasse ich den Professoren, laß die entscheiden, ich hab zuviel Druck. Ich falle zu schnell auseinander. Ein hübscher Südost, und es bleibt nichts von mir übrig als der Mief!»

Es war wahr. Er war auf einmal viel unsicherer auf seinen Beinen; er hatte Kopfschmerzen, Schlafsucht, seine Augen ließen nach. Erst nach mehreren Monaten hatte er sich dazu bewegen lassen, einen Augenarzt in Brisbane aufzusuchen, der dafür sorgte, daß er endlich die Brille wegwarf, die er vor Jahren in einem Trödelladen in Cairns aufgegabelt hatte. Zweimal im letzten Jahr war er gefallen und hatte sich einen Tag nicht von der Stelle rühren können.

«Ich hab ganz schön gerufen», gab er zu. «Ich glaube, die Ameisen haben es gehört. Sie kamen von überall her, die kleinen Dreckskerle! Ich muß süßer sein, als ich gedacht hätte.»

Doch als wir ihn dazu bringen wollten, in die Stadt zu ziehen, wo einer von uns sich darum kümmern konnte, daß er gut versorgt war, wollte er nichts davon hören. «Wozu?» stieß er hervor. «Warum sollte *ich* umziehen? Wenn sie mich sehen wollen, können sie *hierhin* kommen.»

Ich hatte den Verdacht, daß es Tage gab, an denen er das Essen vergaß. Die Milch stand in Kartons herum und wurde sauer oder war in den Schüsseln für die Katzen, halbwilde, schwarze und gescheckte, die herumstreunten und den Banksienbusch in Rudeln unsicher machten. Das Essen verkam, Ratten zogen ein, bis die Katzen sie wieder vertrieben. Es kam ein Winter, in dem ich jeden Moment das Telephonklingeln erwartete, um hinzufahren und ihn zurückzuholen.

Einige von den Einheimischen behielten ihn im Auge, und Jeffs Surferfreunde vom Strand. Er nannte sie den CIA.

«Ich kann mich kaum noch von der Stelle rühren», klagte er, «ohne daß der CIA dabei ist. Die schnüffeln! Sie sind hinter jedem verdammten Baum. Einige von diesen Kerlen müssen sich als Tiere verkleiden, glaube ich – als Vögel! Als ob ich keinen einsachtzig großen Wellensittich erkennen könnte – ich übertreibe nicht – mit Lederriemen! Jeffs Kumpels sind das, oder vielleicht deine. Diese Frau Footsy oder wie sie auch immer heißt, in dem Geschäft. Sie gehört auch dazu. Ich bin nicht senil, mußt du wissen, ich habe noch einiges auf dem Kasten.»

An den Wochenenden beobachteten ihn Jeff und Katie. Wenn einer von ihnen anrief, war es Jeff.

Man wartet darauf, daß etwas Bestimmtes geschieht, man weiß, daß es unterwegs ist, doch wenn es da ist, ist es immer ein Schock. Einer der Surfer hatte Frank auf dem Pfad zum Strand gefunden. Er hatte lange Zeit dort gelegen, es war unmöglich festzustellen, wie lange genau, doch hatte er durch das Hemd hindurch einen Sonnenbrand. Überall waren Kratzer und blaue Flecken, als hätte er mit jemandem gekämpft oder wäre von wilden Tieren zerrissen und zerfleischt worden. Seine Hüfte war gebrochen. Ich rief im Krankenhaus an, um einen Hubschrauber zu alarmieren, und machte mich durch den Morgenverkehr auf den Weg.

Jeff war bei ihm, als ich ankam, er saß auf einer Ferse neben der provisorischen Bahre, mit der sie ihn vom Strand geholt hatten. Er war nun ein zuverlässiger, ernster junger Mann von vierundzwanzig und kannte mich gut genug, um keine Ausflüchte zu machen. Er schaute auf, seine Augen waren ohne Hoffnung.

«Frank», flüsterte ich.

Er lag sehr still unter seiner Decke, mit offenen, aber glasigen Augen und starrte in den Himmel. Er war so zerbrechlich, daß ich staunte. Sie hatten die Bahre neben das Zelt in den Schatten gestellt, sein Körper hob sich kaum vom Boden ab.

«Frank?»

Er bewegte sich nicht, doch seine Augen rollten und gaben mir so ein Erkennungszeichen: seine Lippen drückten sich leicht zusammen, nicht ganz zu einem Lächeln. Jeff, der bis dahin still gewesen war, machte sich plötzlich davon, und Franks Blick folgte ihm. Ein Runzeln erschien auf seiner Stirn, die Lippen bewegten sich. *Tut mir leid*, sagte er, oder versuchte er zu sagen. *Tut mir leid, soviel Schwierigkeiten zu machen. Anderen weh zu tun.* Ich schüttelte den Kopf und fegte eine Ameise von seiner Wange. Ich glaube, daß er verstand. Noch einmal ging sein Auge dorthin, wo Jeff sich mit einem Arm auf einen Bloodwoodstamm stützte und mit dem anderen sein Gesicht verdeckte.

Minuten vergingen. Niemand von uns rührte sich. Franks Blick traf meinen, hielt ihn einen Augenblick, und ich nickte. Schweigen hatte uns nie belastet. Wir hatten manchmal stundenlang dagesessen, in solch einer leichten Abwesenheit von Worten, während die Insel statt unser sprach, mit ihrem Potpourri aus Klängen, Schicht über Schicht von kleinen Leben, die über oder unter uns nagten oder tickten oder schwirrten; unser Bewußtsein ließ sich auf ihren langgezogenen Wellen treiben. Es dauerte daher eine kurze Weile, bevor ich in dem vertrauten Summen und Knacken des Ortes einen neuen, regelmäßigen und hartnäckigen Ton erkannte. Drehflügel. Jeff hatte es auch gehört. Er kam näher und stand bei meiner Schulter, machte mit seiner Hand einen Schatten.

Es war noch hoch über dem niedrigen Ufer, kam seitlich aus dem Nichts. Es wendete, schwebte auf der Stelle, die großen Blätter vibrierten; der Pilot schätzte ab, wieviel Platz er hatte. Jetzt war er gerade über uns. Schwerer Klang ballte sich über unseren Ohren.

Frank hatte es auch gesehen und gehört, wie das leise Brummen dem Meer entstieg.

«Alles in Ordnung, Frank», teilte ich ihm mit. «Es ist der Hubschrauber.»

Er runzelte die Stirn. Im Lärm der Maschinen konnte er vielleicht nicht hören, was ich sagte. Um uns rührten sich die Bäume. Sie stiegen hoch. Sie schwankten und rauschten, sie hoben ihre Zweige. Die Borke flackerte an den Baumstämmen, die eine Seite des Zelts buchtete sich aus. Der Boden sprang auseinander und wurde lebendig, Ameisen wurden von ihrem Pfad geschnipst, totes Laub schlug Saltos, dann wurde Rinde rissig und taumelte davon, Steine folgten. Im Zelt stießen ein Dutzend Marmeladentöpfe aneinander und fielen, wenn auch mit einem unhörbaren, dumpfen Aufprall, den das große Getöse und Geknatter verschluckte, als sich dreißig Meter über uns ein Loch im Himmel öffnete und jedes Ding sich um sein eigenes Zentrum drehte, langsam zuerst, dann schneller, und aufwärts stieg.

«Aaargh.»

Frank stieß einen langen Seufzer aus, einen stimmlosen Klang, nur Atem und Knochen. Und jetzt fiel Stille über die Lichtung, die Dinge fielen in ihr Eigengewicht zurück und schwiegen.

«Hör zu», flüsterte Jeff und zog mich einen Moment zur Seite. Frank war schon bereitgemacht, und die zwei Männer an der Bahre trugen ihn zum Hubschrauber. «Ich war noch nie oben.» Er war nervös und schwitzte. «Es ist nichts dabei», sagte ich ihm, «zehn Minuten.»

Einige Minuten später schwebten wir über die Baumwipfel. Jeff hatte sich auf die andere Seite verkrochen, das Kinn bis an die Knie gezogen, und sah zu, wie wir schräg vom Land abfielen. Als unsere Augen sich begegneten, grinste er blöde, doch sein Kiefer wechselte immer noch zwischen verbissen und locker. Wir trieben hinaus über das durchscheinende, grün-blaue Wasser der Passage mit ihren tiefergetönten Kanälen in Kobalt und den Wäldern aus Seetang, die unter der Oberfläche stiegen und bliesen.

Jetzt kamen die Kurven der Surffront in Sicht: der lange, abgeschrägte Strand, dann weiße Wogen, dann endloses Blau. Südlich der Bucht und ihrer Inseln, die sich über sechzig Meilen erstreckten, bis sie der lange schmale Arm von South Stradbroke berührt – oder fast berührt –, die nordwärts gerichtete Landzunge des Broadwater. Die Luft war so klar, daß ich bis hinaus nach Southport sehen konnte – fünfundzwanzig Jahre zurück, nein, mehr.

Dieses hohe Gefühl von Freiheit, so schwebt man durch Zeit, sagte ich mir, *ohne Grenzen, ohne Fleisch.* Ich strecke meine Hand aus, und meine Finger stoßen auf eine papierne Trockenheit. Sie hat die Textur von Rinde, und meine Fingerspitzen sehen durch sie hindurch bis in die Erde; so daß ich, wenn mein Großvater beiläufig seine Hand auf meinen Kopf legt und «Dank dir Junge» sagt, spüre, wie sich der Augenblick öffnet, um ungeheure Zeitstrecken aufzunehmen, die Zukunft wie die Vergangenheit, in der wir mit unseren Generationen sehr klein, wenn auch nicht unbedeutend werden. Und eine tiefe Zufriedenheit erfüllt mich, das zu sein und da hinzugehören, wo und was ich bin. Es ist endgültig. Es ist auch ein Beginn. Ich sitze wieder einmal am Fuße von Großpapas Bett, gegen das Gitter zusammengerollt. Ich schaue von meinem Buch nicht auf, doch sein Atem erfüllt den Raum, und ich höre ihn, sehr sanft, meinen Namen rufen; höre ihn mit Bestimmtheit in seiner mir noch vertrauten Stimme – das Geschehen ist wieder offen. Als hätte es diese ganze Zeit gebraucht – dreißig Jahre –, damit der Klang über die Länge des Bettes reisen und zu mir kommen konnte; wie man manchmal ein Wort sprechen hört und seinen Sinn nicht mitbekommt, und später, dreißig Jahre später, hört man es deutlich und versteht's. Ich schaute hoch. Es waren Tränen auf meinen Wangen.

«Phil. Phil!»

Es war Jeff.

Es war geschehen, während ich wegschaute, nach vorne oder zurück – auf jeden Fall über die Bucht, aus großer Höhe.

Was ist, fragten Jeffs Augen. Was ist passiert? Ich schüttelte meinen Kopf. Er versank wieder hinter seinen Knien.

So war es schließlich geschehen und würde in allen Abendzeitungen stehen, ein kleines Ereignis von nationaler Bedeutung. Harland. Man brauchte den Vornamen nicht hinzuzufügen, der war nur für Fremde. Harland. Ein feststehender Begriff, der die ganze Geschichte eines, der sich ins Abseits begeben hatte, heraufbeschwor, seiner Entscheidung für das nackte Leben «da unten», genau in dem Augenblick, wo sich der Rest des Kontinents, die glückliche Insel, in dreißigstöckigen Hochhäusern und hinter den sie vertretenden Zahlenkolonnen verschanzte, im blendenden Licht von Badezimmerfliesen und rostfrei stählernen Handtuchhaltern, Waterford-Glas, Cristofle-Geschirr. «Schau mal, dieser Malertyp –» Sein Tod würde Kommentare nach sich ziehen, und das jetzt zur Vollständigkeit gelangte Werk würde in eine neue Preiskategorie aufsteigen, eine neue Konstellation. Ich war dort gewesen, als es geschah – oder fast dort. So auch Jeff. *Ja, ich war da. Nein, nichts Besonderes, der übliche Schlamassel. Was konnte man sonst erwarten?*

Ich hörte Franks Gelächter. «Und jetzt bleibt nichts von mir übrig als der Mief.»

Und die Bilder, die wundervollen Bilder.

Unser Schatten tanzte in die Flußmündung hinein, ihr verflochtenes System aus Kanälen und Inseln mit Mangrovenhainen, deren vorsintflutliche Wurzeln die Gezeiten bloßlegten. Pelikane bevölkerten die Schlickbänke. Kleine Schiffe, ein jedes mit seinem schwanken Kielwasser und seiner Kielluft aus Möwen, zogen ihres Wegs und, wie man von hier oben sehen konnte, nicht blindlings, durch das Labyrinth.

Wir saßen ihm zu beiden Seiten, wie ich in der Nacht nach Geralds Tod bei ihm gesessen hatte, als ich beim Aufstehen durch die Bewegung meines Körpers begriff, daß zwanzig Jahre vergangen waren.

Und nun waren sie tatsächlich vergangen, und ich war genau dort, wo ich glaubte, gewesen zu sein.

5

Die Harland-Retrospektive sollte ein nationales Ereignis werden. Mehr als nur das Lebenswerk eines Mannes sollten all die Stationen im Werdegang Frank Harlands hervortreten, seine Reise von einem abgelegenen Flecken in Southern Queensland, mit sonnenstichigen Dächern und Stümpfen in verbrannten Koppeln, bis zu dem, wozu er es schließlich gebracht hatte; so viele Male über eine Werkbank gebückt, die immer gleich war und die er mit eigener Hand aus Brennholz oder Obstkisten zusammengezimmert hatte: in dem Lichtspiel am Pier in Southport, in einem Bootsschuppen in Cooktown, in der Ecke irgendeiner Veranda in Yeppoon, in einem verlassenen Gärtnerhaus in Maryborough, einem Veranda-Atelier im West End. Nicht nur die Gesichte, die man mit von Grus oder Salz rotgeriebenen Augen bekommt, wären in die Bilder eingegangen, sondern auch eine besondere Körnigkeit der Dinge selbst.

Als ich zusah, wie die Bilder aus ihren Kisten gepackt und schließlich in den großen weißen Räumen aufgehängt wurden, überraschte mich ihre Zahl und der Raum, den er in den fünfzig Jahren seines Schaffens abgedeckt hatte; wie viele Quadratmeter Leinwand, Zeitungsblätter, Kartonstücke und schmale Bretter. Und welche Flüge seine Phantasie unternommen hatte, um diese Begegnungen mit einigen Quadratlängen Welt in eine Dimension zu tragen, die nicht mehr benannt oder einem bestimmten Breitengrad zugeordnet werden konnte: Cooktown oder Yeppoon oder Dornoch Terrace oder einem bestimmten Jahrzehnt.

Er war nie lange irgendwo geblieben. Es tat nichts zur Sache. Es war keine Frage der Geographie. Er war dort gewesen, wohin ihn der Zufall getrieben hatte. Die Bilder waren Trittsteine. Man konnte sie nebeneinanderstellen, und sie bildeten dann vielleicht eine ununterbrochene Strecke zum Haus in Killarney. Man konnte ihnen folgen und dort den mageren, gespannten Jugendlichen finden, den ich mir so oft nach seinen Erinnerungen an jene frühen Jahre vorgestellt hatte und nach dem Kind, das ich manchmal in Frank zu sehen bekam – ein mageres Kind mit sandfarbigem Schopf und Sommersprossen, zwischen seinen schlafenden Brüdern über den Küchentisch gekauert, bei der Skizze eines Kopfes oder des Lichtspiels der Lampe an der Decke, während die Stimme seines Vaters ihn über verfinsterte Koppeln leitete.

Doch am Ende würde auch das einen nicht weiterbringen als jede andere mögliche Betrachtungsweise, denn die Bilder, wie immer man sie auch hängte und wie viele Lücken man ihnen auch einräumte (denn viele Bilder fehlten immer noch), bildeten eine Reihe, die man nicht auf irgendeinen bekannten Anfang oder einen bereits bekannten Anfänger zurückführen konnte.

Ich hatte Frank über die Jahre öfter gesehen als jeder andere und hätte für mich in Anspruch nehmen können, bei einigen seiner größten Leistungen dabeigewesen zu sein. Als die «Zwei Parzen» vor meinen Augen ausgepackt wurden, machten sie auf mich einen solchen Eindruck, daß ich kaum sprechen konnte. Sie schienen für mich alles auszudrücken, was ich an meiner Tante Ollie empfunden und geliebt hatte und an Della. Es war eine Übereinstimmung des Gefühls, die ich schon vorher erlebt hatte – bei jenen Gelegenheiten, wenn ich vor dem kleinen Landschaftsgemälde im Schlafzimmer meiner Eltern in Southport gestanden und mich gefragt hatte, wie es sein kann, daß ein Bild, das ein anderer an einem anderen Ort, zu anderer Zeit und von einer anderen Landschaft gemacht hat, so tief meine Gefühle hier und jetzt ausspricht.

Ich wußte jetzt genug, um keine Erklärung mehr zu erwarten. Es blieb ein Rätsel. Soviel Respekt zollte ich dem Frank, den ich kannte: ich erkannte in ihm eine Fähigkeit, die mir keine mögliche Erkenntnis oder Beobachtung, sogar keine, wie tief auch immer empfundene, Sympathie meinerseits enthüllen würde. Das anerkennen hieß die Einzigartigkeit dieses Mannes anerkennen; aber auch meine eigene. Ich hatte im selben Licht gesessen, in dem einige dieser Werke zum Dasein kamen, und hatte der Tätigkeit seiner Hand zugesehen. Doch zu ihrer Rätselhaftigkeit trug dies nur bei. *Ich war dabei. Es war nicht so. Jetzt ist es so.*

Doch wenn ich auch ein privilegierter Zeuge für vieles in seinem Werk war und an vielen seiner Geheimnisse teilhatte, gab es an diesen Wänden doch mehr Überraschungen, als ich erwartet hatte, und nichts, um eine gemütliche Vertrautheit zu bestätigen. Einige der frühen Bilder glichen nichts, was ich ihn je hatte machen sehen.

In einem diente eine magere, priestergleiche Gestalt mit einer Art Ned-Kelly-Helm aus Gaze an einem Altar unter goldenen Stämmen. Sie zauberte Wolken (oder anderes?) aus ihnen hervor, die aus einer Million winziger Moleküle bestanden, einem Syllabar lebendigen Atems. Ihre Hände bewegten sich hin und her: die Wolken entstiegen der Erde. Sie stiegen durch die Äste der Bäume. Sie saßen auf dem Horizont, wie eine zur Ruhe gekommene, flache Flotte.

Es hieß «Prospero I», obwohl der Maler selbst es nicht so genannt hatte, und diente als Vorentwurf zu einer Serie von Bildern, die ich wiedererkannte, weil ich gesehen hatte, wie Frank an ihnen arbeitete: Entwürfe, für die er nur Nummern hatte. Ich verband seine wilden Bienen mit ihnen, denn an dem Tag, als ich die Bilder zum ersten Mal sah, nahm er mich mit, um den Schwarm anzuschauen. Wir schleppten eine Kerosinbüchse voller dunklen Buschhonigs nach Hause, und dann nahm er den ersten Teil der Serie, zeigte mir, was er geschafft hatte, und begann mit den vorbereitenden Strichen für «Prospero III».

Mit vielen anderen stand es ähnlich. Unmöglich, sich von außen auszudenken, wie eines dieser Bilder ausgesehen hatte, bevor er es fand und verwirklichte – als künstliches Ding unter natürlichen oder zufälligen Dingen. Sie waren Teil einer anderen Natur, nicht nur der seinen. Felsstücke oder Mineralienbrocken vom Boden ausgetrockneter Meere, Äste einer bis dahin unverzeichneten Flora oder Skelette einer Fauna, große angeschlagene Tafeln, die in einer unbekannten Sprache von Kämpfen, Triumphen, Niederlagen, Übergangsriten, gemeinsamem Verlust, von der Geschichte eines anderen Sterns kündeten. Ich hätte weinen können. Nicht nur aufgrund der Kraft einzelner Bilder und aus Freude, Bilder wiederzusehen, die mir seltsame Augenblicke in Franks Gesellschaft und das hörbare Echo seiner Stimme zurückriefen, sondern wegen der ungeheuren Distanz, die ich zwischen dem Mann, den ich gekannt hatte, und dem Siedler auf jenem Stern spürte, dessen Einsamkeit ich kaum einmal berührt und den ich nur verstanden hatte, indem ich ihn in meine eigene Sprache übersetzte. Die Distanz war unermeßlich.

Ihre jetzige Versammlung an einem sauberen, gutbeleuchteten Ort machte die Gemälde noch schwerer lesbar. Sorgfältig durch Experten angeordnet, um eine Entwicklungslinie, eine Phase oder die jahrzehntelange Variation eines Themas zu illustrieren, verfälschten sie die Wahrheit durch die Schaffung eines Musters, das zu ordentlich und zu vollständig war. Durcheinander, Schlamassel, das war es, was fehlte, und es war wesentlich – das Durcheinander, das jenseits der Kante der Pappe oder des Papiers mit einer klauenhaften Hand in Verbindung stand, die jene Rißkante festhielt, mit schmierigen und ausgefransten Ärmeln, ein Gestrüpp, das in Fetzen ging oder das Schnäbel zerhackten oder Ameisen paketweise davonkarrten. Es fehlte die von den Ereignissen noch feuchte Druckerschwärze und – alles, was er aus den Blechdosen und aus seinem eigenen Kopf gesaugt hatte, sobald der Deckel ab war, es fehlte alles, was er mit einem Finger oder einer Messerklinge verschmiert hatte, tropfen und ineinanderlaufen ließ, wenn er auf Armlänge mit dem Fluß und dem Strahl der Dinge umging.

Ich wendete mich ab. Ich konnte an diesem öffentlichen Ort nicht zurücktreten und mir in aller Ruhe jenes Bild aus der Kunsthalle in Wiesbaden ansehen, «Ohne Titel 14», das Franks Tribut in Rot an Knack und Edna war, seine Teilnahme an ihrem Schicksal.

Ich machte mich schnell in Richtung des Ausgangs am anderen Ende auf, wurde aber durch eine Gruppe früher Bilder angehalten, die nach Meinung der Experten nur von dokumentarischem Interesse waren: Lehrstücke aus den Jugendjahren des Künstlers. Es war die fragmentarische Serie von Landschaften, zu denen unser eigenes Bild gehörte, ein Dutzend Variationen, ähnlich und doch äußerst verschieden, in Blau und Grün.

Sie waren Beschwörungen Killarneys. Jetzt konnte ich das sehen, vielleicht nicht des Ortes selbst, aber seiner ersten Idee, einer Idealvorstellung. Sie spukte vielleicht im Kopf der ursprünglichen Harlands, Franks Vorfahren, als sie den Ort nach einem Platz in Irland tauften, den sie nie gesehen hatten, für den sie aber Gefühle hegten, wie es ihre Eltern getan hatten. Konnte man eines dieser Motive, so fragte ich mich, als ein Stück tatsächlichen Landes identifizieren, als ein

Kartoffelfeld oder eine Kuhwiese, Pint Pot Creek Farm oder Warlock's Spinney, für die ich die Besitzurkunden in meinem Büro in Brisbane aufbewahrte – Bruchstücke der jahrelangen Verwirklichung eines Traums, dessen Verrücktheit Frank selbst, lange bevor er das letzte Stück kaufte, eingesehen hatte und der nach seinem Willen von Tam geerbt wurde, von Pearsall, wenn man ihn fand, von seinem Vater.

Ich dachte an meine Landschaft mit ihrer Lichtbresche im Horizont (sie würde mir gehören, wenn sie wieder auftauchte, auch ich stand am Ende einer Schlange) und entschied, daß ich genug gesehen hatte. Den Rest nahm ich auf Treu und Glauben: all diese Ausschnitte aus blaugrünen, grüngoldenen Waldpartien und die Wolkenkratzer, die hoch, hoch hinaufkletterten, schwankend in Sternentrümmern.

6

Die Party war für Tante Roos Verhältnisse ziemlich klein. Wie jene spätabendlichen Veranstaltungen vor vielen Jahren hatte sie sie spontan aus der Abneigung organisiert, mitansehen zu müssen, wie sich die Leute Abschiedsküsse gaben, in Garderoben herumlümmelten und eine solche Gelegenheit einfach verstreichen ließen. Als ich hörte, wie sie ankamen, und hinausging, um zu sehen, worum es sich handelte, wand sich eine Reihe von gut einem Dutzend Autos die Auffahrt hinauf, durch Tante Roos Daimler auf die Schrittgeschwindigkeit einer Beerdigung gedrosselt. Sie brachte einige Kunsthändler aus Melbourne mit und ein Mädchen in gebrauchten Kleidern aus Tempe Tip, die im letzten Augenblick auf den Rücksitz getaucht und Hector McPhails Freundin oder Stieftocher oder Nichte war; Hector war so besoffen, sagte sie, daß sie nicht mit ihm fahren wollte. «Hallo, Phil», sagte er, als er in einem zerknitterten weißen Anzug die Stufen hinaufstolperte. Er blieb genau vor mir stehen, und da die anderen Formeln unausgesprochen zwischen uns in der Luft hängenblieben, kicherte er über die entstehende Lücke. Dann sagte er äußerst nüchtern: «Hallo, mein Junge. Wir sind die Party für Franks Totenwache.»

Unten auf dem Kies kletterten Leute aus Autos, die Frauen hoben den Saum ihrer Röcke und schienen geblendet, als sie die Stufen zur erleuchteten Fassade heraufkamen, die Männer riefen sich von Auto zu Auto Parkanweisungen zu. Türen knallten. Ein Mann im Smoking stand vor einer Zypresse, um sein Wasser zu lassen.

«Tut mir leid, Schatz», flüsterte Tante Roo, während sie ins Haus eilte, «es ist einfach passiert. Du weißt, wie das geht.»

Innerhalb von Minuten hatte sie Getränke, Musik, ein gereiztes Dienstmädchen bereitgestellt und uns im hinteren Wohnzimmer versammelt. Als ehemaliger Wintergarten öffnete es sich auf die Terrasse. Es stand leer, bis auf einen Steinwayflügel und einige Wollskulpturen in Lebensgröße, von denen sich vier betrunken an einem Kindertisch fläzten und aus gestrickten Tassen tranken, während sich zwei andere, leidenschaftlich ineinander verheddert, auf dem Boden Aug in Auge gegenüberlagen.

Das Paar aus Melbourne waren die Munts. Der großgewachsene Mann, Arthur Munt, trug einen blauen Overall, seine Frau Zöpfe, eine Schürze, eine Bluse mit Puffärmeln und rot-weiß gestreifte Strümpfe.

Auf einmal gab es in der Halle einen Stau, noch mehr Ankömmlinge. Es war Jim Dalton, der Fernsehinterviewer. Die Leute drängten sich nach vorne, um zu sehen, wie er einem alten Mann das Geleit gab, der in der Galerie zur Ursache einer Sensation geworden war und den jetzt jeder kennenlernen wollte.

«Dieser Mann», informierte mich Frau Munt, «ist außerordentlich. Ich hab ihn in der Galerie gesehen. Er ist Frank Harlands Vater und sechsundachtzig Jahre alt. Sie sollten ihn reden hören! Ich habe nie etwas Derartiges gehört – diese Beredsamkeit, und das heutzutage. Und dieser alte Schwindler Frank hat immer so getan, als sei er ein Junge aus der tiefsten Provinz! Dieser Mann ist großartig.»

Der großartige Clem Harland steckte in einem neuen Anzug, ein großes getüpfeltes Taschentuch in seiner Brusttasche. Er schien mit sich selbst sehr zufrieden zu sein. Es war mehr als zwanzig Jahre her, seit ich ihn das letzte Mal gesehen hatte. Er schien um keinen Tag gealtert. Er hatte die glatten, säuglingshaften Gesichtszüge, die das Leben nicht anrührt, und stand jetzt – geistesabwesend, erwartungsvoll, man konnte spüren, wie sein graues Haar vor Spannung zitterte – bereit, aus allem das Beste zu machen – dem Essen, dem Trinken –, und war schon auf der Suche nach einem empfänglichen Ohr.

«Er hat im Fernsehen gesprochen», teilte mir Frau Munt flüsternd mit, «und später auch. Jemand hatte, Gott sei Dank, daran gedacht, alles auf Tonband aufzunehmen. Wir sollten alle diese alten Leute aufzeichnen. Sehn sie», sagte sie noch leiser, «da drüben ist dieser Hector McPhail. Er sieht schrecklich aus. Wenn er weiterhin so rumhüpft, wird er einen Herzanfall kriegen. Geschieht ihm recht!»

Jacky schlüpfte vom Garten herein, nickte Frau Munt kurz zu und flüsterte von der Seite: «Hast du Frank Harlands Vater gesehen? Er war in der Galerie. Er erzählte uns, wie sehr Harland seinen Brotauflauf liebte – und zwar richtig feucht –, dann brach er in Tränen aus. Er ist ein toller Kerl. Sie sind alle verrückt nach ihm.»

Zu diesem Zeitpunkt, als die Party bereits in vollem Schwung war, geschah draußen auf der Terrasse eine Störung, die jedermanns Aufmerksamkeit auf sich zog. Eine Frau in einem Flanellnachthemd war dort erschienen und hatte einen lebhaften Streit verursacht. Als sie ein Paar sah, das draußen stand, um die Aussicht zu bewundern, war sie durch die Flügelfenster gekommen und hatte sie zurechtgewiesen, verlangte zu wissen, wer sie seien, wie sie in das Haus gekommen waren und was sie sich um diese Nachtzeit erlaubten.

«Dies ist die Residenz von Lady Ashburn», sagte sie in großem Stil, «sie erlauben sich einen Mißbrauch – wenn nicht Schlimmeres! Ich bin hier verantwortlich. Lady Ashburn ist nicht hier. Sie sollten lieber gehen, bevor sie zurückkommt, oder ich weiß, was ich tue.»

Doch als sie, ihren Blicken folgend, sehen mußte, daß ihre Schwester doch da war und eine Art Party im Gange war, änderte sie ihren Kurs.

«Guten Abend», sagte sie zu Arthur Munt, denn trotz seines Overalls schien er kein Einbrecher zu sein, «ich bin Lady Ashburns Schwester. Aus Brisbane. Haben sie zufällig meinen Mann gesehen, Jack? Er ist ein großgewachsener Mann. Er trägt –»

Bei diesem Wort blieb ihr Gedächtnis stecken. Als sie ihres eigenen Nichtangezogenseins gewahr wurde, runzelte sie die Stirn und bemerkte ihren zweiten Fehler. «Dummköpfe!» stammelte sie und stolzierte davon.

Genau in der Mitte des Raumes hielt sie an, sie fand sich von Fremden umgeben, ballte die Faust um ihr Nachthemd und preßte die Augen fest zu, blieb einfach stehen, vielleicht in dem Glauben, daß beim Öffnen alle diese Leute verschwunden sein würden und sie zurück in ihrem eigenen Bett wäre. Sie stand still auf dem Teppich und wünschte uns fort.

Ich berührte sie sachte am Ellenbogen.

«Tante Connie.»

Die Augen öffneten sich auf einen Schlag.

«Oh, Phil, Liebling, du bist das. Ich bin so froh! Ich schlief, aber ich wachte mit so einem hungrigen Gefühl auf, also ging ich in die Küche – du weißt, daß deine Tante Roo immer so köstliche Sachen im Kühlschrank hat – nur kleine Leckerbissen, nichts Großes, aber vom Feinsten. Dann hörte ich die Stimmen. Ist es eine Feier?»

«Es sind Leute, die bei einer Ausstellung gewesen sind, Tantchen. Frank Harland.»

«Was?»

Sie war schwerhörig. Ich mußte den Namen so laut wiederholen, daß er in der Stille wie die Ankündigung seiner unmittelbar bevorstehenden Rückkehr klingen mußte.

«Oh, *der*», sagte sie mit Abscheu. «Ist *der* da? Eine von den lahmen Enten deines Vaters, Phil», und mit einem leichten Lachen wendete sie sich Frau Munt zu, um es ihr zu erklären: «Meine Mutter konnte ihn nicht ausstehen. Wir nannten ihn immer den Eismann, Roo und ich, wegen Ollie. Es gab da diesen Eismann, der flirtete immer mit – also das ist zu kompliziert, sie würden es nicht verstehen. Mir ist es sowieso egal. Huh», sagte sie, «Frank Harland! Was aus *dem* wohl geworden ist?»

Für sie war es ein Name aus dem Southport von vor dreißig Jahren, aus nicht gerade der glücklichsten Zeit ihres Lebens. Sie war erstaunt, daß er nach so langer Zeit und hier in Sydney wiederauftauchte. Ein schlimmes Zeichen. Schlimm! Vielleicht war er deshalb zurückgekommen, weil sie im letzten Jahr oder schon länger den Überblick über ihr Leben so sehr verloren hatte, daß sie oft aus einem Ort oder einer Zeit erwachte, um sich in einer anderen, anderswo wiederzufinden. Sie hielt lieber den Mund und sagte nichts, verriet nichts. Sie kniff ihren Mund fest zu.

«Oh, bitte fahren Sie fort», bat sie Frau Munt, «das ist faszinierend! Genau das gleiche habe ich gerade vor einem Augenblick auch gesagt. Diese alten Leute –»

Doch Tante Roo war näher getreten, ohne Aufregung, doch mit Besorgnis. «Connie, Schatz, geht es dir gut?»

«Ja, Roo, danke, ich war bloß hungrig, das ist alles. Ich war aufgestanden, um mir anzuschauen, was im Kühlschrank ist. Ich fand dort – ich erinnere mich nicht genau, aber es war nett. Du hast nichts dagegen?»

«Natürlich nicht, Schatz. Ich werde dir mehr bringen lassen.»

«Nein, vielen Dank. Aber ich bin wirklich froh, daß ich

Phil gefunden habe. Ich kenne niemand von diesen anderen Leuten. Ich war ein bißchen – Du hast mir nicht gesagt, daß es eine Party geben würde. Ich dachte, ich sei im falschen Haus.»

«Tut mir leid, Liebling, ich hätte es dir gesagt, wenn ich's gewußt hätte. Aber alles war – weißt du – ganz spontan.»

«Haben Sie Frank Harland auch gekannt?» wollte Frau Munt wissen. Doch Tante Roo hatte sich bereits aufgemacht, und Tante Connie, die meinen Ellenbogen nahm und mich in ihre Nähe zog, flüsterte laut: «Phil, wer *ist* diese Frau?» Sie blickte flüchtig auf die grauen Zöpfe und die Schürze; sie hätte ein älteres Mädchen sein können, ein Quälgeist aus ihren Schulzeiten. «Warum redet sie immer weiter über diesen schrecklichen Menschen? Ist sie *senil*?»

Jacky bedeckte ihr Gesicht mit den Händen und begann zu lachen.

«Hier, Tantchen», sagte ich, «wir bringen dich ins andere Zimmer. Du kennst doch Jacky, oder?»

«Natürlich», sagte sie munter, «wie läuft's denn, meine Liebste?» Dann mit einem Stöhnen: «Die andere müssen wir doch nicht mitnehmen, oder, Phil – diese Knusperhexe? Einige Leute sind hier so verrückt, daß man wirklich nicht weiß, was man von ihnen halten soll, ganz im Ernst.»

Wir gingen in das größere und offiziellere Wohnzimmer und setzten uns in die äußerste Ecke unter eine Lampe. Die Stimmen der anderen schienen weit entfernt. Man konnte hier durch Norfolkkiefern auf die breite, glitzernde Hafenfläche sehen, wo Schiffe schwarz und unbeweglich vor Anker lagen und eine späte Fähre über das dunkle Wasser fuhr, auf dem nur die schiefen Spiegelungen ihrer Fenster zu sehen waren. Tante Connie sah im Sitzen sehr zerbrechlich aus. Sie hatte das Flanellnachthemd an sich gerafft, ihre Füße steckten in weichen Pantoffeln. Sie fiel in den Schlaf, ihr Kopf hing zur Seite, ihr Mund war halb offen, er arbeitete.

Seit fast sieben Jahren war sie nun schon Witwe und wohnte jetzt in einem Pflegeheim in New Farm, doch alle sechs Monate oder so holte Tante Roo sie nach Sydney, damit sie etwas anderes erlebte.

Auf einmal, im Aufwachen, setzte sie sich gerade hin, warf Blicke um sich, um festzustellen, ob jemand ihre Entgleisung mitbekommen hatte, und fragte: «Was hast du gesagt, Liebling? Hast du etwas gesagt?» Sie sah uns an, als hätten wir, wie für ein Kind, eine besondere Überraschung für sie. Sie lehnte sich zurück und wartete darauf, daß wir ihr erklärten, warum wir sie mitten in der Nacht hierhingebracht hatten und so feierlich und gespannt vor ihr standen.

Da fiel es mir auf, daß ich mich in meinem Leben noch nie zu ihr gesetzt hatte, um mit ihr zu reden. Sie war die einzige in der Familie, der nie einer zuhörte. Es war immer so gewesen. Es beeindruckte mich, wie wenig sie sich in all den Jahren unserer Bekanntschaft verändert hatte – wie sie unter all den großen Veränderungen immer so geblieben war wie jetzt, vollkommen sie selbst, vollkommen uninteressant. Es war, auf eigene Weise, ein Triumph. Ich lehnte mich vor und legte meine Hand auf die ihre. «Geht's dir gut, Tantchen?»

Sie antwortete mit einem lieblichen Lächeln.

Draußen drängte sich der Rest der Party im Fernsehzimmer, um die Spätnachrichten zu sehen, die eine Wiederholung der Eröffnung von Franks Ausstellung enthalten sollten und natürlich das Interview mit Frank Harlands Vater. Man hatte den alten Mann in einen Ledersessel gesetzt, damit er sich selbst im Fernsehen zuschauen konnte. Der Rest stand respektvoll um ihn herum oder lehnte sich in den Ecken an die Wand. Er würde zu sehen bekommen, wie er zusammenbrach und weinte, diesmal vor Tausenden.

«Phil, Liebling.»

«Ja, Tante Connie.»

«Ich bin ein wenig besorgt über deinen Onkel Jack. Er wird nicht wissen, wo ich hingegangen bin, ich hatte all das ja nicht erwartet, es war eine Überraschungsparty. Könntest du kurz ins Schlafzimmer laufen, um ihm zu sagen – zu sagen –»

Sie runzelte die Stirn, starrte auf die tiefe Kuhle, die ihr Nachtgewand zwischen den Knien bildete, ihre Schattenmulde, wich plötzlich zurück und fing an, wütend am Flaum ihrer Ärmel zu zupfen.

«Phil», sagte sie streng, als hätten wir eine Einladung in ihr Haus über Gebühr ausgedehnt, «ich glaube, daß ich mich jetzt gerne ausruhen würde. Könntest du und könnte Fräulein – könntet ihr das Licht ausmachen und mich alleine lassen? Ich möchte über etwas nachdenken. Es ist mir etwas in den Sinn gekommen. Ich muß überlegen!»

«Bist du sicher, daß du dich wohl fühlst?»

«Ja, natürlich. Geh nur ins Bett, Liebling, und ich bring dir eine schöne Tasse –»

Sie sah verwirrt aus, mit festverschlossenem Mund. Ihre Lippen waren so zusammengepreßt, daß alle senkrechten Falten hervortraten. Sie nähte sich den Mund zu.

Ich löschte das Licht, und dann saß sie in sich zusammengesunken in ihrem Stuhl vor der samtenen Dunkelheit, vor großen Schwaden mondhellen Wassers, mit dem grünen Licht der Fähre, die weit draußen zur Küste tuckerte. Hinter uns die Fernsehstimmen. Durch eine offene Tür sah man, wie das metallische Licht auf einen Tisch und die Lehne des Ledersessels fiel, in dem sich der weinende Clem Harland, der große alte Mann, dabei zusah, wie er im Fernsehen Tränen vergoß.

Plötzlich rief uns Tante Connie von der anderen Seite des

Zimmers etwas zu. Sie klang besorgt. Doch als ich zu ihr trat, lächelte sie, ihre wuscheligen Haare leuchteten von der Fensterscheibe.

«Ich wollte nur sagen, Liebling, ist das nicht eine wunderbare Party? Ich bin froh, daß man mich eingeladen hat, ihr nicht auch?»

Und in diesem Augenblick geschah etwas Interessantes. Die Bedrücktheit, die den ganzen Tag auf mir gelegen hatte und die ich zuerst in der Galerie empfand, vor Franks Bildern, deren abgerissene Kanten man gerahmt und abgeschliffen hatte, fiel von mir ab. Auch ich fühlte mich leichtsinnig, war leichten Herzens. Und ich glaube, das hatte mit der kleinen, verlorenen Person am Fenster zu tun, die ihrer selbst nicht sicher war und nicht sicher, in welchem Haus sie war, welchem Leben, doch für einen Moment glücklich, dazusein, und die nichts zu bieten oder zu verlieren hatte, als was sie nach diesen vielen Jahren war: ein Bündel aus Knochen und Nerven, in einem Flanellnachthemd, unter einer Haarwolke. Ich wollte zu ihr gehen, ich wollte ihr zeigen, was ich für sie empfand, wie wichtig für mich ihre Anwesenheit in diesem Augenblick und nach so langer Zeit war, doch sie war bereits in einen anderen Traum entglitten.

«Geh nur ins Bett, Liebling, in einer Minute bin ich bei dir. Ich habe diese –»

Sie runzelte die Stirn. Doch dann waren noch die kleinen Pflichten, die sie meinte, erledigen zu müssen, eine kleine Unordnung, die sie glaubte, aufräumen zu müssen, oder ein Ritus, der noch befolgt werden mußte – vergessen. Ihre Stirn war wieder glatt. Sie schaute auf und lachte.

«Bleibt ruhig da, und amüsiert euch gut, ihr zwei, ich sitze gerne einfach dabei. Es ist eine so wunderbare Party. Ich bin so froh, daß man mich eingeladen hat, ihr nicht auch?»

Julien Green im dtv

Foto: Isolde Ohlbaum

Junge Jahre
Autobiographie
dtv 10940

Paris
dtv 10997

Jugend
Autobiographie 1919 - 1930
dtv 11068

Leviathan
Roman
dtv 11131

Von fernen Ländern
dtv 11198

Meine Städte
Ein Reisetagebuch 1920 - 1984
dtv 11209

Der andere Schlaf
Roman
dtv 11217

Träume und Schwindelgefühle
Erzählungen
dtv 11563

Die Sterne des Südens
Roman
dtv 11723

Treibgut
Roman
dtv 11799

Moira
Roman
dtv 11884

Jeder Mensch in seiner Nacht
Roman
dtv 12045

Englische Suite
Literarische Porträts
dtv 19016

Graham Greene im dtv

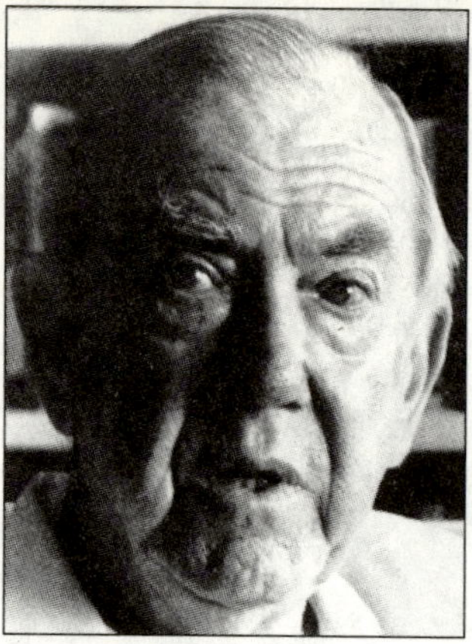

Ein Mann mit vielen Namen
Roman
dtv 11429

Orient-Expreß
Roman
dtv 11530

Ein Sohn Englands
Roman
dtv 11576

Zwiespalt der Seele
Roman
dtv 11595

Das Schlachtfeld des Lebens
Roman
dtv 11629

Das Attentat
Roman
dtv 11717

Die Kraft und die Herrlichkeit
Roman
dtv 11760

Der dritte Mann
Roman
dtv 11894

Das Herz aller Dinge
Roman
dtv 11917

Jagd im Nebel
Roman
dtv 11977

Unser Mann in Havanna
Roman
dtv 12034

Der stille Amerikaner
Roman
dtv 12063